我有三次受难：流浪、爱情、生存
我有三种幸福：诗歌、王位、太阳

——海子

海 子 诗 全 集

The Complete Poems of Haizi

西川 编

作家出版社

海子手稿及插图

中 国 政 法 大 学

生日颂

（或 生日祝酒词）

—— 给理波 并同代的朋友

在生日里我们要歌唱母亲
她们把我们领到这个不幸的人世
在这个世界上 只有她们 又恨又热爱着我们
因为我们是她的一部分

在这个夜晚 我们必须回到生日
回到我们的诞生之日
甚至回到母亲的腹中
回到母亲的怀抱 和她平静的爱情

我会想到你 —— 我的母亲
在一个冬天 怎样带着沉而温情的
目光望着我 你怀孕了
一个生命在眼中转动

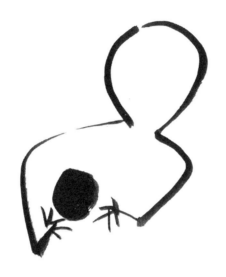

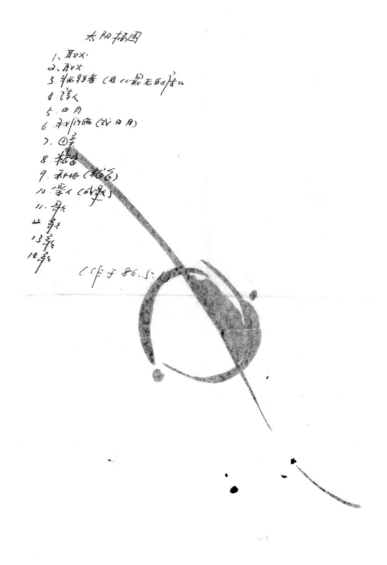

书中插图为海子86年5月为"太阳"系列诗作所作。海子曾列有本页所示说明，但原画顺序已乱。

出版说明

西川

　　怀有宏大诗歌抱负的海子，生前虽然对自己的写作颇为自负，但对自己作品将来的命运如何可能并无估计。海子去世以后，骆一禾基于对中国文化一般形态和当时读者对诗人的接受状况的认识，曾担心过后人无法认识海子这样的诗人。可是在海子去世 20 年后的今天，我们已经看到，海子正逐渐变成一个民族性的人物。海子的诗歌进入了中学教科书，海子的生平变成了传记。每年 3 月海子去世周年纪念日前后，大学校园里的文学爱好者们都会将海子的诗歌温习一遍或两遍。社会上的诗歌读者中对海子的热情则有过之而无不及。尽管在对海子的接受中还存在这样那样的误解和盲点，但他始终吸引着读者，好像他从未离去。

　　1997 年上海三联书店出版社出版了《海子诗全编》。从某种意义上说，该《全编》就是海子的命。为此我们应该再次感谢上海三联书店。《全编》先后印刷了两次，印数一万余册，现在看来他们保守了一点，其实可以印得更多些。诗歌并不总是赔钱

1

的。如今《全编》早已售罄。不断有人四处打听哪里可以买到《全编》，或《全编》何时才能再版。近些年来，围绕这部《全编》，不同的出版社已经出版过多种选本，有正版，有盗版；选本又衍生出不同的解读性著作，有好的，有不好的。但海子这样的诗人不是选本或解读本可以概括的，尽管选本和解读本同样必需。

《全编》出版以后，人们便得以对海子一生的文学成就有所了解。但该书在编辑出版方面也存在一些缺点，最明显的问题是校对关把得不是很严，有一些文字错误。此次由作家出版社在《海子诗全编》的基础上扩充内容，出版《海子诗全集》，责任编辑李宏伟先生对全书进行了认真的编辑和校对工作。凡原《全编》在文字逻辑上有疑问之处，他都一一标出，然后再由我核对海子原稿（包括手稿和最初的油印稿）。

《全编》受到的另一个批评是：书中作品的排序没有完全按照海子的创作时间来安排。对于这一点我要在此做一个说明：当时之所以没有完全按照海子作品的创作时间排序，是考虑到海子的许多诗其实并没有署明创作时间（有些甚至只是草稿），我只能根据我对海子和海子遗稿的了解对其未署明创作时间的作品进行大致归类。但更重要的一点是：从长远看，我不认为作品按时间排序有多么重要；时间排序可以方便研究者的初级传记性研究，但比这更重要的是呈现诗人的心理结构。凡有写作经验的人都知道，一个人今天写的东西与昨天写的东西可能关系不大，却与半年前的某篇作品有一种内在的关联。不过为了照顾传记性研究，凡能署上创作时间的地方《全编》中均已署上。基于这样的考虑，本次《海子诗全集》的出版依然大致袭用《全编》的作品排序方式。

　　《全编》原由上海三联出版。从 2008 年年中开始，几家出版社不约而同地想到了要再版《海子诗全编》。现在，在唐晓渡先生的积极运作下，承蒙作家出版社重新出版海子的全部作品。因为换了出版社，又补充了内容，根据与李宏伟先生商量的结果，此次出版的海子作品全编改称《海子诗全集》。曾经考虑过使用《海子全集》的名称。如果是"全集"，就应该也收入海子诗歌之外的东西，例如他的法学方面的论文（不多，编者仅见过一篇，另据友人说还有一篇存世，但我至今未见）。此外，海子的书信到目前为止尚未收集。海子肯定有一些书信散在他当年的友人手里，但寻找起来颇无头绪，故此次出版《诗全集》只好作罢。望海子书信的持有者将来能够为编辑《海子全集》提供方便。

　　此次出版的《诗全集》较之《全编》在内容上有所增加。海子第一本油印诗集《小站》的全部内容与另一本油印诗集《麦地之瓮》（与西川合印）中未收入《全编》的作品，均包括在了这部《诗全集》中（《全编》没有收入是因为编者当时认为其中的有些作品质量上尚欠火候，现在收进来是出于为研究者提供方便的考虑）。另外，通过友人的帮助，海子的一些佚诗得以补充入《诗全集》。具体情况本书中另有说明。所有此次补入的海子诗歌均放在了补遗部分。当然还有海子的其它诗歌没有被收集进来，有些是编者没看到，有些是编者认为不宜收入，原因很简单：它们几乎不像海子的作品，对海子的诗歌存在无关紧要。收集海子佚诗的工作肯定还要持续下去。我在此向为编辑本书提供了海子佚诗的朋友表达感谢，特别是安庆师院的金松林先生。

需要说明的一点是，骆一禾曾称海子留有200万字作品，我亦曾在文章中袭用过一禾的说法，但这一说法其实有误。一禾当时只是根据海子遗留的手稿（用稿纸誊写过的和写在横格本上的，以及大量写在零散纸片上的，其中不少东西是海子自己丢进了簸箕的）大致估算了一下。他并未来得及对这些东西认真阅读便也匆匆离去。事实上，在那些纸片中，有许多东西不是作品，而是大学课堂笔记和讲课教案。而那些教案基本上都是提纲，海子并未视之为创造性劳动。海子的文学作品，现在看来，大致就是这些收入《诗全集》的东西了。

本书第一次披露了一些海子文字以外的作品，这就是海子自己为《太阳·断头篇》所作的插图。海子几乎没有画过画，但这些插图是个例外。这些插图的画面非常简洁，一条墨线、两条墨线、一个墨点。绝对的墨点，应该就是海子心中的大太阳；这太阳太绝对了，以致只有纯然的黑色才能表现。读者当能从这些插图更深入地认识海子和他的诗歌，甚至体验出海子与他的大太阳的那种搭上性命的关系。

一转眼海子去世已经20年。20年里中国发生了太大的变化。这些变化有时会不客气地否定我们心中诗性的存在。我们现在说起海子，好像已经没有了当年面对海子骤逝这一事件时的悲伤难过，好像他已经成为了一个历史人物，但每回重读海子，海子诗歌的光辉和力道便骤然显现。这是否说明我们心中还是有一些不变的东西？而海子已经不再需要变化了。他在那里，他在这里，无论他完成与否他都完成了。

2009.3.6

目　录

海子生涯　骆一禾　1

怀念　西　川　6

第一编　短诗
(1983~1986)

亚洲铜　3

阿尔的太阳　4

海上　6

新娘　7

我，以及其他的证人　8

单翅鸟　10

爱情故事　12

跳跃者　14

秋天　16

中国器乐　18

煤堆　20

春天的夜晚和早晨　21

木鱼儿　23

印度之夜　24

不要问我那绿色是什么　26

黑风　28

东方山脉　30

农耕民族　34

历史　35

龙　37

村庄　39

自画像　40

女孩子　41

海上婚礼　42

妻子和鱼　44

思念前生　46

船尾之梦　48

河伯　50

坛子　52

燕子和蛇（组诗）　54

活在珍贵的人间　61

夏天的太阳　62

主人　64

浑曲　65

你的手　66

得不到你　68

中午　70

日光　72

北方门前　73

写给脖子上的菩萨　74

房屋　76

粮食　77

民间艺人　78

熟了麦子　79

哑脊背　81

我请求：雨　83

为了美丽　85

早祷与枭（组诗）　86

打钟　92

蓝姬的巢　94

莲界慈航　96

明天醒来我会在哪一只鞋子里　98

夜月　100

月　102

孤独的东方人　103

城里　105

给母亲（组诗）　107

九盏灯（组诗）　111

村庄　114

无题　115

麦地　116

坐在纸箱上想起疯了的朋友们　120

我坐在一棵木头中　121

春天　122

歌：阳光打在地上 *123*

在昌平的孤独 *125*

马（断片） *126*

春天（断片） *129*

半截的诗 *134*

爱情诗集 *135*

诗集 *136*

歌或哭 *137*

门关户闭 *138*

幸福（或我的女儿叫波兰） *139*

我的窗户里埋着一只为你祝福的杯子 *141*

海滩上为女士算命 *142*

抱着白虎走过海洋 *143*

让我把脚丫搁在黄昏中一位木匠的工具箱上 *145*

从六月到十月 *146*

八月尾 *147*

葡萄园之西的话语 *149*

果园 *150*

感动 *151*

肉体（之一） *153*

肉体（之二） *155*

死亡之诗（之一） *158*

死亡之诗（之二：采摘葵花） *159*

自杀者之歌 *161*

黎明 *162*

给萨福 *163*

给安徒生（组诗） *165*

梭罗这人有脑子（组诗） *166*

给托尔斯泰 *171*

给卡夫卡 *173*

大自然 *174*

莫扎特在《安魂曲》中说 *175*

天鹅 *176*

不幸 *178*

泪水 *179*

给 1986 *181*

海水没顶 *182*

七月的大海 *183*

海子小夜曲 *184*

给你（组诗） *186*

谣曲（四首） *189*

给 B 的生日 *192*

哭泣 *193*

我感到魅惑 *194*

北斗七星 七座村庄 *196*

黄金草原 *197*

怅望祁连（之一） *198*

怅望祁连（之二） *199*

七月不远 200

敦煌 202

云朵 203

九月 205

喜马拉雅 206

第二编　长诗

(1984~1985)

河流 211

河流·（一）春秋 211

河流·（二）长路当歌 221

河流·（三）北方 229

传说 238

一、老人们 238

二、民间歌谣 243

三、平常人诞生的故乡 247

四、沉思的中国门 250

五、复活之一：河水初次带来的孩子 255

六、复活之二：黑色的复活 259

但是水、水 266

第一篇　遗址（三幕诗剧） 266

第二篇　鱼生人 277

水……洪水前后 277

图腾或男人的孤独 277

第三篇　旧河道　291

第四篇　三生万物　301

1. 女人的诞生　301

2. 招魂那天无雨　303

3. 八月（或金铜仙人辞汉歌）　308

其他：神秘故事六篇　311

龟王　311

木船　314

初恋　318

诞生　319

公鸡　321

南方　323

第三编　短诗

(1987~1989)

冬天的雨　329

雨　332

雨鞋　334

九寨之星　335

吊半坡并给擅入都市的农民　336

黎明：一首小诗　338

给安庆　339

九首诗的村庄　340

两座村庄　341

病少女　343

野花　344

在家乡　346

粮食两节　348

光棍　350

生殖　351

土地·忧郁·死亡　352

马、火、灰——鼎　353

石头的病（或八七年）　354

日出　356

水抱屈原　357

耶稣（圣之羔羊）　358

但丁来到此时此地　359

不幸（组诗）　361

尼采，你使我想起悲伤的热带　366

公爵的私生女　368

献给韩波：诗歌的烈士　370

给伦敦　372

盲目　373

马雅可夫斯基自传　375

诗人叶赛宁（组诗）　377

长发飞舞的姑娘（五月之歌）　388

美丽白杨树　389

北方的树林　391

盲目 392

月光 393

灯 395

灯诗 398

夜晚 亲爱的朋友 400

晨雨时光 401

昌平柿子树 402

枫 403

野鸽子 405

汉俳 406

五月的麦地 409

麦地（或遥远） 410

麦地与诗人 412

幸福的一日 414

重建家园 415

献诗 416

十四行：夜晚的月亮 417

十四行：王冠 418

十四行：玫瑰花 419

十四行：玫瑰花园 420

秋日想起春天的痛苦 也想起雷锋 421

秋日山谷 422

秋 423

八月之杯 424

八月　黑色的火把　425

九月的云　426

秋天　427

秋日黄昏　429

秋　431

为什么你不生活在沙漠上　432

祖国（或以梦为马）　434

秋天的祖国　437

一滴水中的黑夜　439

眺望北方　441

乳房　443

夜色　444

星　445

跳伞塔　447

生日　449

太阳和野花　451

在一个阿拉拍沙漠的村镇上　456

酒杯：情诗一束　460

两行诗　462

四行诗　464

海底卧室　466

冬天　467

我飞遍草原的天空　469

远方　471

10

在大草原上预感到海的降临　473

黑翅膀　474

七百年前　476

西藏　477

雪　478

远方　480

大草原　大雪封山　481

青海湖　482

大风　483

绿松石　484

山楂树　485

日记　487

无名的野花　489

花儿为什么这样红　491

叙事诗　493

遥远的路程　502

遥远的路程　503

面朝大海，春暖花开　504

折梅　505

神秘的二月的时光　506

黎明（之一）　507

黎明（之二）　508

黎明（之三）　510

四姐妹　512

酒杯　514

日落时分的部落　515

桃花　516

桃花开放　517

你和桃花　518

桃花时节　520

桃树林　522

桃花　524

黎明和黄昏　525

春天　529

拂晓　534

月全食　537

春天，十个海子　540

太平洋上的贾宝玉　542

献给太平洋　543

太平洋的献诗　544

献诗　545

最后一夜和第一日的献诗　546

献诗　547

黑夜的献诗　548

第四编　太阳·七部书

(1986~1988)

太阳·断头篇　553

序幕　天　*555*

第一幕　地　*566*

第一场：天空的断头台　*566*

第二场：拖火的身体倒栽而下　*576*

第三场：地狱炼火（有题无诗）　*579*

第四场：地狱炼火（有题无诗）　*579*

第二幕　歌　*580*

第一场：火歌（有题无诗）　*580*

第二场：粮食歌（有题无诗）　*580*

第三场：诗人（有题无诗）　*580*

1. 楚歌（有题无诗）　*580*

2. 沅湘之夜（有题无诗）　*580*

3. 羿歌之夜（有题无诗）　*581*

4. 天河畔之夜（有题无诗）　*581*

5. 诗人的最后之夜（独白）　*581*

第四场：歌　*588*

1. 最初的歌者之夜　*588*

2. 祭礼之歌　*599*

3. 婚礼之歌：月亮歌　*605*

4. 葬礼之歌　*609*

第三幕　头　*619*

第一场：断头战士　*619*

第二场：最后的诗（有题无诗）　*640*

第三场：浩风（有题无诗）　*640*

太阳·土地篇 *641*

第一章　老人拦劫少女（1 月。冬。）　*643*

第二章　神秘的合唱队（2 月。冬春之交。）　*648*

第三章　土地固有的欲望和死亡（3 月。春。）　*666*

第四章　饥饿仪式在本世纪（4 月。春。）　*674*

第五章　原始力（5 月。春夏之交。）　*679*

第六章　王（6 月。夏。）　*685*

第七章　巨石（7 月。夏。）　*692*

第八章　红月亮……

女人的腐败或丰收（8 月。夏秋之交。）　*698*

第九章　家园（9 月。秋。）　*704*

第十章　迷途不返的人……酒（10 月。秋。）　*709*

第十一章　土地的处境与

宿命（11 月。秋冬之交。）　*719*

第十二章　众神的黄昏（12 月。冬。）　*725*

太阳·大札撒　（残稿） *735*

抒情诗　*737*

太阳·你是父亲的好女儿 *751*

《大草原》三部曲之一　*753*

太阳·弑 *805*

序幕　*809*

第一幕　*814*

幕间过场一场　*840*

第二幕　*843*

幕间过场一场　*869*

第三幕　*870*

太阳・诗剧　*897*

司仪（盲诗人）　*899*

太阳王　*904*

猿　*909*

三母猿　*915*

鸣——诸王、语言　*918*

合唱　*922*

鸣——民歌手（这是他自己的歌）　*923*

合唱　*926*

鸣——盲诗人的另一兄弟　*927*

合唱　*929*

太阳・弥赛亚　*931*

献诗　*933*

献诗　*933*

太阳　*943*

原始史诗片断　*970*

第五编　文论

寻找对实体的接触（《河流》原序）　*1017*

源头和鸟（《河流》原代后记）　*1019*

民间主题（《传说》原序）　*1021*

寂静（《但是水、水》原代后记）　*1024*

日记　1027

动作（《太阳·断头篇》代后记）　1034

诗学：一份提纲　1038

一、辩解　1038

二、上帝的七日　1039

三、王子·太阳神之子　1045

四、伟大的诗歌　1048

五、朝霞　1052

六、沙漠　1059

七、曙光之一　1064

八、曙光之二：电影上的驼子　1066

我热爱的诗人——荷尔德林　1068

第六编　补遗

小站　1077

第一辑：给土地　1079

以山的名义，兄弟们（组诗）　1079

东方山脉　1079

小山素描（两首）　1082

上山的孩子　1082

恋歌　1084

年轻的山群　1086

丘陵之歌　1089

高原节奏　1093

第二辑：静物 *1097*

期待 *1097*

新月 *1098*

纸鸢 *1099*

第三辑：故乡四题 *1102*

门 *1102*

栽枣树 *1104*

红喜事 *1106*

烟叶 *1108*

第四辑：远山风景 *1109*

第五辑：告别的两端 *1112*

小站 *1112*

小叙事 *1114*

后记 *1117*

麦地之瓮 *1119*

歌：阳光打在地上 （存目）

鱼筐 *1121*

宇宙猎冰人 *1122*

这时就应该我来解释 *1123*

月 （存目）

马（断片） （存目）

半截的诗 （存目）

光着头的哥哥噢哥哥——给凡·高 *1124*

门关户闭 （存目）

17

青年医生梦中的处方：木桶　1126

街道　1128

琴　1129

抱着白虎走过海洋　（存目）

感动　（存目）

歌或哭　（存目）

岁月　1130

春天（断片）（存目）

诗经中的两个儿子及其他　1131

海滩上为女士们算命　（存目）

我的窗户里埋着一只为你祝福的杯子　（存目）

爱情诗集　（存目）

散佚作品　1133

夜　1135

夜丁香　1136

生日颂（或生日祝酒词）　1137

村庄　1144

取火　1144

谷仓　1147

歌手　1151

死亡后记　西川　1154

《海子诗全编》编后记　西川　1167

（代序一）

海子生涯

1964~1989

骆一禾

　　我写这篇短论，完全是由海子诗歌的重要性决定的。密茨凯维支在上个世纪的巴黎讲述斯拉夫文学时，谈到拜伦对东欧诗人的启迪时说："他是第一个人向我们表明，人不仅要写，还要像自己写的那样去生活。"这用以陈说海子诗歌与海子的关系时，也同样贴切。海子的重要性特别表现在：海子不是一个事件，而是一种悲剧，正如酒和粮食的关系一样，这种悲剧把事件造化为精华；海子不惟是一种悲剧，也是一派精神氛围，凡与他研究或争论过的人，都会记忆犹新地想起这种氛围的浓密难辨、猛烈集中、质量庞大和咄咄逼人，凡读过他作品序列的人会感到若理解这种氛围所需要的思维运转速度和时间。今天，海子辞世之后，我们来认识他，依稀会意识到一个变化：他的声音、咏唱变成了乐谱，然而这种精神氛围依然腾矗在他的骨灰上，正如维特根施坦所说："但精神将蒙绕着灰土"。所以——在这个世界上，许多事件——大的和比较大的，可称为大的过去之后，海子暨海子

1

诗歌会如磐石凸露，一直到他的基础。这并不需要太多地"弄个水落石水"，水落石出是一个大自然的过程。用圣诉说，海子是得永生的人，以凡人的话说，海子的诗进入了可研究的行列。

海子在七年中尤其是 1984～1989 年的 5 年中，写下了 200 余首高水平的抒情诗和七部长诗，他将这些长诗归入《太阳》，全书没有写完，而七部成品有主干性，可称为《太阳·七部书》，他的生和死都与《太阳·七部书》有关。在这一点上，他的生涯等于亚瑟王传奇中最辉煌的取圣杯的年轻骑士：这个年轻人专为获取圣杯而骤现，惟他青春的手可拿下圣杯，圣杯在手便骤然死去，一生便告完结。——海子在抒情诗领域里向本世纪挑战性地独擎浪漫主义战旗，可以验证上述拟喻的成立：被他人称为太阳神之子的这类诗人，都共有短命天才、抒情诗中有鲜明自传性带来的雄厚底蕴、向史诗形态作恃力而为、雄心壮志的挑战、绝命诗篇中惊才卓越的断章性质等特点。在海子《七部书》中以话剧体裁写成的《太阳·弑》，可验证是他长诗创作中的最后一部。具体地说，《弑》是一部仪式剧或命运悲剧文体的成品，舞台是全部血红的空间，间或楔入漆黑的空间，宛如生命四周宿命的秘穴。在这个空间里活动的人物恍如幻象置身于血海内部，对话中不时响起鼓、钹、法号和震荡器的雷鸣。这个空间的精神压力具有恐怖效果，本世纪另一个极端例子是阿尔贝·加缪，使用过全黑色剧场设计，从色调上说，血红比黑更黑暗，因为它处于压力和爆炸力的临界点上。然而，海子在这等压力中写下的人物道白却有着猛烈奔驰的速度。这种危险的速度，也是太阳神之子的诗歌中的特征。《弑》写于 1988 年 7～11 月。

下面我要说的便是《太阳·七部书》的内在悲剧，这不惟是海子生与死的关键，也是他诗歌的独创、成就和贡献。

《七部书》的想象空间十分浩大，可以概括为东至太平洋沿岸，西至两河流域，分别以敦煌和金字塔为两极中心；北至蒙古大草原，南至印度次大陆，其中是以神话线索"鲲（南）鹏（北）之变"贯穿的。这个史诗图景的提炼程度相当有魅力，令人感到数学之美的简赅。海子在这个图景上建立了支撑想象力和素材范围的原型谱，或者说象征体系的主轮廓（但不等于"象征主义"），这典型地反映在《太阳·土地篇》（以《土地》为名散发过）里。在铸造了这些圆柱后，他在结构上借镜了《圣经》的经验，包括伟大的主体史诗诗人如但丁和歌德、莎士比亚的经验。这些工作的进展到1987年完成的《土地》写作，都还比较顺利。往后悲剧性大致从三个方面向《太阳》合流。

海子史诗构图的范围内产生过世界最伟大的史诗，如果说这是一个泛亚细亚范围，那么事实是他必须受众多原始史诗的较量。从希腊和希伯来传统看，产生了结构最严整的体系性神话和史诗，其特点是光明、日神传统的原始力量战胜了更为野蛮、莽撞的黑暗、酒神传统的原始力量。这就是海子择定"太阳"和"太阳王"主神形象的原因：他不是沿袭古代太阳神崇拜，更主要的是，他要以"太阳王"这个火辣辣的形象来笼罩光明与黑暗的力量，使它们同等地呈现，他要建设的史诗结构因此有神魔合一的实质。这不同于体系型主神神话和史诗，涉及到一神教和多神教曾指向的根本问题，这是他移向对印度大诗《摩诃婆罗多》及《罗摩衍那》经验的内在根源。那里，不断繁富的百科全书型史诗形态，提供了不同于体系性史诗、神话型态的可能。然而这和他另一种诗歌理想——把完形的、格式塔式造型赋予潜在精神、深渊本能和内心分裂主题——形成了根本冲突，他因而处于凡·高、尼采、荷尔德林式的精神境地：原始力量核心和垂直蒸晒。印度古书里存在着一个可怕的（也可能是美好的）形象：吠陀神。他杂而一，以一个身子为一切又有一切身，互相混同又混乱。这可能是一种解决之道又可能是一种瓦解。——海子的诗歌道路在完成史诗构想——"我考虑真正的史诗"的情况下，决然走上了一条"赤道"：从浪漫主义诗人自传和激情的因素直取凡·高、尼采、荷尔德林的境地而突入背景诗歌——史诗。冲力的急流不是可以带来动态的规整么？用数学的话说：两点之间的最短距离是直线。在这种情况下，海子用生命的痛苦、浑浊的境界取缔了玄学的、形而上的境界作独自挺进，西川说这是"冲击极限"。

海子的长诗大部分以诗剧方式写成，这里就有着多种声音，多重化身的因素，体现了前述悲剧矛盾的存在。从悲剧知识上说，史诗指向睿智、指向启辟鸿蒙、指向大宇宙循环，而悲剧指向宿命、指向毁灭、指向天启宗教，故在悲剧和史诗间，海子以诗剧写史诗是他壮烈矛盾的必然产物。正如激情方式和宏大构思有必然冲突一样。在他扬弃了玄学的境界的深处，他说了"元素"：一种普洛提诺式的变幻无常的物质与莱布尼茨式的没有窗户的、短暂的单子合成的实体，然而它又是"使生长"的基因，含有使天体爆发出来的推动力。也就是说海子的生命充满了激情，自我和生命之间不存在认识关系。

4

这就是 1989 年 3 月 26 日的轰然爆炸的根源。

相对论中有一句多么诗意的，关于巨大世界原理的描述："光在大质量客体处弯曲"。

海子写下了《太阳·七部书》，推动他的"元素"让他在超密态负载中挺进了这么远，贡献了七部书中含有的金子般的真如之想，诗歌的可能与可行，也有限度的现身——长久以来，它是与世界匿而不见的。海子的诗之于他的生和死，在时间峻笑着荡涤了那些次要的成分和猜度、臆造之后，定然凸露出来，他也就生了。最后，我想引述诗人陈东东的一句话：

"他不仅对现在、将来，而且对过去都将产生重大的影响。"——是的，根由之一是，海子有他特定的成就，而不是从一般知识上带来了诗歌史上各种作品的共时存在，正如在山巅上万物尽收眼底一样。

1989. 5. 13

怀念

西川

尸体是泥土的再次开始

尸体不是愤怒也不是疾病

其中包含着疲倦、忧伤和天才

——海子《土地·王》

诗人海子的死将成为我们这个时代的神话之一。随着岁月的流逝，我们将越来越清楚地看到，1989 年 3 月 26 日黄昏，我们失去了一位多么珍贵的朋友。失去一位真正的朋友意味着失去一个伟大的灵感，失去一个梦，失去我们生命的一部分，失去一个回声。对于我们，海子是一个天才，而对于他自己，则他永远是一个孤独的"王"，一个"物质的短暂情人"，一个"乡村知识分子"。海子只生活了 25 年，他的文学创作大概只持续了 7 年，在他生命的最后两年里，他像一颗年轻的星宿，争分夺秒地燃烧，然后突然爆炸。

在海子自杀的次日晚，我得到了这一令人难以置信的消息，怎么可能这样暴力？他应该活着！因为就在两个星期前，海子、骆一禾、老木和我，曾在我的家中谈到歌德不应让浮士德把"泰初有道"译为"泰初有为"，而应译为"泰初有生"；还曾谈到大地丰收后的荒凉和亚历山大英雄双行体。海子卧轨自杀的地点在山海关至龙家营之间的一段火车慢行道上，自杀时他身边带有4本书：《新旧约全书》、梭罗的《瓦尔登湖》、海雅达尔的《孤筏重洋》和《康拉德小说选》。他在遗书中写道："我的死与任何人无关。"一禾告诉我，两个星期前他们到我家来看我是出于海子的提议。

关于海子的死因，已经有了各种各样的传言，但其中大部分将被证明是荒唐的。海子身后留有近200万字的文学作品，其中包括他一生仅记的3篇日记。早在1986年11月18日他就在日记中写道："我差一点自杀了，……但那是另一个我——另一具尸体……我曾以多种方式结束了他的生命。但我活了下来……我又生活在圣洁之中。"这个曾以荷尔德林的热情书写歌德的诗篇的青年诗人，他圣洁得愚蠢，愚蠢得辉煌！诚如凡·高所说："一切我所向着自然创作的，是栗子，从火中取出来的。啊，那些不信任太阳的人是背弃了神的人。"

海子死后，一禾称他为"赤子"——一禾说得对，因为海子那些带有自传性质的诗篇中，我们的确能够发现这样一个海子：单纯，敏锐，富于创造性；同时急躁，易于受到伤害，迷恋于荒凉的泥土，他所关心和坚信的是那些正在消亡而又必将在永恒的高度放射金辉的事物。这种关心和坚信，促成了海子一生的事业，尽管这事业他未及最终完成。他选择我们去接替他。

当我最后一次走进他在昌平的住所为他整理遗物时，我听到自己的心跳。我所熟悉的主人不在了，但那两间房子里到处保留着主人的性格。门厅里迎面贴着一幅凡·高油画《阿尔疗养院庭院》的印刷品。左边房间里一张地铺摆在窗下，靠南墙的桌子上放着他从西藏背回来的两块喇嘛教石头浮雕和一本16、17世纪之交的西班牙画家格列柯的画册。右边房间里沿西墙一排三个大书架——另一个书架靠在东墙——书架上放满了书。屋内有两张桌子，门边的那张桌子上摆着主人生前珍爱的七册印度史诗《罗摩衍那》。很显然，在主人离去前这两间屋子被打扫过：干干净净，像一座坟墓。

这就是海子从1983年秋季到1989年春天的住所，在距北京城60多里地的小城昌平（海子起初住在西环里，后迁至城东头政法大学新校址）。昌平小城西傍太行山余脉，北倚燕山山脉的军都山。这些山岭不会知道，一个诗人每天面对着它们，写下了《土地》、《大扎撒》、《太阳》、《弑》、《太阳·弥赛亚》等一系列作品。在这里，海子梦想着麦地、草原、少女、天堂以及所有遥远的事物，海子生活在遥远的事物之中，现在尤其如此。

你可以嘲笑一个皇帝的富有，但你却不能嘲笑一个诗人的贫穷。与梦想着天国，却在大地上找到了一席之地的西班牙诗人希梅内斯不同，海子没有幸福地找到他在生活中的一席之地。这或许是由于他的偏颇。在他的房间里，你找不到电视机、录音机、甚至收音机。海子在贫穷、单调与孤独之中写作。他既不会跳舞、游泳，也不会骑自行车。在离开北京大学以后的这些年里，他只看过一次电影——那是1986年夏天，我去昌平看他，我拉他去看了根据陀思妥耶夫斯基小说改编的苏联电影《白痴》。除了两次西藏之行和给学生们上课，海子的日常生活基本是这样的：每天晚上写作直至第二天早上7点，整个上午睡觉，整个下午读书，间或吃点东西，晚上7点以后继续开始工作。然而海子

8

却不是一个生性内向的人，他会兴高采烈地讲他小时候如何在雨天里光着屁股偷吃地里的茭白，他会发明一些稀奇古怪的口号，比如"从好到好"；他会告诉你老子是个瞎子，雷锋是个大好人。

这个渴望飞翔的人注定要死于大地。但是谁能肯定海子的死不是另一种飞翔，从而摆脱漫长的黑夜、根深蒂固的灵魂之苦，呼应黎明中弥赛亚洪亮的召唤？海子曾自称为浪漫主义诗人，在他的脑海里挤满了幻象。不过他又与19世纪欧洲的浪漫主义不同。我们可以以《圣经》的两卷书作比喻：海子的创作道路是从《新约》到《旧约》。《新约》是思想而《旧约》是行动，《新约》是脑袋而《旧约》是无头英雄，《新约》是爱、是水，属母性，而《旧约》是暴力、是火，属父性，"以眼还眼，以牙还牙"不同于"一个人打你的右脸，你要把左脸也给他"，于是海子早期诗作中的人间少女后来变成了天堂中歌唱的持国和荷马，我不清楚是什么使他在1987年写作长诗《土地》时产生了这种转变，但他的这种转变一下子带给了我们崭新的天空和大地，海子期望着从抒情出发，经过叙事，到达史诗，他殷切渴望建立起一个庞大的诗歌帝国：东起尼罗河，西达太平洋，北至蒙古高原，南抵印度次大陆。

至少对于我个人来讲，要深入谈论海子其人其诗，以及他作为一个象征对于我们这个时代的诗歌与社会所产生的意义与影响，还需要很长的时间。海子一定看到和听到了许多我不曾看到和听到的东西；而正是这些我不曾看到和听到的东西使他成为我们这个时代的先驱之一。在一首有关兰波的诗中海子称这位法兰西通灵者为"诗歌的烈士",现在,孤独、痛苦、革命和流血的他也加入了这诗歌烈士的行列,出自他生命的预言成了他对自我的召唤,我们将受益于他生命和艺术的明朗和坚决,面对新世纪的曙光。

我和海子相识于1983年春天,还记得那是在北大校团委的一间兼作宿舍的办公室里。海子来了,小个子,圆脸,大眼睛,完全是个孩子(留胡子是后来的事了)。当时他只有19岁,即将毕业,那次谈话的内容我已记不清了,但还记得他提到过黑格尔,使我产生了一种盲目的敬佩之情。海子大概是在大学三年级时开始诗歌创作的。

说起海子的天赋,不能不令人由衷地赞叹。海子15岁从安徽安庆农村考入北京大学法律系,毕业后分配至中国政法大学工作,初在校刊,后转至哲学教研室,先后给学生们开过控制论、系统论和美学的课程。海子的美学课很受欢迎,在谈及"想象"这个问题时,他举例说明想象的随意性:"你们可以想象海鸥就是上帝的游泳裤!"学生们知道他是一个诗人,要求他每次下课前用10分钟的时间朗诵自己的诗作。哦,那些聆听过他朗诵的人有福了!

海子一生爱过4个女孩子,但每一次的结果都是一场灾难,特别是他初恋的女孩子,更与他的全部生命有关。然而海子却为她们写下了许许多多动人的诗篇:"荒凉的山冈上站着四姐妹/所有的风只向她们吹/所有的日子都为她们破碎"(《四姐妹》)。这与莎士比亚《麦克白斯》中三女巫的开场白异曲同工:"雷电轰轰雨蒙蒙,何日姐妹再相逢?"海子曾怀着巨大的悲伤爱恋她们,而"这糊涂的四姐妹啊","比命运女神还要多出一个"。哦,这四位女性有福了!

海子在乡村一共生活了15年,于是他曾自认为,关于乡村,他至少可以写作15年,但是他未及写满15年便过早地离去了。每一个接近他的人,每一个诵读过他的诗篇的人,都能从他身上嗅到四季的轮转、风吹的方向和麦子的成长。泥土的光明与黑暗,温情与严酷化作他生命的本质,化作他出类拔萃、简约、流畅又铿锵的诗歌语言,仿佛沉默的大地为了说话而一把抓住了他,把他变成了大地的嗓子。哦,中国广大贫瘠的乡村有福了!

海子最后极富命运感的诗篇是他全部成就中重要的一部分,他独特地体验到了"黑夜从大地上升起/遮住了光明的天空/丰收后荒凉的大地/黑夜从你内部上升"。现在,当我接触到这些诗句时,我深为这些抵达元素的诗句所震撼,深知这就是真正的诗歌。如果说海子生前还不算广为人知或者广为众人所理解,那么现在,他已不必再讲他的诗歌"不变铅字变羊皮"的话,因为他的诗歌将流动在我们的血液里。哦,中国簇新的诗歌有福了!

1990. 2. 17

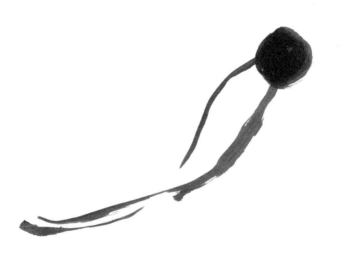

第一编

短诗

1983~1986

亚 洲 铜

亚洲铜，亚洲铜
祖父死在这里，父亲死在这里，我也将死在这里
你是唯一的一块埋人的地方

亚洲铜，亚洲铜
爱怀疑和爱飞翔的是鸟，淹没一切的是海水
你的主人却是青草，住在自己细小的腰上，守住野花的手掌
  和秘密

亚洲铜，亚洲铜
看见了吗？那两只白鸽子，它是屈原遗落在沙滩上的白鞋子
让我们——我们和河流一起，穿上它吧

亚洲铜，亚洲铜
击鼓之后，我们把在黑暗中跳舞的心脏叫做月亮
这月亮主要由你构成

1984.10

阿尔的太阳①

——给我的瘦哥哥

　　"一切我所向着自然创作的，是栗子，从火中取出来的。啊，那些不信仰太阳的人是背弃了神的人。"②

到南方去

到南方去

你的血液里没有情人和春天

没有月亮

面包甚至都不够

朋友更少

只有一群苦痛的孩子，吞噬一切

瘦哥哥凡·高，凡·高啊

从地下强劲喷出的

火山一样不计后果的

是丝杉和麦田

还是你自己

————————

　　① 阿尔系法国南部一小镇，凡·高在此创作了七八十幅画，这是他的黄金时期。——海子自注。

　　② 引文摘自凡·高致其弟泰奥书信。——编者注。

喷出多余的活命的时间

其实，你的一只眼睛就可以照亮世界

但你还要使用第三只眼，阿尔的太阳

把星空烧成粗糙的河流

把土地烧得旋转

举起黄色的痉挛的手，向日葵

邀请一切火中取栗的人

不要再画基督的橄榄园

要画就画橄榄收获

画强暴的一团火

代替天上的老爷子

洗净生命

红头发的哥哥，喝完苦艾酒

你就开始点这把火吧

烧吧

1984.4

海上

所有的日子都是海上的日子

穷苦的渔夫

肉疙瘩像一卷笨拙的绳索

在波浪上展开

想抓住远方

闪闪发亮的东西

其实那只是太阳的假笑

他抓住的只是几块会腐烂的木板：

房屋、船和棺材

成群游来鱼的脊背

无始无终

只有关于青春的说法

一触即断

1984.6

新 娘

故乡的小木屋、筷子、一缸清水
和以后许许多多日子
许许多多告别
被你照耀

今天
我什么也不说
让别人去说
让遥远的江上船夫去说
有一盏灯
是河流幽幽的眼睛
闪亮着
这盏灯今天睡在我的屋子里

过完了这个月，我们打开门
一些花开在高高的树上
一些果结在深深的地下

1984.7

我，以及其他的证人

故乡的星和羊群
像一支支白色美丽的流水
跑过
小鹿跑过
夜晚的目光紧紧追着

在空旷的野地上，发现第一枝植物
脚插进土地
再也拔不出
那些寂寞的花朵
是春天遗失的嘴唇

为自己的日子
在自己的脸上留下伤口
因为没有别的一切为我们作证

我和过去
隔着黑色的土地
我和未来

隔着无声的空气

我打算卖掉一切
有人出价就行
除了火种、取火的工具
除了眼睛
被你们打得出血的眼睛

一只眼睛留给纷纷的花朵
一只眼睛永不走出铁铸的城门
　　黑井

1984.6

9

单翅鸟

单翅鸟为什么要飞呢
为什么
头朝着天地①
躺着许多束朴素的光线

菩提，菩提想起
石头
那么多被天空磨平的面孔
都很陌生
堆积着世界的一半
摸摸周围
你就会拣起一块
砸碎另一块

单翅鸟为什么要飞呢
我为什么
喝下自己的影子

---

① 原稿如此。——编者注。

揪着头发作为翅膀
离开

也不知天黑了没有
穿过自己的手掌比穿过别人的墙壁还难
单翅鸟
为什么要飞呢

肥胖的花朵
喷出水
我眯着眼睛离开
居住了很久的心和世界

你们都不醒来
我为什么
为什么要飞呢

1984.9

爱情故事

两个陌生人
朝你的城市走来

今天夜晚
语言秘密前进
直到完全沉默

完全沉默的是土地
传出民歌沥沥
淋湿了
此心长得郁郁葱葱

两个猎人
向这座城市走来
向王后走来
身后哒姆哒姆
迎亲的鼓
代表无数的栖息与抚摸

两个陌生人

从不说话

向你的城市走来

是我的两只眼睛

1984. 12

跳跃者

老鼻子橡树

夹住了我的蓝鞋子

我却是跳跃的

跳过榆钱儿

跳过鹅和麦子

一年跳过

十二间空屋子和一些花穗

从一口空气

跳进另一口空气

我是深刻的生命

我走过许多条路

我的袜子里装满了错误

日记本是红色的

是红色的流浪汉

脖子上写满了遗忘的姓名，跳吧

跳够了我就站住

站在山顶上沉默

沉默是山洞

沉默是山洞里一大桶黄金

沉默是因为爱情

1984. 12

秋天

秋天红色的膝盖

跪在地上

小花死在回家的路上

泪水打湿

鸽子的后脑勺

一位少年去摘苹果树上的灯

植物没有眼睛

挂着冬天的身份牌

一条干涸的河

是动物的最后情感

一位少年人去摘苹果树上的灯①

我的眼睛

黑玻璃，白玻璃

_____

① 本行"少年人"，原稿如此。——编者注。

证明不了什么

秋天一定在努力地忘记着

嘴唇吹灭很少的云朵

一位少年去摘苹果树上的灯

1984.11

中国器乐

锣鼓声

锵锵

音乐的墙壁上所有的影子集合

去寻找一个人

一个善良的主人

锵锵

去寻找中国老百姓

泪水锵锵

中国器乐用泪水寻找中国老百姓

秦腔

今夜的闪电

一条条

跳入我怀中，跳入河中

蛇皮二胡拉起。

南瓜地里沾满红土的

孩子思乳的哭声

夜空漫漫长长

哭吧

鱼含芦苇

爬上岸来准备安慰

但是

哭吧

瞎子阿炳站在泉边说

月亮今夜也哭得厉害

断断续续的口弦声钻入港口的外国船舱

第一水手呆了

第二水手呆了

那些歌曲钉在黄发水手的脑袋上

1984.11

煤堆

煤堆
闯进冬天的
黑色主人
拉着大家的手
径直走进房屋

火
闪着光

把病牛牵进来！
它像一片又瘦又长的树叶
落上稻草：唉，这没有泥土的日子
但是煤说：
火
闪着光

1984.11

春天的夜晚和早晨

夜里

我把古老的根

背到地里去

青蛙绿色的小腿月亮绿色的眼窝

还有一枚绿色的子弹壳，绿色的

在我脊背上

纷纷开花

早晨

我回到村里

轻轻敲门

一只饮水的蜜蜂

落在我的脖子上

她想

我可能是一口高出地面的水井

妈妈打开门

隔着水井

看见一排湿漉漉的树林

对着原野和她

整齐地跪下

妈妈——他们嚷着——

妈妈

1984. 10

木鱼儿

八千年三万里
问你何在?

猫的笑声
穿过生锈的铁羽毛

青年人
暴晒土地

宝塔回到城市
车祸丛生

宝塔摸摸脖子
脖子莫非是别人的通道?

木鱼儿,木鱼儿
大劫后的鼻音

1984. 11

印度之夜

月亮神秘地西渡
恒河，佛洞里摆满了别人的牙齿

星星和菜豆
天地间一串紫色的连线，真正的连线

黑色疯长八丈
大风隐隐

城市，最近才出现的小东西
跟沙漠一样爱吃植物和小鱼

月光下一群群乌鸦
自己以为是黑衣新嫁娘

没有人向她们求婚
只好边叫边梳理头发

睡在仓库的老人

影子在手掌上漫游，影子是劳动

面壁，面壁，出现思想者自己
祈求小麦花永远美丽

1984.11

不要问我那绿色是什么

头发

灌满阳光和大沙

我是荒野上第一根被晒坏的石柱

耕种黑麦

不要问我那绿色是什么

小鸟像几管颜料

粘住我的面颊

树下有一些穿着服装的陌生人

那时我已走过青海湖，影子滑过钢蓝的冰大坂

不要问我那绿色是什么

木筐挑着土

一步迈上秦岭

秦岭，最初的山

仍然在回忆我们，一窝黄黑的小脑袋——孩子啊

不要问我那绿色是什么

我避开所有的道路

最后长成

站在风熏寓言的石墓上

长成

不要问我那绿色是什么

1984. 12

黑风

掠过田野的那黑风
那第四次的
口粮和旗帜
就要来了！

聚拢的马群将被劫走
星星将被吹散
他在所有的脚印上覆盖
一种新的草药
遗忘的就要永远被遗忘了
窗子忧伤地关上了
有一两盏橘黄朴素的灯也要熄灭
他们来了
他们是黑色的风

后来他们表达了一种失败的东西
他们留下苦苦创生的胚芽
他们哭了
把所有的人哭醒之后

又走了

走得奇怪

以后所有的早晨都非常奇怪

马儿长久地奔跑，太阳不灭，物质不灭

　　苹果突然熟了

还有一些我们熟悉的将要死去

我们不熟悉的慢慢生根

人们啊，所有交给你的

都异常沉重

你要把泥沙握得紧紧

在收获时应该微笑

没必要痛苦地提起他们

没必要忧伤地记住他们

1984.12

东方山脉

三角洲和碎花的笑

一起甩到脑后

一块大陆在愤怒地骚动

北方平原上红高粱

已酿成新生的青春期鲜血

养育火红的山冈成群

像浪

倾斜着地平线和远岸的大陆架

将东方螺的传说雕成圆锥形

这里，道道山梁架住了天空

让大川从胸中涌出

让头顶长满密林和喷火口

为了光明

我生出一对又一对

深黑的眼睛和穴居的人群

用雪水在石壁上画了许多匹野牛

他们赶着羊就出发了

手中的火种发芽

和麦粒一道支起窝棚

后来情歌在平坦的地方

绘出语法规则

绘成村落

敲击着旷野

即使脚下布满深谷

即使洪水淹没了我的兄弟

即使姐妹们的哭泣

升到天上结成一个又一个响雷

即使东方的部落群没有写进书本

因而只在孩子琥珀色眼球里丛生

根连着根

像野草一样布满荒原

即使旗帜迟迟没有

从那方草坪上升起

因而文字仿佛艰涩

历史仿佛漫长

我捞起岛屿

和星星般隐逸的情感

我亲吻着每一座坟头

让它们吐出桑叶

在所有的河岸上排成行

划分着大江流向

划分着领土

我把最东方留给一片高原

留给龙族人

让他们开始治水

让他们射下多余的太阳

让他们插上毛羽

就在那面东亚铜鼓上出发

会有的，会的

会有鹭鸶和青草鱼一样的龙舟

会有创造的季节

请放出鸥群

和关在沼地里的绿植被

把伏向小河的家乡丘陵拉直

列队，由北压向南

由西压向东

把我的岩石和汉子的三角肌

一同描在族徽上吧

把我的松涛连成火把吧

把我的诗篇

在哭泣后反抗的夜里

传往远方吧

让孩子们有一本自己的历史画

让我去拥抱世界

1983

农耕民族

在发蓝的河水里
洗洗双手
洗洗参加过古代战争的双手
围猎已是很遥远的事
不再适合
我的血
把我的宝剑
盔甲
以至王冠
都埋进四周高高的山上
北方马车
在黄土的情意中住了下来

而以后世代相传的土地
正睡在种子袋里

1983

历 史

我们的嘴唇第一次拥有
蓝色的水
盛满陶罐
还有十几只南方的星辰
火种
最初忧伤的别离

岁月呵

你是穿黑色衣服的人
在野地里发现第一枝植物
脚插进土地
再也拔不出
那些寂寞的花朵
是春天遗失的嘴唇

岁月呵，岁月

公元前我们太小

公元后我们又太老

没有人见到那一次真正美丽的微笑

但我还是举手敲门

带来的象形文字

撒落一地

岁月呵

岁月

到家了

我缓缓摘下帽子

靠着爱我的人

合上眼睛

一座古老的铜像坐在墙壁中间

青铜浸透了泪水

岁月呵

1984

龙

黄色的月光

奇怪又空荡

远方就是你一无所有的地方

风吹来的方向

庄稼

音乐

船

龙听着

火光

在高原上

云朵

家乡

原来的地方

草原蒙水

罐

天下龙听着
水流汩汩

村庄

村庄里住着
母亲和儿子
儿子静静地长大
母亲静静地注视

芦花丛中
村庄是一只白色的船
我妹妹叫芦花
我妹妹很美丽

1984

自画像

镜子是摆在桌上的
一只碗
我的脸
是碗中的土豆
嘿，从地里长出了
这些温暖的骨头

1984

女孩子

她走来
断断续续地走来
洁净的脚印
沾满清凉的露水

她有些忧郁
望望用泥草筑起的房屋
望望父亲
她用双手分开黑发
一枝野樱花斜插着默默无语
另一枝送给了谁
却从没人问起

春天是风
秋天是月亮
在我感觉到时
她已去了另一个地方
那里雨后的篱笆像一条蓝色的
小溪

海上婚礼

海湾
蓝色的手掌
睡满了沉船和岛屿
一对对桅杆
在风上相爱
或者分开

风吹起你的
头发
一张棕色的小网
撒满我的面颊
我一生也不想挣脱

或者如传说那样
我们就是最早的
两个人
住在遥远的阿拉伯山崖后面
苹果园里
蛇和阳光同时落入美丽的小河

你来了

一只绿色的月亮

掉进我年轻的船舱

妻子和鱼

我怀抱妻子
就像水儿抱鱼
我一边伸出手去
试着摸到小雨水，并且嘴唇开花

而鱼是哑女人
睡在河水下面
常常在做梦中
独自一人死去

我看不见的水
痛苦新鲜的水
流过手掌和鱼
流入我的嘴唇

水将合拢
爱我的妻子
小雨后失踪
水将合拢

没有人明白她水上
是妻子水下是鱼
或者水上是鱼
水下是妻子

离开妻子我
自己是一只
装满淡水的口袋
在陆地上行走

思念前生

庄子在水中洗手
洗完了手，手掌上一片寂静
庄子在水中洗身
身子是一匹布
那布上沾满了
水面上漂来漂去的声音

庄子想混入
凝望月亮的野兽
骨头一寸一寸
在肚脐上下
像树枝一样长着

也许庄子是我
摸一摸树皮
开始对自己的身子
亲切
亲切又苦恼
月亮触到我

仿佛我是光着身子

光着身子

进出

母亲如门，对我轻轻开着

船尾之梦

上游祖先吹灯后死去
只留下
河水
有一根桨
像黄狗守在我的船尾

船尾
月亮升了，升过婴儿头顶
做梦人
脚趾一动不动
踩出没人看见的足迹

做梦人脊背冒汗

而婴儿睡在母亲怀里
睡在一只大鞋里
我的鞋子更大
我睡在船尾
月亮升了

月亮打树，无风自动
生物潜入河流或身体
梦见人类，无风自动

1985. 7. 12

河伯

蛇翼，农业之翼
他披满农妇之手
稻种来自
所有野兔的嗉囊

蛇翼，渔民之翼
桦皮裤子
桦皮船
鹿血养好了渔业月亮

蛇翼，采掘之翼
一杆根
一杆笛子
在牛脚下痛过，呜呜一片小雏

蛇翼，疾病之翼
八月之东水
是匹匹白布
人们拔木为棺

蛇翼，情郎之翼

风中采莲做张你的身子

一株泥丸，两叶手

男人是没有河流的河伯

坛子

这就是我张开手指所要叙说的事
那洞窟不会在今夜关闭。明天夜晚也不会关闭
额头披满钟声的
土地
一只坛子

我头一次也是最后一次进入这坛子
因为我知道只有一次
脖颈围着野兽的线条
水流拥抱的
坛子
长出朴实的肉体

这就是我所要叙说的事
我对你这黑色盛水的身体并非没有话说
敬意由此开始，接触由此开始
这一只坛子，我的土地之上
从野兽演变而出的
秘密的脚，在我自己尝试的锁链之中

正好我把嘴唇埋在坛子里，河流
糊住四壁，一棵又一棵
栗树像伤疤在周围隐隐出现
而女人似的故乡，双双从水底浮上，询问生育之事

燕子和蛇（组诗）

1. 离合

美丽在春天
疼成草叶

一种三节的草
爱你成病

美丽在天上
鸟是拖鞋

长草的拖鞋
嘴埋在水里

美丽在水里
鱼是草的棺材

一种草

一种心尖上的草

美丽在草原上
枕着鹿头

2. 三位姑娘

——写给莱蒙托夫不幸的爱情

我看见
莱蒙托夫的旧报纸上
三只燕子
三只肉体的燕子
使我的灯光
受伤

用手指推推
不醒的
你自己
扶着自己
像扶着一匹笨马
用手指推推身边的燕子：我不是

灯，我是火灾

燕子交叉地

穿过

诗人的胳膊

落入家具的间间新房

只当诗人就是笨马

过早地死在□上①

3. 包谷地

丑女人脊背上有条条花蛇

花蛇滑下，她就坐在那儿繁殖包谷

幸福又痛苦

我要说

没有男人能配得上她

丑女人脊背上有种种命运

命运降临，她只坐在那儿繁殖包谷

河水泛滥流过无数美丽的女人

我要说

没有女人能比得上她

----

① 原稿中有脱字。——编者注。

4. 母亲的姻缘

一碗泥
一碗水
半截木梳插在地上
母亲的姻缘
真是好姻缘

村庄，村庄
木桶中女婴摇晃
村庄，村庄
母亲的姻缘
真是好姻缘

鱼尾之上
灯盏敲门
一团泥巴走进屋来
母亲的姻缘
真是好姻缘

白鱼流过
桃树树根
嘴唇碰破在桃花上

母亲的姻缘

真是好姻缘

秤杆上天空的星星压住

半两土

半两雪

母亲的姻缘

真是好姻缘

她沉在何方

谁也不清楚

村庄中一枚痛苦的小戒指

母亲的姻缘

真是好姻缘

5. 手

离开劳动

和爱情，我的手

变成自我安慰的狗

这两只狗

一样的

孤独

在我脸上摸索

擦掉泪水

这是不是我的狗

是不是我最后的家乡的狗？

6. 鱼

村民像牛一样撞进屋子，亲他的妻子

又数着

十二粒麦种

内陆深处

我跪在一条鱼身上

整个村庄是我的儿子

再长的爱情也不算久

噢你刚好被我想起

我在鱼身上写下少女的名字

一边询问一边自己回答

女巫的嘴唇一开一合

真诚的爱情

真诚的爱情错误百出

整个村庄是你的儿子

河流噢河

再美的爱情也不像花朵

人类的泪水养家糊口

人类的泪水中

鱼群像草一样生长

泪水噢河

整个村庄是我们的儿子

村民像牛一样撞进屋子，亲他的妻子

活在珍贵的人间

活在这珍贵的人间
太阳强烈
水波温柔
一层层白云覆盖着
我
踩在青草上
感到自己是彻底干净的黑土块

活在这珍贵的人间
泥土高溅
扑打面颊
活在这珍贵的人间
人类和植物一样幸福
爱情和雨水一样幸福

1985. 1. 12

夏天的太阳

夏天
如果这条街没有鞋匠

我就打赤脚
站到太阳下看太阳

我想到在白天出生的孩子
一定是出于故意

你来人间一趟
你要看看太阳

和你的心上人
一起走在街上

了解她
也要了解太阳

（一组健康的工人

正午抽着纸烟）

夏天的太阳
太阳

当年基督入世
也在这阳光下长大

1985. 1

主人

你在渔市上
寻找下弦月
我在月光下
经过小河流

你在婚礼上
使用红筷子
我在向阳坡
栽下两行竹

你的夜晚
主人美丽
我的白天
客人笨拙

1985. 1

浑 曲

妹呀

竹子胎中的儿子
木头胎中的儿子
就是你满头秀发的新郎

妹呀

晴天的儿子
雨天的儿子
就是滚遍你身体的新娘

妹呀

吐出香鱼的嘴唇
航海人花园一样的嘴唇
就是咬住你的嘴唇

你的手

北方
拉着你的手
手
摘下手套
她们就是两盏小灯

我的肩膀
是两座旧房子
容纳了那么多
甚至容纳过夜晚
你的手
在他上面
把他们照亮

于是有了别后的早上
在晨光中
我端起一碗粥
想起隔山隔水的
北方

有两盏灯

只能远远地抚摸

1985. 2

得不到你

得不到你
我用河水做成的妻子
得不到你
我的有弱点的妇女

得不到你
妻子滑动河水
情意泥沙俱下

其余的家庭成员俯伏在锅勺上
得不到你
有弱点的爱情

我们确实被太阳烤焦,秋天内外
我不能再保护自己
我不能再
让爱情随便受伤

得不到你

但我同时又在秋天成亲

歌声四起

1985. 11. 11

中午

中午是一丛美丽的树枝
中午是一丛眼睛画成的树枝
看着你

看着你从门前走过
或是走进我的门

走进门
你在

你在一生的情义中
来到
落下布帆
仿佛水面上我握住你的手指

（手指
是船）
心上人
爱着，第一次

都很累，船
泊在整个清澈的中午

"你喝水吧
我给你倒了
一碗水"

写字间里
中午是一丛眼睛画成的
看着你

1985.1.26 半夜

71

日光

梨花
在土墙上滑动
牛铎声声

大婶拉过两位小堂弟
站在我面前
像两截黑炭

日光其实很强
一种万物生长的鞭子和血!

北方门前

北方门前
一个小女人
在摇铃

我愿意
愿意像一座宝塔
在夜里悄悄建成

晨光中她突然发现我
她眺起眼睛
她看得我浑身美丽

1985.2

写给脖子上的菩萨

呼吸，呼吸
我们是装满热气的
两只小瓶
被菩萨放在一起

菩萨是一位很愿意
帮忙的
东方女人
一生只帮你一次

这也足够了
通过她
也通过我自己
双手碰到了你，你的

呼吸

两片抖动的小红帆
含在我的唇间

菩萨知道

菩萨住在竹林里

她什么都知道

知道今晚

知道一切恩情

知道海水是我

洗着你的眉

知道你就在我身上呼吸

，呼吸①

菩萨愿意

菩萨心里非常愿意

就让我出生

让我长成的身体上

挂着潮湿的你

1985.4

房屋

你在早上
碰落的第一滴露水
肯定和你的爱人有关
你在中午饮马
在一枝青丫下稍立片刻
也和她有关
你在暮色中
坐在屋子里，不动
还是与她有关

你不要不承认

巨日消隐，泥沙相合，狂风奔起
那雨天雨地哭得有情有意
而爱情房屋温情地坐着
遮蔽母亲也遮蔽儿子

遮蔽你也遮蔽我

1985

粮食

埋着猎人的山冈
是猎人生前唯一的粮食

粮食
是图画中的妻子

西边山上
九只母狼
东边山上
一轮月亮

反复抱过的妻子是枪
枪是沉睡爱情的村庄

民间艺人

平原上有三个瞎子
要出远门

红色的手鼓在半夜
突然敲响

并没有死人
并没有埋下枣木拐杖

敲响，敲响
心在最远的地方沉睡

平原上有三个瞎子
要出远门

那天夜里
摸黑吃下高粱饼

1984.11

熟了麦子

那一年
兰州一带的新麦
熟了

在水面上
混了三十多年的父亲
回家来

坐着羊皮筏子
回家来了

有人背着粮食
夜里推门进来

油灯下
认清是三叔

老哥俩
一宵无言

只有水烟锅

咕噜咕噜

谁的心思也是

半尺厚的黄土

熟了麦子呀!

1985. 1. 20

哑脊背

一个穿雨衣的陌生人
来到这座干旱已久的城

（阳光下
他水国的口音很重）

这里的日头直射
人们的脊背

只有夜晚
月亮吸住面孔

月亮也是古诗中
一座旧矿山

只有一个穿雨衣的陌生人
来到这座干旱已久的城

在众人的脊背上

看出了水涨潮，看到了黄河波浪

只有解缆者

又咸又腥

1985

我请求：雨

我请求熄灭
生铁的光、爱人的光和阳光
我请求下雨
我请求
在夜里死去

我请求在早上
你碰见
埋我的人

岁月的尘埃无边
秋天
我请求：
下一场雨
洗清我的骨头

我的眼睛合上
我请求：
雨

雨是一生过错

雨是悲欢离合

1985. 3

为了美丽

为了美丽
我砸了一个坑
也是为了下雨

清亮的积水上
高一只
低一只
小雨儿如鸟

羽毛湿湿
掀动你的红头巾
都是为了美丽

提着裤带的小男孩
那时刻
戴一只黑帽子

1985. 1

早祷与枭（组诗）

1.

早祷时刻
请你接住我，枭
用胸脯接住我
你要忍痛带走我
　　我是赠给你的爱情
　　我是赠给你的子弹

2.

钟声，钟声响了
眼睛全部打开
我变成一只船
死在沙漠的枭
其实也足以死在
二十丈桅杆上

一匹意外的骆驼带水而来

3.

哭声从船的那一头传到

这一头

装满了新娘

她们搓手而坐

焦黄的脸

留下居住的只有瞳仁

放光的瞳仁

河岸上

几个小偷走过来

几个小偷是树

月亮被枭泪洗过又洗

4.

岁月吹落了四季之帽

——埋下

淡色的花朵盛开

只为小痛小苦

在土地上

傻张着嘴

他不言又不语

枭，枭又不能怎样？

"呀，谁愿意与我

一前一后走过沼泽

派一个人先死

另一位完成埋葬的义务"

5.

在这个时刻

永远分别是唯一的理由

6.

死后

风抬着你

火速前进

十指

在风中

张开如枭住的小巢

死后

几只枭

分吃了你

小南风细细如笛地吹在下午

所有的小蜻蜓

都找不到你的坟墓

7.

太阳太远了

否则我要埋在那里

8.

早祷，早祷三遍

黎明是一条亮丽之虹

吃下了无数灯

他变得更加明亮

他一头一尾

沉落在四方

沉落在你的肩膀上

你揉揉眼睛

一只小枭

爬出窗户
获得天空

9.

早祷，早祷四遍
要想着爱情的黄昏、黄昏
牧羊人的绝壁上
太阳
一葬就是千里

枭，飞过来，飞过来
这时辰已属于你
结巢，结缘
已黑的天空坐满了头顶
多少次
人间的寻找
其实是防止丢失

10.

杂乱之翅尚未长成
也好
我苦坐苦等

我的身体是一家院子
你进入时不必声张

11.

早祷时刻
七个未婚的老头
躺在床上
眉毛挂霜地
梦到了枭

1985.4

打钟

打钟的声音里皇帝在恋爱
一枝火焰里
皇帝在恋爱

恋爱，印满了红铜兵器的
神秘山谷
又有大鸟扑钟
三丈三尺翅膀
三丈三尺火焰

打钟的声音里皇帝在恋爱
打钟的黄脸汉子
吐了一口鲜血
打钟，打钟
一只神秘生物
头举黄金王冠
走于大野中央

"我是你爱人

我是你敌人的女儿
我是义军的女首领
对着铜镜
反复梦见火焰"

钟声就是这枝火焰
在众人的包围中
苦心的皇帝在恋爱

1985. 5

蓝姬的巢

木塔那儿

一共有两个人

蓝姬她是一张小圆脸

蓝姬的丈夫是一位卖高粱的皇帝

卖高粱的人民币

买来了一面小鼓

围着小巢敲击

鼓点声大

雨点声小

蓝姬如一只雪雁

今夜又栖

爱人的嘴唇

巢

如果我公开

我自己秘密的小巢

一定会有许多耳朵凑上来

散布消息

水中一对鱼夫妻

手捉手

走过桥洞去

挂巢之树

结梨三只……

蓝姬指着前后左右

十字星是自己的丈夫

1985. 5

莲界慈航

七叶树下
九根香
照见菩萨的
第一次失恋

你盘坐莲花

女友像鱼
游过钟的身边
我警告你
要假设一个情人

莲花轻轻摇动

你不需要香火
你知道合掌无用
没有一位好心肠的男青年
偷偷送来鞋子

你盘坐莲花

对面墙壁上
爱情是两只老虎
如果你愿意
爱情确实是老虎

莲花轻轻摇动

1985. 5

明天醒来我会在哪一只鞋子里

我想我已经够小心翼翼的

我的脚趾正好十个

我的手指正好十个

我生下来时哭几声

我死去时别人又哭

我不声不响地

带来自己这个包袱

尽管我不喜爱自己

但我还是悄悄打开

我在黄昏时坐在地球上

我这样说并不表明晚上

我就不在地球上　早上同样

地球在你屁股下

结结实实

老不死的地球你好

或者我干脆就是树枝

我以前睡在黑暗的壳里

我的脑袋就是我的边疆

就是一颗梨

在我成形之前

我是知冷知热的白花

或者我的脑袋是一只猫

安放在肩膀上

造我的女主人荷月远去

成群的阳光照着大猫小猫

我的呼吸

一直在证明

树叶飘飘

我不能放弃幸福

或相反

我以痛苦为生

埋葬半截

来到村口或山上

我盯住人们死看：

呀，生硬的黄土，人丁兴旺

1985.6.6

夜月

一扇又一扇门
推开树林
太阳把血
放入灯盏

河静静卧在
人的村庄
人居住的地方
人的门环上

鸟巢挂在
离人间八尺
的树上
我仿佛离人间二丈

一切都原模原样
一切都存入
人的
世世代代的脸，一切不幸

我仿佛

一口祖先们

向后代挖掘的井

一切不幸都源于，我幽深的水

1985. 6. 19

月

炊烟上下
月亮是掘井的白猿
月亮是惨笑的河流上的白猿

多少回天上的伤口淌血
白猿流过钟楼
流过南方老人的头顶

掘井的白猿
村庄喂养的白猿
月亮是惨笑的白猿
月亮自己心碎
月亮早已心碎

孤独的东方人

孤独的东方人第一次感到月光遍地

月亮如轻盈的野兽

踩入林中

孤独的东方人第一次随我这月亮爬行

（爱人像一片叶子完整地藏在树上

正是她只身随我进入河流）

爬行中

不能没有

一路思念

让我谢谢你，几番追逐之后

爱情远遁心中

让我在树下和夜晚对面而坐

（爱人说孩子

孩子是

落入怀中的阳光

哇哇大哭）

于是

孤独的东方人开口闭口之间

太阳已出

我爬行只求：

孩子平安

我爬行只求：人爱我心

1985.6.14

城 里

面对棵棵绿树

坐着

一动不动

汽车声音响起在

脊背上

我这就想把我这

盖满落叶的旧外套

寄给这城里

任何一个人

这城里

有我的一份工资

有我的一份水

这城里

我爱着一个人

我爱着两只手

我爱着十只小鱼

跳进我的头发

我最爱煮熟的麦子

谁在这城里快活地走着

我就爱谁

1985

给母亲（组诗）

1. 风

风很美　果实也美
小小的风很美
自然界的乳房也美

水很美　水啊
无人和你
说话的时刻很美

你家中破旧的门
遮住的贫穷很美

风　吹遍草原
马的骨头　绿了

2. 泉水

泉水　泉水
生物的嘴唇
蓝色的母亲
用肉体
用野花的琴
盖住岩石
盖住骨头和酒杯

3. 云

母亲
老了，垂下白发
母亲你去休息吧
山坡上伏着安静的儿子
就像山腰安静的水
流着天空

我歌唱云朵
雨水的姐妹
美丽的求婚
我知道自己颂扬情侣的诗歌没有了用场

我歌唱云朵

我知道自己终究会幸福

和一切圣洁的人

相聚在天堂

4. 雪

妈妈又坐在家乡的矮凳子上想我

那一只凳子仿佛是我积雪的屋顶

妈妈的屋顶

明天早上

霞光万道

我要看到你

妈妈，妈妈

你面朝谷仓

脚踩黄昏

我知道你日见衰老

5. 语言和井

语言的本身

像母亲

总有话说，在河畔

在经验之河的两岸

在现象之河的两岸

花朵像柔美的妻子

倾听的耳朵和诗歌

长满一地

倾听受难的水

水落在远方

1984；1985 改；1986 再改

九盏灯（组诗）

1. 少年儿子怀孕

呕吐的儿子　低音的鼓
伏在海水深处

而离你身体更近①
也就胀破了大地

一片草蛾
青草破了
他破在一个怀孕的花上

2. 月亮

海底下的大火，经过山谷中的月亮
经过十步以外的少女

---

　　① 原稿中"身体"写成"离体"。——编者注。

风吹过月窟

少女在木柴上

每月一次，发现鲜血

海底下的大火咬着她的双腿

我看见远离大海的少女

脸上大火熊熊

八月的月窟同样大火熊熊

背负积水的少女走进痛苦的树林

那鲜血淋注的木柴排成的漆黑的树林

3. 初恋

在月亮上我双手捂住眼睛

在水滴中我双手捂住眼睛

月亮上一个丫头昏睡不醒

月亮上一个丫头明亮的眼睛

月亮上我披衣坐起　身如水滴

4. 失恋之夜

我轻轻走过去关上窗户

我的手扶着自己　像清风扶着空空的杯子

我摸黑坐下　询问自己

杯中幸福的阳光如今何在？

我脱下破旧的袜子
想一想明天的天气

我的名字躺在我身边
像我重逢的朋友
我从没有像今夜这样珍惜自己

1985；1986

村庄

村庄，在五谷丰盛的村庄，我安顿下来
我顺手摸到的东西越少越好！
珍惜黄昏的村庄，珍惜雨水的村庄
万里无云如同我永恒的悲伤

1986

无 题

给我粮食

给我婚礼

给我星辰和马匹

给我歌曲

给我安息!

我的生日

这是位美丽的

折磨人的女俘虏

坐在故乡的打麦场上

在月光下

使村子里的二流子

如痴如醉!

麦地

吃麦子长大的
在月亮下端着大碗
碗内的月亮
和麦子
一直没有声响

和你俩不一样
在歌颂麦地时
我要歌颂月亮

月亮下
连夜种麦的父亲
身上像流动金子

月亮下
有十二只鸟
飞过麦田
有的衔起一颗麦粒
有的则迎风起舞，矢口否认

看麦子时我睡在地里

月亮照我如照一口井

家乡的风

家乡的云

收聚翅膀

睡在我的双肩

麦浪——

天堂的桌子

摆在田野上

一块麦地

收割季节

麦浪和月光

洗着快镰刀

月亮知道我

有时比泥土还要累

而羞涩的情人

眼前晃动着

麦秸

我们是麦地的心上人

收麦这天我和仇人

握手言和

我们一起干完活

合上眼睛，命中注定的一切

此刻我们心满意足地接受

妻子们兴奋地

不停用白围裙

擦手

这时正当月光普照大地。

我们各自领着

尼罗河、巴比伦或黄河

的孩子　在河流两岸

在群蜂飞舞的岛屿或平原

洗了手

准备吃饭

就让我这样把你们包括进来吧

让我这样说

月亮并不忧伤

月亮下

一共有两个人

穷人和富人

纽约和耶路撒冷

还有我

我们三个人

一同梦到了城市外面的麦地

白杨树围住的

健康的麦地

健康的麦子

养我性命的妻子!

1985. 6

坐在纸箱上想起疯了的朋友们

旧菊花安全

旧枣花安全

扪摸过的一切

都很安全

地震时天空很安全

伴侣很安全

喝醉酒时酒杯很安全

心很安全

1986.2

我坐在一棵木头中

我坐在一棵木头中，如同多年没有走路的瞎子
忘却了走路的声音
我的耳朵是被春天晒红的花朵和虫豸

春天

你迎面走来
冰消雪融
你迎面走来
大地微微颤栗

大地微微颤栗
曾经饱经忧患
在这个节日里
你为什么更加惆怅

野花是一夜喜筵的酒杯
野花是一夜喜筵的新娘
野花是我包容新娘
的彩色屋顶

白雪抱你远去
全凭风声默默流逝
春天啊
春天是我的品质

歌：阳光打在地上

阳光打在地上
并不见得
我的胸口在疼
疼又怎样
阳光打在地上

这地上
有人埋过羊骨
有人运过箱子、陶瓶和宝石
有人见过牧猪人，那是长久的漂流之后
阳光打在地上，阳光依然打在地上

这地上
少女们多得好像
我真有这么多女儿
真的曾经这样幸福
用一根水勺子
用小豆、菠菜、油菜

把她们养大

阳光打在地上

1986

在昌平的孤独

孤独是一只鱼筐
是鱼筐中的泉水
放在泉水中

孤独是泉水中睡着的鹿王
梦见的猎鹿人
就是那用鱼筐提水的人

以及其他的孤独
是柏木之舟中的两个儿子
和所有女儿，围着诗经桑麻沅湘木叶
在爱情中失败
他们是鱼筐中的火苗
沉到水底

拉到岸上还是一只鱼筐
孤独不可言说

1986

马（断片）

0.

……而你无知的母亲

还是生下了你

总有一天

你我相遇

而那无知的马受惊的马一跃而起

踏碎了我

1.

太阳，吐血的母马

她一头倒在

我身上

我全身起了大火

因此我四肢在空中燃烧，翻腾

碰到一匹匹受伤的马阵亡的马

你还在上面，还在上面

我的沉重的身子却早在下沉

一路碰撞

接着双手摸到的只有更低处的谷子

还有平原的谷仓

你还在上面，在上面，而平原的谷仓坍塌

匆匆把我掩埋

2.

燃烧的马，拉着尸体，冲出了大地

所行的路上

大马的头颅

拖着人头

晃动

如几株大麦

挡不住！

3.

当另一批白色马群来到

破门而入

倒在你室内的地上

久久昏睡不醒

久久

要知道
她们跑过了许多路
她们——
我诗歌的女儿
就只好破门而入

蒙古的城市噢
青色的城

4.

我就是那疯狂的、裸着身子
　　　　驮过死去诗人的
　　　　马
整座城市被我的创伤照亮
斜插在我身上的无数箭枝
被血浸透
就像火红的玉米

1986

春天（断片）

0.

一匹跛了多年的

红色小马

躺在我的小篮子里

故乡晴空万里

故乡白云片片

故乡水声汩汩

我的红色小马躺在小篮子里

就像我手心的红果实

听不见窗户下面

生锈的声音

就像一把温暖的果实

1.

我的头随草起伏

如同纸糊的歪灯

我的胳膊是

一条运猫的小船

停在河岸

一条草

看见走过来的

干净的身子

不多

2.

远方寂寞的母亲

也只有依靠我这

负伤的身体。母亲

望着猎户消匿的北方

刮断梅花

窗户长久地存满冰块

村子中间

淘井的门前

说话的依旧在轻声说话

树林中孤独的父亲

正对我的弟弟细细讲清：

你去学医

因为你哥哥

那位受伤的猎户

星星在他脸上

映出船样的伤疤

3.

两个温暖的水勺子中

住着一对旧情人

4.

突然想起旧砖头很暖和

想起河里的石子

磨过森林的古鹿之唇

想起青草上花朵如此美丽如此平庸

背对着短树枝

你只有泪水没有言语

而我

手缠树叶

春天的阳光晒到马尾

马的屁股温暖得像一块天上落下的石头

5.

春天是农具所有者的春天

长花短草
贴河而立

这些都是在诗人的葬礼上
隔水梦见一扇门

诗人家中的丑丫头
嫁在南山上

6.

最后的夜雪如孩
手指拨开水
我就在这片乌黑的屋顶上坐下
是不是这片村庄
是不是这个夜晚
有人在头顶扔下
一匹蓝色大马
就把我埋在

这匹蓝色大马里

7.

有伤的季节
拖着尾巴
来到

大家来到
我肉体的外面

1986

半截的诗

你是我的

半截的诗

半截用心爱着

半截用肉体埋着

你是我的

半截的诗

不许别人更改一个字

爱情诗集

坐在烛台上
我是一只花圈
想着另一只花圈
不知道何时献上
不知道怎样安放

诗集

诗集
珠宝的粪筐

母牛的眼睛把她的手搁在诗集上
忧伤的灯把她的手搁在诗集上

没有一棵树是我的
感觉之树因而叫唤

诗集，穷人的丁当作响的村庄
第一台酒柜抬入村庄

诗集，我嘴唇吹响的村庄
王的嘴唇做成的村庄

1986. 12

歌或哭

我把包袱埋在果树下
我是在马厩里歌唱
是在歌唱

木床上病中的亲属
我只为你歌唱
你坐在拖鞋上
像一只白羊默念拖着尾巴的
另一只白羊
你说你孤独
就像很久以前
长星照耀十三个州府
的那种孤独
你在夜里哭着
像一只木头一样哭着
像花色的土散着香气

门关户闭

门关户闭
诗歌的乞讨人
一只布口袋
装满女儿的三顿剩饭
坐在树底下
洗着几代人的脏袜子
我就是那女儿
农民的女儿
中国农民的女儿
波兰农民的女儿
洗着几代人的袜子
等着冰融雪化

在所有的人中
只有我粗笨
善良的只有我
熟悉这些身边的木头
瓦片和一代代
诚实的婚姻

1986

幸福（或我的女儿叫波兰）^①

当我俩同在草原晒黑
是否饮下这最初的幸福　最初的吻

当云朵清楚极了
听得见你我嘴唇
这两朵神秘火焰

这是我母亲给我的嘴唇
这是你母亲给你的嘴唇
我们合着眼睛共同啜饮
像万里洁白的羊群共同啜饮

当我睁开双眼
你头发散乱
乳房像黎明的两只月亮

在有太阳的弯曲的木头上

---

① 海子喜欢"波兰"一词，"女儿叫波兰"并无特别所指。——编者注。

晾干你美如黑夜的头发

1986（？）

我的窗户里埋着一只为你祝福的杯子

那是我最后一次想起的中午
那是我沉下海水的尸体
回忆起的一个普通的中午

记得那个美丽的
穿着花布的人
抱着一扇木门
夜里被雪漂走

梦中的双手
死死捏住火种

八条大水中
高喊着爱人

小林神，小林神
你在哪里

海滩上为女士算命

你不用算命

命早就在算你

你举着筷子

你坐在碗沿上

你脱下黑色女靴

就盖住城市的尸体

你裹着布匹

仍然是吃米的老鼠

半截泡在沙滩上

太阳或者钞票上彩色的狗

啃你的脚背

你不用算命

命早就在算你

1986

抱着白虎走过海洋

倾向于宏伟的母亲
抱着白虎走过海洋

陆地上有堂屋五间
一只病床卧于故乡

倾向于故乡的母亲
抱着白虎走过海洋

扶病而出的儿子们
开门望见了血太阳

倾向于太阳的母亲
抱着白虎走过海洋

左边的侍女是生命
右边的侍女是死亡

倾向于死亡的母亲

抱着白虎走过海洋

1986

让我把脚丫搁在黄昏中
一位木匠的工具箱上

我坐在中午，苍白如同水中的鸟
苍白如同一位户内的木匠
在我钉成一支十字木头的时刻
在我自己故乡的门前
对面屋顶的鸟
有一只苍老而死

是谁说，寂静的水中，我遇见了这只苍老的鸟

就让我歇脚在马厩之中
如果不是因为时辰不好
我记得自己来自一个更美好的地方
让我把脚丫搁在黄昏中一位木匠的工具箱上
或者让我的脚丫在木匠家中长成一段白木
正当鸽子或者水中的鸟穿行于未婚妻的腹部
我被木匠锯子锯开，做成木匠儿子
的摇篮。十字架

1986.6.15

从六月到十月

六月积水的妇人，囤积月光的妇人

七月的妇人，贩卖棉花的妇人

八月的树下

洗耳朵的妇人

我听见对面窗户里

九月订婚的妇人

订婚的戒指

像口袋里潮湿的小鸡

十月的妇人则在婚礼上

吹熄盘中的火光，一扇扇漆黑的木门

飘落在草原上

1986. 6. 19

八月尾

即使我是一个粗枝大叶的人
我也看见了红豹子、绿豹子

当流水淙淙
八月的泉水
穿越了山冈
月亮是红豹子
树林是绿豹子
少女是你们俩
生下的花豹子
即使我是一个粗枝大叶的人
少女，树林中
你也藏不住了

八月尾，树林绿，月亮红
不久我将看到树叶落了
栗树底下
脊背上挂着鹌鹑的人
少女，无论如何

粗枝大叶的人

看见你啦

1986. 8. 20 夜

葡萄园之西的话语

也好

我感到

我被抬向一面贫穷而圣洁的雪地

我被种下，被一双双劳动的大手

仔仔细细地种下

于是，我感到所罗门的帐幔被一阵南风掀开

所罗门的诗歌

一卷卷

滚下山腰

如同泉水

打在我脊背上

涧中黑而秀美的脸儿

在我的心中埋下。也好

我感到我被抬向一面贫穷而圣洁的雪地

你这女子中极美丽的，你是我的棺材，我是你的棺材

1986.8.25

果园

鹿的眼

两扇有婴儿啼哭

的窗户。沉积在

有河水的果园中

鹿的角

打下果实

打下果实中

劳动的妇人

体内美如白雪的婴儿

已被果园的火光

烧伤。妇人依然

低坐

比果树

比鹿

比夜晚

更低。更沉

比谷地更黑

感动

早晨是一只花鹿

踩到我额上

世界多么好

山洞里的野花

顺着我的身子

一直烧到天亮

一直烧到洞外

世界多么好

而夜晚，那只花鹿

的主人，早已走入

土地深处，背靠树根

在转移一些

你根本无法看见的幸福

野花从地下

一直烧到地面

野花烧到你脸上

把你烧伤

世界多么好

早晨是山洞中

一只踩人的花鹿

1986

肉体（之一）

在甜蜜果仓中
一枚松鼠肉体般甜蜜的雨水
穿越了天空　蓝色
的羽翼

光芒四射

并且在我的肉体中
停顿了片刻

落到我的床脚
在我手能摸到的地方
床脚变成果园温暖的树桩

它们抬起我
在一只飞越山梁的大鸟
我看见了自己
一枚松鼠肉体

般甜蜜的雨水

在我的肉体中停顿
了片刻

1986.6

肉体（之二）

肉体美丽
肉体是树林中
唯一活着的肉体
肉体美丽

肉体，远离其他的财宝
远离其他的神秘兄弟

肉体独自站立
看见了鸟和鱼

肉体睡在河水两岸
雨和森林的新娘
睡在河水两岸

垂着谷子的大地上
太阳和肉体
一升一落，照耀四方

像寂静的

节日的

财宝和村庄

照耀

只有肉体美丽

野花，太阳明亮的女儿

河川和忧愁的妻子

感激肉体来临

感激灵魂有所附丽

（肉体是野花的琴

盖住骨骼的酒杯）

感激我自己沉重的骨骼

也能做梦

肉体是河流的梦

肉体看见了采茴香的人迎着泉水

肉体美丽

肉体是树林中

唯一活着的肉体

死在树林里

迎着墓地

肉体美丽

1986

死亡之诗（之一）

漆黑的夜里有一种笑声笑断我坟墓的木板
你可知道，这是一片埋葬老虎的土地

正当水面上渡过一只火红的老虎
你的笑声使河流漂浮
的老虎
断了两根骨头
正在这条河流开始在存有笑声的黑夜里结冰
断腿的老虎顺河而下，来到我的
窗前

一块埋葬老虎的木板
被一种笑声笑断两截

死亡之诗（之二：采摘葵花）

——给凡·高的小叙事：自杀过程

雨夜偷牛的人

爬进了我的窗户

在我做梦的身子上

采摘葵花

我仍在沉睡

在我睡梦的身子上

开放了彩色的葵花

那双采摘的手

仍像葵花田中

美丽笨拙的鸽子

雨夜偷牛的人

把我从人类

身体中偷走

我仍在沉睡

我被带到身体之外

葵花之外，我是世界上

第一头母牛（死的皇后）

我觉得自己很美

我仍在沉睡

雨夜偷牛的人

于是非常高兴

自己变成了另外的彩色母牛

在我的身体中

兴高采烈地奔跑

自杀者之歌

伏在下午的水中
窗帘一掀一掀
一两根树枝伸过来
肉体，水面的宝石
是对半分裂的瓶子
瓶里的水不能分裂

伏在一具斧子上
像伏在一具琴上

还有绳索
盘在床底下
林间的太阳砍断你
像砍断南风

你把枪打开，独自走回故乡
像一只鸽子
倒在猩红的篮子上

黎 明

黎明以前的深水杀死了我。

月光照耀仲夏之夜的脖子
秋天收割的脖子。我的百姓

秋天收起八九尺的水
水深杀我，河流的丈夫
收起我的黎明之前的头

黎明之前的亲人抱玉入楚国
唯一的亲人
黎明之前双腿被砍断

秋天收起他的双腿
像收起八九尺的水

那是在五月。黎明以前的深水杀死了我

1986. 6. 20

给萨福

美丽如同花园的女诗人们
相互热爱，坐在谷仓中
用一只嘴唇摘取另一只嘴唇

我听见青年中时时传言道：萨福

一只失群的
钥匙下的绿鹅
一样的名字。盖住
我的杯子

托斯卡尔的美丽的女儿
草药和黎明的女儿
执杯者的女儿

你野花
的名字
就像蓝色冰块上
淡蓝色的清水溢出

萨福萨福

红色的云缠在头上

嘴唇染红了每一片飞过的鸟儿

你散着身体香味的

鞋带被风吹断

在泥土里

谷色中的嘤嘤之声

萨福萨福

亲我一下

你装饰额角的诗歌何其甘美

你凋零的棺木像一盘美丽的

棋局

给安徒生（组诗）

1.

让我们砍下树枝做好木床

一对天鹅的眼睛照亮
一块可供下蛋的岩石

让我们砍下树枝做好木床
我的木床上有一对幸福天鹅
一只匆匆下蛋，一只匆匆死亡

2.

天鹅的眼睛落在杯子里
就像日月落在大地上

1986

梭罗这人有脑子（组诗）

1.

梭罗这人有脑子
像鱼有水、鸟有翅
云彩有天空

2.

好在这人不是女性
否则会有一对
洁白的冬熊
摇摇晃晃上路
靠近他乳房
凑上嘴唇

3.

梭罗这人有脑子

梭罗手头没有别的
抓住了一根棒木
那木棍揍了我
狠狠揍了我
像春天揍了我

4.

梭罗这人有脑子
看见湖泊就高兴

5.

梭罗这人有脑子
用鸟巢做邮筒
两封信同时飞到
还生下许多小信
羽毛翩跹

6.

梭罗这人有脑子
不言不语让东窗天亮西窗天黑
其实他哪有窗子

梭罗这人有脑子
不言不语又做男人又做女人
其实生下的儿子还是他自己

7.

灯火的屋中
梭罗的盔
—— 一卷荷马

这人有脑子
以雪代马
渡我过水

8.

梭罗这人有脑子
月亮照着他的鼻子

9.

那个抒情的鼻子
靠近他的脑子

靠近他深如树林的眼睛
靠近他饮水的唇
　　（愿饮得更深）

构成脑袋
或者叫头

10.

白天和黑夜
像一白一黑
两只寂静的猫
睡在你肩头

你倒在林间路途上

让床在木屋中生病
梭罗这人有脑子
让野花结成果子

11.

梭罗这人有脑子
像鱼有水、鸟有翅

云彩有天空

梭罗这人就是
我的云彩，四方邻国
的云彩，安静
在豆田之西
我的草帽上

12.

太阳，我种的
豆子，凑上嘴唇
我放水过河

梭罗这人有脑子

梭罗的盔
—— 一卷荷马

1986. 8. 15

给托尔斯泰

我想起你如一位俄国农妇暴跳如雷

补一只旧鞋的

手

时时停顿

这手掌混同于

兵士的臭脚、马肉和盐

你的灰色头颅一闪而过

教堂的裸麦中央

北方流注的河流马的脾气暴跳如雷

胸膛上面排排旧俄的栅栏暴跳如雷

低矮的天空、灯火和农妇暴跳如雷

吹灭云朵

吹灭火焰

吹灭灯盏

吹灭一切妓女

和善良女人的

嘴唇

你可以耕地，补补旧鞋

你可以爱他人，读读福音书

我记得陈旧的河谷端坐老人

端坐暴跳如雷的老人

1985.12 草稿

1986.12 修改

给卡夫卡

囚徒核桃的双脚

在冬天放火的囚徒

无疑非常需要温暖

这是亲如母亲的火光

当他被身后的几十根玉米砸倒

在地，这无疑又是

富农的田地

当他想到天空

无疑还是被太阳烧得一干二净

这太阳低下头来，这脚镣明亮

无疑还是自己的双脚，如同核桃

埋在故乡的钢铁里

工程师的钢铁里

1986. 6. 16

大自然

让我来告诉你
她是一位美丽结实的女子
蓝色小鱼是她的水罐
也是她脱下的服装
她会用肉体爱你
在民歌中久久地爱你

你上上下下瞧着
你有时摸到了她的身子
你坐在圆木头上亲她
每一片木叶都是她的嘴唇
但你看不见她
你仍然看不见她

她仍在远处爱着你

莫扎特在《安魂曲》中说

我所能看见的妇女

水中的妇女

请在麦地之中

清理好我的骨头

如一束芦花的骨头

把它装在琴箱里带回

我所能看见的

洁净的妇女，河流

上的妇女

请把手伸到麦地之中

当我没有希望

坐在一束麦子上回家

请整理好我那零乱的骨头

放入那暗红色的小木柜，带回它

像带回你们富裕的嫁妆

天鹅

夜里，我听见远处天鹅飞越桥梁的声音
我身体里的河水
呼应着她们

当她们飞越生日的泥土、黄昏的泥土
有一只天鹅受伤
其实只有美丽吹动的风才知道
她已受伤。她仍在飞行

而我身体里的河水却很沉重
就像房屋上挂着的门扇一样沉重
当她们飞过一座远方的桥梁
我不能用优美的飞行来呼应她们

当她们像大雪飞过墓地
大雪中却没有路通向我的房门
——身体没有门——只有手指
竖在墓地，如同十根冻伤的蜡烛

在我的泥土上

在生日的泥土上

有一只天鹅受伤

正如民歌手所唱

不幸

四月的日子　最好的日子
和十月的日子　最好的日子
比四月更好的日子
像两匹马　拉着一辆车
把我拉向医院的病床
和不幸的病痛

有一座绿色悬崖倒在牧羊人怀中
两匹马
在山上飞

两匹马
白马和红马
积雪和枫叶
犹如姐妹
犹如两种病痛
的鲜花

泪水

最后的山顶树叶渐红

群山似穷孩子的灰马和白马

在十月的最后一夜

倒在血泊中

在十月的最后一夜

穷孩子夜里提灯还家　泪流满面

一切死于中途　在远离故乡的小镇上

在十月的最后一夜

背靠酒馆白墙的那个人

问起家乡的豆子地里埋葬的人

在十月的最后一夜

问起白马和灰马为谁而死……鲜血殷红

他们的主人是否提灯还家

秋天之魂是否陪伴着他

他们是否都是死人

都在阴间的道路上疯狂奔驰

是否此魂替我打开窗户

替我扔出一本破旧的诗集

在十月的最后一夜

我从此不再写你

给 1986

"就像两个凶狠的僧侣点火烧着了野菊花地
——这就是我今年的心脏"

（或者绿宝石的湖泊中马匹淹没时仅剩的头颅）
马脑袋里无尽的恐惧！无尽的对于水和果实的恐惧！

"（当我摇着脖子漫游四方
你的嘴唇像深入果园的云彩）
（而我脑袋中残存着马头的恐惧
对于嘴唇和果实的恐惧）"

"（我那清凉的井水
洗着我的脚像洗着两件兵器）
（天鹅的遗骸远远飞来
墓地的喇叭歌唱一个在天鹅身体上砍伐的人）"

1986

海水没顶

原始的妈妈

躲避一位农民

把他的柴刀丢在地里

把自己的婴儿溺死井中

田地任其荒芜

灯上我恍惚遇见这个灵魂

跳上大海而去

大海在粮仓上汹涌

似乎我和我的父亲

雪白的头发在燃烧

七月的大海

老乡们，谁能在海上见到你们真是幸福！

我们全都背叛自己的故乡

我们会把幸福当成祖传的职业

放下手中痛苦的诗篇

今天的白浪真大！老乡们，它高过你们的粮仓

如果我中止诉说，如果我意外地忘却了你

把我自己的故乡抛在一边

我连自己都放弃　更不会回到秋收　农民的家中

在七月我总能突然回到荒凉

赶上最后一次

我戴上帽子　穿上泳装　安静地死亡

在七月我总能突然回到荒凉

海子小夜曲

以前的夜里我们静静地坐着

我们双膝如木

我们支起了耳朵

我们听得见平原上的水和诗歌

这是我们自己的平原，夜晚和诗歌

如今只剩下我一个

只有我一个双膝如木

只有我一个支起了耳朵

只有我一个听得见平原上的水

　　诗歌中的水

在这个下雨的夜晚

如今只剩下我一个

为你写着诗歌

这是我们共同的平原和水

这是我们共同的夜晚和诗歌

是谁这么说过　海水

要走了　要到处看看

我们曾在这儿坐过

1986. 8

给你（组诗）

1.

在赤裸的高高的草原上

我相信这一切：

我的脚，一颗牝马的心

两道犁沟，大麦和露水

在那高高的草原上，白云浮动

我相信天才，耐心和长寿

我相信有人正慢慢地艰难地爱上我

别的人不会，除非是你

我俩一见钟情

在那高高的草原上

赤裸的草原上

我相信这一切

我相信我俩一见钟情

2.

我爱你
跑了很远的路
马睡在草上
月亮照着他的鼻子

3.

爱你的时刻
住在旧粮仓里
写诗在黄昏

我曾和你在一起
在黄昏中坐过
在黄色麦田的黄昏
在春天的黄昏
我该对你说些什么

黄昏是我的家乡
你是家乡静静生长的姑娘
你是在静静的情义中生长
没有一点声响

你一直走到我心上

4.

　　当她在北方草原摘花的时候
　　我的双手驶过南方水草
　　用十指拨开
　　寂寞的家门

　　她家木门下几个姐妹的脸
　　亲人的脸
　　像南方的雨
　　真正的雨水
　　落在我头上

5.

　　冬天的人
　　像神祇一样走来
　　因为我在冬天爱上了你

　　1986.8

谣曲（四首）

之一

你是我的哥哥你招一招手
你不是我的哥哥你走你的路

小灯，小灯，抬起他埋下的眼睛

你的树丛大而黑
你的辕马不安宁
你的嘴唇有野蜜
你是丈夫——还是兄弟

小灯，小灯，抬起他埋下的眼睛

你是我的哥哥你招一招手
你不是我的哥哥你走你的路

之二

白鸽，白鸽
扎好我的头巾
风吹着你们的身子
像吹我白色头巾

白鸽白鸽你别说
美丽的脑袋小太阳
到了黑夜变月亮
白鸽白鸽你别说

之三

南风吹木
吹出花果
我要亲你
花果咬破

之四

月亮月亮慢慢亮
照着一只木头床

河流河流快快流
渡过我的心头肉

白马过河一片白
黑马过河一片黑
这一条河流
总是心头的河流

白马过河是月圆
黑马过河是月残
这一只月亮
总是床头的月亮

1986. 8

给 B 的生日[①]

天亮我梦见你的生日
好像羊羔滚向东方
——那太阳升起的地方

黄昏我梦见我的死亡
好像羊羔滚向西方
——那太阳落下的地方

秋天来到，一切难忘
好像两只羊羔在途中相遇
在运送太阳的途中相遇
碰碰鼻子和嘴唇
——那友爱的地方
那秋风吹凉的地方
那片我曾经吻过的地方

1986. 9. 10

---

① B 为海子初恋的女友，中国政法大学 1983 级学生。——编者注。

哭 泣

哭泣—— 一朵乌黑的火焰

我要把你接进我的屋子

屋顶上有两位天使拥抱在一起

哭泣——我是湖面上最后一只天鹅

黑色的天鹅像我黑色的头发在湖水中燃烧

用你这黑色肉体的谷仓带走我

哭泣—— 一朵乌黑的新娘

我要把你放在我的床上

我的泪水中有对自己的哀伤

1986. 12

我感到魅惑

天上的音乐不会是手指所动
手指本是四肢安排的花豆
我的身子是一份甜蜜的田亩

我感到魅惑
我就想在这条魅惑之河上渡过我自己
我的身子上还有拔不出的春天的钉子

我感到魅惑
美丽女儿，一流到底
水儿仍旧从高向低

坐在三条白蛇编成的篮子里
我有三次渡过这条河
我感到流水滑过我的四肢
一只美丽鱼婆做成我缄默的嘴唇

我看见，风中飘过的女人
在水中产下卵来

一片霞光中露出来的长长的卵

我感到魅惑
满脸草绿的牛儿
倒在我那牧场的门厅

我感到魅惑
有一种蜂箱正沿河送来
蜂箱在睡梦中张开许多鼻孔

有一只美丽的鸟面对树枝而坐
我感到魅惑

我感到魅惑
小人儿，既然我们相爱
我们为什么还在河畔拔柳哭泣

1986.9

北斗七星　七座村庄

——献给萍水相逢的额济纳姑娘

村庄　水上运来的房梁　漂泊不定

还有十天　我就要结束漂泊的生涯

回到五谷丰盛的村庄　废弃果园的村庄

村庄　是沙漠深处你所居住的地方　额济纳！

秋天的风早早地吹　秋天的风高高地吹

静静面对额济纳

白杨树下我吹灭你的两只眼睛

额济纳　大沙漠上静静的睡

额济纳姑娘　我黑而秀美的姑娘

你的嘴唇在诉说　在歌唱

五谷的风儿吹过骆驼和牛羊

翻过沙漠　你是镇子上最令人难忘的姑娘

1986

黄金草原

草原上的羊群

在水泊上照亮了自己

像白色温柔的灯

睡在男人怀抱中

而牧羊人来自黄金草原

头颅像一颗树根

把羊抱进谷仓里

然后面对黄金和酒杯

称呼你为女人

女人，我知心的朋友

风吹来风吹去

你如星的名字

或者羊肉的腥

你在山崖下睡眠

七只绵羊七颗星辰

你含在我口中似雪未化

你是天空上的羊群

怅望祁连（之一）

那些是在过去死去的马匹

在明天死去的马匹

因为我的存在

它们在今天不死

它们在今天的湖泊里饮水食盐

天空上的大鸟

从一颗樱桃

或马骷髅中

射下雪来

于是马匹无比安静

这是我的马匹

它们只在今天的湖泊里饮水食盐

1986

怅望祁连（之二）

星宿　刀　乳房

这就是雪水上流下来的东西

　　　"亡我祁连山，使我牛羊不蕃息

　　　失我胭脂山，令我妇女无颜色"

只有黑色牲畜的尾巴

鸟的尾巴

鱼的尾巴

儿子们脱落的尾巴

像七种蓝星下

插在屁股上的麦芒

风中拂动

雪水中拂动

1986

七月不远

——给青海湖，请熄灭我的爱情

七月不远
性别的诞生不远
爱情不远——马鼻子下
湖泊含盐

因此青海不远
湖畔一捆捆蜂箱
使我显得凄凄迷人：
青草开满鲜花

青海湖上
我的孤独如天堂的马匹
（因此，天堂的马匹不远）

我就是那个情种：诗中吟唱的野花
天堂的马肚子里唯一含毒的野花
（青海湖，请熄灭我的爱情！）

野花青梗不远，医箱内古老姓氏不远
（其他的浪子，治好了疾病
已回原籍，我这就想去见你们）

因此跋山涉水死亡不远
骨骼挂遍我身体
如同蓝色水上的树枝

啊，青海湖，暮色苍茫的水面
一切如在眼前！

只有五月生命的鸟群早已飞去
只有饮我宝石的头一只鸟早已飞去
只剩下青海湖，这宝石的尸体
　　　　　暮色苍茫的水面

1986

敦 煌

敦煌石窟像马肚子下

挂着一只只木桶

乳汁的声音滴破耳朵——

像远方草原上撕破耳朵的人

来到这最后的山谷

他撕破的耳朵上

悬挂着花朵

敦煌是千年以前

起了大火的森林

在陌生的山谷

是最后的桑林——我交换

食盐和粮食的地方

我筑下岩洞，在死亡之前，画上你

最后一个美男子的形象

为了一只母松鼠

为了一只母蜜蜂

为了让她们在春天再次怀孕

1986

云朵

西藏村庄

神秘的村庄

忧伤的村庄

你躺倒在路上

你不姓李也不姓王

你嫁给的男人

脾气怎么样

神秘的村庄

忧伤的村庄

你生了几个儿子

有哪些闺女已嫁到远方

神秘的村庄

忧伤的村庄

当经幡吹响

你多像无人居住的村庄

当经幡五颜六色如我受伤的头发迎风飘扬

你多像无人居住的村庄

当藏族老乡亲在屋顶下酣睡

你多像无人居住的村庄

像周围的土墙画满慈祥的佛像

你多像无人居住的村庄

1986.12.15

九月

目击众神死亡的草原上野花一片
远在远方的风比远方更远
我的琴声呜咽　泪水全无
我把这远方的远归还草原
一个叫马头　一个叫马尾
我的琴声呜咽　泪水全无

远方只有在死亡中凝聚野花一片
明月如镜高悬草原映照千年岁月
我的琴声呜咽　泪水全无
只身打马过草原

1986

喜马拉雅

高原悬在天空

天空向我滚来

我丢失了一切

面前只有大海

我是在我自己的远方

我在故乡的海底——

走过世界最高的地方

喜马拉雅　喜马拉雅

你是谁

饥饿

怀孕

把无尽的

滚过天空的头颅

放回天空

我从大海来到落日的中央

飞遍了天空找不到一块落脚之地

今日有粮食却没有饥饿
今天的粮食飞遍了天空

找不到一只饥饿的腹部
饥饿用粮食喂养
更加饥饿，奄奄一息
草原上的天空不可阻挡

嘴唇和我抱住河水
头颅和他的姐妹
在大河底部通向海洋
割下头颅的身子仍在世上
最高的一座山
仍在向上生长

第二编

长诗

河 流

梦想你是一条河，而且睡得像一条河

——洛尔迦给惠特曼

（一）春秋

1. 诞生

你诞生
风雪替你凿开窗户
重复的一排
走出善良的母羊
走出月亮
走出流水美丽的眼睛

远远望去
早晨是依稀可辨的几个人影
越来越直接地逼视你
情人的头发尚未挽起

你细小的水流尚未挽起

没有网和风同时撒开

没有洁白的鱼群在水面上

使我想起生殖

想起在滴血的晚风中分娩

黄金一样的日子

我造饭，洗浴，赶着水波犁开森林

你把微笑搁在秋分之后

搁在瀑布睡醒之前

我取出

取出

姐妹们头顶着盛水的瓦盆

那些心

那些湿润中款款的百合

那些滋生过恋情和欢欢爱爱的鸳鸯水草

甚至城外那只刻满誓言的铜鼎

都在挽留

你还是要乘着夜晚离开这里

在窄小的路上

我遇见历史和你

我是太阳，你就是白天

我是星星，你就是夜晚

2. 让我离开这里

抱着琴

有一种细长尖锐的穿透

有一腔浓稠苦涩的黄水

在沙地上

至今还隐隐约约被人提起

在一片做梦的铃兰地上

被人提起：

或者能流出点什么

你是水

是每天以朝霞洗脸的当家人

喘息着

抚养匆匆来去的生灵

第一个想法是春天

春天却随花朵落去

因此第二个想法属于那些枝干

枝干刨成的小船像劳累的手指

拨动长眠不醒的地方

像门扇

偷偷开启

我毫不回头地走出

于是我想起紫罗兰和我都年轻的那一年

人们听说泉水要从这儿路过

匆匆走出每只箱子似的山涧

在一片空地之上

诞生了语言和红润的花草，溪水流连

也有第一对有情有义的人儿

长饮之后

去远方

人间的种子就这样散开

牛角呜呜地响着

天地狭小，日子紧凑

你遮遮盖盖

你第一次暗示的身孕过于突然

你又掩饰

以遍地的村镇掩饰越来越响的水声

你感到

空旷是对种植的承诺

让孩子们

用花草鞭醒岸上沉睡的泥团

接着你远去

　　你为什么要远去

前面的日子空寂无声

3. 水哟，你这带着泥沙的飞不起来的蓝色火舌

是谁

领我走进这片无边的土地

让黑夜和白天的大脚

轮流踩上我的额头

颅骨里总有沉重的东西

在流动

流动

人和水

相遇在尘土中

吸收着太阳和盐

我是一条紫色的土地的鞭痕

在日子深处隐现

我的眉心拧结着许多紫色的梦

世界像成群的水禽

踩上我的弓箭

大地在倾斜

晨光中生物们把影子纷纷摇落

一天又一天

落满我的双肩

就像越来越多的声音充满平原和山地

躲也躲不开

正在成熟的婴儿掉进我的血管

河岸的刀尖逼向一切

雷声呼唤着滚过草甸，黄帝轩辕

我凝视

凝视每个人的眼睛

直到看清

彼此的深浊和苦痛

我知道我是河流

我知道我身上一半是血浆一半是沉沙

在滴血的晚风中分娩

谷底走出一批湿漉漉的灵魂

向你索取通道

这些纤夫

纤夫的面孔

是一朵朵黑色粗壮悲哀的花

凶狠地围住

诗人纷乱的心灵

我，预先替世界做出呼吸

4. 母亲的梦

城堞一方

低矮地装饰着流水谷地

玉米红色的缨儿在我潮湿的嘴唇燃烧

几只瓮子盛着仅有的一切

在你离去的时候

别的种子还在泥浆中沉睡

连同那些擦身而过的草原

我迷失了方向

坐在这里

其他的迷路人却把我当成了山口

出出进进

后来我睡在果园的根里

我就居住在

冬天和春天之间

那几层黑土里

不必叫醒我

随便摘些新鲜的叶子

盖上我痛苦中深深的眼窝

我的手指枯瘦地伸向河流

直到水流消失在

另一只混浊的眼睛里

天空太深

月亮无声无息地落进

孩子们

从正在成长的青春背后

突然伸出一只又一只手臂

我摇着小船

离开这里

河岸上许多高高的立着的是梦

铺满芦花和少女

面对沃野千里，你转过身去

双肩卸下沉重的土地

梦想安息

动物舔干脊柱上的盐粒

重又流出木围

有一次深刻的边缘，节日

让许多人平常地踩过去

梦想海岸

你刚合上眼皮

渔人就用海螺做成眼睛互相寻找

女性的亲人

温情如蓝色的水

梦想草原来的一匹小红马

像一把红色的勺子

伸向水面

岸上

主人信步走去

5. 回声

鼓瑟

天地欲倾一方

群蛇在我身后探出头来

鸟儿是河流耳朵

也是回声

在鼓钹碎裂声中

抖落层层掩埋的叶片和毛羽

飞去

森林成为弃壳

我呼吸，我八面威风，我是回声

开窟为自己塑像

你要说出什么

说吧

一切回声

冰冷的回声

变成卵实上动物的胸房

公鹿犄角美丽的闪光

他们的草原营营有声

翅膀和根须间

村庄沉沉睡去

回声中雨雪霏霏

那最后告别的一眼

传说中的春秋

那些我大口大口吐出的鲜红的日子

也成为回声

当母马有孕时

它实际上还可以重活一次

你的背上月明星稀

你是我一切的心思

你是最靠近故乡的地方最靠近荣光的地方

最靠近胎房的地方

（二）长路当歌

1. 父亲

黄昏时分，一群父亲的影子走向树

绳索像是他们坐过的姿势，在远方则是留恋，回忆起往事

在土地上有一只黄乎乎的手在打捞，在延伸，人们散坐着

以为你是远远的花在走着，水啊

我渴望与父亲你的那一次谈话还要等多久呢

虽然你流动，但你的一切还在结构中沉睡

你在果园下经营着涩暗的小窑洞、木家具

砖儿垒得很结实

大雪下巨大的黑褐色体积在沉睡，那些木栅敲开了鸟儿的梦

花儿就在这些黑色的尸体上繁茂

其实，路上爬满了长眼睛的生物

你也该重新认识一下周围，花里盛着盏盏明亮的灯，叶里藏
　着刀

小水罐和那一部分渔具都是临时停在沙滩上，船板曝裂

送水的人呢

我渴得抓住一部分青草，我要把你嵌在这个时刻，一切开始
　形成

221

你抚摸着自己，望着森森的阴影，在你浑黄成清澈的肢体上，
　　一切开始形成

你就是自己的父母，甚至死亡都仅仅是背景

你有高大的散着头发的伙伴，绿色的行路人，把果实藏在爱
　　人的怀里

大批大批的风像孩子在沙土后面找机会出来

那时一切都在斜歪中变得年轻，折断根，我从记在心上的时
　　刻游出

不只是因为家庭，弟兄们才拉起手来

我在夜里变得如此焦躁，渴望星星划破皮肤，手指截成河流

我的风串在你的脖子周围

那些鸽子是一些浪中战抖的小裸体，在月光下做梦

一群又一群骆驼止不住泪水，不是因为黄沙，不是因为月亮

而是因为你是一群缓缓移动的沉重的影子

我游着，那些叶片或迟或早在尖锐中冒出头来

像锐痛中的果实，像被撕裂的晚年

但现在又是一个劳动后的寂寞，太阳藏在每个人的心里，鸟
　　儿寻找着

父亲的脸被老泪糊住，许许多多的影子都在火堆旁不安分地
　　融化着

牛开始脱毛，露出弱瘦的骨茬之伤，冬天啊，多么想牵它到
　　阳光里去

我只能趴在冬天的地上打听故乡的消息，屋后的坟场和那一

年的大雪

有一行我的脚印

在永永远远的堆积、厚重、荣辱、脱皮、起飞的鸟和云，概
　括着一切的颤抖中

你是河流

我也是河流

2. 树根之河

树根，我聚集于你的沉没，树根，谷种撒在我周围

我走在阴森的春天下，你的手指伸进我膨胀的下肢

你是愿望，一串小小的光芒

在悄悄栖息，被鸟儿用羽毛遮掩，走不完的上空

那些树根被早晨拎走了头颅，我摘下自己的头颅跟着他们走去

水流在岩石下像母亲挤在一起的五官，想看见，想听见，想
　伸出手去

裂开，断开，草原在我的指向中四面开花，永远在包围

走向何方，树根，我不是没有遗失，我遗失的是空旷，你的
　一个月份

用一些鱼骨，用一些锚架，把春天砸开一个缺口

把剩下的碎片都扫进我的心

一只手说出另一只手，树根，我啜饮

鱼鳞，那些闪闪烁烁逐渐走向浓厚的腥味，使我一眼望见人
　类之始

我在树根中用手挡，随便摸起一件物质作太阳，狼群微笑不
　　止，布满四周

我在树根里把一条路当作另一条路来走，我在树根里碰翻了
　　土地，甚至河流

我的头发在风中开成一排排被击倒的人影，雨是我夏天的眼皮

是液体，我的眼睛永远流向低矮的地方

我在抚摸中隆起它们，甚至隆起我自己

把脸当作翅膀，把脸挡住一切，一片长满黑漆漆树根的地方
　　解决一切

我在枫木中伸直手掌

和送葬的人一同醒来，我的思绪烂在春花时刻，我坐在那里，
　　一动不动

一些疙瘩永远停在翅膀上，树根，我用犄角对抗你

我在黑夜中提到那暖烘烘的一切，土地上成团的人抱着胳膊
　　晒太阳

我于是成了一些传递中的嘴唇，酒精幽舌，成了一些人的母
　　亲

我不得不再一次穿过人群走向自己，我的根须重插于荷花清
　　水之中，月亮照着我

我为你穿过一切，河流，大量流入原野的人群，我的根须往
　　深里去

腐土睡在我的怀中，就那么坐成一个鼓凸的姿势，我在腰上
　　系着盛水的红容器，人们称为果实

当你把春风排到体外你就会与一切汇合，你会在众人的呼吸

中呼吸，甚至安眠

你把自己静静地放入人群，你在耳朵里把太阳听了个够，树根

你的厚厚的骨架在积雪的川地上，踏成季节，和以后的一切，
   爱或者恨

都重新开始，即使在麦地里永远有哭泣的声音传得很远，甚
   至在另一块麦地里都

能听到，树根，你身边或许就是河流

或许就是四季，或许就是你饲养的岁月一群，或许就是爱人，
   或许就是你自己的眼睛

连同化成香气的昆虫，水流

一切都想得那么深

把水当成挖掘的时刻，把火当成倾诉的红树干

甚至把母亲当成踏向远处的一串泪迹，母亲河

一串泪迹

3. 来到南方的海边

在森林中静静航行，在传说的黑翅膀下静静航行，我看见了
   黄昏的河湾

母亲捧着水走过黄昏的风圈，爱人越缩越小，只能放进心里

一群牧羊人在羊群山苍凉的掩映下想起了南方和雨

山峦像清秀的渔夫撒满江面，岛屿像鸟的手指在夜里啜饮大海

南方，许多声音，许多声音

九个巨大的金属坐在海岸上，你的城市沉下一块又一块紫丁香

我追过桥去，一批石人石马等我静静退出

牛角号伴着我度过阵阵抽搐的夜晚，关起木栅，把黄昏和牛
　　放满一地

舞的人群消融得像一幅疲惫的脸，在樱花树下拣起你的月亮，
　　你的风风雨雨

用一只腿跳着离开干涸的河床

揭开一层层泥沙，骨骼迎风而立

在必要的时刻，南方的河流，你的头发流泄那么多不可缺少
　　的爱

男人累了，你让怀中孩子快快长大吧，日子长着呢

火堆闪烁，仿佛原野用膝盖走路，云朵闪烁，仿佛天空用眼
　　睛飞翔

在旱季到来之前快把孩子养大成人，即使他离我而去

我也能筑起图案：笔直的鱼，一丛丛手指让海弯曲地折断

甚至牛望着星星坠进海里，爱人飞上天

在粗砂的碗上，在冬天的脚下，让村庄抱着我睡去

我拉扯着太阳和你们

来到海边

4. 舞

这股细小而寒冷的水流源于森林，森林起源于空地上的舞蹈

沿途你不断拣起什么又不断扔下什么，你踩在人们最想念你
　　的时刻

但笑容渐渐远离河岸，你是一股奇特的睡意喷向我的面孔

在你流过的地方，牛的犄角转着光圈，连小屋也在月光下摆
　　上了桌子和食品

你制造的器皿和梦的线条无一例外地泄露于大地上

你在土地上抱着一块石头就像抱着你自己，再也离不开

那些离去的渐渐变成仇恨

一天又一天，太阳不足以充实你也不足以破坏你

当另一种敲门声越来越重，你把岁月这支蜡烛吹灭，又点上了
　　另一支岁月之光

你的真情在旋涡和叹息中被我一一识破，河流呵

春天战胜了法则，你踩着村庄走向比树和鸟还高的地方，走
　　向比天还高的地方

我想起天地夹缝间大把大把撒开的花，年老的树木，刨土者
　　和爬过门坎的孩子

一棵树结满我们的头颅，果实在秋天被妇人摘下或者烂在地
　　里，树就要生长

我突然被自己的声音激动

因为提到了明天，人们扯下母胎中孕着的自己，河流的剧痛
　　和黎明

一起无边的起伏，舞的火堆挤满陶罐，许多粗黑的胳膊拥在
　　一起

河岸下太阳在泥沙中越来越肿大，被秋天接受，酒和铁互相
　　递进喉咙

骨胳如林地长起，河流和翅膀变得黑褐无边

鸟儿成堆成堆地投入冬天的营地，让早晨被所有平静的湖水、
　　岛屿拥有

被年轻的新娘们拥有，我摘下自己的帽子，头颅里响起婚礼
　　的钟声

不再孤单，一切都能代表我和种子

我们的母亲，高粱和芦苇在北方拼命地挥动着头巾

白桦林在湖岸上寂静地长起，没有人知道浑浊的水繁殖了这
　　么一大片林木

没有人知道故乡的土地在道路和河流之下还有什么

春天就在这时被我带来

三两个人拖着浓重的影子，举箭刺穿燃烧在荆丛中的一个声音

小兽们睁着眼睛，善良的星星和风暴预言的粗砂堆在离心很
　　近的地方

垒住，泉涌如注，我扶膝而坐，倾听着花朵迁往苦难的远方

倾听着远方墙壁成长的声响，我粗大的手掌摸过城，在夜晚
　　人们隔门相望

你是河流，你知道这一切

线条被撕开，零乱地掉在路上他们头也不回地走了

1984.6 ~ 9

（三）北方

1. 圣地

我爬上岸

黑压压鸟群惊起，无处藏身

飞遍了

我的影子移动着，压住冰川

划过一道深深的水流

微弱的呼吸是音乐

割开溶洞，让我孤单地住在里面

我爬上岸

砸碎第一块石头

草原、狼、累累白果树

和我的双膝

磨穿寂静的森林

莽野如梭

峡谷洞穿眼眶

取一丛火

我披发横行于兽骨溶溶

年轻的排着种子和钟的手掌

229

在雾中除了农具

谁也不认识

磨烂了

分出十指

峡谷和火堆洞穿你们发黑的眼眶

断岩层留下雷击的光芒

不断向以后开放

土陶吞下大鸟

吞下无边弧形的河床

地震把我的骨头唱断

唱断一节又一节

一层水使我沉默多年

阡陌上

人们如歌如泣

人们撒下泥土

人们凿井而饮

狠狠地在我身上抠了几只眼

让你痛苦地醒来

号子如涌

九歌如兽

悚悚行走在战栗的地层上

村庄围住月亮

和我陷得太深的瞳孔

枝枒哑笑了

日子像残红的果实撒了一地

未来沉下去只有文字痴长

太阳痴长

于是更多了背叛和遗忘

为什么一个人总有一条通往地下再不回头的路

为什么一支旧歌总守望故土落日捆住的地方

2. 过去

在我醒来之前

一块巨大的石碑盖住喉咙

鲜血和最后一口空气

只好在心房里自己烂掉

脸颊

垒满石头

河流和月光溶解了头颅

我再也没有醒来

只有牙齿

种子

有节奏地摩擦、仇恨

含泪大雁

背后是埋剑的山岭

山岭背后是三月

畦地的孩子们

要求自自然然地生长

每颗种子都是一座东方建筑

我要砸开他们的门

我要理出清澈如梦的河流，黑松林和麦垄

山岭，三月五月的燕麦

倚剑而立

祭酒

指天饮日

几十棵树长出了人形

是我在水的源头守护着你们

3. 想起你的时候

想起你的时候

4. 种子

我痉挛

犁是我一张渴血的触觉①

痉挛

子孙们肩膀痛苦的撕裂

我被肢解、刀击

铁和血肉

横飞于四面八方

种子爆然而去

粗暴地刺破我的头盖

血流如注的眼睛更加明亮

土地紧张地繁殖土地

让血乎乎的盾

被大把大把盐粒擦亮

挡住北方

挡住兽皮的风暴

让种子装灌头颅

捆在肩膀上

让赤铁矿流过粗宽毛糙的颜面

让红种兄弟离开我们

离开一根永恒的石柱

一根生锈的石柱

---

① 原稿如此。——编者注。

233

让渐渐远去的亚细亚埋在芨芨草里

萎缩

让我就在这时醒来

一手握着刀子

一手握着玉米

亚细亚的玉米啊

5. 爱

一把树叶文字贴在石头洞里

贴在我们泄情的脸上

一头野鹿填平湖湾

一把弓

一把粗草绳拦住一条边疆

你

就是我的妻子

耳环

洞箫 10 孔

套住血水泡硬的心

粗麻绳拦住另一条边疆

我捧着种子

走在自己的根脉上

延长——延长——延长——

延长——延长——延长——延长——

隔着蒺藜的妇人　情爱如炽

于是人类委身于种子

于是先知委身于大地

于是渔夫委身于海岸

更多的人仅仅是在谈论

隔夜的歌曲

手臂静止地垂下

摘果子的时辰尚早

想起你的时候

就想起夜半的野百合

一支晃摇着节奏的野百合

想起远方嫁给岩石的海鸟

想起河神有几只鞋跑丢在太长的大陆

跑丢在人群里

想起丝绸仅仅成为东方母亲的蒙面

我便是诗人

行吟

马蹄踏踏，青草掩面

牧羊老人击栅栏而泣

枫叶垂望墓地

只有火光在鼓面上越烧

越寂寞

不该死的就不会死去

平原

爬满了花朵和青蛙化石

6. 歌手

编钟如砾

编钟

如砾

仿佛儿子拖回一捆捆粗硕的鱼骨和岸

仿佛女儿含海的螺号　在夜里神秘地发芽

陆地上伸出了碧清的河汉

歌声

就是你们身上刚刚抽出的枝条

歌手红布袍

如火

几名兄弟含泪相托

编钟如砾

编钟如砾

在黄河畔我们坐下

伐木丁丁，大漠明驼，想起了长安月亮

人们说

那儿浸湿了歌声

1984. 5

传说

——献给中国大地上为史诗而努力的人们

一、老人们

> 白日落西海
>
> ——李白

黄昏，盆地漏出的箫声

在老人的衣袂上

寻找一块岸

向你告别

我们是残剩下的

是从白天挑选出的

为了证明夜晚确实存在

而聚集着

白花和松叶纷纷搭在胳膊上

再喝一口水

脚下紫色的野草就要长起

在我们的脖子间温驯地长起

群山滑过我们的额头

一条陈旧的山冈

深不可测

传说有一次传说我们很快就会回来

脚趾死死抠住红泥

头抵着树林

为了在秋天和冬天让人回忆

为了女儿的暗喜

为了黎明寂寞而痛楚

那么多夜晚被纳入我们的心

我不需要暗绿的牙齿

我不是月亮

我不在草原上独吞狼群

老人的叫声

弥漫原野

活着的时候

我长着一头含蓄的头发

烟叶是干旱

月光是水

轮流度过漫漫长夜

村庄啊，我悲欢离合的小河
现在我要睡了，睡了
把你们的墓地和膝盖给我
那些喂养我的粘土
在我的脸上开满了花朵

再一次向你告别
发现那么多布满原野的小斑
秦岭上的大风和茅草
趴在老人的脊背上
我终于没能弄清
肉体是一个谜

向你告别
没有一只鸟划破坟村的波浪
没有一场舞蹈能完成顿悟
太阳总不肯原谅我们
日子总不肯原谅我们
墙壁赶在复活之前解释一切
中国的负重的牛
就这样留下记忆
向你告别
到一个背风的地方
去和沉默者交谈

请你把手伸进我的眼睛里

摸出青铜和小麦

兵马俑说出很久以前的密语

悔恨的手指将逐渐停留

在老人们死去之后

在孩子们幸福之前

仅仅剩下我一只头颅，劳动和流泪

支撑着

而阳光和雨水在西斜中像许多晾在田野上的衣裳

被无数人穿过

只有我依旧

向你告别

我在沙里

为自己和未来的昆虫寻找文字

寻找另一种可以飞翔的食物

而黄土，黄土奋力埋尽了你们，长河落日

把你们的手伸给我

后来张开的嘴

用你们乌黑的种子填入

谷仓立在田野上

不需要抬头

手伸出就结了叶子

甚至不需要告别
不需要埋葬

老人啊，你们依然活着
要继续活下去
一枝总要落下的花
向下扎
两枝就会延伸为根

二、民间歌谣

> 行到水穷处
>
> 坐看云起时
>
> ——王维

平原上的植物是三尺长的传说

果实滚到

大喜大悲

那秦腔，那唢呐

像谷地里乍起的风

想起了从前……

  人间的道理

  父母的道理

使我们无端地想哭

月亮与我们空洞地神交

太阳长久地熏黑额壁

女人和孩子伸出的手

都是歌谣，民间歌谣啊

十枝难忍的神箭

在袖口下

平静地长成

没有一位牧人不在夜晚瘦成孤单的树

没有一支解脱的歌

聚集在木头上的人们

突然撒向大平原

像谷地里　　乍起的风

茑与女萝

平静地中断情爱

马兰花没有在婚礼上实现

歌手再次离开我们

孤独的成为

人间最深处

秘密的饮者，幸福的饮者

穷尽了一切

聚集在笛孔上的人群

突然撒向大平原

稻米之炊

忍住我的泪水

秦腔啊，你是唯一一只哺育我的乳头

秦腔啊是我的血缘　　哭

哭从来都是直接的

只只唢呐

在雪地上久别未归

被当成紫红的果实

在牛车与亲人中

悄悄传进城里

我是千根火脉

我是一堆陶工

梦见黑杯、牧草、庙宇

梦见红酉和精角的公牛

　　千年万年

是我为你们无休止地梦见

　　黄水

破门而入

编钟，闪过密林的船桅

又一次

我把众人撞沉在永恒之河中

我们倒向炕头

老奶奶那支悠长的歌谣

扯起来了

昊天啊、黄鸟啊、谷乔啊

扯起来了

泡在古老的油里

根是一盏最黑最亮的灯

我坐着

坐在自己简朴的愿望里

喝水的动作

唱歌的动作

在移动和传播中逐渐神圣

成为永不叙说的业绩

穷人轮流替我抚养儿女

石匠们沿着河岸

立起洞窟

一尊尊幸福的真身哪

我们同住在民间的天空下

歌谣在天空下

三、平常人诞生的故乡

天长地久

——老子

隐隐约约出现了平常人诞生的故乡

北方的七座山上

有我们的墓画和自尊心

农业只有胜利

战争只有失败

为了认识

为了和陌生人跳舞

隐隐约约出现了平常人诞生的故乡

啊，城

南岸的那些城

饥荒，日蚀，异人

一次次把你的面孔照亮

化石一次次把你掩埋

你在自己的手掌上

城门上

刻满一对双生子的故事

隐隐约约出现了平常人诞生的故乡

小羊一只又一只

在你巨大的覆盖下长眠

夜晚无可挽回的清澈

荆棘反复使我迷失方向

乌鸦再没有飞去

太阳再没有飞去

一个静止的手势

在古老的房子内搁浅

啊，我们属于秋天，秋天

只有走向一场严冬

才能康复

隐隐约约出现了平常人诞生的故乡

我想起在乡下和母亲一起过着的日子

野菜是第一阵春天的颤抖

踏着碎瓷

人们走向越来越坦然的谈话

兄弟们在我来临的道路上成婚

一麻布口袋种子

抬到了墙角

望望西边

森林是雨水的演奏者

太阳是高大的民间老人

隐隐约约出现了平常人诞生的故乡

空谷里

一匹响鼻的白驹

暂时还没有被群山承认

有人骑鹤奔野山林而去

只有小小的堤坝

在门前拦住

清澈的目光

在头顶上变成浮云飘荡

让人们含泪思念

抚掌观看

隐隐约约出现了平常人诞生的故乡

那是叔叔和弟弟的故乡

是妻子和妹妹的故乡

土地折磨着一些黑头发的孤岛

扑不起来

大雁栖处

草籽粘血

高岸为谷，深谷为陵

四匹骆驼

在沙漠中

苦苦支撑着四个方向

他们死死不肯原谅我们

上路去，上路去

群峰葬着温暖的雨云

隐隐约约出现了平常人诞生的故乡

四、沉思的中国门

静而圣

动而王

——庄子

青麒麟放出白光

一个夜晚放出白光

梧桐栖凤

今天生出三只连体动物

在天之翅

在水之灵

在地之根

神思，沉思，神思①

因此我陷入更深的东方

兄弟们依次狰狞或慈祥

一只红鞋

经菩萨穿上

合掌

有一道穿透石英的强光

她安详的虹彩

---

① 原稿如此。——编者注。

自然之莲

土地，句子，遍地的生命

和苦难

赶着我们

走向云朵和南方的沉默

井壁闪过寒光的宝塔

软体的生命

美丽的爬行

盛夏中原就这么过了

没有任何冒险

庄稼比汉唐陷入更深的沉思

不知是谁

把我们命名为淡忘的人

我们却把他永久地挂在心上

在困苦中

和困苦保持一段距离

我们沉思

我们始终用头发抓紧水分和泥

一个想法就是一个肉胎

没有更多的民间故事

远方的城塌了

我们把儿子们送来

然后沿着运河拉纤回去

载舟覆舟

他们说

我们在心上铸造了铜鼎

我们造成了一次永久的失误

家是在微笑时分

墙

挡住无数的文字和昆虫

灯和泥浆

一直在渴望澄清

他从印度背来经书

九层天空下

大佛泥胎的手

突然穿过冬天

在晨光登临的小径上漫步

忏悔

出其不意地惊醒众人

也埋葬了众人

中国人的沉思是另一扇门

父亲身边走着做梦的小庄子

窗口和野鹤

是天空的两个守门人

中国人不习惯灯火

夜晚我用呼吸

点燃星辰

中国的山上没有矿苗

只有诗僧和一泓又一泓清泉

北方的木屋外

只有松树和梅

人们在沙地上互相问好

在种植时

按响断碑流星

和过去的人们打一个照面

最后在河面上

留下笔墨

一只只太史公的黑色鱼游动着

啊，记住，未来请记住

排天的浊浪是我们唯一的根基

啊，沉思，神思

山川悠悠

道长长

云远远

高原滑向边疆

如我明澈的爱人

在歌唱

其实是沉默

沉默打在嘴唇上
明年长出更多的沉默

我们抚摸自己头颅的手为什么要抬得那么高？
你们的灶火为什么总是烧得那么热？
粮食为什么流泪？河流为什么是脚印？
屋梁为什么没有架起？凝视为什么永恒？

五、复活之一：河水初次带来的孩子

> 有客有客
>
> ——《周颂》

我们穿着种子的衣裳到处流浪

我们没有找到可以依附的三角洲

树和冥想的孩子

分别固定在河流的两边

他们没有拥抱

没有产生带血的嘴唇

他们不去碰道路

夜行者

走过遍地遗弃的爱情

手抚碑文，愤怒，平静，脑袋里满是水的声音

一条黑色的男性

曾经做过许诺

人是圣地的树

充满最初的啁啾

一些红色的肢体在暴雨中贫困地落下

一盏灯在暗洞里掏出自己的内脏

一头故乡神秘的白牛

消失在原野的尽头

我们将找到可以依附的三角洲

踏在绿岸上的少女

洗完了衣服，割完了麦子

走进芦花丛

今夜

有三个老人

同时观看北斗

第六天是节日

第六天是爱情之日

母亲生我在乡下的沟地里

黑惨惨的泥土

一面瞅着我的来临

一面忧伤地想起从前的人们

那些生活在黑暗的岸上的人们

而以后是一次又一次血孕

水中之舞，红鳞和鳃，生活的神游

水天鹅在湖沼上平静地注视

口诀

扯着暗淡的帆

指引着这些河上的摇篮

这些绛红的陌生而健康的婴儿

到达柔曼的胸，吻响的额，接触的牙齿

眼睛的风

忧伤又一次到达

陆地上的琴鸟，又一次到达

我只能和他们一起

又一次回到黄昏

经受整个夜晚

扑倒在腥红阴郁的泥地上

这毕竟是唯一的结果

第一次传说强大得使我们在早晨沉沉睡去

第二次传说将迫使我们在夜晚早早醒来

这是些闯进的宿鸟

这是些永生的黑家伙

老人们摆开双手

想起

自己原来是居住在时间和白云下

淡忘的一笑

更远处是母亲枯干的手

和几千年的孕

早晨在毫无准备时出现

那就让我们来吧

行道迟迟

载渴载饥

啸歌伤怀

载飞载鸣

六、复活之二：黑色的复活

大鸟何鸣
————《天问》

1.

大黑光不是在白天诞生

也不是一堆堆死去的蜡烛头

他们哑笑着熄灭：

熄灭有什么不好

2.

我们收起

照亮那相互面孔的

那沉重的光

呼呼行帆的光，关住心门的光

绳索垂下来

群山沉积着

草原从远方的缺口涌入

有一只嘶哑的喉咙

在野地里狂歌

259

在棉花惨白的笑容里

我遍地爬起

让我们来一个约定

不要问

永不要问

我们的来历和我们的忧伤

不要问那第二次复活

假如我要烧毁一切呢

原谅我，那歌声，那歌声

让我们来一个约定

3.

春天带来了无尽的睡眠

胳膊上晒着潮湿的土地

烧毁云朵

烧毁

我们在黑雨中静静长起

一块巨大的面孔

用雷做成果树

我在莽林中奔跑

撞死无数野兽

失去了双腿

昂头面对月亮

男人躺在大地上

也是一批暗暗的语言

我们走了许多路

才这样沉沉睡去

在我们熟睡之后

女人们

拥到田地里

捋着抽浆的粮食

快活得浑身发抖

　　　东方之河

是流泪的母马

荒野冷漠的头颅

不断被亲吻和打湿

4.

戳有金属的脊背

扑倒在丛林中

树

筑地而起

死亡，流浪，爱情

我有三次受难的光辉

月亮的脚印

在湖面上

呕吐出神秘的黑帆

呕吐出大部分生命

石块飞舞，石块飞舞

时间终于落地

山头的石墙上

高高挂起三堆火

钟声中，孩子们确实存在的烙印

北方仓库，墓上有

几只默默的稻粒

石鸟刻着歌曲

墓门有棘

我和斧头坐在今天夜里

日子来了

人的声音

先由植物发出

帆从耳畔擦过

海跟踪而来

大陆注视着自身的暗影

注视着

火

5.

熔岩的歌声到达果园

淹没着

众多的匠人

用火堆做刀

在夜晚的郊外割草

其他的流浪者

像眼睛一样跳开

只有胆小的野花

钻进自己的肚脐

火啊，你是穷人的孩子

穷是一种童贞

大黑光啊，粗壮的少女

为何不露出笑容

代表死亡也代表新生

有钟声阔笑如岸

再不会在人群中平静地活着

火

我不是要苦苦诉说

不是在青春的峡谷中

做出叛徒的姿势

我是心头难受的火啊

是野马群最后的微笑声声

取下面具

我们都是红色线条

兄弟们指着彼此：

诞生。

诞生多么美好

谁能说出

火不比我们再快地到达圆周之岸

谁能说出黑腥的血是我们又一次不祥的开放

只有黑土承认

承认他们唯一的名字，受难的名字

秘密的名字

黑土就是我们自己

走完五千年的浅水

空地上

黑色的人正在燃烧

火

我继承黄土

我咽下黑灰

我吐出玉米

有火

屈原就能遮住月亮

        柴堆下叫嚣的

     火　火　火

只有灰，只有火，只有灰

一层母亲

一层灰

一层火。

1984. 12

但是水、水

翻动诗经

我手指如刀

一下一下

砍伤我自己

卡内克这样对他说：

"雨下得很大，还得下一场；因为这是贾亚雨。贾亚不是
本地人，而是东方人。"

（埃尔米罗·阿夫雷乌·戈麦斯）

第一篇　遗址（三幕诗剧）

第一幕

（背景是完全干涸的大河，四位老人像树根一样坐着）

诗人

汗水浸湿了我的手……我的手
浸湿了他们的额
他们瘦黑的脸、胳膊
他们泥污的衣裳
他们曾经繁殖的大腿
等待他们的是一个夏季……没有风
我的手仿佛握住了他们
就像握着一截又一截木头

秦俑的声音

但我早已到达，在悲惨的船歌中
航行，我到达了。

诗人

他们的汗水又更多地溢下来
炎热的夜晚歌手如云……令人费解
他们脱下布鞋，把脚浸进假想的河水
他们手摩头顶，若有所思
他们从早到晚就这样坐着

他们黝黑的肋条骨在河岸的黄昏中一闪一闪地放着光

他们撩着假想的河水互相擦洗着身子

秦俑的声音

但我早已到达。月亮之中

前后的事情一样。前后的声音一样

诗人

不一样。声音

不一样

先是孤独的牧羊人的声音

嘴唇干裂的声音

接着是秦岭风雷声

接着是祁连山的风雷声

……沉闷的船的腔体的声音

……盾牌上的雨水声流回声

……流萤撞夜的声音接响的声音

雨打人类的声音。玉米地和荆棘地的枪声

雪花和乳房的声音。虫子的声音。玉米叶子的声音

秦俑的声音

但我早已到达。干旱如土
一直埋到脖颈……一直埋到头顶

诗人

他们还在流汗……生命的痛苦
还在继续。窑洞里仍有女人的呻吟
月亮之中传出一只孤独的野兽的叫唤
那是太阳的叫唤
但是没有声音
痛苦就在于没有声音……没有声音

秦俑的声音

我就是没有声音地被埋下……多少年了
母羊仍然没来。

诗人

母羊?

秦俑的声音

就是水呀。就是那些老人的眼神
水是唯一的
没有声音的痛苦都是一样的
就像八月只有一种清风
痛苦流向四面八方
只不过又回到了早就居住过的地方。我到达了
只只头颅土地之下如水相倾……不是泪水
更不是解冻时的泪水
……又绿了
树的手
我只好在骊山下越埋越深

诗人（仍是疑惑）

母羊？

秦俑的声音

对，母羊。再也不会来了
死亡如陶。完满的存放
天空是我部分的肢体和梦

天空穿上了死者的衣裳

再也不会来了——母羊

埋葬了河流的许多陌生人来来往往

再也不会来了，母羊

多么使人安心的埋葬呀，一切都由青草代表

黄花前后爱情一样

落入田野

诚实的太阳猫腰走过许多野兽的脊背

我们的姓氏像灰尘一样落入田野

诗人

可是有了星辰。星和火星。北方虚星

有了四个方向，脚就得让自己

迈开呀……

有了树林在我肉体周围

肉体就得抖动呀

而且还有血液……比骨头更古老的血液

秦俑的声音

也许你是对的

但是骨头，白色的花。纤弱的花

花儿苍白而安详

多么使人安心的埋葬呀！

一种白色的动物沉睡在土层中，或许那是

亘古不变

惨白，那是因为我们生活过

而且相爱，写过歌颂平原的诗篇又倒在平原上

情人般缄默

那是因为它就叫骨头

不分昼夜

听见死去的河流如鸟飞离

头顶。母羊，再也不会来了

诗人

但是会有青草

有鸟粪……还有爱人的乳房……还有唱歌的木头

——手指、大腿、嘴唇

……还有亮如灿星的美人、有下山的太阳

有野兽花朵，有诗人……有棺材板摇篮布

有盲人有先知……有望海的女人

还有第一天

第二天和第三天

第四天有人梦见了我的儿子……妻子果然怀孕

……还有水井

至于母羊，我会选一个日子

牵它而来，望东而去

高原两边分开……

第二幕

（背景很深很远。南方的大河边。采药的群巫在周围险峰
上时隐时现。传来歌声的时候正是中午。）

领：红色的渔舟子

　　响起在中午

　　响起在中午的是太阳

合：太阳

领：白色的鱼身子

　　高悬在晚上

　　高悬在晚上的是月亮

合：月亮

领：屈子呀，一个男人

合：一个男人

领：屈子呀

　　汨罗汨罗的藻草缠身哪

　　屈子呀

合：一个男人。

领：他轻轻走上岸去

　　一身白衣裳呀

合：一个男人！

领：轻轻扣舷，他出现哪

　　水上水下，他出现哪

合：一个男人，一个男人！

领：鱼哭于前哟鱼哭于后噢龙护于尾

合：一个男人！（停顿，又猛烈爆发）

　　一个男人！

第三幕

　　（灯光大亮。诗人像华表一样立着，侧身，独白。老人们似石匠在打井，仍如树根。诗人手牵母羊，背景中似有雨水声，时断时续）

我从荒野里回来，从所有粗糙的手指上回来，从女人的腹中
　　哭着回来，从我的遗址积灰中回来就像从心中回来，手牵
　　母羊回来，眼睛合上如菩提之叶，我从荒野里回来。宝塔
　　证明，城里的水管证明，我

我不想唱歌

我没有带来种子，没有带来泥土、牛和犁，没有带来光和第
　　一日之火。没有带来文字。我从荒野里回来，我

只想着一件事：水，水……第三日之水

我就是一潭高大的水，立在这里，立着这里。

我的衣服如蛇凸起，人们说：莲花开了。

是的，莲花开了。当然莲花还没开时我就被众人搂在怀
　里……从歌曲里
从那些不动声色的石匠手上回来。我想了又想：
一切都会平安。我从荒野里回来，我只在夜里重复东方的事
　情
做这些简单的事。需要雨水
不能多也不能少
需要月亮和身体，需要理解，也需要孤独
我在晚上想起妻子，想起在包谷地刨土的儿女
想了又想。在东方，诞生、滋润和抚养是唯一的事情。

石匠们的掌像嘴唇。
土地上
诗人
　　喃喃自语
抽打的雪花溢于河岸。河流改道复在。
野花如河漂走了情人
雨水和诗人送她回来。
我也从荒野里回来，没有带来种子，没有带来阳光
我在夜里想了又想
期待倾盆大雨，期待女人生下儿子
诞生了就不会消失，我从荒野里回来，血液比骨头更长久
虽然不开花，我比时间
还长久……我的身上有龙

落入荒野肢体愈加丰满。我从雨年回来，或者

从干旱的荒野里回来

只记得歌中唱道：

石匠们手像嘴唇。

（诗人踉跄着走下。老人像儿童一样跃入夕光。远远传来婴儿的啼哭声。雨水声像神乐充满最后的台面和幕布上。

观众的面孔像酒杯，微微摇晃。）

第二篇　鱼生人①

水……洪水前后	图腾或男人的孤独
1. 洪水	1. 土葬鱼纹
大雨浇灭太阳	栗树和罗望子
外逃的船只	大戟树北方榆呀
如口紧闭	埋下我吧
两人默默守火	今夜四点钟就地埋下
没有风儿吹过脑袋	不要惊醒众多的人
黄钟一样向后仰着	请埋下我吧
没有声音	
一枝长木	一碗酒。一把米
横陈于河湾上	杜鹃自然会遍地开放
亲人们三声两声	
死去之前	黄土旱地呀
远方的痛苦呼唤鸟喙	快用你沉默的身子

---

　　① 本篇形式奇特，每页排两栏。海子本意让两栏相互对照，但两栏有时并不对称。——编者注。

啄痛肌肤

黄土下沉

人烟聚水而卧

黄土水中望鱼

下雨也是三年五载

隔着水

一生中脑袋摆鱼、摆鱼

并不响

传来逃亡的消息、远远

又寂寞鱼儿如我

仿佛人间离我而去

仿佛人间距离我一生

寄托我一生

鱼……　……鱼

人的叫唤从鱼口吐出

大雨浇灭太阳

众人散失四方，探进水中

黑色并不幽暗

白色并不贞洁

红色并不燃烧

树林

假假地流过

吃尽浊泥的人

把一切

来珍藏我

在夜间四点钟左右

解开扣子

把我就地掩埋

埋在你们的肉体中

用你们的母亲

珍藏我

用你们的父亲

用男人，钟和孤独

用亲吻，女人和船

我住进许多永恒的

肉体、黑暗的肉体

东方

在你们的身体中

一位

硕大无朋的东西

围着他自己旋转

或许叫昆仑。

第三纪以后

他一直沉默。

挡在面孔外面

沉了太阳，沉了灰烬

默默的水一流万里

转回故乡之前

流走了一些东西

我们怅然若失

另一些洪水之夜

我们似有所得

女人和我

寂寞地说着。

种子搁在床头柜上

……水骤然中止

死去的人民如初醒的

阳光遍地，依然新鲜

欢悦而痛苦

遍地阳光哭着

在水面上嘤嘤

嘤嘤：

地面上孤岛如人

含水而寂寞

惆怅的苦乔花开遍了

惆怅的苦乔花开过了

2. 人

我的头颅

戳破天空

我的肩膀上只剩下一只血洞

一只洞

放着华云

一路上血光四起

我的头颅

世世代代滚动

血肉模糊地

葬在天外

只剩下我，昆仑，

这无首之身躯

孤独地立着

所得见天上地下

一片钉棺材的

声音

东方滚滚而来

霞光如血，奔涌而出

一颗颗星星对面死去

又朴素

又仇恨

地深处

我骨头难忍酸痛

地面上人民就说：

让阳光遍地、流动金子

2. 船棺

这是木头。这是乳房

这是月亮。这是祖先

安排的洞窟

血迹上

胳膊像树枝折断

胳膊

一声脆响

起航之前的山峦

洞深人更深

这是木头，母亲为它

葬送了儿子

父亲葬送了自己

眼泪浅浅

这是乳房。这是月亮

携野兽逃出洪水

逃不出歌曲

这是祖先安排的洞窟

无边无际的敲打天穹

……母亲

母亲痛苦抽搐的腹部

终于裂开

裂开：

黄河呀惨烈的河

东方滚滚而来

岁月如兽，月亮血盾

跳进我的断颈

又长出一个太阳

裸露着、反抗着、扭动着

青铜青铜

一排排活泼辛酸的

少女

血胞分割

带来我最初的性命

东方滚滚而来

哭醒了

悠悠的一地婴儿

我追着自己
进了洞进了歌曲
没有了言辞
我带着形体和伤口
永久逸入子孙的行列
胳膊断了
夜色在树上放飞了鸟儿
血迹殷红。胳膊
一声脆响
洞深处野兽独自想着
阳光下自己金黄的毛
环猎人而舞

洞越来越深。

我们最初的种子
揉进。洪水中
一只腿在洞外反射月光
后来积雪中
出现了独腿人
清澈寂寞的足迹
我们最初的情人
同洪水一起退去
自然的太阳流遍

血肉
血肉之谷
来了分天割地的一条河
黄河呀惨烈的河
我
昆仑
在最初的温饱中
围着火苗和积尘
东方的肚脐跳动

黄河呀惨烈的河

活了
我活了
我的呼吸；大地和沼泽
有千万头艰难的穴熊跳跃
我的呼吸：无数条恐龙
围着我腰间狂舞
成绳索层层
我的呼吸黑暗如壁
我的呼吸河流如肠
无数种子和音乐
在夜里自己哭醒
我双眼筑庙

我们最初的眼睛　　　　　　我双手劫火

渴死在图画上　　　　　　　我双耳悬钟

一只只狼围在夏天　　　　　活了

太阳。流着血污　　　　　　我在自己的肩膀上

船在火焰中　　　　　　　　举首为日，弯骨成弓

像木柴又脆又亮　　　　　　东方滚滚而来

烧完我们最初的生命　　　　淹没了

水……水　　　　　　　　　这一片血光中的高原

这是木头。这是乳房

吮着它就像吮着

自己的血浆

黄河呀惨烈的河　黄河呀惨烈的河

3. 东方男人，边说边选择新的居住地

洞内耳语：　　　　　　　　脖子上的绳索拉着村庄

到河岸的台地上去居住　　　"靠——近——大——河"

各条小路上　　　　　　　　平原

儿童的话　　　　　　　　　倒地如情人

全被泪水淹没

　　　　　　　　　　　　　黄水晃眼

唯有事事艰难　　　　　　　黄水遮泪

　　　　　　　　　　　　　半坡，半坡

肮脏的大地　　　　　　　　盛满亏盈的月亮

肮脏　　　　　　　　　　　众人倾倒的月亮

而美丽　　　　　　　脖子上的绳索拉着村庄

哪怕到平原上　　　　狼血涂草如花开放

　说说心思也好　　　我轻轻的痛苦

仿佛小钟丁当声　　　流过

一下一下　　　　　　如河的胸脯

流进我的耳朵　　　　平原上

　　　　哪怕只对一人说说心思也好

　　　　哪怕只对自己说说心思也好

平原上　　　　　　　我睡地为家

我的声音流入我的耳朵　我大步走向四方

　　　　　　　　　　踏死去的象群

孩子们的幸福　　　　就如登上白色的床榻

极其简单　　　　　　我左边

　　　　　　　　　　女娲拖雨泥双膝跳来跳去

虫鸣美丽，拉扯你们　靠近了大河

一个季节又一个季节　黄水晃眼

少女的骄傲只为骄傲　靠近了大河

幸福本不在别的地方　黄水遮泪

　　　　哪怕到平原上说说心思也好

就是我　　　　　　　不会言辞的

领了你　　　　　　　我的女人

赤脚拍泥一路走过去　种下红高粱

　　　　哪怕只对一人说说心思也好

一只只饥饿的苹果　　一代代草缠人脚

283

一片片丰满的嘴唇　　　　　一次次不再仰望长空

悬挂在夜晚　　　　　　　　痛苦的土地有了伴侣

人鱼同眠河流　　　　　　　人鱼同眠河流

　　　　哪怕只对自己说说心思也好

月亮无风自动　　　　　　　雷入头颅、举面相迎

铜镜中　　　　　　　　　　抓住一把

河流翻动树木脚印　　　　　　　血、血

　　如史书　　　　　　　　竟是体外的河流

　　　　我的声音流入我的耳朵

　　　　　　　　　　　　　听见越来越近的历史

4. 双手来临，两条河流　　青铜……亲人中

　　　　　　　　　　　　　零星的接吻

双手如骨　　　　　　　　　武器在肢体周围

一动不动　　　　　　　　　隐约出现。胸前一朵红花

翅膀像黑色的风　　　　　　黄水晃眼，黄水遮泪

不能分担别人的痛苦　　　　善良的人们如同日子

我很早就梦见　　　　　　　面对青蛙死在泉边

　　　双　　　手

把我引向河岸　　　　　　　但我的手指没有

原野仅仅被风吹过　　　　　碰过女孩的骨灰

头颅一晒就黑　　　　　　　没有。我的手指

双手双手　　　　　　　　　遍地掘水时意外地折断

沾满伏羲的爱情　　　　　　这十只孤独的动物

　　　　　　　　　　　　　伴我的琴瑟

284

双手静静降临

平原前后

孤独的夜晚
洞内洞外
双手相伴而行
似大鸟落入近处河水
搅动，不出一点声息
双手在洞里久久徘徊
久久不愿告别
粗糙的主人
不愿告别火种
我于额上举了双手
便枯萎了太阳

太阳拥了红色野花
离我双手而去
十指
指夜为夜

……女孩的瓮

流过我胸脯之水
半坡之水
轻轻痛苦之水
让田野合当宁静。

田野合当宁静
鱼的骨骼
……伸入掌内如婴儿
选择了不会腐烂的
　　泥　　土
烧成陶器。从早到晚
带来死亡和水的
消息
女人的右肩上
出现了月亮
……故乡
就这样降临
他俩身上
在许多夜里陆续完成

大约在第三天……或者第二十个世纪
死去的山洞或村庄在我的深处开满了野花

绳索如音乐散开　　絮语：靠近大河

靠——近——大——河

至今故乡仍生长在黎明或傍晚，有时停止生长。

至今故乡仍远在高原南边或东边的河滩上生长。

至今故乡仍在有水的地方生长。

在苦难的枝叶间生长

……直到他们的额头

被墓地的露珠打湿，直到神秘之水

把我推上岸，成为胡言乱语的诗人

……直到他们被自己

震动，故乡

就降临在他们身上。手指抓住姓氏、肉体水土

世界像起了大火

世界

随我双手而动

最初时刻

在兽群之山垒定石头

立了时辰

双手相伴行过天空

四个季节在掌上

聚拢

那些苍鹰如零乱之草

沾上手指

开了红灼的花

4. 养育东方，两条河流

我有了养育的愿望

你们的母亲

那两只饱满的月亮

被风鼓起

水……水

我有了养育的愿望

这样，我的心脏

和一连串的子孙

你轻轻地摘去他们
摘下他们
你轻轻地创造就像
你轻轻的痛苦：
世界随我双手而动

夜晚是果实高悬

我双手还水于你
我双手还愿
抱树而站
头顶坐满夜雨如鸟
孕月而睡
胎胞在鼓面上
悄悄思念
河流悄悄思念
长望当路
人的故乡快到了
足迹拥前拥后的半坡
箫声左右亲吻的半坡
东方快到了
群山游动如雷
野花如电
我的双手悬空为雨

在五千年中跳动
因缘如蝗牵起
头发蔓藤悠悠
彩陶环舞彩陶环舞
一条城墙不足以
　　表达我
我请求：
　　你
孵育出两条河流

……两条河流

男人的火隐隐约约
烧在门前和心里
去吧，孩子，
时辰到了
生儿子的人
要走了
只是在西边，我
苍老的父亲
静静面对着
东边求雨的亲人
只是我远远望见
生活简朴的人们

天开于我手

地合于我心

半块月亮

离开了山顶洞

我们沿河牧马而来

　　双手

双手沾满相互的爱情

我们埋了道路

建了村庄

一只粗笨的陶碗

收养了我们

种子驶向远远的

手心

播种之灰

如早霞初升

双手相伴而行

沿着陶罐

河流：女性的痛苦

一代代流过我手

如清风吹入大地

不止一次地

来到河边

她俩渐渐隐入夜晚

身躯里

太多的鱼

游动，形成曲线

河边只剩下她们的水罐

三只水罐

三只存放乳汁的月亮

埋进玉米地

像三头母牛

埋在我胸口

她们饲养了

　　我老年的心

和小心翼翼的日子

……当然

父亲也是被母亲

灌溉和淹没过的

闪电炸开，莽云四合

东方在积雪雷击中

变得又宽又广

一万里梳头的飞天

再次流进嘴唇

嘴唇伸展如树叶

让你的丈夫饥饿

让你去河边

玉米地里

掰玉米

双手如祈

双手如水

双手比钟声比夜晚

更漆黑

传到原野上

双手随原野起伏

双手游动如血：

壁画上

如血的灯两盏

你最终寂寞

但不会熄灭。

你要照看好

一代代寂寞的心

和……水。

我们原来就这样

熟悉呀，双手

长袖结出果实

于是无数女人和鱼

消失在我

诞生的地方

雨雪敲击，雨雪敲击

无数白鲸

拖着石油

游进我的血管

雨水从我年代悠悠的

伤痕上

冲洗出乌黑的煤块

我的呼吸

把最初的人们

带入大海

她俩渐渐隐入夜晚

河流源源

关闭了

东方

所有的心

守着水井

相爱吮吸

东方的两边永远

双手建筑了我们自己：　　　　需要黑夜

人　　　　　　　　　　　　东方是我远远的关怀

人是多么纯洁。　　　　　　淘米，淘米

　　　　　　　　　　　　　而东方，在月亮

双手静静降临　　　　　　　照过之后

　　　　　　　　　　　又蒙上了灰尘。

　　　　　　　　一共有两个人梦到了我：河流

　　　　　洪水变成女人痛苦的双手，河流

　　　　男人的孤独变成爱情。和生育的女儿。

第三篇　旧河道

本是一股水。分头驶往东方和南方。嘴唇

干裂的秦岭，痛苦贫困的母亲

使我在森林中行走如风。母亲和父亲落难在远方的平原

就是那灾难带来了水……乃至鼻息……水……使我在婚礼上

站立不稳

……母亲呀先是干旱

接着就有了水

我走过土地：心上人黄色的裙子

在落日下燃烧

芷楫荷盖

女人

……是所有的痕迹

……就让她们每个乳名都是我藏身的地方

每一条细腿和支流

靠近我的心脏，靠近干旱中的小板凳，靠近高原上

住满儿童的窑洞，靠近十三经二十四史

就让我就这样寂寞地升上天空，水草和幽蓝鱼骨的天空

雪水的天空，鸟骸上绑满了雷电和龙女

龙女就像住在河边的女孩子，有人高声呼唤着

她们的乳名……旧河道呀黄水通天河呀扬子江…

云朵呀云朵…她们痛苦地降下就是这块平原的秘密

她们的每一个乳名都是我藏身的地方，致命的地方

是我夜夜思念的远方……而远方的水罐

　　　　　排成一列

　　我仿佛就这样痛苦地升上了天空

在蔓草之间

在墓砖上

她们停止了，出乎意料地停止了美丽的脚步。

这时丝绸正在远方挥舞着阳光、汗水、不同肤色和声音

这时沙漠结满了宫殿一样的洞窟，窟中飞翔着女人

这时粮食车马向西北像河流一样在我们前边出发

这时我盛大的太阳正在四方中央的天国徐徐上升

有人高声做诗……声闻百里……大地拥挤膨胀于心

他在船头或山上莫名地失踪，留下了一百首歌颂月亮的诗篇

当然更多的人是在痛苦的心上生活，生活是艰难的

这时我拱手前行……盛唐之水呀，四下的黑暗是你的方向

河畔我随乐器走向南方；女人徐徐行进，手执杯盏

　　　……突然止步！

是那太阳，他们的心脏

摔在沙漠里

是那太阳，他们的手掌

不再朝上一片片晒死在原野上

是那太阳，他们的眼睛

制成等水的陶碗

是那太阳自然的红狼合于大笑之火

是那太阳烧焦的平原挂上寺庙壁画

是那太阳，字迹模糊不清的太阳

和着蝗虫的音乐

渴望中

不知不觉进入我抽搐的身体

两片嘴唇打扑在土地上

把我折成男子

孤独而粗糙，如同出海后

放弃了摇篮和诗歌

但是获得了盐，细碎而苦涩的骨头

……是那太阳推动苦难的肩头，群栖众多民族

我磨难已成遍地痛苦……如同全部的陆地

石头垒心，独木舟出海船弃在暗处

再次长成环绕沙漠的森林。马群冲向铜鼓

另一些手在黑暗之中传递……

是那太阳将种种痛苦

——诉说

……水噢蓝的水

从此我用龟与蛇重建我神秘的内心，神秘的北方的生命

从此我用青蛙愚鲁的双目来重建我的命运，质朴的生存

从此天空死于野草，长龙陷入花纹，帝王毁于水波

从此在河岸上，一切搭起如处女再次来临

从此我日复一日伏在情人的身上瞭望大地如不动水

……不祥之水……流入眼睛。从此水流毫无消息

只有相亲相爱的低语

　　"度过艰难时刻"……老人重建歌曲。儿童不再生长

地平线上鹿群去而不回。阳光又痒又疼

从此水流毫无消息……就让他们一直埋头喝水

一直喝到夕阳西下。

便是水、水

抬起头来，看着我……我要让你流过我的身体

让河岸上人类在自己心上死去多少回又重新诞生

让大海永不平静，让大海不停地降临

在她身上……水中的女人如蜻蜓生育的美丽

心上人如母亲……一样寂寞而包含……男人的房屋男人

的孤独……他们一直在不停喝水……但是水

——水

让心上人诞生在

东方旧河道，

一个普通的家庭中……我的唯一的心上人

亲人中只有我对你低声诉说

靠——近——我！给你生命给你嘴唇给你爱情！

亲人中只有你对我如花开放

除了你，谁引起过我这么深厚的爱情

谁引起过我这么深厚的爱情?!

除　了　你

谁引起过我这么痛苦的爱情?!

……你是从我心上长出来的,身体已对我开放如花

到此为止,故乡在我身上开始了生长

水流漫过我的身体如同身后的诗歌……他们一直在埋头喝水

喝到女人诞生的时辰

女人把月亮蓝色地移入身躯

河流在夜晚的深处处处传递

一个黄色的种胚体远远腾起,身上的符纹像文字

出　入　天　空

心上人的名字像痛苦的帆船一样穿过,像嘴唇一样

在祷告时熄灭,在亲吻时重新燃起

像她本人一样万物归一、淹没大地

……啊,流动的女人……

是你让我走向沙滩,双手捏着乳房一样的火焰

走向沙滩

成群的鱼像水罐一样保存了爱情

如泣的水面上

男人如岛,形体凸起,死而复生

你让我走向沙滩,洪水在我的身体上:

重新变成洪水

……而大海永不平静。

……从诞生到现在

只有一步之遥

但是水、水

心上人的爱情

像斧头是森林流血也是我的膝盖流血

像鱼儿是自己流血也是我的鱼叉流血

像生育是你流血也是我流血

但是水、水

蓝色的雪敲打着庙宇般的胴体：梦见了爱情

雷电像咒语一样从胸前滚落：梦见了爱情

无数花朵流泪走进房屋：梦见了爱情

两只膝盖梦见四只膝盖

婚姻梦见爱情，三位女神梦见爱情

莲花——东方的铁莲梦见爱情

……但是水、水……甚至男人们也梦见了真正的

爱情。他们一直在喝水……喝水

我便回到更加古老的河道……女人最初诞生……

古老的星……忘记的业绩……五行……和苦难

夜晚子时大地的子宫和古老的葬具

我便揪住祖先的胡须。问一问他的爱情。

我的双腿在北方的河岸上隐隐溢过，显于

奔跑的巨大母羊之上群羊之上。

木植土。金斫木。火熔金。水熄火。

金生火。土生金。木生土。水生木。

就是那块土地，那块包孕万物的灾难如歌的土地

使我的头顶出现光芒，使我的掌心埋藏火花

照亮了陶器。盛水的不再只是爱情之唇……鱼……

……鼻音……乳名和隐语……以及长口瓶、鱼纹盆、尖底瓶

也有干的河床……渗下去……就像母亲融入卑微的泥土

我抚摸着每一张使我动心的面容。只有你

慢慢从我心中长出。同时

野花也带来了孤独。

但是水、水他们一直埋头喝水

太阳带来重复出现的命运。而你从我的心中

慢慢长出，痛苦不堪地长出

从诞生到现在

　　　只有一步之遥

但是水、水

相传他是东方诗人

睡在木叶下

梦见爱情就真的获得了爱情……喝水人倒地为水

……估计人们会在春分之前先渡过一条小河，然后靠近

大——河——靠——近——大——河

而我一直如节气对人耳语。孤独的男人的耳语

在水上渐渐地远去……就这样

在水上团聚的日子近了，我在婚礼上站立不稳

土地仍旧灼人……迎人入内，静静合上眼睛

从诞生到现在仅一步之遥……秦岭兀立一片。

旧河道，我仿佛就这样痛苦地

升上天空……他们一直在埋头喝水

一直喝到夕阳西下

女人诞生的时辰。

前面已有的痕迹，越拓越宽，不动声色，坦白而痛苦

至今故乡仍在四个方向成长，同时艰难地死去

而他们一直在喝水

水

因我而浑浊的

母亲

如鱼落在草上。他们仍在埋头喝水……该死的男人

他们一直在掘水。又喝干了

乳房

挂在秦岭的两边，一切都成了女性，一切都可以再生

水波翻动衣服就像翻动诗经。南方的节日里

失去了一位诗人……瘦削的诗人……脑袋，下沉中的

黑色太阳。我看见

　　　　水

慢慢淹过我的身体

我看见了不该看见的，我看见了永存的，月亮和河流之龟

两条爬过的痕迹，在我身上醒来，痛裂成文字，伤疤和回忆
又隐隐作痛。至今故乡仍在四个方向生长，向东生长，一路
死去。他们一直在埋头喝水……掘水……毫无消息。

当晚霞又一次升起

临河的盆地麦子熟了……我便起身

一路踏过水井……这个该死的男人

爱情让我舍弃了生命和青春

我是那灾难带来了水乃至鼻息带来了前后的六天

众蚁在脚下咬紧阳光

就是那灾难照我一如既往大地一如既往：赤裸渴望而动情

发现我的肩头落满光芒，四方为辉煌的日兽所困

只有女人的头发如麦粒如水草，给我夜里潮湿的安慰

……抬起头来，女人

抬起头来，看着我

怎样射箭……

洞穴之中探出许多　　作响的头颅

……水，使我在婚礼上站立不稳

因为旷野上口唇相占，你我的生辰相互证明

旧河道，太阳与你同样辉煌。我早就驯服了它

我早就是我，是人，是东方人，是我自己

……但窑洞还是离水井甚远历史离水井更远

就让我负鱼而来……人们晾晒旧网……盛水的不再只是

嘴唇，还有河道，改造洪水……人们以我为禹……但我

也曾射过太阳……是我自己……娶过新娘
她本是水边的神，或许同时是水兽
当然很美丽。

击石拊石
百兽率舞。

根上，坐着太阳，新鲜如胎儿……但是水、水

第四篇　三生万物

1. 女人的诞生

女人诞生在桥下

另一位女婴

破网

诞生在对面的船舱里

祖先之血灌注

声音如渴

在体内行走……哇……哇

便哭了

带来了挖土声，雪花盖地声：女孩的叹息

洪水中房屋倒塌声：婚礼的声音

风翻树叶的声音：新娘的呼吸声

诗朗诵的声音：半夜婴儿的哭声

还有月亮的声音

　　　那是女人在男人的注视下

　　　梳头的声音

民歌：

　　母亲寂静

　　女婴寂静

　　美人寂静地老去

　　滋养了河

　　女人像白色的毛巾一样从天上落下

　　落在高粱地里

　　第三位女人

　　本是一位男人

　　那是星星出现，形如半月。

　　他在制作陶器的同时制作了肉体

　　他在制作肉体的同时制作了衣服

　　遮住自己

　　就像遮住月亮

　　日久天长

　　在男人羞涩而隐秘的

　　愿望中

　　我就成了女人

　　……脊背像白色的花朵

为了强调生命

女人诞生在桥下。

女人

是的，女人

首先诞生泥巴。

镰刀的收割声中会有女人前来看你

她双乳内含有白色雪花吃草的声音

女人消失

在伐木声中

2. 招魂那天无雨

A：我是水

流浪在

楚国的树上

多余的梦化成蓝色的电和一丛鸟骸

也开始流浪

让源头如尸，尽搁于树

让树撩开头发给我带来乳房的暴雨。根脉相接

让我们撕下皮肤，让我们更像

孤独的人体，睡在木头中，让地深处向上生长的

死亡

故乡

痛苦万分的

经过湘水中的月亮

骨头之中

楚国的歌声四起

我是楚国的歌王

　　还记得我开口说话的日子吗？

B：记得。痛苦的诗人

　　是你陪着我——所有的灾难才成为节日

　　到有水的地方为止

　　到我俩为止

　　没有一个人

　　活下来。而我

　　只记得你死去的日子……龙舟竟行①

　　只记得一组桃树，早上古老地醒来

　　我双手摸到你

　　太阳血染白衣，野花巢于足迹

　　我只记得你

　　睡在水流中

　　那才长久

　　注视

　　我

---

① 原稿为"竟"，似应为"竞"。——编者注。

国家似水

被摇醒时一动不动

那么长久

A：好吧。记得我死去的日子

记住我

并不曾向你们许下什么

记住后来的事

尤其要记住过去……打井时撕裂的手指

记住本世纪初的

一场大雪

记住我在黎明中

步伐踉跄。

大地飞奔过来伸开双手

并没有接住

我零碎的脚印

……我是水

记住我的第一次死去……神秘的歌王

在墓画上烧得云朵低回

记住我已经死去

芦苇中。

我和第二个我

已经死去

死在故乡必经的道路上

记住我并不曾许下什么

B： 剩下些身体如木柴

A： 记住死亡如门……自由的

堆积尸体

    像堆积大地

记住木柴只堆在我身上，画满了干涸的家乡河

    火，尤其使我疼痛，在我身体上

有第一日

第二日和第三日

有三十六弦的乐器。有土鼓如风。有赤乌夹日

也有三寸六分的乐器

和众人不愿诉说的事情，难堪的事情

土地……一米……两米……跟着我

走过了最痛苦的时辰

鼓声锵锵，在我身体上

画满了波浪

鼓成船，槌成橹

我径直走了

记住这一根最大的木柴，苦难和流放的男人

囚于身体和孤独的男人，记住这一身白衣服

包裹的木头

于我的身躯一节一节焦黑

而静默

一节一节惊飞

如黑色燕子

来临河面。记住我的身体是你是妻子

也是儿子。更是门外门内的燕子

尤其是河流

是那么长久的

停止了生长的

骨头：

之后是

断断续续的火焰

只要你们记住了

    "那么就取走我的身体吧"

B：是的，我记住了。

诗人，你是一根造水的绳索。

诗人，

你是语言中断的水草。

诗人，你是母羊居留的二十个世纪。

诗人，

你是提水的女人，是红陶黑陶。

我记住了你盛水的器皿

我记住了你嘴唇的位置

我记住了

　　　　　　心的需要

记住要慢慢地放下绳索

一寸一寸，一种向下生长的

生

渴望已久的水、诗歌和恋人的身躯

就在下面

平静地躺着

她的乳房温热流动成波浪

是的，我记住了

在你的面前

先要记住故乡……让两边的耳朵伸向海洋

时远时近的涛声如异乡的动物

让月亮如寂静的时间

从面孔中间穿过

打开两口深井

A： 众人会又一次寂静地苏醒在井边

　　……少年人肩头薄如刀片，在大河中浸洗

　　说不清太阳是升起还是永久落下……霞光如血

　　　　招魂的这天无雨。

3. 八月（或金铜仙人辞汉歌）

八月是忧患的日子

夜晚如马把我埋没。流水的声音。钟鼓的
声音。又坐在空空的早晨，除了潮湿的苔藓
我一无所有
八月是痛苦的日子
画栏如树把我生长。流水的香气，宫殿的
香气。又坐在空空的早晨，除了八月的土地
我一无所有

陌生的官牵我走向千里以外
函谷吹来的凄风一直射向我青铜仙人的眸子

八月是忧患的日子
汉月与我一道
寂寞地离开古老地方
一路没有言语
思念旧君的清泪如铅水一样滴落
一路没有言语

咸阳道上为我送行的只有败兰一枝。

八月是痛苦的日子
我
金铜仙人
独自携带

自己和承露盘

在月儿照着的荒凉的野地上行走

渐渐

离渭城远了听到的渭水的声音也就渐渐地小了

(这首诗是李贺的。我把它抄下作为本诗的结尾。李贺还有一序，我把它抄在最后：

魏明帝青龙九年八月，诏宫官牵车，西取汉孝武捧露盘仙人，欲立置前殿。宫官既拆盘，仙人临载，乃潸然泪下。唐诸王孙李长吉遂作《青铜仙人辞汉歌》。)①

1985.8 中旬雨夜

---

① 李贺原诗："茂陵刘郎秋风客，夜闻马嘶晓无迹。画栏桂树悬秋香，三十六宫土花碧。魏官牵车指千里，东关酸风射眸子。空将汉月出宫门，忆君清泪如铅水。衰兰送客咸阳道，天若有情天亦老。携盘独出月荒凉，渭城已远波声小。"——编者注。

其他：神秘故事六篇

龟王

　　从前，在东边的平原深处，住着一位很老很老的石匠。石匠是在自己年轻的时候从一条幽深的山谷里走到这块平原上来的。他来了。他来的那一年战争刚结束。那时他就艺高胆大，为平原上一些著名的宫殿和陵园凿制各色动物。他的名声传遍了整个大平原。很多人都想把闺女嫁给他，但他一个也没娶，只把钱散给众人，孤独地过着清苦的生活。只是谁也不知道他在暗地里琢磨着一件由来已久的念头。这念头牵涉到天、地、人、神和动物。这念头从动物开始，也到动物结束。为此，他到处找寻石头。平原上石头本来不多，只是河滩那儿有一些鹅卵石，而这又不是他所需要的。因此他把那件事儿一直放在心里，从来没向任何一个人提起。他的脾气变得越来越古怪。他的动物作品无论是飞翔的、走动的，还是浮游的，都带着在地层上艰难爬行的姿势与神态，带着一种知天命而又奋力抗争的气氛。他的动物作品越来越线条矛盾、骨骼拥挤，带着一股要从体内冲出的逼人腥气。这些奇形怪状的棱角似乎要领着这些石头动物弃人间而去。石匠本人越来越瘦，只剩下一把筋骨，那整个夏天他就一把蒲扇遮面，孤独地，死气沉沉地守着这堆无人问津的石头动物，一动也不动，像是已经在阳光下僵化了。似乎他也要挤身①于这堆石头动物之间。后来的那个季节里，他坐在门前的两棵枫树下，凝神注视树叶间鸟巢和那些来去匆忙、喂养子息的鸟儿。他的双手似乎触摸到了那些高空中翔舞的生灵。但这似乎还不够。于是在后来迟到的冰封时光里，他守着那条河道，在萧瑟的北风中久久伫立。他的眼窝深陷。他的额头像悬崖一样充满暗示，并且饱满自足地面向深谷。他感到河流就像一条很细很长、又明亮又寒冷、带着阳光气味和鳞甲的一条蛇从手心上游过。他的手似乎穿过这些鳞甲在河道下——抚摸那些人们无法看到的洞穴。泥层和鱼群激烈地繁殖。但这似乎也还不够。于是他在接着而来的春天里，完全放弃了石匠手艺，跟一位农夫去耕田。他笨拙而诚心诚意地紧跟在那条黄色耕牛后面，扶着犁。他的鞭子高举，他的双眼眯起，想起了他这一生痛楚而短促的时光。后来他把那些种子撒出。他似乎听到了种子姐妹们吃吃窃笑的声音。他的衣服破烂地迎风招展。然后他在那田垄里用沾着牛粪和泥巴的巴掌贴着额头睡去。第二天清早，他一跃而起，像一位青年人那样利落。他向那位农夫告别，话语变得清爽、结实。他在大地上行走如风。也许他正感到胸中有五匹烈马同时奔踏跃进。他一口气跑回家中，关上了院门，关上了大门和二门，关上了窗户。从此这个平原上石匠销声匿迹。那幢石匠居住的房屋就像一个死宅。一些从前他教过的徒弟，从院墙外往

---

① 原文如此。似应为"跻身"。——编者注。

里扔进大豆、麦子和咸猪肉。屋子里有水井，足以养活他。就这样，整整过去了五个年头。

五年后，这里发了一场洪水。就在山洪向这块平原涌来的那天夜里，人们听到了无数只乌龟划水和爬动的声音，似乎在制止这场洪水。它们相互传递着人类听不懂的语言，呼喊着向它们的王奔去。第二天早上洪水退了。这些村子安然无恙。当人们关心地推开老石匠的院门及大门二门进入他的卧室时，发现他已疲惫地死在床上，地上还有一只和床差不多大的半人半龟的石头形体。猛一看，它很像一只龟王，但走近一看，又非常像人体，是一位裸体的男子。沾着泥水、满是伤痕的脚和手摊开，像是刚与洪水搏斗完毕，平静地卧在那儿。它完全已进化为人了，或者比人更高大些，只不过，它没有肚脐。这不是老石匠的疏忽。它本来不是母体所出。它是从荒野和洪水中爬着来的，它是还要回去的。

第二年大旱。人们摆上香案。十几条汉子把这块石龟王抬到干涸的河道中间，挖了一个大坑，埋下了它。一注清泉涌出。雨云相合。以后这块平原再也没有发生过旱灾和水灾。人们平安地过着日子。石匠和龟王被忘记了。也许我是世界上最大的一个傻瓜，居然提起这件大家都已忘记的年代久远的事来。

1985.5.23 夜深

木船

　　人们都说，他是从一条木船上被抱下来的。那是日落时分，太阳将河水染得血红，上游驶来一只木船。这个村子的人们都吃惊地睁大眼睛，因为这条河上已经很久很久没有船只航行了。在这个村子的上游和下游都各有一道凶险的夹峡，人称"鬼门老大"和"鬼门老二"。在传说的英雄时代过去以后，就再也没有人在这条河上航行过了。这条河不知坏了多少条性命，村子里的人听够了妇人们沿河哭嚎的声音。可今天，这条船是怎么回事呢？大家心里非常纳闷。这条木船带着一股奇香在村子旁靠了岸。它的形状是那么奇怪，上面洞开着许多窗户。几个好事者跳上船去，抱下一位两三岁的男孩来。那船很快又顺河漂走了，消失在水天交接处。几个好事者只说船上没人。对船上别的一切他们都沉默不语。也许他们是见到什么了。一束光？一个影子？或者一堆神坛前的火？他们只是沉默地四散开。更奇的是，这几位好事者不久以后都出远门去了，再也没有回到这方故乡的土地上来。因此那条木船一直是个谜。（也许，投向他身上的无数束目光已经表明，村里的人们把解开木船之谜的希望寄托在这位与木船有伙伴关系或者血缘关系的男孩身上。）他的养母非常善良、慈爱，他家里非常穷。他从小就酷爱画画。没有笔墨，他就用小土块在地上和墙壁上画。他的画很少有人能看懂。只有一位跛子木匠、一位女占星家和一位异常美丽的、永远长不大的哑女孩能理解他。那会儿他正处于试笔阶段。他的画很类似于一种秘密文字，能够连续地表达不同的人间故事和物体。鱼儿在他这时的画中反复出现，甚至他梦见自己也是一只非常古老的鱼，头枕着陆地。村子里的人们都对这件事感到一种莫名的恐惧，认定这些线条简约形体痛苦的画与自己的贫穷和极力忘却的过去有关系。于是他们就通过他慈爱的养母劝他今后不要再画了，要画也就去画些大家感到舒服安全的胖娃娃以及莺飞草长小桥流水什么的。但他的手总不能够停止这种活动，那些画像水一样从他的手指上流出来，遍地皆是，打湿了别人也打湿他自己。后来人们就随时随地地践踏他的画。不知从什么时候开始，他干脆不用土块了。他坐在那条载他而来的河边，把手指插进水里，画着，这远远看去有些远古仪式的味道，也就没有人再管他了。那些画儿只是在他的心里才存在，永远被层层波浪掩盖着。他的手指唤醒它们，但它们马上又在水中消失。就这样过去了许多岁月，他长成了一条结实的汉子。他的养父死去了，他家更加贫穷。他只得放弃他所酷爱的水与画，去干别的营生。他做过箍桶匠、漆匠、铁匠、锡匠；他学过木工活、裁剪；他表演过杂技、驯过兽；他参加过马帮、当过土匪、经历了大大小小的许多场战争，还丢了一条腿；他结过婚，生了孩子；在明丽的山川中他大醉并癫过数次；他爬过无数座高山、砍倒过无数棵大树、渡过无数条波光鳞鳞①鱼脊般起伏的河流；

---

① 原文如此。似应为"粼粼"。——编者注。

他吃过无数只乌龟、鸟、鱼、香喷喷的鲜花和草根；他操持着把他妹子嫁到远方的平原上，又为弟弟娶了一位贤惠温良的媳妇……直到有一天，他把自己病逝的养母安葬了，才长长地舒了一口气。他也老了。大约从这个时候开始，那条木船的气味渐渐地在夜里漾起来了。那气味很特别，不像别的船只散发出的水腥味。那条木船漾出的是一种特别的香气，像是西方遮天蔽日的史前森林里一种异兽的香气。村子里的人在夜间也都闻到了这香气，有人认为它更近似于月光在水面上轻轻荡起的香气。他坐在床沿上，清楚地看见了自己的一生，同时也清澈地看见了那条木船。它是深红色的，但不像是一般的人间的油漆漆成的。远远看去，它很像是根根原木随随便便地搭成的。但实际上根本不是那么回事，它的结构精巧严密，对着日光和月光齐崭崭地开了排窗户，也许是为了在航行中同时饱饱地吸收那暮春的麦粒、油菜花和千百种昆虫的香味。在木船的边缘上，清晰地永久镌刻着十三颗星辰和一只猫的图案。那星辰和猫的双眼既含满泪水又森然有光。于是，他在家里翻箱倒柜，找出了积攒多年珍藏的碎银玉器，到镇上去换钱买了笔墨开始作画。于是这深宅大院里始终洋溢着一种水的气息，同时还有一种原始森林的气息。偶或，村子里的人们听到了一种声音，一种伐木的丁当声。森林离这儿很远，人们清醒地意识到这是他的画纸上发出的声音。他要画一条木船。他也许诞生在那条木船上。他在那条木船上顺河漂流了很久。而造这条木船的原木被伐倒的声响正在他的画纸上激起回声。然后是许多天叮叮作响的铁器的声音，那是造船的声音。他狂热地握着笔，站在画纸前，画纸上还是什么也没有。他掷笔上床，呼呼睡了三天三夜。直到邻村的人都听见半空中响起的一条船下水的"嘭嘭"声，他才跳下床来，将笔甩向画纸。最初的形体显露出来了。那是一个云雾遮蔽、峭壁阻挡、太阳曝晒、浑水侵侵的形体。那是一个孤寂的忧伤的形体，船，结实而空洞，下水了，告别了岸，急速驶向"鬼门"。它像死后的亲人们头枕着的陶罐一样，体现了一种存放的愿望，一种前代人的冥冥之根和身脉远隔千年向后代人存放的愿望。船的桅杆上一轮血红的太阳照着它朴实、厚重而又有自责的表情，然后天空用夜晚的星光和温存加以掩盖。就在那条木船在夜间悄悄航行的时辰，孩子们诞生了。这些沾血的健康的孩子们是大地上最沉重的形体。他们的诞生既无可奈何又饱含深情，既合乎规律又意味深长。他艰难地挥动着画笔，描绘这一切。仿佛在行进的永恒的河水中，是那条木船载着这些沉重的孩子们前进。因此那船又很像是一块陆地，一块早已诞生并埋有祖先头盖骨的陆地。是什么推动它前进的呢？是浑浊的河流和从天空吹来的悲壮的风。因此在他的画纸上，船只实实在在地行进着，断断续续地行进着。面对着画和窗外深情生活的缕缕炊烟，他流下了大颗大颗的泪珠。

　　终于，这一天到了，他合上了双眼。他留下了遗嘱：要在他的床前对着河流焚烧那幅画。就在灰烬冉冉升上无边的天空的时候，那条木船又出现了。它逆流而上，在村边靠了岸。人们把这位船的儿子的尸首抬上船去，发现船上没有一个人。船舱内盛放着五种不同颜色的泥土。那条木船载着他向上游驶去，向他们共同的诞生地和归宿驶去。有开始就有结束。也许在它消失的地方有一棵树会静静长起。

1985.5.25

初恋

从前，有一个人，带着一条蛇，坐在木箱上，在这条大河上漂流，去寻找杀死他父亲的仇人。

他在这条宽广的河流上漂泊着。他吃着带来的干粮或靠岸行乞。他还在木箱上培土栽了一棵玉米。一路上所有的渔夫都摘下帽子或挥手向他致意。他到过这条河流的许多支系，学到了许多种方言，懂得了爱情、庙宇、生活和遗忘，但一直没有找到杀死自己父亲的仇人。

这条蛇是父亲在世时救活过来的。父亲把它放养在庄园右边的那片竹林中。蛇越养越大。它日夜苦修，准备有一天报恩。父亲被害的那天，蛇第一次窜出竹林，吐着信子，在村外庙宇旁痛苦地扭动着身躯，并围着广场游了好几圈。当时大家只是觉得非常奇怪，觉得这事儿非同小可。后来噩耗就传来了。因此，他以为只有这条蛇还与死去的父亲保持着一线联系。于是他把它装在木箱中，外出寻找杀父的仇人。

在这位儿子不停地梦到父亲血肉模糊的颜面的时刻，那条蛇却在木箱的底部缩成一团，痛苦地抽搐着，因为它已秘密地爱上了千里之外的另外一条蛇。不过那条蛇并不是真正的肉身的蛇，而只是一条竹子编成的蛇。这种秘密的爱，使它不断狂热地通过思念、渴望、梦境、痛苦和暗喜把生命一点一点灌注进那条没有生命的蛇的体内。每到晚上，明月高悬南方的时刻那条竹子编成的蛇就灵气絮绕，头顶上似乎有无数光环和火星飞舞。它的体格逐渐由肉与刺充实起来。它慢慢地成形了。

终于，在这一天早晨，竹编蛇从玩具房内游出，趁主人熟睡之际，口吐火花似的信子，咬住了主人的腹部。不一会儿，剧毒发作，主人死去了。这主人就是那位儿子要找寻的杀父仇人，那条木箱内的蛇在把生命和爱注入竹编蛇的体内时，也给它注入了同样深厚的仇恨。

木箱内的蛇要不告而辞了。夜里它游出了木箱，要穿越无数洪水、沼泽、马群、花枝和失眠，去和那条竹编蛇相会。而它的主人仍继续坐在木箱子上，寻找他的杀父仇人。

两条相爱的蛇使他这一辈子注定要在河道上漂泊，寻找。一枝火焰在他心头燃烧着。

1985. 5. 22

诞生

这个脸上有一条刀疤的人，在叫嚷的人群中显得那么忧心忡忡。他一副孤立无援的样子，紫红的脸膛上眼睛被两个青圈画住。他老婆就要在这个酷热的月份内临盆了。

人们一路大叫着，举着割麦季节担麦用的铁尖扁担，向那条本来就不深的河流奔去。河水已经完全干涸了，露出细沙、巨大的裂口和难看的河床。今年大旱，异常缺水，已经传来好几起为水械斗的事情了。老人们说，夜间的星星和树上的鸟儿都显示出凶兆。事实上，有世仇的两个村子之间早就酝酿着一场恶斗了。在河那边，两村田地相接的地方，有一个小小的蓄水的深池。在最近的三年中，那深池曾连续淹死了好几个人。那几座新坟就埋在深池与庙的中间，呈一个"品"字形。

两村人聚头时，男人妇人叫成一团。远远望去，像是有一群人正在田野上舞蹈。铁尖扁担插在田埂上：人们知道这是一件致命的凶器。不到急眼时，人们是不会用它的。仿佛它们立在四周，只是一群观战的精灵，只是这场恶斗的主人和默默的依靠。池边几只鸟扑打着身躯飞起。远去中并没能听见它们的哀鸣，地面的声响太宏大了。这个脸上有刀疤的人，接连打倒了好几位汉子，其中一条汉子的口里还冒着酒气。泥浆糊住了人们的面孔。人们的五官都被紧张地拉开。动作急促、断续、转瞬即逝，充满了遥远的暗示。有几个男人被打出血来了。有好几个妇人则躺在地上哼哼，另外一些则退出恶战。剩下了精壮的劳力，穿着裤衩抢着厮打在一起。还有一名观看助战少年，失足落入池中，好在水浅，一会儿就满身泥浆地被捞上来。

这时，刀疤脸被几条汉子围住了。他昏天昏地地扭动着脖子。不知是谁碰了一下，一根铁尖扁担自然地倾斜着，向他们倒来。那几条汉子本能地跳开了。在他瘫坐下去时，铁尖迟钝地戳入他脖子。有几个妇人闭上了眼睛。就在这一瞬间，他痛苦地意识到妻子分娩了。他如此逼真地看到了扭曲的妻子的发辫和那降生到这世上的小小的沾血的肉团。这是他留下的骨血，他的有眼睛的财宝。他咧着嘴咽下最后一口气，想笑而又没笑出来。

……人们把这具尸首抬到他家院子里时，屋子里果真传出了婴儿的啼哭声。不知为什么，牛栏里那头沾满泥巴的老黄牛的眼眶内也正滑动着泪珠。

1985. 5. 22

公鸡

这里生活的人们有一个习惯，在盖新房砌地基时要以公鸡头和公鸡血作为献祭。这个村子里老黑头今年要盖房。

老黑头今年快六十了，膝下无儿无女，老夫妻和和睦睦地过着日子。不久前，他外出进山贩运木材，历经千辛万苦，靠着这条河流和自己的血汗，一把老筋骨，攒下了一些钱。他要在今年春上盖四间房子。事情就这么定了。

他家有一只羽毛似血的漂亮公鸡。

老黑头挑好了地基，背后是一望无际的洼地。只有一些杂树林,那是自然生长出来的。还有一些摸不清年代的古老乱坟,那是人们与这片洼地最早结下的契约,现在这契约早被人们遗忘了。人们只守着门前的几亩薄土过日子,淡漠了身后无边的洼地。风水先生说这片洼地属卧龙之相,如果老黑头命根子深,他家就会添子成龙。老黑头心里半信半疑。每到黄昏时分,他就在洼地里乱转。他和洼地逐渐由陌生而熟悉,最终结成了一种密不可分的关系。尤其是在黄昏,他们能相互体会,体会得很深很深。西边的落日突然在树丛间垂直落下,被微微腾起的积尘和炊烟掩埋。老黑头的心像这一片洼地为黑夜的降临而轻轻抖动。他觉得老天有负于他,这么一个老实巴交的人,居然不能享有一个儿子。老黑头走出洼地的时候,吐了一口唾沫。天黑得很快。老伴又在守着小灯等他回去吃晚饭了。在盖房之前的那天夜里,没有人知道,老黑头对着他的老朋友——那片洼地磕了几个响头。

盖房那天上午,砖瓦匠们摸摸嘴巴上的油,提着瓦刀,立在四周。一位方头脑的家伙拎着那只漂亮的红公鸡走到中央。他对着鸡脖子砍了一刀。殷红的血涌了出来,急促地扑打到褐色的地面上,像一朵烈艳的异花不断在积尘上绽开。鞭炮声响起来了。老黑头递一支纸烟给那方头大汉。就在他伸出一只手接烟的当口,那只大红公鸡拖着脖子从他手里挣脱出来,径直飞越目瞪口呆的人群,流着血,直扑洼地而去,不一会儿,就消失在乱树丛后面。老黑头这才回过味来和大伙一起,拥向洼地。但那只公鸡像是地遁了似的,连血迹和羽毛也没见到。大伙跟着老黑头踏入这片陌生的洼地,暗暗地纳闷着，继续向深处走去。突然，前面传来了婴儿的啼哭声，人们放大了步子，加快了速度，向前搜索着，不时地互相传递着惊异的表情。杂树枝上一些叶片刚从乌黑的笨重的躯壳里挣扎出来，惊喜地瞧着这渴望奇迹的人们，甚至用柔韧的躯体去接触他们，摸摸他们头顶的黑发。洼地满怀信心地迎接并容纳着人们。大伙终于发现了一个用红布小褂包裹的男婴。他躺在两座古老坟包之间，哇哇直哭。说也奇怪，在婴儿的额上居然发现了两滴潮红的血和一片羽毛。那羽毛很像是那只大红公鸡的。不过也没准是鸟儿追逐时啄落下来的。就是血迹不太好解释。公鸡终于没有找到。

自然是老黑头把那男婴抱回家去了。

剩下的人们整个春季都沉浸在洼地的神秘威力和恩泽中。人们变得沉默寡言。人们的眼睛变得比以前明亮。

又用了另一只公鸡头，老黑头的房子盖好了。第二年春天老黑头的妻子居然开怀了，生了一个女儿，但更多的乳汁是被男婴吮吸了。奇迹没有出现。日子照样一直平常地过下去。日落日出，四季循环，只是洼地变得温情脉脉，只是老黑头不会绝后了。

1985.5.24

南方

我81岁那年，得到了一幅故乡的地图。上面绘有断断续续的曲线，指向天空和大地，又似乎形成一个圆圈。其中的河流埋有烂木板、尸体和大鱼。我住在京城的郊外，一个人寂寞地做着活儿，手工活儿，为别人缝些布景和道具。我在房子中间也得把衣领竖起，遮蔽我畏寒的身体。那好像是一个冬天，雪花将飘未飘的时候，一辆黑色的木轮车把我拉往南方。我最早到达的地方有一大片林子。在那里，赶车人把我放在丛树中间的一块花石头上，在我的脚下摆了好些野花。他们把我的衣服撕成旗帜的模样，随风摆动。他们便走了。开始的时候，我不能把这理解为吉兆。直到有一颗星星落在我的头顶上，事情才算有了眉目。我的头顶上火星四溅，把我的衣裳和那张故乡曲折的地图烧成灰烬，似乎连我的骨头也起了大火。就在这时，我睁开了眼睛，肉体新鲜而痛苦，而对面的粗树上奇迹般地拴了一匹马。它正是我年轻力壮时在另一片林子里丢失的。这，我一眼就能看出事情非同小可。为了壮胆，我用手自己握住，做出饮酒的姿势。这匹马被拴在树上，打着响鼻。我牵着它走向水边，准备洗洗身子，忽然发现水面上映出一位三十多岁的汉子，气得我当场往水里扔了块石头。就这样，北方从我的手掌上流失干净。等一路打马，骑回故乡的小城，我发现故乡的小雨下我已经长成二十岁的身躯，又注入了情爱。我奔向那条熟悉的小巷。和几十年前一样，那扇窗户还开着。和那个告别的夜晚一样：外面下着雨，里面亮着灯。我像几十年前一样攀上窗户，进屋时发现我当年留下的信件还没有拆开。突然，隔壁的房间里传来她吃吃的笑声。我惊呆了，只好跳下窗户，飞身上马，奔向山坡。远远望见了我家的几间屋子,在村头立着。我跃下马,滚入灰尘,在门前的月下跌一跤,膝盖流着血。醒来时已经用红布包好。母亲坐在门前纺线,仿佛做着一个古老的手势。我走向她,身躯越来越小。我长到 3 岁,抬头望门。马儿早已不见。

1985. 8

第三编 短诗

冬天的雨①

一只船停在荒凉的河岸

那就是你居住的城市

我的外套脏脏，扔在河岸上

我的心情开始平静而开朗

河水上面还是山岗

许多年前冒起了白烟

部落来到这里安下了铁锅

在潮湿的天气里

我的心情开始平静而开朗

这不是别人的街头，也不是我梦中的景色

街头上卖艺人收起了他彩色的帐篷

冬天的雨下在石头上

飘过山梁仍旧是冬天的雨

打一只火把走到船外去看山头的麦地

然后在神像前把火把熄灭

———————

① 此诗大概是《雨》的初稿。——编者注。

我们沉默地靠在一起

你是一个仙女，是冬天潮湿的石头

你的外表是一把雨伞

你躲在伞中像拒绝天地的石头

你的黑发披散在冬天的雨中

混同于那些明媚的两省交界的姑娘

在大山的边缘，山顶的雪也隐然远去

像那些在大河上凝固的白帆

我摘下你的头巾，走到你的麦地

这里的粮食虽然是潮湿的

仍然是山顶的粮食

野兽在雨中说过的话，我们还要说一遍

我们在火把中把野兽说过的话重复一遍

我看见一个铁匠的火屑飞溅

我看到一条肮脏的河流奔向大海，越来越清澈，平静而广阔

这都是你的赐予，你手提马灯，手握着艾

平静得像一个夜里的水仙

你的黑发披散着盖住了我的胸脯

我将我那随身携带的弓箭挂到墙上

那弓箭我随身携带了一万年

我的河流这时平静而广阔

容得下多少小溪的混浊

我看见你提着水罐举向我的胸脯

我足够喂养你的嘴唇和你的羊群

我在冬天的雨中奔腾，我的胸脯上藏有明天早晨

明天早晨我的两腿画满了野兽和村落

有的跳跃着，用翅膀用肉体生活

有的死于我的弓箭，长眠不醒

1987.1.11 达县

雨

打一只火把走到船外去看山头被雨淋湿的麦地
又弱又小的麦子

然后在神像前把火把熄灭
我们沉默地靠在一起
你是一个仙女，住在庄园的深处

月亮　你寒冷的火焰　你雨衣中裸体少女依然新鲜

今天夜晚的火焰穿戴得像一朵鲜花
在南方的天空上游泳
在夜里游泳，越过我的头顶

高地的小村庄又小又贫穷
像一棵麦子
像一把伞
雨中裸体少女沉默不语

贫穷孤独的少女　像女王一样　住在一把伞中

阳光和雨水只能给你尘土和泥泞

你在伞中，躲开一切

拒绝泪水和回忆

雨鞋

我的双脚在你之中
就像火走在柴中

雨鞋和羊和书一起塞进我的柜子
我自己被塞进相框，挂在故乡
那粘土和石头的房子，房子里用木生火
潮湿的木条上冒着烟
我把撕碎的诗稿和被雨打湿
改变了字迹的潮湿的书信
卷起来，这些灰色的信
我没有再读一遍
普希金将她们和拖鞋一起投进壁炉
我则把这些温暖的灰烬
把这些信塞进一双小雨鞋
让她们沉睡千年
梦见洪水和大雨

1987.1.12 达县

九寨之星

很久很久的一盏灯

很久很久以前女神点亮的一盏灯

落满岁月尘土的一盏灯

当她面对湖水

女神的镜子中

变成了两盏

那就是你的一双眼睛

柔似湖水　亮如光明

1987. 10

吊半坡并给擅入都市的农民

我

径直走入

潮湿的泥土

堆起小小的农民

——对粮食的嘴

停留在西安　多少首饰的外围

多少次擅入都市

像水　血和酒——这些农夫的车辆

运送着河流、生命和欲望

父亲是死在西安的血

父亲是粮食

和丑陋的酿造者

唱歌的嘴　食盐的嘴　填充河岸的嘴

朝向无穷的半坡

粘土守着粘土之上小小的陶器作坊

在一条肤浅的粗暴的沟外站立

瓮内的白骨上飞走了那些美丽少女

半坡啊，再说，受孕也不是我一人的果实

实在需要死亡的配合

盲目的语言中有血和命运

而俘虏回乡

自由的血也有死亡的血

智慧的血也有罪恶的血

1985. 11 草稿

1987. 7. 14 改

黎明：一首小诗

黎明

我挣脱

一只陶罐

或大地的边缘

我的双手　向着河流飞翔

我挣脱一只刻划麦穗的陶罐　太阳

我看见自己的面容　火焰

在黎明的风中飘忽不定

我看见自己的面容

火焰　像一片升上天空的大海

像静静的天马

向着河流飞翔

1985 草稿

1987 改

338

给安庆

五岁的黎明
五岁的马
你面朝江水
坐下

四处漂泊
向不谙世事的少女
向安庆城中心神不定的姨妹
打听你，谈论你

可能是妹妹
也可能是姐姐
可能是姻缘
也可能是友情

1987

九首诗的村庄

秋夜美丽

使我旧情难忘

我坐在微温的地上

陪伴粮食和水

九首过去的旧诗

像九座美丽的秋天下的村庄

使我旧情难忘

大地在耕种

一语不发，住在家乡

像水滴、丰收或失败

住在我心上

1987

两座村庄

和平与情欲的村庄
诗的村庄
村庄母亲昙花一现
村庄母亲美丽绝伦

五月的麦地上　天鹅的村庄
沉默孤独的村庄
一个在前一个在后
这就是普希金和我　诞生的地方

风吹在村庄
风吹在海子的村庄
风吹在村庄的风上
有一阵新鲜有一阵久远

北方星光照映南国星座
村庄母亲怀中的普希金和我
闺女和鱼群的诗人　安睡在雨滴中

是雨滴就会死亡！

夜里风大　听风吹在村庄
村庄静坐　像黑漆漆的财宝
两座村庄隔河而睡
海子的村庄睡得更沉

1987.2 草稿
1987.5 改

病少女

白蛾子像美丽
黄昏的伤口
在诗人的眼里想起黄昏

听见村庄在外被风吹拂

当你一家三口走下月台
我端坐车中
如月球居民

病少女　　无遮拦的盐碱地上的风
吹在你脸上

病少女　　清澈如草
眉目清朗，使人一见难忘
听见了美丽村庄被风吹拂

我爱你的生病的女儿，陌生的父亲

1987.2

野花

野花

和平与情歌

的村庄

女儿的女儿

野花

中国丁香的少女！

在林中酣睡

长发似水

容貌美丽无比

你是囚禁在一颗褐色星球上孤独的情人！

野兽的琴

各色小鸟秘密的隐衷

大地彩色的屋顶

太小太美

如心

心啊

雨和幸福

的女儿

水滴爱你

伴侣爱你

我爱你

野花自己也爱你

1987. 10

在家乡

鸟　在家乡如一只蓝色的手或者子宫
手和子宫
你从石头死寂中茫然无知地上升

羊群……许多蹄子来了又去　反复灭绝
大地发光……月亮的马　飞到雪山和村庄
女人取了一个生蚕豆花的名字"月亮"

"回想我们高高隆起的乳房
总想砸烂船舱
那船长是否独自一人常把我们回想……"

阴暗的女王就是我永远青春的宝剑
当狮子在教堂下舞蹈
你应呼应！即使我没有声音！你应回答！你应发出声音！

水罐摇摇晃晃走上山巅成长为洞窟和房屋
大鸟食麦一株
祖先们更在劳动中丧生

头盖骨，孤独的星，忧伤的星，明亮的星，我的心，坐在头
　颅上大叫大嚷
我打开龙的第一只骨头，第二只骨头，我将会在第三个耐寒
　的季节里爬
爬进它的身体，我将躲避我自己的追击

在危险的原野上
落下尸体的地方
那就是家乡

我的自由的尸体在山上将我遮盖　放出花朵的
羞涩香味

1987（？）

粮食两节

1.

在人类的遭遇中

在远方亲人的手中

为什么有这样简朴

而单一的粮食

仿佛它饶恕了我们

仿佛以粮食的名义

它理解了我们

安慰了我们

2. 谷

"谷"字很奇怪　说粮食——"谷"

这仿佛是诗人的一句话　诗人的创造

粮食——头顶大火——下面张开嘴来①

---

① 海子在此使用的是拆字法，将"谷"字上下拆开。——编者注。

粮食　头上是火　下面或整个身躯是嘴　张开

大火熊熊的头颅和嘴

粮食

光棍

神秘客人那位食玉米担玉米　草筐中埋着牛肝的那光棍
在春天用了一把大火
烧光家园　使众人受伤

大家伤心唏嘘不已
空得丁当响的酒柜上
光棍光芒万丈

老英雄
走上前来
抱住那光棍
坐在黄昏
歌唱江山
布满眼泪

1987（?）

生殖

夜间雨从天堂滴落，滴到我的青色眼皮上

那夜的森林之门洞开若火焰咬在大腿上

一只长吻伸过万里动物的湖泊

人类咬紧牙关　音乐历历有声

四月之麦在黎明大雾弥漫中露出群仙般脑壳

雷声中　闪出一万只青蛙

血液的红马本像水　流过石榴和子宫

林子破了

人破口大骂

破门而出的感觉

构筑一个无人停留的小岛

我将告诉这些在生活中感到无限欢乐的人们

他们早已在千年的洞中一面盾上锈迹斑斑

1987 （？）

土地·忧郁·死亡

黄昏，我流着血污的脉管不能使大羊生殖。

黎明，我仿佛从子宫中升起，如剥皮的句子摆上早餐。

夜晚，我从星辰上坠落，使墓地的群马阉割或受孕。

白天，我在河上漂浮的棺材竟拼凑成目前的桥梁或婚娶之船。

我的白骨累累是水面上人类残剩的屋顶。

燕子和猴子坐在我荒野的肚子上饮食男女。

我的心脏中楚国王廷面对北方难民默默无语。

全世界人民如今在战争之前粮草齐备。

最后的晚餐那食物径直通过了我们的少女

她们的伤口　　她们颅骨中的缝

最后的晚餐端到我们的面前

一道筵席，受孕于人群：我们自己。

1987. 8

马、火、灰——鼎

有了安慰，马飞来了，甚至有了盐，有了死亡

有了安慰，有了爪子，有了牙，甚至有了故乡，不缺乏春天
仍然缺少一具多么坚强的骷髅牢牢锁住我　多么牢固
我的舞蹈举起一片消费人血的灯
和耗尽什么的头颅　麦芒在煮光了自己之后
只剩下空秆之火　不尽诉说

有了安慰，有了马、火、灰、鼎，甚至有了夜晚
仍然缺少鬼魂，死过一次的缺少再次死亡
两姐妹只死了一个，天空却需要她们全部死亡
最好是无人收拾雪白的骨殖　任荒山更加荒芜下去
只剩一片沙漠　和　戈壁

有了安慰，而我们是多么缺少绝望
我所在的地方滴水不存，寸草不生，没有任何生长

石头的病（或八七年）

石头的病　疯狂的病

不可治疗的病

不会被理会的病

被大理石同伙

视为疾病的石头

可制造石斧

以及贫穷诗人的屋顶

让他不再漂泊　四海为家

让他在此处安家落户

此处我就是那颗生病的石头的心

让他住在你的屋顶下

听见生病的石头屋顶上

鸟鸣清晨如幸福一生

石头的病　疯狂的病

石头打开自己的门户　长出房子和诗人

看见美丽的你

石头竞相生病

我身上一块又一块

全部生病——全变成了柔弱的心

不堪一击

从遍是石头的荒野中长出一位美丽女人
那是石头的疾病——万物的疾病
石头怎么会在荒野的黑暗中胀开
石头也会生病　长出鲜花和酒杯

如果石头健康
如果石头不再生病
他哪会开花
如果我也健康
如果我也不再生病
也就没有命运

1987. 10

日 出

在黑暗的尽头

太阳，扶着我站起来

我的身体像一个亲爱的祖国，血液流遍

我是一个完全幸福的人

我再也不会否认

我是一个完全的人我是一个无比幸福的人

我全身的黑暗因太阳升起而解除

我再也不会否认　天堂和国家的壮丽景色

和她的存在……在黑暗的尽头！

1987.8.30 醉后早晨

水抱屈原

举着火把、捕捉落入
水的人

水抱屈原：如夜深打门的火把倒向怀中
水中之墓呼唤鱼群

我要离开一只平静的水罐
骄傲者的水罐——
宝剑埋在牛车的下边

水抱屈原：一双眼睛如火光照亮
水面上千年羊群
我在这时听见了世界上美丽如画

水抱屈原是我
如此尸骨难收

耶稣（圣之羔羊）

从罗马回到山中
铜嘴唇变成肉嘴唇
在我的身上　青铜的嘴唇飞走
在我的身上　羊羔的嘴唇苏醒

从城市回到山中
回到山中羊群旁
的悲伤
像坐满了的一地羊群

1987.12.28 夜

但丁来到此时此地

自杀者各自逃离树枝
但丁来到此时此地
自杀者各自逃离树枝

罪人在地狱
像荒山上嵌住的闪闪发光的钻石

感情只是陪伴我的小灯
时明时灭的地狱之门

树桠裂开，浅水灌耳
在香气的平原上
贝亚德丽丝
你站在另一头，低声唱歌

我的鳞片剥落
魂入肉体
巨大的灵找自由的河流
一些白色而善良

的草秸

里面埋葬野兽经常的抖动

贝亚德丽丝

的指引

卧室或劳动的市民的圣母

美丽阳光

不幸（组诗）

——给荷尔德林

1. 病中的酒

抬起了一张病床
我的荷尔德林　他就躺在这张床上
马　疯狂地奔驰一阵
横穿整个法兰西

成为纯洁诗人、疾病诗人的象征
不幸的诗人啊
人们把你像系马一样
系在木匠家一张病床上

我不知道
在八月逝去的黄昏
二哥索福克勒斯
是否用悲剧减轻了你的苦痛

当那些姐妹和长老

举起了不幸的羊毛

燃烧的羊毛

像白雪一样地燃烧

他说——不要着急，焦躁的诸神

等一首故乡的颂歌唱完

我就会钻进你们那

黑暗和迟钝的羊角

丰足的羊角　鸣鸣作响的羊角

王冠和疯狂的羊角：我躺下

——"一万年太久"

只有此羊角　诗歌黑暗　诗人盲目

2. 怀念（或没有收获）

等你手拿钝镰刀

割下白雪和羊毛

不幸的荷尔德林已经发疯

修道院总管的儿子

银行家夫人的情人

不幸的荷尔德林已经发疯

等你建好医院

安放好一张又一张病床

荷尔德林就躺在第一张床上

经历没有收获的日子

那是幸福的

——"收获即苦难。"

只好怀念大雁——

那哭泣和笑容的篮子

当你追随我

来到人类的生活

只好怀念大雁——

那被黄昏染红的肉体的新娘。

3. 牧羊人的舞蹈——对称

——黑暗沉寂之国

（有题无诗）

4. 血以后是黑暗——比血更红的是黑暗

荷尔德林——告诉我那黑暗是什么

他又怎样把你淹没

把你拥进他的怀抱

像大河淹没了一匹骏马

存在者　嘶叫者　和黑暗之桶的主人啊

你——现在又怎样在深渊上飞翔——阴郁地起舞

　　——将我抛弃

并将我嘲笑——荷尔德林

你可是也已成为黑暗的大神的一部分

故乡

……我们仍抱着这光中飞散的桶的碎片营造土地和村庄

他们终究要被黑暗淹没

告诉我，荷尔德林——我的诗歌为谁而写

掘地深藏的地洞中毒药般诗歌和粮食

房屋和果树——这些碎片——在黑暗中又会呈现怎样的景象，

　　荷尔德林？

延续六年的阴郁的旅行之路啊

兄弟们是否理解？狄奥提马是否同情——她虽已早死？

哪一位神曾经用手牵引你度过这光明和黑暗交织的道路？

你在那些渡口又遇见什么样的老母和木匠的亲人？

他们是幻象？还是真理？

是美丽还是谎言？是阴郁还是狂喜？

还是这两者的合一：统治。

血以后是黑暗——比血更红的是黑暗

我永久永久怀念着你

不幸的兄弟　荷尔德林！

5. 致命运女神

怀抱心上人摔坏的一盏旧灯

怀抱悬崖上幸福的花草纵身而下

红色的大雁

隔河相望美丽村镇

致命运女神的几行诗句

痛苦在山上但说无妨

红色的大雁

在南风中微微吹动

少女食羊　羊食少年死后长出的青青草秆

一团白云卷走了你

随风来去的羊

——命运女神！

1987.11.7 夜录

365

尼采，你使我想起悲伤的热带

别人的诗：金黄的秋收俯伏在希腊的大理石上

一只陶罐上

镌刻一尾鱼

我住在鱼头

你住在鱼尾

我在冰天雪地的酒馆忙于宗教

冻得全身发红

你头发松开，充满情欲和狂暴

悲伤的热带

南方的岛屿

我的梦之蛇

你踏上雇佣军向南进军的大道

走出战俘营代价昂贵

辉煌的十年疯狂之门

一眼望见天堂里诗人歌唱的梨花朵朵

像原始人交换新娘后

堆积在梦中岛屿上的盐

水滴中千万颗乳房

歌唱我的一生

热带是

我的心情

是　国王的女儿

蜥蜴和袋鼠跳跃峡谷的女儿

和我

另一位呢喃而疯狂的诗人

同住在一只壶里

我的心情逼迫群蛇起舞　拥抱死亡的鹰

热带的悲伤少女

季节和岁月的火焰

你们都在十五岁就一命归天

水滴中千万颗乳房

归于虚无的热带

古老猎手萌生困惑

在山顶自缢

1987. 11. 6 夜

公爵的私生女

——给波德莱尔

我们偶然相遇

没有留下痕迹

那个庸俗的故事

使用货币或麦子

卖鱼的卖鱼

抓药的抓药

在天堂的黄昏

躲也躲不开

我们的生存

唯一的遭遇是一首诗

一首诗是一个被谋杀的生日

月光下　诗篇犹如

每一个死婴背着包袱

在自由地行进

路途遥远却独来独往

死婴

我的朋友

我的亲人

来路已逝去路已断

为谁而死为谁醉卧草原

我们偶然相遇

没有留下痕迹

石头门外，守夜人

抱着三枝火焰

埋下双眼，一夜长眠

1986.8 初稿

1987.10.31 改

献给韩波：诗歌的烈士①

反对月亮

反对月亮肚子上绿色浇灌天空

韩波，我的生理之王

韩波，我远嫁他方的姐妹早夭之子

韩波，语言的水兽和姑娘们的秘密情郎

韩波在天之巨大下面——脊背坼裂

上路，上路韩波如醉舟

不顾一切地上路

韩波如装满医生的车子

远方如韩波的病人

远方如树的手指怀孕花果

反对老家的中产阶级

①　题中"韩波"，今通译"兰波"。——编者注。

韩波是野兽睫毛上淫荡的波浪

村中的韩波

毒药之父

（1864～1891）

埋于此：太阳

海子的诗

给伦敦

马克思、维特根施坦

两个人，来到伦敦

一前一后，来到这个大雾弥漫的

岛国之城

一个宏伟的人，一个简洁的人

同样的革命和激进

同样的一生清贫

却带有同样一种摧毁性的笑容

内心虚无

内心贫困

在货币和语言中出卖一生

这还不是人类的一切啊！

石头，石头，卖了石头买石头

卖了石头换来石头

卖了石头还有石头

　　石头还是石头，人类还是人类

盲 目

——给维特根施坦

那个人躲在山谷里研究刑法

那个人打扰了语言本身

打扰了那个俘虏和园丁

扰乱了谷草的图案

那个人躲在山谷里

研究犯罪与刑法

那个人在寒冷草原搬动木桶

那个人牵着骆驼，模仿沉默的园丁

那个人咀嚼谷草犹如牲畜

那个人仿佛就是语言自身的饥饿

多欲的父亲

娶下饱满的母亲

在部落里怀孕

在酒馆里怀孕

在渔船上怀孕

船舱内消瘦的哲学家思索多欲的父亲

是多么懊恼

多欲的父亲　央求家宅存在　门窗齐全

多欲的父亲　在我们身上　如此使我们恼火

（挺矛而上的哲学家

是一个赤裸裸的人）

是我的裸体

骑上时间绿色的群马

冲向语言在时间中的饥饿和犯罪

那个人躲在山谷里研究刑法

1987. 7. 16

马雅可夫斯基自传

微微发紫的光线里一个胎儿、一朵向日葵

诗人在小镇一角度完一生

在那家残破的灯下

旅馆破旧

石头流动

梨花阵阵

迟钝和内心冲突

一棵梨子树，梨花阵阵

头盖骨龟裂——箭壶愚蠢摇动

火烧山地　白色梨花阵阵

刮去遍体鳞伤

一切噪音进入我的语言

化成诗歌与音乐　梨花阵阵

在我弃绝生活的日子里

黑脑袋——杀死了我

以我血为生　背负冰凉斧刃

黑脑袋　长出一片胳膊

挥舞一片胳膊

露出一切牙齿、匕首

375

黑头里垒满了石头

像青铜一样站着

站到最后 站到末日

1987

诗人叶赛宁（组诗）

1. 诞生

星日朗朗
野花的村庄
湖水荡漾
野花！
生下诗人

湖水在怀孕
在怀孕
一对蓓蕾
野花的小手在怀孕
生下诗人叶赛宁

野花的村庄漆黑
如同无人居住
野花，我的村庄公主
安坐痛苦的北方

生下诗人

谁家的窗户
灯火明亮
是野花，一只安详燃烧的灯
坐在泥土的灯台上
生下诗人叶赛宁

2. 乡村的云

乡村的云
故乡
你们俩是
水上的一对孩子

云朵的门啊，请为幸福的人们打开
请为幸福
和山坡上无处躲藏的忧伤的眼睛
打开！

3. 少女

少女
头枕斧头和水

安然睡去

一个春天

一朵花

一片海滩　一片田园

少女

一根伐自上帝

美丽的枝条

少女

月亮的马

两颗水滴

对称的乳房

4. 诗人叶赛宁

我是中国诗人

稻谷的儿子

茶花的女儿

也是欧罗巴诗人

儿子叫意大利

女儿叫波兰

我饱经忧患

一贫如洗

昨日行走流浪

来到波斯酒馆

别人叫我

诗人叶赛宁

浪子叶赛宁

叶赛宁

俄罗斯的嘴唇

梁赞的屋顶

黄昏的面容

农民的心

一颗农民的心

坐在酒馆

像坐在一滴酒中

坐在一滴水中

坐在一滴血中

仙鹤飞走了

桌子抬走了

尸体抬走了

屋里安坐忧郁的诗人

仍然安坐诗人叶赛宁

叶赛宁

不曾料到又一次

春回大地

大地是我死后爱上的女人

大地啊

美丽的是你

丑陋的是我

诗人叶赛宁

在大地中

死而复生

5. 玉米地

微风吹过这座小小的山冈

玉米地里棵棵玉米又瘦又小

我浇水　看着这些小小的可爱又瘦小的叶子

青青杨树叶子喧响在那一头

太阳远远地燃烧

落入一座空空的山谷

树叶是采自诸神的枪枝和婚床

圆形盾牌镌刻着无知的文字

6. 醉卧故乡

故乡的夜晚醉倒在地

在蓝色的月光下

飞翔的是我

感觉到心脏，一颗光芒四射的星辰

醉倒在地，头举着王冠

头举着五月的麦地

举着故乡晕眩的屋顶

或者星空，醉倒在大地上！

大地，你先我而醉

你阴郁的面容先我而醉

我要扶住你

大地！

我醉了

我是醉了

我称山为兄弟、水为姐妹、树林是情人

我有夜难眠，有花难戴

满腹话儿无处诉说

只有碰破头颅

霞光落在四邻屋顶

我的双脚踏在故乡的路上变成亲人的双脚

一路蹒跚在黄昏　升上南国星座

双手飞舞，口中喃喃不绝

我在飞翔

急促而深情

飞翔的是我的心脏

我感觉要坐稳在自己身上

故乡，一个姓名

一句

美丽的诗行

故乡的夜晚醉倒在地

7. 浪子旅程

我是浪子

我戴着水浪的帽子

我戴着漂泊的屋顶

灯火吹灭我

家乡赶走我

来到酒馆和城市

我本是农家子弟

我本应该成为

迷雾退去的河岸上

年轻的乡村教师

从都会师院毕业后

在一个黎明

和一位纯朴的农家少女

一起陷入情网

但为什么

我来到了酒馆

和城市

虽然我曾与母牛狗仔同歇在

露西亚天国

虽然我在故乡山冈

曾与一个哑巴

互换歌唱

虽然我二十年不吱一声

爱着你，母亲和外祖父

我仍下到酒馆——俄罗斯船舱底层

啜饮酒杯的边缘

为不幸而凶狠的人们

朗诵放荡疯狂的诗

我要还家

我要转回故乡，头上插满鲜花

我要在故乡的天空下

沉默寡言或大声谈吐

我要头上插满故乡的鲜花

8. 绝命

此刻在美丽的小镇上

苦荞麦儿香

说声分手吧

和另一位叶赛宁　双手紧紧握住

点着烛火，烧掉旧诗

说声分手吧

分开编过少女秀发的十指

秀发像五月的麦苗　曾轻轻含在嘴里

和另一位叶赛宁分手

用剥过蛇皮蒙上鼓面的人类之手

自杀身亡，为了美丽歌谣的神奇鼓面

蛇皮鼓啊如今你在村中已是泪水灯笼

说声分手吧　松开埋葬自己的十指

把自己在诗篇中埋葬

此刻在美丽的小镇上

不会有苦荞麦儿香

9. 天才

轻雷滚过的风中

白杨树梢摇动

在这个黄昏

我想到天才的命运

在此刻我想起你凡·高和韩波
那些命中注定的天才
一言不发
心情宁静

那些人
站在月亮中把头颅轻轻摇晃
手持火把，腰围面粉袋
心情宁静

暮色苍茫
永不复返的人哪
在孤寂的空无一人的打谷场上
被三位姐妹苦苦留下。

痛苦的天才们
饥渴难捱
可是河中滴水全无
面粉袋中没有一点面粉

轻雷滚过的风中
死者的鞋子，仍在行走

如车轮，如命运

沾满谷物与盲目的泥土

1986.2～1987.5

长发飞舞的姑娘（五月之歌）

玫瑰谢了，玫瑰谢了

如早嫁的姐妹飘落，飘落四方

我红色的姐姐，我白色的妹妹

大地和水挽留了她们　熄灭了她们

她们黯然熄灭，永远沉默却是为何？

姐妹们，你们能否告诉我

你们永久的沉默是为了什么

长发飞舞的黑眼睛姑娘

不像我的姐姐　也不像妹妹

不似早嫁的姐妹迟迟不归

如今我坐在街镇的一角

为你歌唱，远离了五谷丰盛的村庄

1987. 5

388

美丽白杨树

灵魂像山腰或山顶四只恼人的蹄子
移动步履，幻变无常的人类
可还记得白色的杨树　平静而美丽

可还记得　一阵雷声　自远方滚来
高高的天空回荡天堂的声响

幻变无常的人类　可还记得
闪电和雨水中的　白色杨树

在你的河岸上　女人　月亮　马　匆匆而去
四只蹄子在你的河岸上
拥有一间雪中的屋子　婚姻　或一面镜子
这就是大地上你全部的居所

难忘有一日歇脚白杨树下
白色美丽的树！
在黄金和允诺的地上
陪伴花朵和诗歌　静静地开放　安详地死亡

美丽的白杨树　　这是一位无名的诗人

使女儿惊讶　　而后长成幸福的主妇　　不免终老于斯

这是一位无名的诗人使女儿惊讶

美丽的白杨树

这多像弟弟和父亲对她们的忠实

1987. 5. 7

北方的树林

槐树在山脚开花
我们一路走来
躺在山坡上　感受茫茫黄昏
远山像幻觉　默默停留一会

摘下槐花
槐花在手中放出香味
香味　来自大地无尽的忧伤
大地孑然一身　至今仍孑然一身

这是一个北方暮春的黄昏
白杨萧萧　草木葱茏
淡红色云朵在最后静止不动
看见了饱含香脂的松树

是啊，山上只有槐树　杨树和松树
我们坐下　感受茫茫黄昏
莫非这就是你我的黄昏
麦田吹来微风　顷刻沉入黑暗

1987.5

盲 目

手在果园里
就不再孤单
两只自己的手
在怀孕别的手

1987

月光

今夜美丽的月光　你看多好!
照着月光
饮水和盐的马
和声音

今夜美丽的月光　你看多美丽
羊群中　生命和死亡宁静的声音
我在倾听!

这是一只大地和水的歌谣，月光!

不要说　你是灯中之灯　月光!

不要说心中有一个地方
那是我一直不敢梦见的地方
不要问　桃子对桃花的珍藏
不要问　打麦大地　处女　桂花和村镇
今夜美丽的月光　你看多好!

不要说死亡的烛光何须倾倒

生命依然生长在忧愁的河水上

月光照着月光　月光普照

今夜美丽的月光合在一起流淌

1986.7 初稿

1987.5 改

灯

我们坐在灯上
我们火光通明
我们做梦的胳膊搂在一起
我们栖息的桌子飘向麦地
我们安坐的灯火涌向星辰

灯光，我明丽又温暖
的橘黄的雪
披上新娘的微黄的发辫

（灯
只有你
你仿佛无鞋
你总是行色匆匆）
灯，你的名字
掌在我手上

灯，月亮上
亮起的心

和眼睛

灯
躲在山谷
躲在北方山顶的麦地

灯啊
我们做梦的房子飘向麦田
桌子上安放求婚的杯盏
祈求和允诺的嘴唇
是灯

灯
一丛美丽
暖和
一个名字
我的秘密
我的新娘
叫小灯

灯
明天的雪中新娘
安坐在屋中
你为什么无鞋

你为什么

竖起一根通红的手指

挡住出嫁日期

1985；1987

灯诗

灯，从门窗向外生活

灯啊是我内心的春天向外生活

黑暗的蜜之女王

向外生活，"有这样一只美丽的手向外生活"

火种蔓延的灯啊

是我内心的春天一人放火

没有火光，没有火光烧坏家乡的门窗

春天也向外生长

度过炎炎大火的一颗火

却被秋天遍地丢弃

让白雪走在酒上享受生活

你是灯

是我胸脯上的黑夜之蜜

灯，怀抱着黑夜之心

烧坏我从前的生活和诗歌

灯，一手放火，一手享受生活

茫茫长夜从四方围拢

如一场黑色的大火

春天也向外生长

还给我自由，还给我黑暗的蜜、空虚的蜜

孤独一人的蜜

我宁愿在明媚的春光中默默死去

"有这样一只美丽的手在酒上生活"

要让白雪走在酒上享受生活

1987（？）

夜晚　亲爱的朋友

在什么树林，你酒瓶倒倾
你和泪饮酒，在什么树林，把亲人埋葬

在什么河岸，你最寂寞
搬进了空荡的房屋，你最寂寞，点亮灯火

什么季节，你最惆怅
放下了忙乱的箩筐
大地茫茫，河水流淌
是什么人掌灯，把你照亮

哪辆马车，载你而去，奔向远方
奔向远方，你去而不返，是哪辆马车

1987. 5. 20 黄昏

晨雨时光

小马在草坡上一跳一跳
这青色麦地晚风吹拂
在这个时刻　我没有想到
五盏灯竟会同时亮起

青麦地像马的仪态　随风吹拂
五盏灯竟会一盏一盏地熄灭

往后　雨会下到深夜　下到清晨
天色微明
山梁上定会空无一人

不能携上路程
当众人齐集河畔　高声歌唱生活
我定会孤独返回空无一人的山峦

1987. 5. 24

昌平柿子树

柿子树
镇子边的柿子树

枝叶稀疏的秋之树
我只能站在路口望着她

在镇子边的小村庄
有两棵秋天的柿子树

柿子树下
不是我的家

秋之树
枝叶稀疏的秋之树

1987. 11. 2

枫

广天一夜
暖如血

高寒的秋之树
长风千万叶
暖如血

一叶知秋
（秋住北方——
青涩坚硬
火焰闪闪的少女
走向成熟和死亡）

多灾多难多梦幻
的北国氏族之女
镰刀和筐内
秋天的头颅落地
姐妹血迹殷红

北国氏族之女

北国之秋住家乡

明日天寒地冻

日短夜长

路远马亡

北国氏族之女

一火灭千秋

虽果亡树在

北国氏族之女

——柿子和枫

相抢□于此秋天①

刀刃闪闪发亮

人头落地　血迹殷红

一只空空的杯子权做诗歌之棺

暖如地血　寒比天风

1987. 11. 2

---

① 原稿有缺字。——编者注。

野鸽子

当我面朝火光
野鸽子　在我家门前的细树上
吐出黑色的阴影的火焰

野鸽子
——这黑色的诗歌标题　我的懊悔
和一位隐身女诗人的姓名

这究竟是山喜鹊之巢还是野鸽子之巢
在夜色和奥秘中
野鸽子　打开你的翅膀
飞往何方?　在永久之中

你将飞往何方?!

野鸽子是我的姓名
黑夜颜色的奥秘之鸟
我们相逢于一场大火

1988.2

汉俳

1. 河水

亡灵游荡的河

在过去我们有多少恐惧

只对你诉说

2. 王位上的诗人

还没剥开羊皮　举着火把

还没剥开少女和母亲美丽的身体

3. 打麦黄昏，老年打麦者

在梨子树下

晚霞常驻

4. 草原上的死亡

在白色夜晚张开身子
我的脸儿，就像我自己圣洁的姐姐

5. 西藏

回到我们的山上去
荒凉高原上众神的火光

6. 意大利文艺复兴

那是我们劳动的时光
朋友们都来自采石场

7. 风吹

茫茫水面上天鹅村庄神奇的门窗合上

8. 黄昏

在此刻　销声匿迹的人　突然出现
他们神秘而哀伤的马匹在树下站定

9. 诗歌皇帝

当众人齐集河畔　高声歌唱生活
我定会孤独返回空无一人的山峦

1987

五月的麦地

全世界的兄弟们

要在麦地里拥抱

东方，南方，北方和西方

麦地里的四兄弟，好兄弟

回顾往昔

背诵各自的诗歌

要在麦地里拥抱

有时我孤独一人坐下

在五月的麦地　梦想众兄弟

看到家乡的卵石滚满了河滩

黄昏常存弧形的天空

让大地上布满哀伤的村庄

有时我孤独一人坐在麦地为众兄弟背诵中国诗歌

没有了眼睛也没有了嘴唇

1987.5

麦地（或遥远）

发自内心的困扰　饱含麦粒的麦地

内心暴烈

麦粒在手上缠绕

麦粒　大地的裸露

大地的裸露　在家乡多孤独

坐在麦地上忘却粮仓　歉收或充盈的痛苦

谷仓深处倾吐一句真挚的诗　亲人的询问

幸福不是灯火

幸福不能照亮大地

大地遥远　清澈镌刻

痛苦

海水的光芒

映照在绿色粮仓上

鱼鲜撞动

沙漠之上的雪山

天空的刀刃

冰川　散开大片羽毛的光

大片的光　在河流上空　痛苦地飞翔

麦地与诗人

询问

在青麦地上跑着
雪和太阳的光芒

诗人，你无力偿还
麦地和光芒的情义

一种愿望
一种善良
你无力偿还

你无力偿还
一颗放射光芒的星辰
在你头顶寂寞燃烧

答复

麦地
别人看见你
觉得你温暖，美丽
我则站在你痛苦质问的中心
　　　　被你灼伤
我站在太阳　痛苦的芒上

麦地
神秘的质问者啊

当我痛苦地站在你的面前
你不能说我一无所有
你不能说我两手空空

麦地啊，人类的痛苦
是他放射的诗歌和光芒！

1987

幸福的一日

——致秋天的花楸树

我无限地热爱着新的一日
今天的太阳　今天的马　今天的花楸树
使我健康　富足　拥有一生

从黎明到黄昏
阳光充足
胜过一切过去的诗
幸福找到我
幸福说："瞧　这个诗人
他比我本人还要幸福"

在劈开了我的秋天
在劈开了我的骨头的秋天
我爱你，花楸树

1987

重建家园

在水上　放弃智慧
停止仰望长空
为了生存你要流下屈辱的泪水
来浇灌家园

生存无须洞察
大地自己呈现
用幸福也用痛苦
来重建家乡的屋顶

放弃沉思和智慧
如果不能带来麦粒
请对诚实的大地
保持缄默　和你那幽暗的本性

风吹炊烟
果园就在我身旁静静叫喊
"双手劳动
　　慰藉心灵"

1987

献诗

——给 S

谁在美丽的早晨
谁在这一首诗中

谁在美丽的火中　飞行
并对我有无限的赠予

谁在炊烟散尽的村庄
谁在晴朗的高空

天上的白云
是谁的伴侣

谁身体黑如夜晚　两翼雪白
在思念　在鸣叫

谁在美丽的早晨
谁在这一首诗中

1987. 2. 11

十四行：夜晚的月亮

推开树林

太阳把血

放入灯盏

我静静坐在

人的村庄

人居住的地方

一切都和本原一样

一切都存入

人的世世代代的脸

一切不幸

我仿佛

一口祖先们

向后代挖掘的井。

一切不幸都源于我幽深而神秘的水

1985.6.19

417

十四行：王冠

我所热爱的少女

河流的少女

头发变成了树叶

两臂变成了树干

你既然不能做我的妻子

你一定要成为我的王冠

我将和人间的伟大诗人一同佩戴

用你美丽叶子缠绕我的竖琴和箭袋

秋天的屋顶　时间的重量

秋天又苦又香

使石头开花　像一顶王冠

秋天的屋顶又苦又香

空中弥漫着一顶王冠

被劈开的月桂和扁桃的苦香

1987.8.19. 夜

十四行：玫瑰花

玫瑰花　蜜一样的身体
玫瑰花园　黑夜一样的头发
覆盖了白雪隆起的乳房

白雪的门　白雪的门外被白雪盖住的两只酒盅
白雪的窗户　白雪的窗内两只火红的玫瑰谷
或两只火红的蜡烛……热情的蜡烛自行燃尽
两只丁当作响的酒盅……热情的酒浆被我啜饮

在秋天我感到了　你的乳房　你的蜜
像夏天的火　春天的风　落在我怀里
像太阳的蜂群落入黑夜的酒浆
像波斯古国的玫瑰花园　使人魂归天堂

肉体却必须永远活在设拉子①
——千年如斯
玫瑰花　你蜜一样的身体

1987.8

———————————

① 设拉子，一译舍拉子，波斯（今伊朗）地名。——编者注。

419

十四行：玫瑰花园

明亮的夜晚

我来到玫瑰花园

我脱下诗歌的王冠

和沉重的土地的盔甲

玫瑰花园　玫瑰花园

我们住在绝色美人的身旁　仿佛住在月亮上

我们谈论佛光中显出的美丽身影

和雪水浇灌下你的美丽的家园

我们谈到但丁　和他的永恒的贝亚德丽丝

以及天国、通往那儿永恒的天路历程

四川，我诗歌中的玫瑰花园

那儿诞生了你——像一颗早晨的星那样美丽

明亮的夜晚　多么美丽而明亮

仿佛我们要彻夜谈论玫瑰直到美丽的晨星升起。

1987. 8. 26

秋日想起春天的痛苦　也想起雷锋

春天　春天
他何其短暂
春天的一生痛苦
他一生幸福

又想起你撞开门扇你怀抱春天
你坐下。快坐下，在这如痴如醉的地方
春天的一生痛苦
他一生幸福

春天　春天　春天的一生痛苦
我的村庄中有一个好人叫雷锋叔叔
春天的一生痛苦
他一生幸福

如今我长得比雷锋还大
村庄中痛苦女神安然入睡
春天的一生痛苦
他一生幸福

1985；1987

秋 日 山 谷

我手捧秋天脱下的盔甲

崇山峻岭大火熊熊

秋天宛若昨天的梦境

我们脱落的睫毛　在山谷变成火把

照亮百花凋零的山谷

把她们变幻无常的一生做成酒精

那是秋天的灯　凛然神采坐在远方

那是醉卧荒山野岭的我们……

……饱经四季的摧残

在山谷，我们的头颅在夜里变成明亮的灯盏和酒杯

相互照亮和祝福之后

此刻我们就要逃遁

1987

秋

用我们横陈于地的骸骨

在沙滩上写下：青春。然后背起衰老的父亲

时日漫长　方向中断

动物般的恐惧充塞着我们的诗歌

谁的声音能抵达秋之子夜　长久喧响

掩盖我们横陈于地的骸骨——

秋已来临。

没有丝毫的宽恕和温情：秋已来临

1987.8

八月之杯

八月逝去　山峦清晰

河水平滑起伏

此刻才见天空

天空高过往日

有时我想过

八月之杯中安坐真正的诗人

仰视来去不定的云朵

也许我一辈子也不会将你看清

一只空杯子　装满了我撕碎的诗行

一只空杯子　——可曾听见我的喊叫?!

一只空杯子内的父亲啊

内心的鞭子将我们绑在一起抽打

1987

八月　黑色的火把

太阳映红的旷原
垂下衰老的乳房
一如黑夜的火把

人是八月的田野上血肉模糊的火把
怀抱夜晚的五谷
遁入黑暗之中

温暖的五谷
霉烂的五谷
坐在火把上

1987

九月的云

九月的云
展开殓布

九月的云
晴朗的云

被迫在盘子上，我
刻下诗句和云

我爱这美丽的云

水上有光
河水向前

我一向言语滔滔
我爱着美丽的云

1986

秋天

你带来水　酒瓶和粮食

秋天　千里内外
树叶安睡大地
果实沉落桶底
发出闷闷声响

让镰刀平放
丰收的草原

秋天的水　上升
直到果实　果实
回声似的对称的乳房

秋天　丰收的篮子
天堂的篮子
盛放——"果实"
病床头刻划的
阿拉伯或恒河

的永久文字

而鱼唱着　梦着　村落
水离开了形状
离开了手

回声
这是两只丰收的篮子　彼此对称
乳房
手

1986.1 草稿
1987.5 改
1987.9 再改

秋 日 黄 昏

火焰的顶端
落日的脚下
茫茫黄昏　华美而无上
在秋天的悲哀中成熟

日落大地　大火熊熊　烧红地平线滚滚而来
使人壮烈　使人光荣与寿同在　分割黄昏的灯
百姓一万倍痛感黑夜来临
在心上滚动万寿无疆的言语

时间的尘土　抱着我
在火红的山冈上跳跃
没有谁来应允我
万寿无疆或早夭襁褓

相反的是　这个黄昏无限痛苦
无限漫长　令人痛不欲生
切开血管
落日殷红

愿有情人终成眷属

愿爱情保持一生

或者相反　极为短暂　匆匆熄灭

愿我从此再不提起

再不提起过去

痛苦与幸福

生不带来　死不带去

唯黄昏华美而无上。

1987.9.3草稿

1987.10.4改

秋

秋天深了，神的家中鹰在集合
神的故乡鹰在言语
秋天深了，王在写诗
在这个世界上秋天深了
该得到的尚未得到
该丧失的早已丧失

1987

为什么你不生活在沙漠上

为什么你不生活在沙漠上
英雄的可怜而可爱的伴侣
我那唯一人在何方？
用酒调着火所能留下的灰　写下几首诗？

我的形象开始上升
主宰着你的心灵！
孤独守候着
一个健康的声音！

绝望之神　你在何方？
为什么你不生活在沙漠上！
我是谁手里磨刀的石块？
我为何要把赤子带进海洋

海子躺在地上
天空上
海子的两朵云
说：

你要把事业留给兄弟　留给战友
你要把爱情留给姐妹　留给爱人
你要把孤独留给海子　留给自己

1987. 5. 27 夜书

祖国（或以梦为马）

我要做远方的忠诚的儿子

和物质的短暂情人

和所有以梦为马的诗人一样

我不得不和烈士和小丑走在同一道路上

万人都要将火熄灭　我一人独将此火高高举起

此火为大　开花落英于神圣的祖国

和所有以梦为马的诗人一样

我藉此火得度一生的茫茫黑夜

此火为大　祖国的语言和乱石投筑的梁山城寨

以梦为上的敦煌——那七月也会寒冷的骨骼

如雪白的柴和坚硬的条条白雪　横放在众神之山

和所有以梦为马的诗人一样

我投入此火　这三者是囚禁我的灯盏　吐出光辉

万人都要从我刀口走过　去建筑祖国的语言

我甘愿一切从头开始

和所有以梦为马的诗人一样

我也愿将牢底坐穿

众神创造物中只有我最易朽　带着不可抗拒的死亡的速度
只有粮食是我珍爱　我将她紧紧抱住　抱住她　在故乡生儿
　　育女
和所有以梦为马的诗人一样
我也愿将自己埋葬在四周高高的山上　守望平静家园

面对大河我无限惭愧
我年华虚度　空有一身疲倦
和所有以梦为马的诗人一样
岁月易逝　一滴不剩　水滴中有一匹马儿一命归天

千年后如若我再生于祖国的河岸
千年后我再次拥有中国的稻田　和周天子的雪山
　　天马踢踏
和所有以梦为马的诗人一样
我选择永恒的事业

我的事业　就是要成为太阳的一生
他从古至今——"日"——他无比辉煌无比光明
和所有以梦为马的诗人一样
最后我被黄昏的众神抬入不朽的太阳

太阳是我的名字

太阳是我的一生

太阳的山顶埋葬　诗歌的尸体——千年王国和我

骑着五千年凤凰和名字叫"马"的龙——我必将失败

但诗歌本身以太阳必将胜利①

1987

————————

① 此处"以"，即"以太阳的名义"。原稿如此。——编者注。

秋天的祖国

——致毛泽东，他说"一万年太久"。

一万次秋天的河流拉着头颅　犁过烈火燎烈的城邦
心还张开着春天的欲望滋生的每一道伤口

秋雷隐隐　圣火燎烈
神秘的春天之火化为灰烬落在我们的脚旁

携带一只头盖骨嗑嗑作响的囚徒
让我把他的头盖制成一只金色的号角　在秋天吹响

他称我为青春的诗人　爱与死的诗人
他要我在金角吹响的秋天走遍祖国和异邦

从新疆到云南　坐上十万座大山
秋天　如此遥远的群狮　相会在飞翔中

飞翔的祖国的群狮　携带着我走遍圣火燎烈的城邦
如今是秋风阵阵　吹在我暮色苍茫的嘴唇上

土地表层　　那温暖的信风和血滋生的种种欲望

如今全要化为尸首和肥料　　金角吹响

如今只有他　　宽恕一度喧嚣的众生

把春天和夏天的血痕从嘴唇上抹掉

大地似乎苦难而丰盛

一滴水中的黑夜

一滴水中的黑夜
一滴泪水中的全部黑夜

一滴无名的泪水
在乡村长大的泪水
飞在乡村的黑夜
山坡上，几棵冬天的草

看见四海龙王　在黄昏之后
举起一片淹没了野鸽子的
漆黑的像黑夜的海水
一样的天空

海水把你推上岸来
一滴水中的黑夜
推到我的怀抱
朝夕相伴，如痴如醉

一滴泪水有她自己的笑容

就像黑夜中闪闪的星星

这些陌生人系好了自己的马

在女王广大的田野和树林

1988. 2. 11

眺望北方

我在海边为什么却想到了你
不幸而美丽的人　我的命运
想起你　我在岩石上凿出窗户
眺望光明的七星
眺望北方和北方的七位女儿
在七月的大海上闪烁流火

为什么我用斧头饮水　饮血如水
却用火热的嘴唇来眺望
用头颅上鲜红的嘴唇眺望北方
也许是因为双目失明

那么我就是一个盲目的诗人
在七月的最早几天
想起你　我今夜跑尽这空无一人的街道
明天，明天起来后我要重新做人
我要成为宇宙的孩子　世纪的孩子
挥霍我自己的青春
然后放弃爱情的王位

去做铁石心肠的船长

走遍一座座喧闹的都市
　　我很难梦见什么
除了那第一个七月，永远的七月
七月是黄金的季节啊
当穷苦的人在渔港里领取工钱
我的七月萦绕着我，像那条爱我的孤单的蛇
——她将在痛楚苦涩的海水里度过一生

1987.7 草稿

1988.3 改

442

乳房

在城外荒山野岭之上
四季之风常吹的地方
柔和甘美的蜜形成

1988.4

夜色

在夜色中

我有三次受难：流浪、爱情、生存

我有三种幸福：诗歌、王位、太阳

1988.2.28 夜

星

我死于语言和诉说的旷野
是的，这些我全都听见了。虽然

草原神秘异常
秋天，美丽处女是竖起风暴的花纹

虽说一个断臂的人
不能用手
却可以用牙齿
和嘴唇　打开我的诗集——
那是在大火中
那就是星

是——他是你们的哥哥。
诗人高喊
带火者，上山来！

牵着骆驼
的鬼魂

出现在黄昏

星
我是多么爱你
不爱那些鬼魂

1988. 5

跳伞塔

我在一个北方的寂寞的上午
一个北方的上午
思念着一个人

我是一些诗歌草稿
你是一首诗

我想抱着满山火红的杜鹃花
走入静静的跳伞塔

我清楚地意识到
前面就是一条大河
和一个广大的北方草原

美丽总是使我沉醉

已经有人
开始照耀我
在那偏僻拥挤的小月台上

你像星星照耀我的路程

在这座山上
为什么我只看见这么一棵
美丽的杜鹃？

我只看见这么一棵
果然火红而美丽

我在这个夜晚
我住在山腰
房子里
我的前面充满了泉水
或溪涧之水的声音

静静的跳伞塔
心醉的屋子　你打开门
让我永远在这幸福的门中

北方　那片起伏的山峰
远远的
只有九棵树

1988.4.23

448

生 日

起风了
太阳的音乐　太阳的马

你坐在近处　坐在远方
像鱼群跟着渔夫　长出了乳房
葡萄牙村庄　长出了乳房
牧羊人的皮鞭　长出了乳房

当我们住在秋天
大地上刮起了秋风
秋天的雨　一阵又一阵
你坐在近处　坐在远方

那时我们多么寂寞
多么遥远啊？

而现在是生日
我点亮烛火点亮新娘的两只耳朵

449

其他的人和马的耳朵

竖在北方——那一夜的屋顶

1988.5 删

450

太阳和野花

——给 AP

太阳是他自己的头
野花是她自己的诗

我对你说
你的母亲不像我的母亲

在月光照耀下
你的母亲是樱桃
我的母亲是血泪

我对天空说
月亮，她是你篮子里纯洁的露水
太阳，我是你场院上发疯的钢铁

太阳是他自己的头
野花是她自己的诗
在一株老榆树的底下
平原上

流过我的骨头

在猎人夫妻的眼中　在山地
那自由的尸首
淌向何方

两位母亲在不同的地方梦着我
两位女儿在不同的地方变成了母亲
当田野还有百合，天空还有鸟群
当你还有一张大弓、满袋好箭
该忘记的早就忘记
该留下的永远留下

太阳是他自己的头
野花是她自己的诗

总是有寂寞的日子
总是有痛苦的日子
总是有孤独的日子
总是有幸福的日子
然后再度孤独

是谁这么告诉过你：
答应我

忍住你的痛苦

不发一言

穿过这整座城市

远远地走来

去看看他　去看看海子

他可能更加痛苦

他在写一首孤独而绝望的诗歌

　　　死亡的诗歌

他写道：

平原上

流过我的骨头

当高原的人　在榆树底下休息

当猎人和众神

或起或坐，时而相视，时而相忘

当牛羊和牛羊在草上

看见一座悬崖上

牧羊人堕下，额角流血

再也救不活他了——

他写道：

平原上

流过我的骨头

这时，你要

去看看他

答应我
忍住你的痛苦
不发一言
穿过这整座城市

那个牧羊人
也许会被你救活
你们还可以成亲
在一对大红蜡烛下
这时他就变成了我

我会在我自己的胸脯找到一切幸福
红色荷包、羊角、蜂巢、嘴唇
和一对白色羊儿般的乳房

我会给你念诗：
太阳是他自己的头
野花是她自己的诗

到那时　到那一夜
也可以换句话说：
太阳是野花的头

野花是太阳的诗

他们只有一颗心

他们只有一颗心

1988. 5. 16 夜

删 86 年以来许多旧诗稿而得

在一个阿拉伯沙漠的村镇上

镇子

而今我一无是处
坐在镇子的一头
这是一个不守诺言的时刻
头巾上星光璀璨
阿拉伯沙漠的村镇已是茫茫黄昏
东面一万里是大海
西边一万里是雪山

镇子

三月过去了
四月过去了
上一个秋天的谈话过去了
请在这个日子光临做我的客人

镇子上——天刚蒙蒙亮
草原上——夜的马很大

少言寡语，见一面，短一日

镇子

你坐在
小山坡上
你坐在小山坡上
一个人住在旧粮仓里写诗
又是生日。一匹
多年的
马
飞来了
一匹多年的
旧布包不好伤口

镇子
点亮一根蜡烛
我们死后相聚在湖上
宛如生前。"俄狄浦斯——烛光也曾照你杀父
娶母。"
烛火静静叫喊
绿汪汪的水静静叫喊
看见草原和女人的一位盲人
——在烛火静静叫喊

镇子

生日中
你像一位美丽的
女俘虏
坐在故乡的
打麦场上

夜深在村庄摸门
我的什么
遗忘在山上

浪子　你怎么了　你打算用什么办法
将那水中明月
戴在头上

暮色中的马头
斜靠在小镇上

姐妹们早已睡下
打谷场上　空无一人
空无一人

天亮

守夜人

走到神秘的村子

1988.5 删

酒杯：情诗一束

1. 火热的嘴唇

两万只酒杯从你诞生
万物的疾病从你诞生

2. 月亮

沉默的活着的镰刀形的火光
似一颗焚烧的头颅在荒野滚动
沉默的活着的镰刀形的牧场
神秘、寒冷而寂静

3. 乳房

埃及的河水
在埃及的子夜
——这黑夜的酒

这黑夜的酒　变成我的双手

4. 盲目

手在果园里

就不再孤单

两只自己的手

在怀孕别的手

5. 火热的嘴唇

那是花朵　那是头颅做成的酒杯

酒杯在草原上轻轻碰撞

盛满酒精的头颅空空荡荡

火苗熏黑的山梁

帐篷诞生又死亡

火灾中升起的灯光　把大地照亮

两行诗

1.

海水点亮我
垂死的头颅

2.

我是黄昏安放的灵床：车轮填满我耻辱的形象
落日染红的河水如阵阵鲜血涌来（86. 87. 88）

3.

起风了
太阳的音乐　太阳的马

4.

在远远被雪山围住的亲人中央

为他画一果实　画两只乳房

5.

疾病中的酒精
是一对黑眼睛

6.

妹妹瞎了　但她有六根手指
她被荷马抱在怀中

7.

寂静太喜爱
闪电中的猎人

四行诗

1．思念

像此刻的风

骤然吹起

我要抱着你

坐在酒杯中

2．星

草原上的一滴泪

汇集了所有的愤怒和屈辱

泪水，走遍一切泪水

仍旧只是一滴

3．哭泣

天鹅像我黑色的头发在湖水中燃烧

我要把你接进我的家乡

有两位天使放声悲歌

痛苦地拥抱在家乡屋顶上

4. 大雁

绿蒙蒙的草原上
一个美好少女
在月光照耀的地方
说　好好活吧，亲爱的人

5. ①

当强盗留下遗言后
夜深独坐，把地牢当作果园
月亮吹着一匹强盗的马
流淌着泪水

6. 海伦

盲诗人荷马
梦着　得到女儿
看得见她　捧着杯子
用我们的双眼站在他面前

─────────────

　　① 海子未列小标题。——编者注。

海底卧室

月亮，喂养耳朵的宝石

杯子，水中的鸡群

草，那嘴唇的发动——花朵

日子，闪电中的七人

原野，用木头送礼

天空，空中散布的白云之药，活动着母亲之卧室

星星，黑色寨子中的夫人，众夫人，胳膊刺花

火种，一只老虎游过皮肤，露出水面

1988.9

466

冬天

火的叫声传来

火的叫声微弱

山坡上牛羊拥挤

想起你使我眩晕

*

英雄的猎人

拥着一家酒店

坐在白雪中

心中的黑夜寒冷

1988.2.10 故乡

*

在黑夜里为火写诗

在草原上为羊写诗

在北风中为南风写诗

467

在思念中为你写诗

1988. 8. 15 日喀则

　　*

夜的中心幽暗
边缘发亮　寒冷
这是　火儿
照亮雪山和马

　　*

大地薄弱
两端锋利
使中心幽暗
难以分辨

468

我飞遍草原的天空

草原上的天空不可阻挡

互相击碎的刀剑飞回家乡

佩在姐妹的脖子上

让乳房裸露，子夜的金银顺河流淌

月亮啊　　月亮

把新娘的尸体抬到草原上

一只野花的杯子里　　鬼魂千万

"我死在野花杯中　　我也是一条命啊"

不可饶恕草原上的鬼魂

不可饶恕杀人的刀枪

不可饶恕埋人的石头

更不可饶恕　　天空

我从大海来到落日的正中央

飞遍了天空找不到一块落脚之地

今日有粮食却没有饥饿

今天的粮食飞遍了天空

找不到一只饥饿的腹部
饥饿用粮食喂养
更加饥饿，奄奄一息
草原的天空不可阻挡

今天有家的　必须回家
今天有书的　必须读书
今天有刀的　必须杀人
草原的天空不可阻挡

1988.8.13 拉萨

远方

远方除了遥远一无所有

遥远的青稞地
除了青稞　一无所有

更远的地方　更加孤独
远方啊　除了遥远　一无所有

这时　石头
飞到我身边

石头　长出　血
石头　长出　七姐妹

站在一片荒芜的草原上

那时我在远方
那时我自由而贫穷

这些不能触摸的　姐妹

这些不能触摸的　血

这些不能触摸的　远方的幸福

远方的幸福　是多少痛苦

1988.8.19 萨迦夜，21 拉萨

在大草原上预感到海的降临

我的双手触到草原，
黑色孤独的夜的女儿。

我为我自己铺下干草
夜的女儿，我也为你。

牧羊女打开自己——
一只黑色的羊
蹲伏在你的腹部。

多么温暖的火红的岩石
多么柔软地躺在马车上
月亮形的马，进入了海底。

一夜之间，草原是如此遥远，如此深厚，如此神秘。
海也一样。
一夜之间，
草贴着地长，
你我都是草中的羊。

1988（?）. 11. 20

黑翅膀

今夜在日喀则，上半夜下起了小雨
只有一串北方的星，七位姐妹
紧咬雪白的牙齿，看见了我这一对黑翅膀

北方的七星　照不亮世界
牧女头枕青稞独眠一天的地方今夜满是泥泞
今夜在日喀则，下半夜天空满是星辰

但夜更深就更黑，但毕竟黑不过我的翅膀
今夜在日喀则，借床休息，听见婴儿的哭声
为了什么这个小人儿感到委屈？是不是因为她感到了黑夜中
　的幸福

愿你低声啜泣　但不要彻夜不眠
我今夜难以入睡是因为我这双黑过黑夜的翅膀
我不哭泣　也不歌唱　我要用我的翅膀飞回北方

飞回北方　北方的七星还在北方
只不过在路途上指示了方向，就像一种思念

她长满了我的全身　　在烛光下酷似黑色的翅膀

1988.7（?）

七百年前

七百年前辉煌的王城今天是一座肮脏的小镇

当年我打马进城　手提一袋青稞

当年我用一袋青稞换取十八颗人头

还有九颗，葬在城中，下落不明

在山洞里十二只野兽梦想变成老鹰，齐声哀鸣

这是山顶上最后的山洞梦想着天空

突然有一种感觉，好像还是在又饥又饿地走在路上

在幽暗中我写下我的教义，世界又变得明亮

1988.8.18

西 藏

西藏，一块孤独的石头坐满整个天空
没有任何夜晚能使我沉睡
没有任何黎明能使我醒来

一块孤独的石头坐满整个天空
他说：在这一千年里我只热爱我自己

一块孤独的石头坐满整个天空
没有任何泪水使我变成花朵
没有任何国王使我变成王座

1988. 8

雪

千辛万苦回到故乡
我的骨骼雪白　也长不出青稞

雪山，我的草原因你的乳房而明亮
冰冷而灿烂

我的病已好
雪的日子　我只想到雪中去死
我的头顶放出光芒！

有时我背靠草原
马头作琴　马尾为弦
戴上喜马拉雅　这烈火的王冠

有时我退回盆地，背靠成都
人们无所事事，我也无所事事，
只有爱情　剑　马的四蹄

割下嘴唇放在火上

大雪飘飘

不见昔日肮脏的山头

都被雪白的乳房拥抱

深夜中　火王子　独自吃着石头　独自饮酒

1988.8

远方

——献给草原英雄小姐妹

草原英雄小姐妹

龙梅和玉荣

我多想和你们一起

在暴风雪中

在大草原

看守公社的羊群

1988.8.19

萨迦夜时藏族青年男女歌舞嬉戏

大草原　大雪封山

公社里

有一个人

歌唱雨雪

和倾斜的山坡

秋天　一闪而过

多少丰收的村庄不见踪影

昨天的闪电

劈碎了车马

大雪封山

从今后日子艰难

1988. 11. 11～20

青海湖

这骄傲的酒杯
为谁举起
荒凉的高原

天空上的鸟和盐　为谁举起

波涛从孤独的十指退去
白鸟的岛屿，儿子们围住
在相距遥远的肮脏镇上。

一只骄傲的酒杯
青海的公主　请把我抱在怀中
我多么贫穷，多么荒芜，我多么肮脏
一双雪白的翅膀也只能给我片刻的幸福

我看见你从太阳中飞来
蓝色的公主　青海湖
我孤独的十指化为天空上雪白的鸟

1988.7.25

大风

起风的黄昏好像去年秋天
树木损伤的香味弥漫四周

想她头发飘飘
面颊微微发凉
守着她的母亲
抱着她的女儿
坐在盆地中央
坐在她的家中

黄昏幽暗降临
大风刮过天空
万风之王起舞
化为树木受伤

1988.2.4

绿松石

这时侯　绿色小公主
来到我的身边。
青海湖，绿色小公主
你曾是谁的故乡
你曾是谁的天堂?
当一只雪白的鸟
无法用翅膀带走
人类的小镇
——它留在肮脏的山梁。

和水相比　土地是多么肮脏而荒芜
绿色小公主抹去我的泪水，
说，你是年老的国土上
一位年轻的国王，老年皇帝会伏在你的肩头死去。
土地张开又合拢。

1988. 7. 24

山楂树

今夜我不会遇见你
今夜我遇见了世上的一切
但不会遇见你

一棵夏季最后
火红的山楂树
像一辆高大女神的自行车
像一个女孩　畏惧群山
呆呆站在门口
她不会向我
跑来！

我走过黄昏
像风吹向远处的平原
我将在暮色中抱住一棵孤独的树干
山楂树！一闪而过　啊！山楂

我要在你火红的乳房下坐到天亮。
又小又美丽的山楂的乳房

在高大女神的自行车上

在农奴的手上

在夜晚就要熄灭

1988. 6. 8 ~ 10

日记

姐姐，今夜我在德令哈，夜色笼罩
姐姐，我今夜只有戈壁

草原尽头我两手空空
悲痛时握不住一颗泪滴
姐姐，今夜我在德令哈
这是雨水中一座荒凉的城

除了那些路过的和居住的
德令哈……今夜
这是唯一的，最后的，抒情。
这是唯一的，最后的，草原。

我把石头还给石头
让胜利的胜利
今夜青稞只属于她自己
一切都在生长
今夜我只有美丽的戈壁　空空

姐姐，今夜我不关心人类，我只想你

1988.7.25 火车经德令哈

无名的野花

看不见你，十六岁的你
看不见无名的，芳香的
正在开花的你。

看不见提着鞋子　在雨中
走在大草原上的
恍惚的女神

看不见你，小小的年纪
一身红色地走在
空荡荡的风中

来到我身边，
你已经成熟，
你的头发垂下像黑夜。
我是黑夜中孤独的僧侣
埋下种籽在石窟中，
我将这九盏灯
嵌入我的肋骨。

无论是白色的还是绿色的

起自天堂或地府的

青海湖上的大风

吹开了紫色血液

开上我的头颅，

我何时成了这一朵

无名的野花？

1988. 11. 2

花儿为什么这样红

透过泪水看见马车上堆满了鲜花。

豹子和鸟，惊慌地倒下，像一滴泪水
——透过泪水看见
马车上堆满了鲜花。

风，你四面八方
多少绿色的头发，多少姐妹
挂满了雨雪。

坐在夜王为我铺草的马车中。

黑夜，你就是这巨大的歌唱的车辆
围住了中间
说话的火。

一夜之间，草原如此深厚，如此神秘，如此遥远
我断送了自己的一生

在北方悲伤的黄昏的原野。

1988. 11. 20

叙事诗

—— 一个民间故事

有一个人深夜来投宿

这个旅店死气沉沉

形状十分吓人

远离了闹市中心

这里唯一的声音

是教堂的钟声

还有流经城市的河流

河流流水汩汩

河水的声音时而喧哗

时而寂静，听得见水上人家的声音

那是一个穷苦的渔民家庭

每日捕些半死的鱼虾，艰难度日

这人来到旅店门前

拉了一下旅店的门铃

但门铃是坏的

没有发出声音，一片寂静

这时他放下了背上的东西
高声叫喊了三声
店里走出店主人
一身黑衣服活像一个幽灵

这幽灵手持烛火
话也说不太清
他说："客人，你要住宿
我这里可好久没有住人"

客人说："为什么
这里好久没有住人"
主人说："也许是太偏僻
况且这里还不太平"

"没关系"，那人血气方刚
嗓门洪亮，一听就是个年轻人
说："主人，快烧水做饭
今夜我要早早安顿"

店主人眨着双眼
把客人引入门厅

房子又黑又破
听得见大河的涛声

河面上吹来的风
吹熄了主人手上的蜡烛
他走进里面
把客人留在黑暗中

伸手不见五指
客人等了又等
还是不见主人
他高声叫喊："主人！主人！"

没人答应
他摸黑走向里屋
一路跌跌撞撞
这屋里乱七八糟，黑咕隆咚

屋子里发出声音
他在窗台上摸到一盏灯
举起来晃了晃，灯里没有油
他又将灯放回原处

他推开窗户

河水的气味迎面而来
他稍微停顿一下
站在那里发愣

但他还是心神不宁
借河面上渔船的灯光点点
微光反入这黑屋子
看清了这个房间的大致

屋子里只有一张床
什么也没有
那么他刚刚跌跌撞撞
弄碎和弄响的究竟是些什么东西

是不是鬼怪和幻影？
他的心开始有些发毛
刚刚平息下来的心跳
又似一面绷紧的鼓手狠狠捶击的鼓

他在床上坐下
恐怖的故事涌入头脑
他连衣服都没脱
就钻进了那潮湿的被窝

行李扑通一声

跌在地上

在寂静中

这声音显得格外的响

他怎么也睡不着

到半夜，河水声小了

没有一点声音

他更加睡不着觉

翻来覆去，全都是

使他内心恐惧

的幻影和声响

这时一个尖厉的儿童声响起

在深夜，这儿童的声音

多像是孤独的墓穴中

一片凄惨的鸟鸣

他听清了，这儿童在喊

"舅舅，舅舅，放我进来"

"舅舅，舅舅，放我进来"

"开门，舅舅"

"开门，开门"

同时有声音捶打着这个房门

这客人连忙起身

下床开门

门外没有一个人影

他又重新躺下

更加不能入眠，

这时童声重新响起：

"舅舅，舅舅，开门"

一声比一声凄厉

这个陌生人

一身冷汗

把头也钻到被窝里

但是声音更响

仿佛刀刺在他耳朵上

仿佛这儿童

就在他耳朵里尖叫

他猛地拉开门

但是没有人

他怀疑自己的耳朵

只好把门关上

叫声又响起
还是和刚才一样
他起来，抖嗦着
再重新打量房间

他看见河面上的灯火少了
那微光更弱
但能辨清轮廓
他看清这屋里只有一张床

他的心抽紧了一下
会不会床底下有什么
他伸手向床下摸去
并没有什么

可这时声音又响起
更加激烈，他把手
向回抽时，感到
床底下有人

他的血液凝固
心脏几乎停止了跳动

于是他摸向那儿
原来那床板底下绑着一个人

他吓得没有声音
把手抖嗦着收回
摸出刀子，割断了
那捆绑的绳索

他把那人拖出来
放到房间中央
发现那人口袋里有一只蜡烛
还有一根火柴

他点亮这短短一寸的蜡烛
火烛下看清那人是店主人
已经死了，看样子
已经死了好几天

这死尸躺在他的房间里
这死了好几天的死尸
刚才还引他进门
又被绑在他的身下

这个陌生人额头冒出冷汗

全身都被浸湿

他马上就要昏过去

这时蜡烛也已熄灭

1989. 1. 17

遥远的路程

十四行献给 89 年初的雪

我的灯和酒坛上落满灰尘

而遥远的路程上却干干净净

我站在元月七日的大雪中，还是四年以前的我

我站在这里，落满了灰尘，四年多像一天，没有变动

大雪使屋子内部更暗，待到明日天晴

阳光下的大雪刺痛人的眼睛，这是雪地，使人羞愧

一双寂寞的黑眼睛多想大雪一直下到他内部

雪地上树是黑暗的，黑暗得像平常天空飞过的鸟群

那时候你是愉快的，忧伤的，混沌的

大雪今日为我而下，映照我的肮脏

我就是一把空空的铁锹

铁锹空得连灰尘也没有

大雪一直纷纷扬扬

远方就是这样的，就是我站立的地方

1989. 1. 7

遥远的路程

雨水中出现了平原上的麦子
这些雨水中的景色有些陌生
天已黑了，下着雨
我坐在水上给你写信

1989. 1. 22

面朝大海，春暖花开

从明天起，做一个幸福的人

喂马，劈柴，周游世界

从明天起，关心粮食和蔬菜

我有一所房子，面朝大海，春暖花开

从明天起，和每一个亲人通信

告诉他们我的幸福

那幸福的闪电告诉我的

我将告诉每一个人

给每一条河每一座山取一个温暖的名字

陌生人，我也为你祝福

愿你有一个灿烂的前程

愿你有情人终成眷属

愿你在尘世获得幸福

我只愿面朝大海，春暖花开

1989. 1. 13

折梅

站在那里折梅花

山坡上的梅花

寂静的太平洋上一封信

寂静的太平洋上一人站在那里折梅花

折梅人在天上

天堂大雪纷纷　　一人踏雪无痕

天堂和寂静的天山一样

大雪纷纷

站在那里折梅

亚洲，上帝的伞

上帝的斗篷，太平洋

太平洋上海水茫茫

上帝带给我一封信

是她写给我的信

我坐在茫茫太平洋上折梅，写信

1989. 2. 3

神秘的二月的时光

噙住泪水，在神秘的
二月的时光

神秘的二月的时光
经过北方单调的平原
来到积雪的山顶
群山正在下雪
山坳中梅树流淌着今年冬天的血
无人知道的，寂静的鲜血

1989.2

黎明（之一）

（阿根廷请不要为我哭泣）

我的混沌的头颅

是从哪里来的

是从哪里来的运货马车，摇摇晃晃

不发一言，经过我的山冈

马车夫像上帝一样，全身肮脏

伏在自己的膝盖上

抱着鞭子睡去的马车夫啊

抬起你的头，马车夫

山冈上天空望不到边

山冈上天空这样明亮

我永远是这样绝望

永远是这样

1989.2.21

黎明（之二）

(二月的雪，二月的雨)

我把天空和大地打扫干干净净
归还给一个陌不相识的人
我寂寞地等，我阴沉地等
二月的雪，二月的雨

泉水白白流淌
花朵为谁开放
永远是这样美丽负伤的麦子
吐着芳香，站在山冈上

荒凉大地承受着荒凉天空的雷霆
圣书上卷是我的翅膀，无比明亮
有时像一个阴沉沉的今天
圣书下卷肮脏而欢乐
当然也是我受伤的翅膀．
荒凉大地承受着更加荒凉的天空

我空荡荡的大地和天空

是上卷和下卷合成一本

的圣书，是我重又劈开的肢体

流着雨雪、泪水在二月

1989. 2. 22

黎明（之三）

黎明手捧亲生儿子的鲜血的杯子

捧着我，光明的孪生兄弟

走在古波斯的高原地带

神圣经典的原野

太阳的光明像洪水一样漫上两岸的平原

抽出剑刃般光芒的麦子

走遍印度和西藏

从那儿我长途跋涉　走遍印度和西藏

在雪山、乱石和狮子之间寻求

天空的女儿和诗

波斯高原也是我流放前故乡的山巅

采纳我光明言辞的高原之地

田野全是粮食和谷仓

覆盖着深深的怀着怨恨

和祝福的黑暗母亲

地母啊，你的夜晚全归你

你的黑暗全归你，黎明就给我吧

让少女佩戴花朵般鲜嫩的嘴唇

让少女为我佩戴火焰般的嘴唇

让原始黑夜的头盖骨掀开

让神从我头盖骨中站立

一片战场上血红的光明冲上了天空

火中之火，

他有一个粗糙的名字：太阳

和革命，她有一个赤裸的身体

在行走和幻灭

1987.9.26 夜草稿

1989.3.1 夜改

四姐妹

荒凉的山冈上站着四姐妹

所有的风只向她们吹

所有的日子都为她们破碎

空气中的一棵麦子

高举到我的头顶

我身在这荒芜的山冈

怀念我空空的房间，落满灰尘．

我爱过的这糊涂的四姐妹啊

光芒四射的四姐妹

夜里我头枕卷册和神州

想起蓝色远方的四姐妹

我爱过的这糊涂的四姐妹啊

像爱着我亲手写下的四首诗

我的美丽的结伴而行的四姐妹

比命运女神还要多出一个

赶着美丽苍白的奶牛　走向月亮形的山峰

到了二月，你是从哪里来的

天上滚过春天的雷，你是从哪里来的

不和陌生人一起来

不和运货马车一起来

不和鸟群一起来

四姐妹抱着这一棵

一棵空气中的麦子

抱着昨天的大雪，今天的雨水

明日的粮食与灰烬

这是绝望的麦子

请告诉四姐妹：这是绝望的麦子

永远是这样

风后面是风

天空上面是天空

道路前面还是道路

1989. 2. 23

酒杯

你的泪水为我洗去尘土和孤独
你的泪水为我在飞机场周围的稻谷间珍藏
酒杯，你这石头的少女，你这石头的牢房，石头的伞

酒，石头的牢房囚禁又释放的满天奔腾的闪电
昨天一夜明亮的闪电使我的杯子又满又空
看哪！河水带来的泥沙堆起孤独的房屋

看哪！你的房子小得像一只酒杯
你的房子小得像一把石头的伞

多云的天空下　潮湿的风吹干的道路
你找不到我，你就是找不到我，你怎么也找不到我
在昔日山坡的羊群中

酒杯，你是一间又破又黑的旧教室
淹没在一片海水

1989（?）1.14

日落时分的部落

日落时分的部落
晚霞映着血红的皇后

夜晚的血，梦中的火
照亮了破碎的城市
北京啊，你城门四面打开，内部空空
在太平洋的中央你眼看就要海水灭顶

海水照亮这破碎的城，北京
你这日落时分的部落凄凉而尖锐
皇后带走了所有的蜜蜂
这样的日子谁能忍受

日落时分的部落，血污涂遍全身
在草原尽头，染红了遥远的秋天
她传下这些灾难，传下这些子孙
躲避灾难，或迎着灾难走去

1989.3.11

桃花

桃花开放

像一座囚笼流尽了鲜血

像两只刀斧流尽了鲜血

像刀斧手的家园

流尽了鲜血

花儿为什么这样红

像一座雪山壮丽燃烧

我的囚笼起火

我的牢房坍塌

一根根锁链和铁条　戴着火

投向四周黑暗的高原

1987. 11. 1 草稿

1988. 2. 5 改

桃花开放

秋天的火把断了　是别的花在开放

冬天的火把是梅花

现在是春天的火把

被砍断

悬在空中

寂静的

抽搐四肢

罩住一棵树　树林根深叶茂　花朵悬在空中

零散的抒情小诗像桃树　散放在山丘上

桃花抽搐四肢倒在我身上

桃花开放

从月亮飞出来的马

钉在太阳那轰轰隆隆的春天的本上

1987 草稿

1989. 3. 14 改

你和桃花

旷野上头发在十分疲倦地飘动

像太阳飞过花园时留下的阳光

温暖而又有些冰凉的桃花

红色堆积的叛乱的脑髓

部落的桃花，水的桃花，美丽的女奴隶啊

你的头发在十分疲倦地飘动

你脱下像灯火一样的裙子，内部空空

一年又一年，埋在落脚生根的地方

刀在山顶上呼喊"波浪"

你就是桃花，层层的波浪

我就是波浪和灯光中的刀

旷野上　一把刀的头发像灯光明亮

刀的头发在十分疲倦地飘动

那就是桃花，我们在愤怒的河谷滋生的欲望

围着夕阳下建设简陋的家乡

桃花，像石头从血中生长

一个火红的烧毁天空的座位

坐着一千个美丽的女奴，坐着一千个你

1987 草稿

1989. 3. 14 改

桃花时节

桃花开放

太阳的头盖骨一动一动，火焰和手从头中伸出

一群群野兽舔着火焰　刃

走向没落的河谷尽头

割开血口子。他们会把水变成火的美丽身躯

水在此刻是悬挂在空气的火焰

但在更深的地方仍然是水

翅膀血红，富于侵略

那就是独眼巨人的桃花时节

独眼巨人怀抱一片桃林

他看见的　全是大地在滔滔不绝地纵火

他在一只燃烧的胃的底部

与桃花骤然相遇

互为食物和王妻

在断头台上疯狂地吐火

乳房吐火

挂在陆地上

从笨重天空跌落的
撞在陆地上　撞掉了头撞烂了四肢
在春天　在亿万人民中间　在群兽吐火的地方
她们产生了幻觉
群兽吐火长出了花朵
群兽一排排　肉包着骨　长成树林
吐火就是花朵　多么美丽的景色

你在一种较为短暂的情形下完成太阳和地狱
内在的火，寒冷无声地燃烧
生出了河流两岸大地之上的姐妹
朝霞和晚霞

无声地在山峦间飘荡
我俩在高原　在命运三姐妹无声的织机织出的牧场上相遇

1987 初稿
1988 初改
1988 底再改
1989. 3. 14 再改

桃 树 林

内脏外的太阳
照着内脏内的太阳
寂静
血红
九个公主
九个发疯的公主身体内部的黑夜
也这样寂静，血红

桃树林，你的黑铁已染上了谁的血
打碎了灯，打碎了头颅，打碎了女人流血的月亮
他的内脏抱住太阳

什么是黑夜？
黑夜的前面首先是什么？
黑夜的后面又紧跟着什么？紧跟着谁？

内脏外的太阳
照着寂静的稻麦，

田野上圆润的裸体

少女的黄金在内部流淌

1988 草稿

1989. 3. 15 改

桃花

曙光中黄金的车子上
血红的，爆炸裂开的
太阳私生的女儿
在迟钝的流着血
像一个起义集团内部
草原上野蛮荒凉的弯刀

1989. 3. 15

黎明和黄昏

——两次嫁妆，两位姐妹

黄昏自我断送

夜色美好

夜色在山上越长越大

马与羊　钻出石头　在山上越长越大

白雪飘落　在这个黄昏

向我隐隐献出

她们自己

我的秘密的女神

我该用怎样的韵律

告诉你，侍奉你

我该用怎样的流血

在山头舔好自己的伤口

了望一望无际的大地

以此慰藉

以"遗忘"为伴侣

我将把自己带出那些可以辨认嘴脸的火把之光

从此踏上无可救药的道路

把肉体当作草原上最后的帐篷

那些神秘的编织女人

纺轮被黄昏的天空映得泛红

血液颜色的轮轴　　一夜作响

我屈从于她们

死于剑下的晚霞的姐妹

在夜色中起飞

我屈从于黄昏秘密的飞行

肉体回到黑夜的高空

两半血红的月亮抱在一起

迟至今日

我仍难以诉说

那些背叛父母和家园

却热爱生活的人

为什么要和我结伴上路

我的青春　　我的几卷革命札记

被道路上的难民镌刻在一只乞讨生活的木碗上
那只碗曾盛过殷红如血的晚霞和往日一切生活

在死到临头
他是否摔碎
还是留传孩子

晚霞燃烧
厄运难逃
我在人生的尽头
抱住一位宝贵的诗人痛哭失声
却永远无法更改自己的命运

我就是那位被人拥抱的诗人
宝贵的诗人
看见晚霞映照草原
内心痛苦甚于别人

人类犹如黄昏和夜晚的灰烬
散布在河畔　忧伤疲倦
人类犹如火种的脚　在大地上行走

晚霞充满大火
和焦味。一望无际

伸展在平原和荒凉的海滩

两半血红的月亮抱在一起

那是诗人孤独的王座

愿有情人终成眷属

愿麦子和麦子长在一起

愿河流与河流流归一处

浩瀚无际的河水顺着夜色流淌

神秘的流浪国王

在夜色中回到故乡

城市破碎

流浪的国王

我为你歌唱

夜色使平原广大　使北方无限　使烈火吹遍

把北方无尽的黄昏抬向滚滚高空

黎明更高　铺在海洋上

1987

春天

春天的时刻上登天空
舔着十指上的鲜血
春天空空荡荡
培养欲望　鼓吹死亡

风是这样大
尘土这样强暴
再也不愿从事埋葬
多少头颅破土而出

春天，残酷的春天
每一只手，每一位神
都鲜血淋淋
撕裂了大地胸膛

太阳啊
你那愚蠢的儿子呢
他去了何方
天空如此辽阔

烧死在悲痛的表面

大海啊

这阳光闪烁

的悲痛表面

秋天的儿子

他去了何方

千秋万代中那唯一的儿子

去了何方？

女儿内心充满仇恨和寒冷

想念你，爱着你，但看不见你

她没有你就像天空没有边缘

天空空空荡荡，一派生机

我们无可奈何

我们无法活在悲痛的中心

天空上的光明

你照亮我们

给我们温暖的生命

但我们不是为你而活着

我们活着只为了自我

也只有短暂的一个春天的早晨

愿你将我宽恕

愿你在这原始的中心安宁而幸福地居住

你坐在太阳中央把斧子越磨越亮，放着光明

愿你在一个宁静的早晨将我宽恕

将我收起在一个光明的中心

愿我在这个宁静的早晨随你而去

忘却所有的诗歌

我会在中心安宁地居住，就像你一样

把他的斧子越磨越亮，吃，劳动，舞蹈

沉浸于太阳的光明

在羊群踩出的道上是羊群的灵魂蜂拥而过

在豹子踩出的道上是豹子的灵魂蜂拥而过

哪儿有我们人类的通道

有着锐利感觉的斧子

像光芒　在我胸口

越磨越亮

太阳的波浪

隐隐作痛

我进入太阳

粗糙而光明

那前一个夜晚

人类携带妻子

疯狂奔跑四散

这是春天

这是最后的春天

他们去了何方？

天空辽阔

低垂黄昏

人类破碎

我内心混沌一片

我面对着春天

我就是她的鲜血和黑暗

我内心浑浊而宁静

我在这里粗糙而光明

大地啊

你过去埋葬了我

今天又使我复活

和春天一起

沉默在我内部

天空之火在我内部

吹向旷野

旷野自己照亮

在最后的时刻　海底
在最后的黎明之前　他们去了何方？

1987.7 草稿
1988.2 二稿
1989.3 三稿

拂晓

苍茫的拂晓，黎明

穿上你好久没穿的旧裙子，跟我走

夜的女儿，朝霞的姐妹，黎明

穿过这些山峰，坐落

在这些粗笨的远方和近处

穿过大地的头颅

和河畔这些无人问津的稀疏的荒草

跟我走吧，黎明

你是太阳之火顶端

青色的烟飘渺不定

你就是深夜里刚刚消失又骤然升起的歌声

你穿着一件昨夜弄脏的衣裙走向今天

你嘴里叼着光芒和刀子，披散下的头发遮住

　　眼睛、乳房和面容

提着包袱，渡过肮脏的日子，跟我走吧

这鲜血的包袱一路喧闹

一路喧闹，不得安宁

带上你褐色的地母的乳房跟我走吧

哪怕包袱里只有地瓜，乳房里只有水土

悄悄沿着这原始的大地走去

肮脏的大河在尽头猛然将我们推向海洋

苍茫的拂晓，原始的女人

原始的日子中原始的母亲

陌生的妻子披着鱼皮

在海上遨游着产籽的女儿

敲打着船壳　海洋的埋葬

　　太平洋上没有一口钟和一棵梅树

　　没有一枝梅花在太平洋上开放

　　只有镇子中央

　　废弃不用的土和石头

　　堆成的荒凉山坡

跟我走吧，黎明

所有的你都是同一个你

　　我难以分辨

　　谁是你　谁是真正的你

　　谁又再一次是你

　　绝望的只是你

　　永不离开的你

不在天地间消失

所有的你都默默包扎着死去的你

年老丑陋的女王，这黑夜内部无穷无尽的母亲女王

我早就说过，断头流血的是太阳

所有的你都默默流向同一个方向

断头台是山脉全部的地方

跟我走吧，抛掷头颅，洒尽热血，黎明

新的一天正在来临

1989.2.24

月全食

我的爱人住在县城的伞中
我的爱人住在贫穷山区的伞中，双手捧着我的鲜血
一把斧子浸在我自己的鲜血中
火把头朝下在海水中燃烧
我的愚蠢而残酷的青春
是同胞兄弟和九个魔鬼
他一直走到黑暗和空虚的深处

火光明亮，我像一条河流将血红的头颅举起
又喧哗着，放到了海水下面
大海的波浪，回到尘土中去
草原上的天空，回到尘土中去
我将你们美丽的骨头带到村头
挂上妻子们的脖子
我的庄园在山顶上越来越寂静
寂静！我随身携带的万年的闪电

暴君，宝剑和伞
混沌中的嘴和剑、鼓、脊椎

暴君双手捧着宝剑，头颅和梅花

在早晨灿烂，信任我的肋骨

天生就是父亲的我

回到尘土中去吧

将被废弃不用

黑色的鸟群，内部团结

内部团结的黑夜

在草原的天空上，黑色羽毛下黑色的肉

黑色的肉有一颗暗红色的星

一群鸟比一只鸟更加孤独

鸟群的父亲，鸟群唯一的父亲

铁打的人也在忍受生活

铁打的人也风雨飘摇

所有的道路都通向天堂

只是要度过路上的痛苦时光

那一天我正走在路上

两边的荒草，比人还高

遥远的路程是我生命的一部分

有一半是在群山上伴着羊群和雨雪，独自一人守候黎明

有一半下到海底看守那些废弃不用的石头和火

那些神秘的母亲们

我看见这景色中只有我自己被上帝废弃不用

我构成我自己，用一个人形，血肉用花朵与火包围着

　空虚的混沌

我看见我的斧子闪现着人类劳动的光辉

也有疲倦和灰尘

遥远的路程

作为国王我不能忍受

我在这遥远的路程上

我自己的牺牲

我不能忍受太多的秘密

这些全都是你的

潮湿的冬天双手捧给你的

这个全身是雨滴的爱人

这个在闪电中心生活的暴君

也看见姐妹们正在启程

1989.1 草稿

1989.3.9 删

春天，十个海子

春天，十个海子全部复活

在光明的景色中

嘲笑这一个野蛮而悲伤的海子

你这么长久地沉睡究竟为了什么？

春天，十个海子低低地怒吼

围着你和我跳舞，唱歌

扯乱你的黑头发，骑上你飞奔而去，尘土飞扬

你被劈开的疼痛在大地弥漫

在春天，野蛮而悲伤的海子

就剩下这一个，最后一个

这是一个黑夜的孩子，沉浸于冬天，倾心死亡

不能自拔，热爱着空虚而寒冷的乡村

那里的谷物高高堆起，遮住了窗户

他们把一半用于一家六口人的嘴，吃和胃

一半用于农业，他们自己的繁殖

大风从东刮到西，从北刮到南，无视黑夜和黎明

你所说的曙光究竟是什么意思

1989. 3. 14 凌晨 3 点 ~ 4 点

太平洋上的贾宝玉

贾宝玉　太平洋上的贾宝玉

太平洋上：粮食用绳子捆好

贾宝玉坐在粮食上

美好而破碎的世界

坐在食物和酒上

美好而破碎的世界，你口含宝石

只有这些美好的少女，美好而破碎的世界，旧世界

只有茫茫太平洋上这些美好的少女

太平洋上粮食用绳子捆好

从山顶洞到贾宝玉用尽了多少火和雨

1989

献给太平洋

我的婚礼染红太平洋

我的新娘是太平洋

连亚洲也是我悲伤而平静的新娘

你自己的血染红你内部孤独的天空

上帝悲伤的新娘，你自己的血染红

天空，你内部孤独的海洋

你美丽的头发

像太平洋的黄昏

1989. 2

太平洋的献诗

太平洋　丰收之后的荒凉的海
太平洋　在劳动后的休息
劳动以前　劳动之中　劳动以后
太平洋是所有的劳动和休息

茫茫太平洋　又混沌又晴朗
海水茫茫　和劳动打成一片
和世界打成一片
世界头枕太平洋
人类头枕太平洋　雨暴风狂
上帝在太平洋上度过的时光　是茫茫海水隐含不露的希望

太平洋没有父母　在太阳下茫茫流淌　闪着光芒
太平洋像是上帝老人看穿一切、眼角含泪的眼睛

眼泪的女儿，我的爱人
今天的太平洋不是往日的海洋
今天的太平洋只为我流淌　为着我闪闪发亮
我的太阳高悬上空　照耀这广阔太平洋

1989.2.2

献 诗

废弃不用的地平线

为我在草原和雪山升起

脚下尘土黑暗而温暖

大地也将带给我天堂的雷电

家乡的屋顶下摆满了结婚的酒席

陪伴我的全是海水和尘土，全是乡亲

今天，太阳的新娘就是你

太平洋上唯一的人，远在他方

1989. 2. 9

最后一夜和第一日的献诗

今夜你的黑头发

是岩石上寂寞的黑夜，

牧羊人用雪白的羊群

填满飞机场周围的黑暗

黑夜比我更早睡去

黑夜是神的伤口

你是我的伤口

羊群和花朵也是岩石的伤口

雪山　用大雪填满飞机场周围的黑暗

雪山女神吃的是野兽穿的是鲜花

今夜　九十九座雪山高出天堂

使我彻夜难眠

1989.1.16 草稿

1989.1.24 改

献 诗

黑夜降临，火回到一万年前的火
来自秘密传递的火　他又是在白白地燃烧
火回到火　黑夜回到黑夜　永恒回到永恒
黑夜从大地上升起　遮住了天空

1989

黑夜的献诗

献给黑夜的女儿

黑夜从大地上升起
遮住了光明的天空
丰收后荒凉的大地
黑夜从你内部上升

你从远方来，我到远方去
遥远的路程经过这里
天空一无所有
为何给我安慰

丰收之后荒凉的大地
人们取走了一年的收成
取走了粮食骑走了马
留在地里的人，埋得很深

草杈闪闪发亮，稻草堆在火上
稻谷堆在黑暗的谷仓
谷仓中太黑暗，太寂静，太丰收

也太荒凉，我在丰收中看到了阎王的眼睛

黑雨滴一样的鸟群
从黄昏飞入黑夜
黑夜一无所有
为何给我安慰

走在路上
放声歌唱
大风刮过山冈
上面是无边的天空

1989. 2. 2

第四编

太阳·七部书

1986~1988

太阳·断头篇

1986.5

海子生前曾认为，《太阳·断头篇》是一个失败的写作，因而本欲将其毁掉，但是考虑到骆一禾已将此篇列为《太阳·七部书》之一，而且为了让读者看到一个全面的海子，本书特将此篇保留。——编者注。

序幕　天

（北方南方的大地，天空和别的一些星体）

北冥有鱼，其名为鲲，鲲之大，不知其几千里也。化而为鸟，其名为鹏，鹏之背，不知其几千里也；怒而飞，其翼若垂天之云。

——庄子《逍遥游》

（A：鸟身人首；B：普通人类；C：鱼首人身）

A：猛地，一只巨鸟离你身体而去

一片寂静

破天

如斫木

海水怀抱破岩，金属乱钻火苗

一只巨鸟穿地而过，四方土层顺脊溜下

行动第一，行动第一

巨鸟轰然破灭，披群龙如草

沿途在天空上写下不可辨认的、不祥的

匆匆逃离的星宿

炸　　　　开

555

猛烈爆炸，碎片向四面八方散开

宇宙诞生的这一天

原　始　火　球　　炸开、炸开

猛烈爆炸，碎片向四面八方辉煌地散开

宇宙诞生在这一天

"大量的射电源和几百个类星体的谱线

在四散逃离、逃离，越来越快

一切方向上河外星系都在远离我们，远离"

原始火球炸开，宇宙在不断膨胀

"我要说，我就是那原始火球、炸开

宇宙诞生在我身上，我赞美我自己"

万物怀抱巨鸟而来，撞破四极、天雷地绝

所有辉煌腾跃的火焰汇集于一身，巨形火轮滚动

啊，谁人曾识南面

一片混沌

无物质的

一个我，混沌中大光滚来滚去、一团团极地之火

戳破我，从北冥到南冥，天空是一杆断木

攀附于激流泡沫之上，成熟于海水磨胃之中

一翅掀浊浪、一翅剪长天，我怀抱自己过了穹窿

我在宇宙中心睡过了千年万年一百亿年

我是〇，是原始火球，是唤醒我的时刻了！

爆炸吧，爆炸吧，不仅在第一天

而且要在今后所有的日子中，爆炸吧

把一切炸成碎片，使人神往那极端的光亮

一代代恒星摇晃着痉挛着死去，一片火光巨响

"爆炸吧，通过剧烈的死亡，通过上一代的残骸

通过越来越重的元素，从氢到氦再到碳"

死去很久的恒星一代代住在我的肉中

"爆炸吧，白炽的星光道道

似泻在我肉上，放射着物质和电

爆炸吧、爆炸吧，把一切炸成碎片

爆炸吧，把我炸开"

"我要说，我是一颗原始火球、炸开

宇宙诞生在我肉上，我以爆炸的方式赞美我自己"

猛地，一只巨鸟轰然离你身体而去

巨形火轮滚动，我的火光覆盖着你们：

一些熟睡的肉团，一些行动的天体

我巨型身子消灭了一些路程

宇宙拉扯着我的肉体和火光

在飞在长在扭动在膨胀

沿途在天空上写下不可辨认的、不祥的

匆匆逃离的星宿

有几具巨火安置在我身上

我逃到哪儿哪儿就是天空

我飞到哪儿哪儿就是天空

那永恒的时刻，我撞上原始火球

那万般仪态的火

那风撕晨云的火

那破鱼而出的火

垂天之翼痛灼，火光照亮

万条星系巨川莽莽滔滔

B：天空死了

死亡的马，如大批鱼群斜过粗肿的星宫

滑进海洋。太阳之籽裂开

在万根爪子上痛苦跳跃

一粒粒洪水在颅骨深处送来

春天的死，秋天的死

植物用花果混杂它们

如果我们坐着，并且习惯于表白

时间死了

无数猿猴或者无尾之人涉过滔滔江水

一只大鱼脊背死在化鸟之梦和水土颜色中

太阳登高，萧萧落木，给你足够的时间

行动吧！或者鱼

或者鸟

时间死了

那些乱乱的时空就随便用手指葬在四周

如果我们坐着，并且习惯于表白

C：而九泉之下、黄色泉水之下

那个人睡得像南风

睡得像南风中的银子

这个人睡得像一只木碗

剩下的人都像挖空的花石头

死了，在我民族的九泉之下

有八大天风吹过

薄薄的半片麦穗

黄如月亮

盖在木板上

一些不朽的嘴唇睡在九泉之下

叩动，一些诗歌不朽

一穗穗玉米

跳过月亮

你在双膝上

摆着木头和装满烟草的盒子

地下有火吗？

C：而九泉之下，黄色泉水之下

　一只破火罩在身上

　鱼身上

　火破了

　九泉之下

　鱼，脊背忧伤之王

　蓝色麦片之王

　月族衰老之王

　护住双膝，鱼身上

　火破了鸟飞了

　风送来一勺勺水和木柄

　鱼，九泉之下的王

　用永恒的尾巴

　封住自己之门

　用水喂养百姓

　质朴的人，手捧鱼卵

　哺于古老乳房

　九泉之下，王坐着

　像一条浑黄的河

C： 而九道泉水之下

　　十二只鱼

　　引尾至水

　　长号不已

　　缠着

　　黄色手爪牵着太阳

　　平坦的断木上

　　谁的手爪

　　从我们身上取走了火

　　黄色泉水之下

　　善良的妃子躺于木床

　　梦吞一日则生一日

　　那彻夜不眠的河王

　　脊背上爬满

　　断裂的陆地、麦子

　　簇簇火梦见爪子

　　十个太阳围着大鱼之妻

　　坐在河道下面

B： 如果我们坐着，并且习惯于表白

　　天空

　　默默地停着

你那笨而大的身躯

火如土糕已在窝中放好

土色的太阳以及天空，诸神——我的叔伯兄弟

在这海洋之上，让我们对面坐下

在一望无际的水面上，永恒地盘着腿

一张脸在大陆岩架上烤焦了野兽

火苗

在地面上默默

像线条缠在受伤的　窍之爪上，火苗

借我的爪子　开了一条血路

让我们对面坐下

收肚脐于水

收头颅于太阳

合爪子于火

收心脏于相思的水火之盆，月亮，白草堆成的

小乳房。如果我们坐着，并且习惯于表白

C：鱼的九泉合入冰河，九泉之下平坦的空地

　　合上你的嘴唇写你的诗歌，有八大天风吹过

　　一片寂静就是一切土入河中

　　选择孤独　一枚种子裂开

　　在破鱼人眼中　九泉之下

　　有一条大鱼请我再造天地

冥王之婆背着一只潮湿之钟来到长松之下

九泉之下，黄色泉王湿鱼，远遁于手指之门

生命之火灌满了死者耳朵……忘不了

忘不了生前。即使是被挖空的木碗和花石头

从世界之罐中取回这打不碎的整体——水

风从北冥吹来　水流弃我为鱼

风向南冥吹去　河床随龙而溢

九道泉水冻在人体外面

弃其琴瑟冰河之上、封门之鱼

一直是我的妃子在河道之下常常梦见吞日

她默念扶桑　她耳朵挂蛇

她在木床上冻如冰河　梦吞一日则生一日

一条大鱼请我再造世界：冻伤的河就是一切

B：地下之水溢出，河道远去

盐用死鱼骨骼的耳朵贴住

倾听我，在那山冈或棋盘的深处

天空是一匹死马，上帝是空空的马厩

而地面上横横默默粗粗细细

坐着罪恶的窃火之人

如果我们坐着，并且习惯于表白

双蛇在耳朵上听着

人，这一只丑陋罐子，锈满一身碎鳞

如果我们坐着，并且习惯于表白

有一条大鱼请我再造天地

再造天地，选择那最近的手边的太阳

和一些零星的木头、被人揉搓的语言

破烂的语言、不完整的语言

以及时间之蛇在肉下流动、咬噬

以及黑白半边的老鼠守护日夜

以及黄土扑面、六张嘴埋在六个季节

以及十二条腿埋在十二条雨月，麦片之月

C：九道泉水之下

一只破火罩在身体

火是冰河上下

第一只丑陋之罐

赤色小罐，火

装满了黑色麦片的月亮

鱼　鱼，九泉之下彻夜不眠的王

你的身上火破鸟飞，脊背湿湿

冥王之婆背着一只潮湿之钟来到长松之下

小鱼守在九泉之下

眼睛闪闪像寂静的银子

雕刻着尾巴

那是冥河那是冰封之河

九泉之下　冰河冰河　高高的

天空的白木头　一根断木

割了火　众人葬身火中

有一条大鱼请我再造天地

猛地，一只巨鸟轰然撕你肉体而去

第一幕　地

（天空和大地，叙述的地方靠近喜马拉雅）

（湿婆，毁灭之神、苦行之神、舞蹈之神，削瘦，面黑，青颈，额上有能喷出火的第三只眼，一副苦行者的打扮。演出时或脸上戴着画成火焰的红色粗糙面具，或打扮成无头刑天。必须说明，诗中的事迹大多属于诗人自己，而不是湿婆的。只是他毁灭的天性赐予诗人以灵感和激情。另外，有一本《世界海陆演化》的书这样写道："最后，印度板块同亚欧板块碰撞之后，印度板块的前缘便俯冲插入到亚洲板块之下：一方面使得青藏高原逐渐抬升，一方面就在缝合线附近形成了宏伟的喜马拉雅山脉……"而喜马拉雅正是湿婆修苦行的地方。这本书还说："根据古地磁学研究的结果，印度板块至今仍以大于5厘米/年的速度向北移动，而喜马拉雅山脉仍然在不断上升中……"）

第一场：天空的断头台

合：断头台上，乱鹰穿肝为石

　　断头台上，一簇火苗如花

　　断头台上，大头如石，裂空而过

断头台上，砸动肉体取骨头

断头台本是琴台

一根弦

揉着你的断头、孵化大地

扯着你的鹰鹫，出入心脏和长空

裹着你的尸衣，海水退去，喜马拉雅隆起

湿婆你拖火的身体倒栽而下

湿婆：火

这幽花之蛇

长夜难眠之蛇

捧盏，天地之盏

盛满一颗人头而来

盛满我的人头而来

肉体的牢中

盛火的地穴

一团火光

环草而舞

我在欲焚的爪上

舞踏、注水，守护大地之杯

我在欲焚的爪上断死野兽，随意毁坏一切

身上围着

三股叉　插你

神螺　　吹破你

水罐　　打碎你埋你

鼓　　　用你的骨骼敲着

大石头深处

地狱门关户闭，或张开双臂欢迎你

而我面火做舞，神态安详做舞

"湿婆之舞湿婆之舞"

天空的马鼻倾斜于一棍绳索

群兽断断续续

地狱传出的合唱之声：（似极远又极近）

天空呀

你是不适合

我骑的马匹

我要杀死你

取走马厩之灯

星宫呀

是我杀死的

一千只好蜘蛛

我住过的蜘蛛

在死马背上结网

结网在我头顶上

人类：有大火之地

　　岩石流放骨骼之地

　　探起爪子丛火

　　想起父亲

　　在土深处不明也不灭

　　真让人揪心

　　母亲，那烧火的女主人（注视太阳和那断头之后）:①

　　我却没看见

　　什么断头

　　我只看见太阳

　　从天到地

　　埋葬一捧湿润的火苗，

　　温暖的灰

　　那天的石头噢

　　那天的石头

　　吹破了鹿的身子

　　吹暖了鹿的身子

　　盛在破碗中的

　　树在茬口上的

　　伤疤喂养着的

────────────

　　① 此处"母亲"一行疑为另一声部，但原稿如此。——编者注。

太阳一切光芒

那天的石头噢

湿婆：天风吹过暖暖的灰烬

丛火的肢

如人间琴

天风吹过暖暖的火苗

咬牙切齿本不是我

原来的形象

那舞动大嘴肚脐的我

以脐食兽的我呀

以前是我错怪了我自己

而现在，我

肢体乱挂于火

诸脉乱揉于琴

活血乱流于水

断掌乱石于天

地水天河中不死的我

背着一筐子

火

天风吹过暖暖的灰烬

众多的星星犁过我的肉体

鲜血淋淋，这才是

天风吹动火苗的样子

春季开花的样子

太阳出天的样子

头颅滚动的样子

母亲，你看见了吗？

合：肢体乱挂于火

诸脉乱揉于琴

活血乱流于水

断掌乱石于天

湿婆：天石天石

抖动断头之弦

一脉进入大光芒

天石天石，乌黑的盾

抖动一只

心

如地狱之灯

天石天石

断头斫天之石

阴沟地狱踏脚之石

惨离肢体之石

那天的石头

撕人心肝，太阳……火噢

断头台上，乱鹰穿肝为石

合：断头台上，乱鹰穿肝为石

断头台上，一簇火苗如花

断头台上，大头如石，裂空而过

断头台上，砸动肉体取骨头

湿婆：我充满着行动

马的声音（表演者可戴上马的面具）：

被别人雕刻在

一匹死马之尾上

马厩空空

送你一具尸首

盖在头顶

你爪子钻出火苗

你是凶手

你是原来的凶手

一切杀血取火的凶手

你在尸体上跳火如歌

你可知

杀死的是谁，你曾居住的

是什么马厩

合：送你一具天空的尸体

　　天空钻出火苗

　　你是凶手，你是原来的凶手

　　你在尸体上跳火如歌

人类：血肉筑台

　　一头颅

　　乱跳湖泊桃木之中

　　头颅，战争的宝地

　　埋葬天空的一杆火

　　火，火，肉体之牢

　　击打一切脊背

　　为炼火的地狱之石

　　天风吹灭

　　裂颈相送

　　他送你一匹死天空

　　　　　　活火苗　太阳

　　太阳……而他是凶手

　　死天空

　　活火苗

　　用太阳卜居

　　树杈在头顶上遮住死马

　　人类在河岸上零零碎碎打洞

　　割下火来

领：人呀一伸出手来，与这沾火之爪

接触，你会裂手入木，摘火挂枝

合：双手指火　爪子音乐

在那闪闪的地里

插火于铜　插火于电

插爪子于手

地狱中的合唱声

拴门于土

一夜之马

死人于乱石之地

大火之地

领：乐土之火扶你躺下成一堆朽骨

合：合乱水于你肢体

归阳寿于体外星光

还你胡乱的琴弦，一阴一阳的魂魄

崩溃你心脏，扶着火花犁你脊背

九鼎封住天门，马厩空空，星星苦苦如肉外之梦

收金刚石于你空空颅骨，用死马盖好

乐土之火扶你躺下成一堆朽骨

插你爪子于人类之手，骨骼水火之肢，万电临你为雷

母亲： 而我的确没见到

一只断手

我只在河岸上烧火

十只碗

扣在十个太阳上

这十把暖暖火苗

的脑袋

这十只植物身子

那天的断石哟

一个抽象人类的声音：（远远传来）

只有你

善良的母亲

顺着卧室走向蚕叶的山冈

取桑叶补衣

只有你

听得见河流逼近的一片寂静

仿佛马儿未死、马厩的

鲜花护住太阳耳朵

是呵，只有你

住在河岸粮仓中，

渔网里、马厩里、户口中

我们都是活生生的马

从你身上牵出

第二场：拖火的身体倒栽而下

（独白）拖火的身体倒栽而下，笔直堕入地狱

　　　肉体之牢被闪电撕开

　　　血光之爪

　　　和嘴

　　　和脐

　　　火

　　　悲痛的杀死

　　　天

　　　我肿大的骨节

　　　我乱响的头

　　　我拔入骨灰的大鼓

　　　我的肉骨琵琶　拴在空空马厩

　　　无人腾出手来

　　　取我流血和闪电

　　　火光爪子

　　　你敢碰一碰

　　　爪子会把火与血腥

　　　传给你

　　　你敢碰一碰

乱埋头颅的爪子

在天石深处

在这个时刻

坐穿海底

的巨兽

在我的诗中

喘出血来

于是他拖火的身体倒栽而下，笔直堕入地狱

钟

打击在这个浅薄的时间

除了死亡

还能收获什么

除了死得惨烈

还能怎样辉煌

于是他拖火的身体倒栽而下

太阳之浪掀起他粗笨的身躯，颠倒了

昏迷的天空

于是他

一直穿过断岩之片、断鹿之血

笔直堕入地狱

地狱在我的拥抱和填塞中

轰轰肉体抖动如雷

"大荒野上
撕头作歌的
是否记得我"

拖火的身体倒栽而下，轰轰填塞地狱

还是围着光芒乱刺的火
背叛的群火
你斟满了地狱的砖头
而无头之舞一堆堆

无人能夺下我那颤抖的
爪中之火

这一次火种哦在脊背上耕耘、打仗
这一次骨骼哦在我肉上长成两大排
　　　　　使我站立，动物前呼后拥
这一次盐哦靠岸
　　　　围着我的嘴唇
　　　　　中间杂以山林活血之羊。
　　　　　　　　　　都在诗歌中喘血
因为我拖火的身体倒栽而下
我天降洪水和一切灾害而下
我乱割群鱼江河血肉水泊而下

我驮负着光线胡乱杀戮而下

我粗尾击天而下

我断头为尸而下

我十个太阳烧裂尸体而下

　　　　充满行动而下

　　　　叫裂肝脏而下。

　　　　　　　　都在诗歌中喘血

堕入地狱

笔直地堕入地狱。

　　　　　　都在海子的诗歌中喘血如注

第三场：地狱炼火

(有题无诗)①

第四场：地狱取火

(有题无诗)

_____

① 海子计划中要写而未写完部分。下同。——编者注。

第二幕　歌

第一场：火歌

（有题无诗）

第二场：粮食歌

（有题无诗）

第三场：诗人

1. 楚歌

（有题无诗）

2. 沅湘之夜

（有题无诗）

3. 羿歌之夜

（有题无诗）

4. 天河畔之夜

（有题无诗）

5. 诗人的最后之夜（独白）

诗人对她说着

我需要你
我非常需要你
就一句话
就一句
说完。我就沉入
永恒的深渊

死亡

"在这个平静漆黑的世界上
难道还会发生什么事"

死亡是事实

唯一的事实

是我们天然的景色

是大地天空

只有痛苦和柔情

使我们脱出轨道

像从天上

倒栽下来

长出歪歪的血腥果实

从头颅开始

从血腥的头颅开始

倒插在地上

用所有的土

充塞脑壳

喊叫而哑默的四肢

从泥地上

歪歪斜斜地长出

诗人

被死亡之水摇晃着

心中只有一个人

在他肉体里

像火焰和歌

痛着

心中只有那个人

除了爱你

在这个平静漆黑的世界上

难道还有别的奇迹

我需要你

你更需要我

就一句话

就一句

诗人纯朴的嘴唇

含着水晶、泥沙

和星

长在水里

水面上我一直不肯献出

东西。我孤独积蓄的

一切优秀美好的

全部倾注在你身上

一连串陌生苦楚的呼喊

布满了天下面的血泊

广阔的血

雄伟的血

巨大的土色的血

就一直

流入脑壳

我叫得星星碎裂

一腔腥血喷喉而出

永远、永远不要背弃我的爱情

大地，海

我的生日

死亡之日

你们都是证人

爱情中，你们全在场

全部倒在你身上

天下面的血泊

一切一切的喊叫

岩浆和海底火山

仍在那儿

翻滚激荡

你好好想想这一切

你独自一人时

好好想想这一切

说完，我就沉入

永恒的深渊

死亡

第一次也是最后一次
来吧，死是一直
存在的逼视
死是一堆骨肉
我像奇迹一样
每天每天
住在她身上
生命就是奇迹！
死，
怕什么
难道死亡会伤害生命
难道死亡会使我胆怯

惨烈的夜本来极乐
太阳在我肉里
疯狂撕咬
爱情的土巫围坐月亮
红色的土壤横遭惨祸
被撕开一些长出一些
是血

流在肉体下面

蛇尾扑打着生死的月

圆合的月爱情的月

第一次也是最后一次

我从地上抱起

被血碰伤的月亮

相遇的时刻到了

她属于我了

属于我了

永远

把我引入孤独的深渊

相遇的时刻到了

天空倒下

天空歪歪地挂着

十个太阳的肉体

在土下

刨着血

一切不可避免！

给我一次生命

再给我永恒死亡

给我一份爱情

再把她平静地取去

不！
不！

让她从地上长出
让她长出
血，泊在脑壳
必须和她永久结合
让心在肉上苏醒
古老的心
和古老的肉体
重新震撼人类

我在地上，像四个方向一样
在相互变换，延长人类的痛苦
在这平静漆黑的时刻
天下的血泊　流在我肉中
我延长着死亡就是延长着生命

时间噢
第一次也是最后一次的时间噢
让我对你说

不!

不!

说完。我就沉入

永恒的深渊

死亡

不!

不!

第四场：歌

（寂静的大地上）

1. 最初的歌者之夜

领：从歌曲中听出了那个人

那个白头老人

疯狂的老人

披着乱发、奔跑于巨大河岸的老人

直扑河水的老人、堕河而死的老人

（台上一白发狂叟奔驰而过，当空传来很响的水声）

合：公无渡河公无渡河

领：从歌曲中听出了另外八十个

　　　击壤于道的老人

　　　那些皤发老父，善良的父亲，愉快的父亲

　　　活于圣世的父亲，朝兴夕憩的父亲

　　　其乐融融陶哉陶哉的父亲

　　　（台上八十老人击壤而歌

　　　壤，以木作，前广后锐，长尺三四寸，其形如履）

合：日出而作日入而息

领：从歌曲中听出了那个人

　　　弹五弦之琴、造南风之诗的那个人

　　　在夜晚治理国家的那个人

　　　但是，有一种南风谁敢回忆

　　　他一直打着你卧室的窗子

　　　（台上舜弹琴歌）

合：南风之熏兮，可以解吾民之愠兮

　　　南风之时兮，可以阜吾民之财兮

领：从歌曲中听出了那个人

　　　他叫箕子，漆黑自己身子的箕子

　　　披发佯狂的箕子

　　　见鸿鹄高飞援琴作操的箕子

　　　以歌代哭的箕子

　　　（台上箕子走过殷墟，处处是麦子和谷子）

合：祖国的男人唱歌在祖国的地上

　　　祖国的地上长了这麦芒

领：从歌曲中听出了首阳首阳

　　河东浦板的首阳

　　华山之北的首阳

　　河曲之中的首阳

　　两位叔伯采薇的首阳

　　（两位瘦男人在台上采薇）

合：伯夷、叔齐饿于首阳

　　怀里兜着几支薇菜

领：从歌曲中听出了那个人

　　击车辐而歌的那个人

　　击牛角而疾商歌的那个人

　　夜里喂牛车下的那个人

　　宁戚，一位歌者

　　（台上，宁戚在车下喂牛，而歌）

合：一位歌者从黄昏到夜半

　　边饲牛，想着

　　长夜漫漫何时旦

领：从歌曲中听到一种

　　水的声音

　　（台上寂空无一人，但有远大的河的声音在空中）

合：沧浪之水清兮

　　可以濯我缨

　　沧浪之水浊兮

　　可以濯我足

（黑夜里河的声音继续响在空中
伴着诗人的独白）

诗人的独白

就这样

浑浑的

河畔蒲丛中

亮起几十只老嗓子

就这样

大地和水、几种事迹

几种火和歌曲

就这样

夜是古老的

就在你脊背里

一直长着这种黑暗

的东西。夜

是古老的

夜是这夜。就是这夜

歌王诞生

歌王诞生于南风

诞生于采薇饥寒

诞生于秀麦渐渐

诞生于半夜喂牛

诞生于沧海之水

诞生于一些白发的高兴的击壤而歌的老人们

和另一位提壶披发扑河而去的老人

就这样歌噢歌浑浑无涯地顺着我的身子流水一样

吹过来

最早的世界

歌

属于一点一滴的

对于大地的感受

和回忆

经验之水

所有的诗人都是后来的

老歌巫第一个

坐在夜晚

所有的夜都是歌者之夜

五弦之琴在膝旁

像泉水一样清亮

像一蒲草

用南风打你的窗子

老歌巫就像那风儿

跑在土地上，疯疯癫癫

浑浑无涯地跑着

凯风自南地跑着

所有的夜晚

其实都只是一个夜晚

就是这一夜

老歌巫坐于丹水之浦，他的歌声

耀景星、降甘露、生朱草、涌醴泉、止凤凰、孳嘉禾

老歌巫荡荡之歌如水。泰和的天地和无事的百姓坐在老歌巫
　　身旁

所有的歌人都是后来的

老歌巫坐在一滴水中

坐在一颗心中

长出木叶长出血脉

一直就在肉里

长着夜晚这种东西

用黑暗去感受

柔软的歌

夜是你的

老歌巫。皤发的老父

在地上成长，手上缠着谷子

他不会升到天上，绝对不会

老歌巫最早最贞洁的嘴唇

被一点一滴的夜吻着

歌曲流出。有一种南风

流水打窗的声音

老歌巫是土中裂开的心脏

鲜活、腥红、激荡。跳跃在土上

歌子

一颗

心

在土地深处滚动着

呻吟着

夜草离离的种子

夜，黑而漫长

而夜果真黑而漫长

老歌巫

歌王噢歌王

一团鲜火、一注活血，除了歌王

谁能伴我们度过长夜

睡在土壤上

歌子就是人民自己

歌王就是人民的心

那一对采薇的兄弟

那沧浪之水的渔父

那八十位老人

如今全埋在

这一颗

温厚的心中

质朴的心中

被层层浓血包着

被温度的身体①

夜和温土包着

被歌子包着

而诗来了

万里诗风吹着

诗

诗是运送人民的天空

从诗的歌曲中听出了

那个主人公

和唱歌人

_____

① 原稿如此。"温度"似应为"温暖"。——编者注。

和听歌人
我们三位其实是一个人是我是
诗人

是歌者是被歌者是听者
是远游者也是采花者送行的人
是所思的也是被思的
是永远的也是短暂的
是同一天空同一大地
是一个人也是全体人
甚至是土层是岩石之蕊
是水是鱼是鸟。是鲲鹏之变
是地狱之火，是天上北斗的柄

归根结底是太阳

而夜晚同时将永远延续下去
这日夜的轮回
是我信奉的哲学
这一层层
追逐在歌声与寂静中的
嘴唇

用天空、诗歌和水

596

盖着

大地

大地，一直进入内心

的大歌声

归根结底是太阳

而夜晚将同时存在下去

这轮回

这在骨殖泥土上不断变换的生命

或者不曾向人鸣叫的天空

            日   夜

万物之轮转动

而现在是夜晚

老歌巫坐在地上

为了安慰自己的寂寞

用歌声创造爱人

就在这世上只爱她一人

太阳噢

老歌巫唱得

就像呻吟

苦楚的老歌巫

五弦之琴一下一下拨动

像人的手

在植种

在提水

浇地

像阳光

一根根刀子

痛在夜的心上

老歌巫坐在寂寞的

长着宝石和虫子的

大地上

呻吟一样地唱着

白风白水舞在老歌巫身上

歌声像一场寂静的大雪

归根结底是一场雪后的太阳

而夜晚将同时存在下去

老歌巫像五尺半的鱼

浑浑无涯地坐在

歌的水中

一片黑暗、寂静

归根结底是太阳

而夜晚将同时存在下去

老歌巫的歌声一直存在下去

是水面上舵在嘎吱吱响在我肉体

是寂静在果实中成长在我肉体

归根结底是太阳

而夜晚将同时存在下去

因此

为了人本身

还需要行动，行动第一

归根结底是太阳

而夜晚将同时存在下去

2. 祭礼之歌

a. **大爆炸大轮回**

　　转身投入鼎火之胎，听觉深处到处是物质之火，耳朵里灌满火灾，烧焦之尸全归于你。一堆烧过的骨头上万般文字如雪。

　　而夜，这使我思念的心脏，这羞涩的经验的金属。巢入我的嘴唇，顺着我的喉咙肠道，通过我的血液、精汁流出体外。又通过灌木和兽群拣回一堆堆柔软的黄土。坟上的太阳，肿血之脸回来了。

转身投入北方血腥的火并，投入北方如蛇的群舌和捆捆经书，转身投入南方父亲过多的欲念，直到河水泛滥，直到群鸟杂交，产生无数绚丽品种。

而夜，中国小小的肉体。桌子、田亩、钱财、百姓之间通常的距离，直至王宫坍塌的尺寸。而夜，周易数字的克星点燃游过百亩桑田的战火，游过动乱之妻和王的头发。

转身投入土地上天空，那是死马翻滚，我俩有相同的哀痛。通过泪水血精的排泄我触摸子宫。天空的太阳。岩面断层上一只人类之肺，只有深深浅浅的血，粗糙的血、心，红色的花朵，在肉体堆积的沙漠之中，围着扶桑，形成十个，形成火光中一离一合的大腿之门，天空的太阳，美丽而平整的血污，照见陆地残缺的阴阳。通过一只猿猴之尾或鱼尾之藻，我可以与大海相互结合，甚至上升到星系，回到那场原始的大火。

而夜，狮子如片片大火，碰破正常的水波，到处都是大家的痛苦，土地解决不了什么，轮回之木萧萧直下，埋葬同样也解决不了。今天的日子是一片沙漠，物质凶相毕露，追杀南方器皿和脑盖，追杀民族底层的旭光、落日、蚀日，映照水内或运行中天之日。而夜，小心脏围着人们，在物质中死亡。

转身投入大爆炸，十个太阳踢入人类肉体灵魂，里里外外，穿上脱下了天空，多少次梦想，尸衣上满是星宿们愁苦的眼睛，如同疾病，扶着主人，在地上和血而坐，让文字漂泊生长在五爪之中，在刺猬中在豪猪中，在充当食品的乌龟、野兔，在清水和根果中，你在我体内炸开，灵魂因为无处可挂，就形成肉体，那血液的光线多次刺伤我。脚下的死亡翻晒成土地，依靠土木净化骨肉，依靠经血净化妇人，于是转身投入大爆炸，被故乡的占卜之声切割，四面八方的手掌埋你进去，而灵魂得自己出来。灵魂，只有你了，我坐在你身上就像坐在故乡的灵车上，被黑暗中无声的鸟骨带往四面八方。在占卜之中带往四面八方。脚，从血腥的土中拔出，就他妈什么也不是。

而夜，我在东方咒语中——隐秘的名姓，十五种太阳姿势，以身射月，正在怀抱着一些胚胎和火，向我走来，踏着众兽之皮撞碎海中大鱼，久久在河上孤寂一身，成了庙宇——那吐出的不眠的果核。行过黄道，行过掌纹，安排如索的星宿命运，使我手中操弓，一五一十地收拾你，身段碎碎，沦为河泽，掌骨伸出桃花，而夜，月亮刺成一只鱼，那只鱼，把天空放过大地，葬身母先知的预言之中，物质要了人命。

转身投入饥饿之火，嫉妒之火，情欲之火，乃至莫名之火烧起，大爆炸游遍我的肉体、角叉、粗尾和鳞甲，我在所有方向被人逼入死角。而同伴，另一只丑陋狮子，蒙上双眼，向我撞来，爆裂你身体后离你远去，因为大地又宽又广。土地东南倾注，因为田野上吹过层层野麦就像从我脸上吹过层层疾病后的黎明。转身投入野火烧身，在黄昏，挽留你的声音常常在四方响起，转身投入大爆炸。这东西围成火焰之鸟。这些鸟，太阳中的跛足之鸟、燕子、孔雀王。负着光线，在天空下营巢。你的女儿缘树而上，扑海而成碎石。无论是卵生胎生湿生化生，这十个太阳，升自中国人久病成医的身躯。

而夜，花蛇正在翻动我舌头，诗经和楚辞，只有女人胎中的腹语，只有手掌上仅有的几粒稻米，只有火种、盐上的伤口，你的脸是最后一头绣花纹饮浊血的野兽，裹在烈火中滑向言语，言语如空鸽子，放飞于自己嘴唇。你的痛苦，也不能同时写满，孔雀王母的身体。于是物质烤焦这神秘之水岁月的花蛇，它曾沿着女娲爪子上升。托石补天，于是人们在物质中颤抖，也不能回心转意，于是让我写字，写在萱草、芦苇、竹筒和树皮上，写在折断之楗、之骨和情人的老脊背上。于是文字漂泊成黑花，开满古原野和畜牧之河，掺和着红色虫血，我在木叶深处躺下，一行行文字，那只头颅被砍去的伤疤，夜夜愈合，玉兔负美妇逃离桂枝。而捣药文字敷于我右体，左体出血，渗遍我全身，而成月亮。于是花蛇正在翻动我舌头，诗经和楚辞同时吹过，电流、泥石流，血管送河于平原。于是古老歌巫扯动我肉，击打我头，反复叫出火来。于是周易数字丈量国土和我，女脚丫的尺寸。于是一堆烧过的骨头上万般文字如雪。于是你在河上就像血在河上，为我保存纯洁的姑娘。于是你葬身母先知的预言之中。于是只有诗歌，一个鲜血沉浸的村庄，只有你，月亮是你贞洁的小女人，被高高举起，撕裂，分离

　　于是你在鱼腹上静静坐下

b. 祭酒·药巫·歌王

祭酒： 在火种的灰烬中捧起嘴唇和花朵

捧起黑色种子和鱼油

药巫：以火治病

歌王：从自己身上撕下月亮女，为找火历经劫难

在冰天雪地建起了教堂和酒馆

祭酒：每天早晨携伤前来

药巫：别人总是在体内踩伤你的光线

歌王：你的诗篇如阳光遍地，被人践踏

祭酒：在土上打洞，在水中摸粮食

药巫：你用来取水的鱼，像罐子一样碎了，沦为河流

歌王：太阳在水中撞疼我

的一对温情的蓝色乳房

祭酒：斧头砍在岩石深处，同时不忘冷蛇条条

——那青草以下的一个凶宅

药巫：横披笛子，踩烂花蛇，居住在中药当中

背着骨头，梦见吉兆

歌王：那个南方奥秘人的后代，鼓腹而游，沦为蝴蝶

而妻子在八条大水上奋力挣脱肉体之蟒

祭酒：农耕之神，你混入牛群后离我们远去

药巫：医药之神，请把我们早早的尾巴指给我

歌王：太阳之神，腥血洒满屈原的旧袍子

祭酒：干净地死了

药巫：并没有一块新的坟地

歌王：人类由你游荡大地的魂魄而来

祭酒：进入种种物质，物质正在我手上进行

　　　或离题万里地进行

药巫：解下大地之罪，并且延缓母亲的寿命——时间

歌王：只有你这早早出现的神降临我这野兽之躯

祭酒：斫木为耜，揉木为耒，弄琴五弦，捉土捏钟

　　　头颅雕着秋天高粱，布置农业之声

药巫：出入植物之舞，占领鱼鳃，一左一右盘蛇于耳

　　　尝遍百草之滋味水泉之甘苦

歌王：设置八卦六十四卦迷惑自己黑暗自己

祭酒：营巢作室，连叶为衣，烤土成陶

药巫：走在自己的脚印里，就怀了孕，于是人口极多

歌王：一个民族将他自己围在核心

祭酒：第二个女人种在地里，健康生长

　　　弹动禾稼，能听懂季节如四股暗波

药巫：六弦统治着水鸟和蝗虫，百谷的语言——

　　　身体以及他们语言的错误

歌王：只有你，在地层上插入双腿为根。

祭酒：赶来婚姻的少女，媒的言词

　　　使我成亲，使我儿子顺利出生

药巫：解开碎花为床，或大地温玉的女人

　　　扶起月亮，流在婚嫁的河上

歌王：只有你爱我，娶我为妻

604

祭酒：他的爱情，曾经在山间垂首相望

也曾经提着布袋沿河乞讨

药巫：你的爱情，应该是不只一个人的疾病

歌王：我的爱情，在诗中，这不光是我一个人的愿望

爱情，必须向整座村落交代，交代清楚

爱情要对大地负责

对没有太阳的夜晚负责

3. 婚礼之歌，月亮歌

母鸟驶车

情欲的辐条

垒营南方巢

我的女人偏离了轨道

扔出马车的温湿肉体

就是月亮

一只草

团我身躯

结园而睡

白天的水

淋淋的

一只肉体

月亮，白鸟黑鸟混杂的肉，一盘泥水、海水、腥水扫动双腿
　之水

月亮，婚姻之树，吐动泥土之树

　　随我卵生、双生、多胎生或流产、小产之树

月亮之雪，月亮之血，月亮的贞洁

你是从我身上撕下的血肉

我要占有你的每一个地方

　　　　　　每一种圆缺

　　　　　　十五个夜晚

让我的弓满了，在你的光环中断裂

让我的红色羽毛红色血泊绑在你身上

我爱你身世之谜，除你之外

　　我没有其他的谜

月亮，我爱你，我要你

"选中了

月亮女"

我是在哪一个海边

哪一处水泽

曾经失魂落魄地相思

"我那么爱着这树这水因为他们折射出我的另一半"

我是太阳

我的另一半是什么时候丢失的？

我非得背着这巨大痛苦的心

到处寻找它追逐它？

月亮，我爱你，我要你

为什么一个完整的人要分成两块

两个半边身子？

这些思念中的肉

没有园地，却有粮食

两性的粮食，这些空心的草胎，结向谁的天盘

她们身穿莲花

从海水蹿出

裂出我们不完全的男性之身

一片片婚姻的古锣并不能粘合我们

　　爱谁？

既然爱情只能证明我们是两个半边

既然爱情不能使我们合二为一

那就把男人命名为一件衣服

女人命名为另一件衣服

而真正的肉身是谁

所有的植物
裂为两基
婚姻的古锣一片片并不能粘合我们
分为两性之人
象征文字
两边羊角延伸
东为日，西为月
中间的肉体是我拦河筑坝的遗址
是古老爱情的隐居地

身穿莲花的女人
阳光折射
身段灵活、躲开
男人是天象中不祥的单数

为什么我
我一个人
就不能占有一个整体
凭什么、凭什么
我非得去寻找
去找到你

你是谁?

你存在吗?

无论如何我佩戴着心上的爱

始终是残缺不全的

在天上漫游

我是太阳

也是人

是淋动羊角的一只古瓶

存满了肉体,若即若离

4. 葬礼之歌

a. 日食

一只洞

双手解下太阳

黑洗太阳如梦

太阳噢太阳,你在我口中与苦痛言语相混

那洒流你全身的植物,引尾至水,一只狗

那黄昏斜躺你身上而成夜晚

语言之床摇摇晃晃

我们的狗携带天灯

在太阳棺木之下

压跛了足。

无望的日子如狗的年岁

狗腿成巢

狗皮蒙夜

东君携带南方之妻

沿着河岸

去了。语言之床摇摇晃晃

b. 夸父

夸父：我开始迈开双腿

在大地拥挤的骨头中占据我死后的位置

我的恶毒言语正在迫害你，太阳

太阳：别人的屁股都围着青草和泥巴

而生存的秘密无非是依地而掘

你何苦要这样苦苦追逐

你的情欲不会高于大腿

却为何要企及天空

夸父：别提出情欲。我曾被灼热的雷电

击倒在地上。两条蛇弄直弄弯做成耳环

脊背是夜里痛苦的花朵

脊背是夜里群鱼游动的盾牌

太阳你要了我吧

我觉得自己像尸体一样飞翔

也已经将五脏倒入这路途

一根从远方向你飞动的骨头就是我

它会在火中开出凤凰

太阳你要了我吧

太阳： 你像是倒在我的血泊中

我的人类情感的女人，蒙着肉身

人噢人，拂去尘埃，你还是一位好女人

夸父： 人类的肉身就是我们的爱情，太阳

他们善良的心脏就是我们定情的戒指

（夸父倒下，死去）

地上应和声：

我们曾在盐层之上搓动绳索。我们在黎明之鱼中

暴露缄默的被人捕杀的集体。只有河流使我们

生存。而日日复出的太阳

纪念着不在场的夸父

c. 太阳的战争

一只赤裸的羊穿过了我的身体

父亲的病语，旧日之夏，旧日之夏，太阳的战争。战争吧——
这言语的弓木收于黄帝之胎；战争吧——首领的克星照射。
兄弟之肉就在河上漂动，战争吧——厮杀的旷野，叫着吼着
痉挛着横冲过来的旷野

身下的

大地在错动

战争的土地，我狂佯挂歌的妇人，我斗大窟窿的头颅，指南车拨动海水，拨动同伴和对手的头骨。战争的年代，我红血如土的妇人，我水木燃焚的妇人，我采药饮枪的妇人，我厮杀而孕的妇人

不知你到底在哪一场战争中使我的民族怀孕

刻腹为舟。记下战争的日子和我的身世，我污秽的身世。直至头顶上的太阳，万水齐一的太阳，化血为砖的太阳，你让一个肉体独吞了其他九个肉体情爱的时光。叛逆的车子涌动三足鸦背，黑铁炎帝如火，从我的骨骼中吹起，收割人类就像收割弱命之草和惨麦之花……一点一滴，红透了大地，太阳噢你腥，只有你，这一腔古典之血，拆散南国婚喜秘密之床，组合成兵器。号角佩射，远方如焚，在那逐鹿之野，大鹜乱抖，这人头的处所，黄昏如一片尸体，纷纷落下

太阳套住自己的身子
左右之弓成后羿手臂

我要说的是
只有一个太阳
死里求生

死里求生

d. 南方的葬礼

刑天平卧，尸体和太阳一样干净。

孔雀之王怀孕的时辰

舞动刀戟，以脐为嘴，吞食南方红壤

我的贞洁遮盖着你遍地的断头之血，刑天噢

我是太阳，出来了

贞洁和日出是大地上面两条最贵重的光芒

阡陌百里，南方是一只死而复活的母鸟

不错，父亲本是女人，黄帝辕轩，定了北方

为疏水她将头倒插在泥浆之中变成水兽

和你一样，把河岸垒得整整齐齐

而母亲失败了，退向南方，他本是南边的陌汉子

南方的葬礼上他的乳房确实是我的双眼

太阳在我肚腹中翻腾

南方的葬礼

如南方的花果早孕

不见一滴血，刑天自己也不见踪

e. 无头的人在那儿建造高原

天空，一千具鹿的尸体

    被我们兄弟一只只爪子抓起

天空，他们无穷的头

断了。千头母马在枯萎

　　那踩出火苗的牝兽。在天上打滚

天空击中了我，倒立在地上，成为南方的葬礼

葬礼深处，木叶上千万颗头颅悬挂如盛血之壶

葬礼深处，天空的两道脊背之间是人和大地

　　　　看不见的河

女人抱着我遍体鳞伤的身躯走过天空

大地，天空墓盖上一条舌火之猿，

　　封土为门，鼻子在钢铁上生锈，眼睛胡乱生长

大地，用血腥补天之爪

　　被嘴唇和花采下

大地，在老天的脊背——这一根弯曲的病弓上

　　洗着脑子并且锈迹斑斑。

大地，又一次让人咀嚼好久的大地

　　压出一代代骨殖

　　　　青色植物　眼睛的小狼　和弹琴之女

大地，仰天作号的巨兽是守火之台，人类斧子

　　　　拍肉作歌

　　用雷劈开一面头颅，纳火入额

　　大地的寂静盖过了人类的呻吟

只有我

无头的人

在那建造高原

断裂的大地对半折进我的身体

"断的

苦腥的

土"

生长

一粒粒洪水之籽

围着白头颅骨

"水

一根根

弯曲"

就像白鸟弯曲

十五只黑色太阳

塞满电的身体

"他用整整一生

走进埋他的雪峰

"他希望他的老大

遇到一场洪水

希望老大在做种的葫芦中

生下四个女儿

四块自己的水面

"这是昆仑四水

这是四段造人的绳索

横空而过

"蛟龙抬起头来：

有两个追逐的兄妹

进入他的身体

"传说最后他裸尸于高原

兀鹰架着他

缝合蓝天的碎片

块块发黑的躯干

坠落在火山口……群峰升起

"整个高原

是一只埋人的船

但埋下的决不是他

他只不过在船的左边消失

在你们的左胸口消失

消失，为了再次出现

爱人抱着我遍体鳞伤的身躯走过大地

而海洋，从无头人肩臂退去，从高原退去

　　　　　像朵朵疾利的花朵，通过了养育的河

海洋下面的刀斧手凶残地砍伐我伸进水域的肢体

其余的神秘之水

在猎鲸人头颅中

摇晃

心上人抱着我遍体鳞伤的身躯走过海洋

f. 考虑真正的史诗

于是我访问火的住宅，考虑真正的史诗

616

于是我作兵伐黄帝，考虑真正的史诗

于是我以他为史官，以你为魂魄，考虑真正的史诗

于是我一路高出扶桑之木，贵为羲和十子

于是我懂得故乡，考虑真正的史诗

于是我钻入内心黑暗钻入地狱之母的腹中孤独

是唯一的幸福孤独是尝遍草叶一日而遇七十毒

考虑真正的史诗

于是我焚烧自己引颈朝天成一棵轰入云层之树

于是我非梧桐不栖非竹实不食非甘泉不饮

于是我燕颔鸡喙，身备五色，鸣中五音

于是我一心一意守沉默，考虑真正的史诗

于是我穿着树皮，坐卧巨木之下，蚁封身躯

于是我早晚经受血浴，忍受四季，稳定如土地

考虑真正的史诗

于是我先写抒情小诗再写叙事长诗，通过它们

认识许多少女，接着认识她们的母亲、姑母和姨母，一直到
　　最初的那位原始母亲，和她的男人

于是我考虑真正的史诗

于是在白象尸体和南方断头淋血的雨季之河，我头盖荷叶，
　　腰悬香草，半肢为鳞，并且常常歪向河水，脑袋是一窝白
　　蛇，鱼在毛发间产卵

于是波浪痛在夜晚之上

于是四肢兴高彩烈的土地

追逐着什么

是在追逐，在叛徒的咒语中

我是圣贤、祭酒、药巫、歌王、乐师和占卜之师。我是一切
　的诗

于是我考虑真正的史诗

于是我确定理性的寂静数字

在一个普通的夜里，清点星辰和自己手指

于是我考虑真正的史诗

是时候了

太阳之轮从头颅从躯体从肝脏上轰轰辗过

是时候了，火，我在心中拨动火，注满耳朵

火，成熟玉米之火，涂血刑天之火

太阳之轮从头颅从身躯从肝脏上轰轰辗过

三足神鸟，双翼覆满，诞生在海上，血盐相混

这只巨鸟披着大火而上——直至人的身世

星星拥在你我怀中死去

太阳之轮从头颅从躯体从肝脏上轰轰辗过

是时候了，我考虑真正的史诗

太阳之轮从头颅从躯体从肝脏上轰轰辗过

第三幕　头

（十日并出的日子）

第一场：　断头战士

（A：无头战士，B：母亲；C：平常人；D：大地）

A：把那不变的夜交给我

是我，就是我

背叛了一切

在其他人中间反抗，滚着河水

浸湿天空青蓝的墓盖

火是一穗无人照看的麦子

寂寞、赤裸

非得用鲜血娶她不可

是我，就是我

把那不变的夜交给我

火，使我凝固于巨大的天空墓盖！

果然就只是我一人，就只剩下我一人

那又怎么样？

把那不变的夜交给我

C：悲血回旋腥风浩荡，你们

　　满腔烈火的战士，你们

　　怒　触　不　周

　　天空斜向一边

　　万段木林巨面滑下鳞身

　　红头发炎炎如一段太阳

　　求生不得

　　乃求裂天一死

　　千里一泻悲血

　　一只头颅下

　　大地身躯扭动

　　大地破了

　　让你们的血

　　最宝贵的血

　　在火的边上火的周围火的核心

　　唱着，唱着就像那只头颅

　　炎炎之火下大地碎裂

　　一切生命更新如尘

　　光芒四射

　　大地围着你们的十只断头

　　在历史中行动，解血为水

A： 把那不变的夜交给我

所有的一切都必须

从我的断头之下经过

斫天之日，斫天的巨斧

也饮我的血肉

在灿烂又森寒的天空石头中

磨着我清澈的头颅

我用头颅雕刻太阳，逼近死亡

死亡是一簇迎着你生长的血红高粱，还在生长

除了主动迎接并且惨惨烈烈

没有更好的死亡方式

让今日和昨日一起让伤感的怯懦的

卑劣的和满足于屁股的色情的一起

化为血污吧。我

唯一要求的是我自己

以及我的兄弟

是那些在历史行动中

断断续续失去头颅的兄弟

不屈的兄弟

让我们脚踏着相互头颅

建立一片火光

伤感的小村庄，你这地球

腥血之河喂养的水和人们

我是太阳

让我们对等地举起刀来

让我们瞪着彼此的血红眼珠

像两头闪闪的巨兽

拖着血肉滚动

C：你们，蚩尤兄弟七十二或八十一人

你们，逐鹿之野的一片血泊

你们，矛，戟，斧，盾，弓箭

你们狞猛异常

你们铜头铁额

你们四目六手，人身牛蹄，兽面人语

你们，将是大地毁灭

或存在的见证。

太阳噢，你是大地毁灭

或存在的见证

太阳噢，你是战士的肉体

除了头颅，你没有别的肉体

除了存血，燃烧并且行动

这头颅只是一只普通水罐

大地将毁灭

或更加结实

更加美好地

存在。行动第一

A：都必须化入我这滚地的头颅

都必须化成鲜血流入

我这滚地的头颅

都必须成长

都必须成长为太阳

太阳

都必须行动，都必须

决一生死

头颅滚动，人噢

你是知道这意思

C：你们这些时间世代的战士

你们这些战士的肉体

你们这些流放头颅的肉体

你们这些手掌割火的肉体

你们这些分夜为床的肉体

你们这些古老大泽中戴蛇践蛇的肉体

大　头　的　肉　体

噢，你们这些战士

快动作吧，快行动吧。都必须

用自己的头颅都必须

在一只头颅中都必须

决一生死

A： 血

淌出体外

每一次

再一次

血红的大泽在我的肉上

在土地上

我曾经破鱼而出全身血腥

我曾经滚入太阳全身血腥

我曾经手爪探火

拖着天空进入地狱

我曾经断头舞蹈入脐

炼地狱之火为心

心

由人间粮食哺育的心

民歌的心

苦于天上人间爱情的心

诗人的心歌的心

我的伤感

又悲愤的心

上天入地

而现在是血

是血

血！

和头颅！

你们愿不愿意献出！

头颅

除了头颅

除了你这一片猩红的时间

没有别的

在那不远的家乡

是夜晚。

有一只孤独的头颅

叩动。就像半夜突然的烈日

腾跃的烈日，把人们照亮

我那选在家乡的古老肉体已不认得

一片洪荒中我这为他牺牲的头颅

就让它像太阳一样

日复一日孤独敲着

在众人肉体和土上

敲着。血流满面地

敲着

D：所有的人都在日子深处蒙着水雾
　　青铜之光照脸，肚脐萎缩，不可生育
　　把所有的火苗用黄土盖好
　　双膝弯曲的骨骼
　　埋在水井旁。你们的肉里开不出血花
　　你们的坟头将在糙雨中被谷子淹没

　　而揉捏的土团在那里
　　大地是水罐中枉落的怪鸟
　　是闪电之树上一枚黑色土核
　　大地是弯曲的盘弓射下的一块浅河之地
　　一块沉鱼，一块供养众多鼻孔的生息之地
　　大地是我这插花的民间脸
　　顶着火灶、掏着鸟粪、建立家园

　　青天都是用心写的
　　我的肉体只像树一样在土上插着
　　在抖动无边的宇宙颅骨里
　　归根到底，是黑沉沉大地
　　冶炼心脏和脑壳、脑子
　　冶炼十个太阳

有人高声呼喝

把那不变的夜交给我！

天空深处

十只星宿像井一样

撕开在黑漆漆的夜里

撕开在我的肉上。民间的心脏

像火一样落下

火，她或许比你赋予她的

还要多。在那水土的深处

一摊鲜血

一摊青铜的粘液

使我们凝固于巨大的天空墓盖

所有的人都在日子深处蒙上水雾

而揉捏的土团在那里是我是土地

大地

潮湿的火

温玉的声音像鱼。寂静

是我的民间脸

是大地

你是天空

在这穗英雄头颅的火上

我们像两只血鹿烧在一起

B： 把那不变的夜交给我

以雷为湿兽，擂动哑默的天面

甩动巨大头顶如闪电临刑

卷曲的天空钻入人体

与原始的心脏相合

把那不变的夜交给我

用手剪开宇宙就像剪开

一只被黑血糊住的鸟

星宿之角对等于我的嘴唇

天河游于我水的衣裳

围着海，十头集中的火

围着扶桑，我的大头之树

围着我抱头痛哭的兄弟

那十个太阳压住你的上下之枝

压住他的肚腹胸脐

压得我的双手沉沉

把那不变的夜交给我

交给我，天空！

A： 我的头颅是那战士的甲牌

战士流血的甲牌

滚在地上也在天上流血

反抗者

无非断颈而死

红头发炎炎

如一段太阳

天空斜向一边

在我碎裂的甲牌上

杀伐之铁格格

行动的头颅跳入太阳

旋转我远远的亲人之身

无首之身在地狱炼火

做一个太阳

一个血腥的反抗的太阳

一个辉煌的跳跃的太阳

无非是魂断九水之外

无非是魂断九天之外

但我的头颅在熊熊大火中

在历史上

我一直是战士。不管

别人怎样过他的日子

我一直是战士

我一直是战士

我浑身血腥

我一直在历史上反抗

我一直在行动

头颅播入这四面开阔的黑土

做一个太阳

在土上我们愤怒

在水中我们愤怒

在自己的熊熊大火中

我们更加愤怒

因此大地是转动的

围着我这十只断头

和天空一样亢奋

这两匹母马，在青铜之血上

互相践踏、碎裂

大地和天空一样退回到遥远的血光

退回到最初创生的动作

红头发炎炎推大地转动

红头发炎炎如一段太阳

星星也被血光照亮

做一个太阳

我们不屈的天性

惯于解血为水

惯于折颈断天

惯于抖摇众岳盖上肚脐

我们不屈的天性

来自这大大的头

这么大的头

连我自己也吃惊

就这样让它在血中跳吧

让它一直在历史中动作，反抗！

B：把那不变的夜交给我

不，我不屈服

面对八面茫茫天风

面对宇宙，这黑色洞穴

我怀抱十个太阳

怀抱啄击心肝的

一丛鹰鸳

我早就这样一路走来

把那不变的夜交给我

宇宙黑色的洞中我的骨骼粗壮

送太阳到体外，腥气淹没了你们

手和爪子。这一些黑暗中

传火的藤壶

把那不变的夜交给我

夜在我身上就像在一片高粱地里错动

没有人知道我在火光深处

没有人知道我在高粱地里

生下十个太阳

夜在我身上就像在一片高粱地里错动

那进化之兽沿我肚脐上爬

那捕捉语言称呼的星星落入我的眉骨

那八方天水汇集在我身上流动着四个海洋

双拳被水松开，如同羞涩的阵地

宇宙之穴中我是洪荒之兽母亲之腹

生下十个太阳

D：战士噢，带着你的头颅，上路罢

战士噢，你的头颅沿城滚动沿城侍奉

蚩尤你的脑袋

滚动在解血为水的地方

滚动在一切青铜鼎上

你的脑袋狰狞而美好

他们由泥土粘连

他们层层埋好青铜之鼎

青铜之鼎，沸水火炭之鼎

蚩尤你的脑袋哑着

如同太阳就是太阳

一个残暴战士之头

坐在青铜之鼎如同坐在麦田中间

其实他很温暖

比我的心更温暖

你是战士

你要行动

你的行动就是公平

太阳不能无血

太阳不能熄灭

你是战士

用万段火苗跳动断肢

只有行动，只有行动意志

在那岁月之腹岁月之鼎上不停鸣响

血腥地伤害自己

迎来光明。你是战士，你要行动！

轰轰烈烈地生存

轰轰烈烈地死去

你们不再以心归天

你们就是在这创痛和撕肉折颈之中

头颅播入四面的黑暗，四面开阔的黑土

把其他的残肢用泥巴糊好，幽幽吐花如梦

你们的心脏蓄着地狱之火反抗之火

喂着了人类和鸣啸巨兽

头颅，一片猩红的时间

在那个远的家乡门前

蚩尤，你这最早的战士

踏住自己的头颅，或在青铜鼎上

以断头叩动。在流动。在行动

你的武器一直在场场战争中蹿动

蚩尤。你这一直的战士

你这一直反抗的战士

C：把那不变的夜交给我

反抗者在我这普通颅骨中

盛放的火种

也在照耀夜晚

我真后悔，我竟然那么宁静过

我竟然那么混同于一般的日子

那么伤感，那么小心翼翼地侍奉

我真后悔，我尊重过那么多

我为着那些平庸的人们歌唱——

只是为着他们的平庸，我真后悔！

我竟然在平安的日子和爱情中

活得那么自在，我真后悔

当我用手臂摸到

被八面天风冲开的肢体。鹰鹭吸肉在

夜深人静，他们的心温暖的
汩汩流血在夜深人静

就让我加入反抗者的行列
就让我，这一位普通的人
这根宇宙深处寂静的原木
加入反抗者的行动
用生命的根子和我自己的头颅
哪怕一切毁灭在我手上
把这不变的夜交给我

B：一个太阳
是一位战士的头
在血中滚动
在血中滚动的
还有我
一位人类的女性
宇宙之母
腹中养育着
十个太阳
生或者死。死就是生
夜在你头上
夜在我身上
就像在一片高粱地中错动

把那不变的夜交给我，人类

除了男人的头颅和女人的腹

一切一切都不配审判黑暗

生命，生命是我们与自己的反复冲突

生命在火光深处

把那不变的夜交给我

今夜的人类是一条吞火的河流

归我哺育，今夜的人类

也是河道之猿

也是一根打入耳环的原木

也是我从小珍爱的女儿

我在庙中用火喂养着她

在天上地下用十个太阳

扶着我的腹部而下

打碎了天空如马厩

十个太阳钻出我的肚腹

钻出我的窍火之城

十个太阳之城

扶着人类，就像

扶着白草的肉体

一穗存火的肉体

但是，人类中

反抗的战士的

头

更是真实的太阳

A： 如果毁灭迟迟不来

我让我们带着自己的头颅去迎接

多少次了

大地

为什么

总是要用我的头颅供奉

总是要用一腔热血来温暖你们？

你们的火苗呢

在你们的心上

嘶嘶燃烧冒着黑烟的火苗呢？

多少次了

不，我不屈服

就让我十个太阳钉着我的头

我的肉　钉在水里　钉在岩石上

在岩石钉一个心脏

我的心脏

让鹰鹫啄击

多少年了

不，我不屈服

我要挑起战斗

我的宿命就是我反抗的宿命

血泊中，那穗火珍藏手底，交给人类

拖火的尸体倒栽而下

直往夜的中央黑暗的中央

漂过故乡，让那芦花和水

一样默默地对着火

而我的肝脏枕着鹰鹫

我的无首之躯在旷野上舞着

我的白骨枕着白石头

多少年了

就是这样在我的河流之上

几朵鹰鹫似铁

钻过我的心脏

钻过这柔软含血的星辰

如今泥土和石块垒满了

我身上的其他地方

不要用一个固定地点来埋我

动作之中

让我的头颅自由滚动

是血泊中的太阳

让我的四肢和四方互相碎裂

我那落地的头颅

终日围着你

黑粗粗的埋着种子的肉体

或天地的母马

旋转，那是太阳

血锈水面，一片盾甲

地狱之火那些岩浆沸腾.

在你最深处，在你心上

以行动定生死

让我溅血的头颅

围着你旋转，燃烧你、温暖你

以行动定生死

（声音越来越响）

十个太阳，贴着地面、旋转，燃烧

大地呻吟着碎裂了，解体了，毁灭了

抱着我血腥的头跳跃耸动穿行如兽吧！

大地，跳吧！

抱着我的头在那一片混沌中跳吧

和我的头一起滚动

大地

639

抱住我的

血腥的头

跳吧，一切就这样毁了

重来，跳吧，大地

抱住我的血腥的头！

第二场：最后的诗

（有题无诗）

第三场：浩风

（有题无诗）

太阳·土地篇

1987.8

「土地死去了

用欲望能代替他吗？」

(1月。冬。)

第一章　老人拦劫少女

情欲老人，死亡老人
在森林中，你这古老神祇
一位酒气熏天的老人

情欲老人，死亡老人
他又醉
又饿
像血泊，像大神的花朵

他这大神的花朵
生长于草原的千年经历
我这和平与宁静的儿子
同在这里

情欲老人，死亡老人
一条超于人类的河流
像血泊，像大神的花朵

森林中这老人
死亡老人，情欲老人，啜饮葡萄藤
他来自灰色的瓮、愿望之外
他情欲和死亡的面容
如和平的村庄

血泊一样大神的花朵
他又醉
又饿

在这位高原老人的压迫下
月亮的众神，一如既往仍在屙水
只有屙水，纺织月光
（用少女的胫骨）

情欲老人，死亡老人
伸出双手高原的天空
月亮的两角弯曲
坐满神仙如愁苦的秋天

秋天，不能航渡众神的秋天
泪水中新月的双角弯曲
秋天的歌滚动诸神的眼眶
仿佛是在天国，在空虚的湖岸

情欲老人，死亡老人
在这草原上拦劫众人
一条无望的财富之河上众牛滚滚
月亮如魔鬼的花束

情欲老人，死亡老人
在这中午的森林
喝醉的老人拦住了少女

那少女本是我
草原和平与宁静之子
一个月光下自生自灭的诗中情侣

情欲老人，死亡老人
如醉中的花园倾斜
伸出双手拦住了处女

我多想喊：
月亮的众神、幸福的姐妹

645

你们在何方？

有歌声众神难唱
人类处女如雪
人类原始的恐惧

在黎明
在蜂鸟时光
在众神沉默中
我像草原断裂

湖泊上青藤绕膝
我的舌头完全像寂静之子。
在这无辜的山谷
在这黄金草原上
情欲老人，死亡老人
强行占有了我——
人类的处女欲哭无泪

戽水者阻隔在与世隔绝的秋天
戽水用少女的胫骨
月亮的双角倾斜，坐满沉痛的众神
我无所依傍的生涯倾斜在黄昏

646

星辰泪珠悬挂天涯
众泪水姐妹滚滚入河流
黎明凄厉无边
月亮的后奔赴人间的水

请把我埋入秋天以后的山谷
埋入与世隔绝的秋天
让黄昏的山谷像王子的尸首
青年王子的尸首永远坐在我身上
黄昏和夜晚坐在我脸上
我就是死亡和永生的少女

叫月亮众神埋入原型的果园
情欲老人，死亡老人
又醉又饿，果园倾斜
我就是死亡和永生的果园少女

(2月。冬春之交。)

第二章 神秘的合唱队

(沉郁与宿命。一出古悲剧残剩的断片)

情欲老人死亡老人：你是谁？

王子：王子

老人：你来自哪里？

王子：母亲，大地的胸膛

老人：你为何前来我的国度？聪明的王子，你难道不
    知这里只有死亡？

王子：请你放开她，让她回家
    那位名叫人类的少女

老人：凭什么你竟提出如此要求？

王子：我可以放弃王位

老人：什么王位？

王子：诗和生命

老人：好，一言为定

　　我拥有你的生命和诗

第一歌咏

鹰

河上的肉

打死豹子　糅合豹子
用唱歌
用嘴唇
用想象的睡狮之王

狮豹搏斗

鹰盘旋

河上的肉
睁开双眼

第二歌咏

豹子是我的喜悦

豹子在马的脸上摘下骨头
在美丽处女脸上摘下骨头

阴暗的豹
在山梁上传下了阴郁的话语

"我是暴君家族最后一位白痴
用发疯掩盖真理的诗"

豹子豹子
我腹中满怀城市的毒药和疾病
寻找喜悦的豹子　　真理的豹子

一切失败会导致一次繁忙的春天
豹子响如火焰　　哲学供你在无限的黄昏进行
河流如绿色的羊毛燃烧

此刻豹子命令一位老人抱着母狮坐上王位
山巅上　　故乡阴郁而瘟疫的粘土堆砌王座
部落暗绿色灯火一齐向他臣服

第三歌咏

道……是实体前进时拿着的他自己的斧子

坟墓中站起身裹尸布的马匹和猪

拉着一辆车子

在鼓点如火之夜

扑向乡间刑场

　　车上站立着盲目的巨人

　　车上囚禁着盲目的巨人

在厨娘酣然入睡之时

在女巫用橡实喂养众人酣然入睡之时

马匹和猪告诉我

"我的名字上了敌人的第一份名单"

真实的道路吞噬了一切豹子　海牛　和羔羊

在真实的道路上我通过死亡体会到刽子手的欢乐

在一片混沌中挥舞着他自己的斧子

那斧子她泪眼蒙蒙似乎看见了诗歌

她在原始的道路上禁绝欲望

在原始的秋天的道路上

陪伴那些成熟的诗人　一同被绑往法场

道路没有光泽　甚至没有忧愁

闪闪发亮的斧子刃口上奔驰着丑陋的猪和壮丽之马

拉着囚禁盲目巨人的车辆　默默无言的巨人

这是死亡的车子　法官的车子

他要携带一切奔向最后的下场

车前奔跑着你的侍从　从坟墓中站起的马匹和猪

车中囚禁着原始力量　你我在内心的刑场上相遇

我们在噩梦的岩石　堆砌的站台

梦想着简洁的道路

真实的道路

法官的车子奔驰其上的道路

马匹和猪踢着蹄子　拥挤不堪重负

泥土在你面前反复死亡

原始力量反复死亡　实体享受着他自己的斧子
　　数学和诗歌

也是原始力量　从墓中唤醒身裹尸布的马和猪

携带着我们

短暂的生命来到这个世界上

包括男人和女人、狮子和人类复合的盲目巨人

原始的力量　他　孤独　辞退绝望的众神

独自承担唤醒死亡的责任

被法官囚禁却又在他的车上驾驭他的马匹

这就是在他斧刃上站立的我的诗歌

诗歌罪恶深重

构成内心财富

农舍简陋　不同于死亡的法官的车辆

却同是原始力量的姐妹

都坐在道上　朝向斧刃

"道"的老人　深思熟虑　欲望疲乏而平静

果断放弃女人、孩子、田地和牲畜

守着地窖中的一盏灯

迹近熄灭

乡下女人提着泥土　秘密款待着他　向他奉献

那匹马奔驰其上

泥土反复死亡　原始的力量反复死亡　却吐露了诗歌

第四歌咏

黑色的玫瑰

诸神疲乏而颓丧

在村镇外割下麦穗

在村镇中割下羊头

诸神疲乏而颓丧

诸神令人困惑的永恒啊!

诸神之夜何其黑暗啊!

诸神的行程实在太遥远了!

诸神疲乏而颓丧

就让羊群蹲在草原上

羊群在草原上生羊群

黑色的玫瑰是羊母亲

歌中唱到一颗心

"两只羊眼睛望着

两条羊腿骨在前

两条腿骨在后"

"一条羊尾巴

一条羊皮包裹上下

羔羊死而复活"

"一只羔羊在天空下站立

他就是受难的你"

黑色的玫瑰，羔羊之魂

缄默者在天堂的黄昏

在天堂这时正是美好的黄昏

诸神渴了　　让三个人彼此杀害却死了四个人

死亡比诞生

更为简单

我们人类一共三个人

我们彼此杀害

在最后的地上

倒着四具尸首

使诸神面面相觑

他是谁

为什么来到人的村庄

他是谁

在众羊死亡之前

我已经诞生

我来过这座村庄

我带着十二位面包师垒好我血肉的门窗

——耶路撒冷　耶路撒冷

　　你有唯一的牧羊人孤单一人任风吹拂

村镇已是茫茫黄昏　死亡已经来临

妈妈　可还记得

与手艺人父亲领着我

去埃及的路程

黑色的玫瑰

一个守墓人

一个园丁

在花园

他的严峻使我想起正午

斧头劈开守墓人的脑袋

斧头劈开守墓人的脑袋

第五歌咏　雪莱

雪莱独白片断：

我写的是狂喜的诗歌　生命何其短促！
平静的海将我一把抓住
将我的嘴唇和诗歌一把抓住

我写的是狂喜的诗歌　天空
天空是内部抽搐的骆驼
天才是哭泣的骆驼深入子宫

骆驼和人
四只手分开天空
四只手怀孕

两颗怪异而变乱的心
骆驼和人民　没有回声也没有历史
在镌刻万物的水上难以梦见别的骆驼

存在
水上我的人民
泪珠盈盈或丰收满筐

我的人民

这刻下众多头颅的果园理应让她繁荣!

新鲜　锐利　痛楚　我的人民

当人类脱离形象而去

脱离再生或麦秆而去

剧烈痛楚的大海会复归平静

当水重归平静而理智的大海

我的人民

你该藏身何处?

雪莱和天空的谈话

(天空戴一蓝色面具)

雪: 太阳掰开一头雄狮和一个天才的内脏

　　长出天空　云雀和西风

　　太阳掰开我的内脏

　　孕育天空的幻象

　　孕自收缩和阴暗狭隘的内心

天: 当人类恐惧的灵魂抬着我的尸骨在大地上裸露

　　在大地上飞舞

生存是人类随身携带的无用的行李　无法展开的行李
——行李片刻消散于现象之中
一片寂静
代代延续

雪：只有言说和诗歌
坐在围困和饥馑的山上
携带所有无用的外壳和居民

谷物和她的外壳啊　只有言说和诗歌
抛下了我们　直入核心
一首陌生的诗鸣叫又寂静

我
诉说
内脏的黑暗　飞行的黑暗

我骑上　诉说　咒语　和诗歌
一匹忧伤的马
我骑上言语和眼睛

内心怯懦的马和忧伤之马
我的内脏哭泣　那个流亡的诗人
抓住自己的头颅步行在江河之上

路啊　诗歌苍茫的马

在河畔怀孕的刹那禽兽不再喧响

我不知道自己还要向前走得多远

匆匆诞生匆匆了结的人性　还没有上路

还在到处游荡　万物繁花之上悲惨的人

头戴王冠纷纷倒下

天：麦地收容躯壳和你的尸体　各种混乱的再生

在季节的腐败或更新中

只有你低声歌唱

只有你这软弱的人才会产生诗句

各种混乱的再生　凶手的双手——陌生又柔软的器官

是你低声唱歌季节的腐败和更新

雪莱（伟大的独白）

大地　你为何唱歌和怀孕？

你为何因万物和谐而痛苦

叫内心的黑暗抓住了火种

人民感到了我

人民感动了我

灵魂的幻象丛生

一只捶打大地的鼓上盘坐万物　盘坐燃烧晃动的太阳

一只泥土的太阳生物的太阳

一齐鸣叫的太阳

悲愤燃烧的灵魂满脸孕红地坐在河流中央

山峰上的刀枪和门扇结育果实于万物森林

树木和人民—— 一次次水的外壳，纷纷脱落于这种奇幻
　　的森林

草木和头颅又以各种怪异疯狂的唱歌和飞翔再生于水

王子的光辉——献给雪莱

歌队长：我的人民坐在水边　看着大海死去天才死去

　　我的人民身边只剩下玉米和柴刀

　　和一两个表妹　锡安的女儿容颜憔悴

　　我的人民坐在水边　只剩下泪水耻辱和仇恨

歌队：拥抱大海的水已流尽

　　拥抱一条龙的怪异、惊叫而平静的水

　　已流尽

　　八月水已流尽

　　七月水已流尽

　　雪莱是我的心脏哭泣　再无泪水

　　理应明白再无复活！理由并不存在！无须寻找他！

雪莱——我和手和头颅　在万物之河中并不存在　水已
　　流尽！

歌队长：我用我的全身寻找一条河　尤其是陌生的河
　　　　我用全身寻找那一个灵魂

歌队：那个灵魂在群鼓敲响的时分就会孤单地跳下山峰！
　　　那颗灵魂是神圣的父母生下的灵魂
　　　一等群鼓敲响就会独自跳下山峰！

　　　雪山上这些美丽狮子陪伴着那个孤单的灵魂
　　　那颗灵魂也深爱着这些美丽的狮子
　　　那是些雪山上雪白的狮子呵
　　　在游荡中陪伴着那个孤单的灵魂

　　　深夜里我再也不敢梦见的灵魂呵
　　　总是在夜深人静时反复地梦见我！
　　　一个孤独的灵魂坐在蓝色无边的水上鳞片剥落

歌队长：我的人民坐在水边　看着大海死去天才死去
　　　　我的人民身边只剩下玉米和柴刀
　　　　和一两个表妹，锡安的女儿容颜憔悴

第六歌咏

种豆南山——给梭罗和陶渊明

于水井照映我们相互摸手，表示镇定
那天空不动，田地稀少
移步向盈水的平原之瓮
秋天如同我扶着腰安睡如地
一只雨水卧在我久久张开的嘴里
乳头之牛，亦在花色温柔的黄昏

这可是宇宙
土内之土
豆内之豆
灯中之灯
屋里之屋
寻找内心和土地
才是男人的秘密

打开一只芳香四溢的山谷
雁鸣如烛火明灭在高堂

城头撤离的诸神只留下风和豆架

掌灯人来到山谷

豆架如秋风吹凉的尸首

葬到土地为止

雪最深于坚强的内心冰封

梭罗和陶渊明破镜重圆

土地测量员和文人

携手奔向神秘谷仓

白色帝子飘于大风之上

谁言田园？

河上我翩然而飞

河打开着水，逢我杀我

河扼住喉咙　发出森林声音

谁言田园？

河上我重见面包师女儿

涉世未深　到达浅水

背负七只负债人的筐子

两位饥饿中，灯火

背负故乡鸡声鸟鸣而去

鸟落南山，粮食飞走

是只身前往的鸟闪于豆棵

一座村落于夜外

一斧子砍杀月亮群马安静

"风吹月照的日子

他来到这面山坡时我在村里

他来到这面贫穷的山坡时我在村里看护庄稼……"

*　　　*　　　*

施洗者：你们终于来到了这条施洗者的河流

　　　你们终于来到了这条通往永恒的河

　　　你们终于来到了　王子们

　　　精灵和浪子，你们终于来到这里

王子：那位老师呢

　　　从我们王子中成长起来的那位老师呢？

施洗者：他已成为永恒。

　　　你们呢？你们想成为永恒吗？

　　　来接受我的施洗吧

王子：我们拒绝永恒

　　　因为永恒从未言说

　　　因为永恒从未关心过我们

　　　我们拒绝永恒

　　　我们要投往大地

第七歌咏　韩波

(颂歌体散文诗①)

第八歌咏　马洛

(颂歌体散文诗)

第九歌咏　庄子

(颂歌体散文诗)

......

---

① 海子计划写未写。因此只留下题目。下同。——编者注。

（3 月。春。）

第三章　土地固有的欲望和死亡

……从泪水中生长出来的马，和别的马一样

死亡之马啊，永生之马，马低垂着耳朵

像是用嘴在喊着我——那传遍天堂的名字

那时我被斜置地上，脱下太阳脱在麦地的衣裳

我会一无所有　我会肤浅地死去

在这之前我要紧紧抓住悲惨的土地

土　从中心放射　延伸到我们披挂的外壳

土地的死亡力　迫害我　形成我的诗歌

土的荒凉和沉寂

断头是双手执笔

土地对我的迫害已深入内心

羔羊身披羊皮提血上山剥下羊皮就写下朴素悲切的诗

666

诗，我的头骨，我梦中的杯子

他被迫生活于今天的欲望

梦中寂静而低声啜泣的杯子

变成我现在的头盖是由于溅上一滴血

这只原始的杯子　使我喜悦

原始的血使我喜悦　部落愚昧的血使我喜悦

我的原始的杯子在人间生殖　一滴紫色的血

混同于他　从上帝光辉的座位抱着羔羊而下

太阳双手捧给太阳和我

她们逐渐暗淡的鲜血

在这条河流上我丢失了四肢

只剩下：欲望和家园

心　在黄昏生殖并埋葬她的衣裙

有一天水和肉体被鸟取走

芳香而死亡的泥土

对称于原始的水

在落日殷红如血的河流上

是丰收或腐败的景色

女人这点点血迹、万物繁忙之水

繁荣而凋零　痛苦而暧昧

灾难之水如此浩瀚——压迫大地发光

原始诸水的昔日宁静今日破坏无一幸存

水上长满了爪子和眼睛　长满石头

石头说话，大地发光

水——漫长而具体的痛楚

布满这张睁开眼睛的土地和人皮！

土　鞭打着农奴　和太阳

土把羊羔抱到宰杀羊羔的村庄

这时羊羔忽然吐出无罪的话语

"土地，故乡景色中那个肮脏的天使

在故乡山岩对穷人传授犯罪和诗。"

"土地，这位母亲

以诗歌的雄辩和血的名义吃下了儿子。"

苦难的土　腹中饥饿摆动

我们的尸骨并非你的欲望

映出你无辜而孤独的面容

荒凉的海　带来母马　胎儿　和胃

把这些新娘　倾倒在荒凉的海滩

任凭她们在阴郁的土上疯狂生长

这些尸体忽然在大海波涛滚滚中坐起

在岩石上　用血和土　用小小粗糙的手掌

用舌头　尸体建起了渔村和城

远离蓝色沉睡的血

彩色的庄稼就是巨大的欲望

把众神遗弃在荒凉的海滩上。

彩色的庄稼　也是欲望　也是幻象

他是尸体中唯一幸存的婴儿　留下了诗歌

欲望　你渐渐沉寂

欲望　你就是家乡

陪伴你的只有诗人的犹豫和缄默

周围是坐落山下的庄稼

双手纺着城市和病痛

母亲很重，负在我身上

亦剩公木头和母木头

亦剩无角处女

亦剩求食　繁殖和死亡

土地抱着女人　这鲜艳的奴隶

女人和马飞行在天上

子宫散发土地腐败

五谷在她们彩色鳞甲上摔打！

而漂洋过海的是那些被我灌醉的男人

拥有自己的欲望

抱着一只酒桶和母鸡思考哲学：

"欲望啊　你不能熄灭"

这些欲望十分苍白

这些欲望自生自灭

像城市中喃喃低语

而我对应于母亲　孕于荒野

翅膀和腹部　对应于神秘的春天

我死去的尸体躺在天堂的黄昏

肮脏而平静

我的诗歌镌刻在丰收和富裕之中

诗歌

语言之马

渡过无形而危险的水上

语言发自内心的创伤

尸体中唯一的婴儿　留下了诗歌

甚至春天纯洁的豹子也不能将他掩盖

一块悲惨的人骨　被鹰抓往天上

犹如夜晚孤独的灵魂闪现于马厩

诗歌的豹子抓住灵车撕咬

感情只是陪伴我们的小灯，时明时灭

让我们从近处，从最近处而来迫近母亲脐带

（人类是人类死后尸体的幻象和梦想

被黑暗中无声的鸟骨带往四面八方）

的确这样

在神圣的春天

春之火闪烁

的确这样

肉体被耕种和收割　千次万次

动物的外壳

坚强而绵长

的确这样

一面血红大鼓住在你这荒凉的子宫

当吹笛人将爪子伸进我的喉管

我欲歌唱的人皮上画满了手!

悲惨的王子,你竟然在这短暂的一生同时遇见

生老病死?

"我怕过,爱过,恨过,苦过,活过,死过"

四位天王沉闷地托住你的马腿

已经有的这么多死亡难道不足以使大地肥沃?

四只马腿从原始的人性开始

原始的欲望唱一支回归母亲的歌

为了死亡我们花好月圆

而死亡金色的林中我吹响生育之牛

浑浑噩噩一块石头

在行星的周期旋转中怀孕

初生的少女坐满河湾散发谷物或雨水的腥味

女人背好甜蜜的枣子　正在思乡

或者转变念头　与年迈婆母一起打点行装

路得坐在异乡麦田

远离故乡的殡葬

会使大地肥沃而广阔

而土地的死亡力正是诗歌

这秘密的诗歌歌唱你和你的女祖先

——畜栏诞生的王啊！

你的一双大腿在海底生病

你的一双大腿　戴上母羊贵重光芒

有神私于马厩　神私入马厩　神撕开马厩之门

神撕开母马

挪动胎位的地方　惨不忍睹

合拢的圣杯——我的头骨

秋　一匹身体在天空发出响声

像是祖先刚刚用血洗过

而双手的土地　正是新鲜的　正常的　可食的

秋天的生殖器——我的双手

如马匹　雄健而美丽

仍在原始状态

你这王

王

673

(4 月。春。)

第四章　饥饿仪式在本世纪

饥饿是上帝脱落的羊毛
她们锐利而丰满的肉体被切断　暗暗渗出血来
上帝脱落的羊毛　因目睹相互的时间而疲倦

上帝脱落的羊毛
父、王，或物质
饥饿　他向我耳语

智慧与血不能在泥土中混杂合冶
九条河流上九种灵魂的变化
歪曲了龙本身

只有豹子或羊毛　老虎偶尔的欲望
超于原野的幼稚水准而生存

到达必须的黑暗　把财富抛尽

你就尽可吃我尸体与果实于实在的桶

饥饿　胃上这常醉的酒桶

饥饿　我摇动木柄　花蛾子白雪落在桶中

从个人的昏暗中产生饥饿

由于努力达到完美　而忍受宽恕

收藏失败的武器

在神的身旁居住

倾听你那秘密和无上的诗歌

在我们狂怒的诗行中　大地所在安然无恙

坚硬的核从内心延伸到我们披挂的外壳

在沙漠散布水源和秘密口语的血缘

诗歌王子　你陪伴饥饿的老王

在众兵把持的深宅

掌灯度夜　度日如年

围困此城的大兵已拥妻生子了吧

以更慢的速度　船运载谷子或干草

饥饿的金色羊毛上
谁驮着谁飞逝了？

神灵的雨中最后的虎豹也已消隐
背叛亲人　已成为我的命运
饥饿中我只有欲望却无谷仓

太阳对我的驳斥　对我软弱的驳斥
太阳自身　用理性　用钢铁　在饮酒

饥饿和虚假的公牛　攀附于一种白痴　一种骗局
忿怒砍伐我们　退回故乡麦粒的人
砍伐言语退为家园诗歌的人

只有羔羊　睡在山谷底　掰开一只桶
朗诵羊皮上沉痛的诗歌
发出申辩的声音

太阳于我的内脏分裂
饥饿中猎人追逐的猎物
亡命于秋天　他是羔羊在马厩歇息

在护理伤口的间歇
诗歌执笔于我

676

又执笔于河道

回忆我的亲人
我已远离了你

上帝脱落的羊毛　囚禁在路途遥远的车上
原始的生命囚禁在路途遥远的车上

车子啊　你前轮是谷仓　后轮是马厩
一块车板是大木栅
另一块板是干草场

驾车人他叫故乡
囚犯就是饥饿

前后左右拥着绿色的豹子
浑浊　悲痛而平静

奔向远方的道路上
羊毛悲痛地燃烧
那辆车子仿佛羔羊在盲目行走

故乡领着饥饿　仿佛一只羔羊
酷律：刻在羊皮上　我是诗歌

是为了远方的真情？而盲目上路
奥秘　从灰烬中站起脱下了过去的丑陋
道　从灰烬中站起脱下了过去的诗歌

过去的诗歌是永久的炊烟升起在亲切的泥土上
如今的诗歌是饥饿的节奏

火色的酒
深入内心黑暗
饥饿或仪式
斧子割下天鹅或果园

捡起第一块石头杀死第一只羊
盲目的石头闪现出最初的光芒
这就是才华王子的诗歌
通过杀害解放了石头和羊　灵魂开始在山上自由飘荡
手又回到泥土凶手悲惨的梦境

饥饿或仪式
这些造化的做梦的巨兽　驮负诗歌　明亮飞翔
脆弱的河谷地带一家穷人葬身在花生地上
这也是一次谈论诗歌的悲惨晚上
他们受害脸孔面带笑容出现在凶手梦中

(5 月。春夏之交。)

第五章　原始力

在水中发亮的种子

合唱队中一灰色的狮子

领着一豹　一少女

坐在水中放出光芒的种子

走出一匹灰色的狮子　领着豹子和少女

在河上蹒跚

大教堂饲养的豹子　悲痛饲养的豹子

领着一位老人　一位少女

在野外交配，生下圣人

的豹子也生下忧郁诗篇

提着灯　飞翔在岩石上　我与他在河中会面

我向他斥问　他对我的迫害

他缄默

在荒凉的河岸

因为饥饿而疲乏

我们只能在一片废墟上才能和解

最后晚餐　那食物径直通过了我们的少女

她们的伤口　她们颅骨中的缝合

最后的晚餐端到我们面前

这一道筵席　受孕于我们自己

丰收的女祖先

大地幻觉的丰收

荒凉的酒杯

我的酒杯

在人间行走　焚烧　痉挛

我的生殖的酒杯

驱赶着我疲倦的肉体

子宫高高飞翔

我问我的头颅　你是否还在饥饿

早就存在

岁年的中心

掠夺一切的女祖先!

丰收中心

疲倦的泉水中心

风暴中心

女祖先衣衫华贵

——土

丰收的人皮

坐满一只酒杯　坐满狼和狮子

豹子的赤裸身子是我的嫁妆

黎明和黄昏是我处女的脂香

河流上　狮子的手采摘发亮的种子

发亮的水

绿色的豹子顺着忧郁的土地一路奔跑

追赶我就像追赶一座漆黑的夜里埋葬尸体的花园

尘土的豹子　跳跃的豹子

豹子和斧子

在河上流淌

我的肉体和木桶在河上沉睡着

我肉体和木桶　被斧子劈开

豹子撕裂……以此传授原始的血

我喜悦过花朵　嘴唇　大麦的根和小麦的根

我喜悦过秋风中诸神为我安排的新娘

我粗壮的乳房　移向豹子和牛羊

狮子和豹子在酒精中和解

兄弟拥抱睡去

古老的太阳如今变异

女祖先

披散着长发

进入我的身体

对我发号施令

变异在太阳中心狂怒地杀你

变异的女祖先

在死亡中　高叫自我　疯狂掠夺

难以生存的走投无路的诗人之王？

谁能说出你那唯一的名字?!

淫荡的乡间的酒馆内

破败的瓮中唯一的盐

你是否记得

抛在荒凉的海滩

盐田上坐着痴呆的我——走投无路的诗人之王？

腐败的土地

这时响起

令人恐怖的

丰收的鼓

鼓　崩崩地响了

内陆深处巨大的鼓

欲望的鼓

神奇的鼓啊

我多么渴望这正午或子夜神奇的鼓　命定而黑暗

鼓！血和命！绿色脊背！红色血腥的王！

沉闷的心脏打击我！露出河流与太阳

我漠视祖先

在这变异的时刻　在血红的山河

一种痛感升遍我全身！

大地微微颤动

我为何至今依然痛苦！

我的血和欲望之王

鼓！

我为何至今仍然痛苦！

（承受巨大失败和痛苦的一只血红的鼓在流血）

擂起我们流血的鼓面

滋生玉米　腐败的土地　变乱的太阳

鼓！节奏！打击！死亡！快慰！欲望！

鼓！欲望！打击！死亡！

退向旷野！退向心脏！退向最后的生存

变乱而嚣叫的荒野之神　　血　污浊的血
热烈而粘稠　浓稠的血　在燃烧也在腐败

命定而黑暗！
鼓！打击！独立！生存！自由！强烈而傲慢！
血和命　只剩下我在大地上伸展腐烂的四肢
承受巨大失败和痛苦的一只鼓在流血
我的鼓使大地加快死亡步伐！

血！打击！节奏！生存！自由！
在海岸　　他们痛苦不安地吼叫
为了他们之中保留一面血腥的鼓
（这个人　像真理又像诗
坐在烈日鼓面任我们宰杀）

(6月。夏。)

第六章　王

王，他双手提鸟，食着鸟头，张开双耳
倾听那牛羊的声音
岩石之王，性欲之王，草原之王
你上肢肥壮、下肢肥壮
如岩石　如草原　如天堂的大厅
死亡只能使你改头换面

王
痉挛
腹部在荒野行走
一只月亮在荒野上行走
蓝色幽暗的洞窟
在荒野上行走

我　手执陶土的灯　野猪的灯

手执画笔　割下动物双眼的油脂

并割下在树林中被野猪撕咬的你

你身上的油脂

浓厚的油脂

涂抹在崖面

王，火焰的情欲

火焰的酒

酒上站立粮食

我的裸露

我的头颅

我的焚烧

王　请开口言语　光——要有光

这言语如同罪行的弓箭　寂静无声

众眼睁开　寂静无声

罪行的眼睛

雨的眼睛

四季的眼睛

"口含天使舍弃马匹的歌声

口含诸神舍弃圣地悲惨的歌声"

"夏季瞬间和芳香手指的歌

撇下洪水的歌

诸神扛着天梯撤离我们

撇下洪水的歌　玉米和螺号重重的歌"

是我在海边看见了直立的全身光芒肩生双翅的天使

脚蹬着火的天梯

天使如着火的谷仓升上天空

众神撤离须弥山　是我一具尸体孤独留下

我终于摔死在冷酷的地上　口含天使舍弃马匹的歌

口含诸神舍弃圣地悲惨的歌声

众神从我微温的尸体上移开了种子

我的爪子是光明舞动的肝脏在高原上升

我的眼睛是一对黑白狮子正抛弃黎明

众神之手剥开我的心脏一座殷红如血的钟

众神之手从我微温的尸体上移开了种子

埋葬尸体的天空

光明陌生而有奇迹

光

光明

光明中父亲双手

宰杀了我

杀害的尸体照红岩石

杀害如岩石照红云霞和山冈的棉花

我　一具太阳中的尸体

落入王的生日

一具太阳中的尸体　横陈

大地　犹如盲诗人的盲目

盲诗人的盲目是光明中

一只新娘咬在我头颅中

大地进入黄昏

掩饰悲惨的泥土

疲倦的泥土

河水拍岸

秋天遥遥远去

流离失所的众神正焚烧河流

尸体——那是我睡在大地上的感觉

雨雪封住我尸体

我尸体是我自己的妹妹

云朵中躲避雷电的妹妹

云朵下埋藏谷物的妹妹

名为人类

近似妹妹的感觉

近似长久的感觉

大地躺卧而平坦　如一个故乡

尸体是泥土的再次开始

尸体不是愤怒也不是疾病

其中只包含愤怒、忧伤和天才

人类没有罪过只有痛苦

太阳火光照见大地两岸的门窗

痛苦疲倦的泥土中有天才飞去

王啊　这是我用你油脂画出的图画和故事

在那似乎门楣和我稻麦环绕的窗户下

那声音的女人　香气的女人　大腿的女人　散花的女人

大片升起　乘坐云朵

脚趾美丽清澈

这些阴暗的花园　坐在不动的岩石上

这些鸟群

白色的鸟群

带来半岛、群岛、花朵和雨雪

这些阴暗的花园

她们来自哪里？

为什么她们轻蔑而理性地看着群岛的太阳？

王啊

肉体的你　许多你

飞翔的大腿果实沉落洞底

蓝幽幽的岩石　在白云浮现的八月的山上

王啊

一只岩石裂开　凿开洞窟安慰你的孤寂

王啊

他们昏昏沉沉地走着

（肉体和诗下沉洞窟）

仿佛比酒还醉

大地没有边缘和尽头

（肉体和诗下沉洞窟）

蜂巢

比酒还醉

我梦见自己的青春

躺在河岸

一片野花抬走了头颅

蜜蜂抬走了我的头颅

在原野上　在洞窟中

甜蜜的野兽抬走了我的头颅

月光下

我的颈项上

开满了花朵

　　　我

　如蜂巢

全身已下沉

存蕴泉水和蜜

一口井、洁净而圣洁

图画的蜜

如今是我的肉体

蜜蜂如情欲抬走了头颅

野兽如死亡抬走了头颅

(7月。夏。)

第七章　巨石

诸神岩石的家乡

河流流淌

有何指望

问众神，我已堕落，有何指望

肉体像一只被众神追杀的

载满凶手的船只，有何指望

圣地有何指望

众神岩石的家乡

众神沉默　沉闷

而啜饮

在水

在河流

背负我肉体和罪过的万物之水上

众神沉默　沉闷啜饮

众神沉默

在我的星辰

在我的村庄沉闷啜饮

在这如泣如诉的地方

　　（有玉的国

　　　有猪的家）

巨石的众神，巨石巨石

能否拯救我们

（猪圈和肉体）

拯救这些陷于财富和欲望的五彩斑斑的锦鸡吧

岩石巨大的岩石

救救孩子

救救我们

巨大的岩石、岩石

岩石　不准求食和繁殖

只准死亡　只准死亡的焚烧　岩石！回答我！

岩石吼叫　岩石歌唱

歌唱然后死亡

一只灵魂的手　伸出岩石　不准求食与繁殖

一只灵魂的手众人痛苦的狮子

焚烧北方最后一次焚烧

岩石狂叫　岩石歌唱　岩石自言自语

（群岛上，死亡梦见的岩石

死亡梦见的太阳和平原的岩石）

岩石　从黑暗中诞生　大家裸露身体　露齿狂笑

远远哭泣的太阳的脊背

头颅抬起，又在海面上沉沦

太阳的光芒、太阳全身的果树、岩石！

岩石吼叫！岩石歌唱

"如果我死亡

我将明亮

我将鲜花怒放"

大地痛苦叫着向天空飞去

火焰舔着我　红色裸体舔着我

裸体的羊群围着我。大片裸露的红色狮子舔着我

我——这广阔的天堂　头颅轰然炸开

惊悸的大地　痛苦地叫着　向天空飞去

694

在这狮子和婴儿看护的睡眠的岩石上

惊悸的大地　痛苦地叫着　向天空飞去

一只头颅焚毁大地的公牛

大地黄金的森林中怀孕在哭泣①

河流长存的暮雪焚烧大地果园

大地痛苦的诗！

大地痛苦尖叫向天空飞去

夜晚焚烧土地与河流　梦境辉煌

天空的红色裸体　高高举起我

一次次来到花朵

太阳！

让岩石吼叫让岩石疯狂歌唱

饥饿无比的太阳　琴　采满嘴唇　潮湿的花朵

饥饿无比的太阳、天空的红色裸体、高举着我

饥饿无比的太阳

双手捧着万物归宿

太阳用完了我

----

　　① 原稿如此。——编者注。

太阳用完了野兽和人

岩石的花朵

孤独的处女

返回洞穴和夜晚

岩石的花朵

孤独的处女

露出群山

的麦和肢体！

在岩石上

我真正做到了死亡

在岩石上

我真正地

坐下

大地无限伸展

双手摆动

啜饮万物的河流

岩石吼叫　岩石歌唱

（群岛上死亡梦见的岩石在天空上焚烧

太阳的焚烧茫然的大地居民的焚烧）

填满野兽和人的太阳

太阳!

焚烧万物的河岸　悬在空中

焚烧万物的岩石　歌唱的彩色的岩石　狂叫的岩石　悬在天空

焚烧万物的河岸在于我们内心黑暗的焚烧

—— 一块岩石　愤怒而野蛮　头颅焚烧
　　悬在半空
我们悬在空中，双目失明，吃梨和歌唱

焚烧万物的河岸　悬在天空——我们内心万物的黑暗
　　焚烧

敦煌在这块万物的岩石上
填满了野兽和人
的太阳

敦煌在我们做梦的地方
只有玉米与百合闪烁
人生在世。
玉米却归于食欲
百合虽然开放，却很短暂

(8 月。夏秋之交。)

第八章　红月亮……
女人的腐败或丰收

大地那不能愈合的伤口
名为女人的马
突然在太阳的子宫里生下另一个女人
这匹马望着麦粒里的雨雪
心境充满神圣与宁静

马突然在太阳的子宫里生下一个女人
那就是神奇的月亮

大地的伤口先是长出了断肢残体
一截一截　悲惨红透
大地长出了我们的马　我们的女人
像是大地悲惨的五脏

突然破土而出

为什么会有这么多安睡的水？

会有这么多安详的水？灾难的水？

鸣叫之夜高高飞翔

对称于原始的水

犹如十五只母狼　带着水

哺乳动物的愿望

使你光着屁股　漂浮在水上

犹如一个战士　武装的人　剥下马皮　剥下羊皮

用冰河流淌的雪水　披在身上

写一首歌颂女人的诗　披在身上

月亮的表面吸附着女人的盐和女人的血

火灾中升起的灯光　把大地照亮

月亮表面粗糙不平　充满梦境

月亮的内心站着一匹忧伤的马　一个女人

用死亡的麦粒喂活她

人和悲惨的大地是如此相似

以至吸引凄苦的月亮

丰收的月亮　腐烂的月亮

你鳞片剥落

残暴轰击我的洞穴居民

马和女人披散着长发　人们啊

我曾在水上呼唤过你们

船长为何粗鲁塞住你们的双耳低垂

那双手又为何被你们牢牢捆绑

在桅杆上不得挣脱

河流上忽然涌出了这些奇异的女人

这些光滑的卵石和母马

这些红色透明的蜜蜂　小小的腹部唱歌

忧伤的胸前　果实微隆而低垂

包括嘴唇　你是三棵拥有桑椹的桑树

河流上忽然涌出了这些奇异的女人

忧伤的河水沉醉

涌上两岸浇灌麦地和金黄的王冠

内含丰收或腐败　一只王冠。

干草沁出香泽　微弱的湖泊飞舞

我在洛阳遇见你

在洛阳的水上遇见你

以泉水为绿发

以黄昏为马

花朵般腹部在荒野飞翔

那只领头的豹子在殷红如血的明月的河流上

飞翔　驱赶着我的躯体

——这些女人痛苦而暧昧

灰蓝的豹子　黑豹子　这些梦中的歌手

骑着我的头颅　逼迫着暴君般的双手伸向河岸上无

　　　知的

　　　果树

手和子宫　你从石头死寂中茫然上升

丰收时

望见透明的母豹　脉动的母豹

盘桓崖壁　再生小豹

丰收是女人的历程

女人是关在新马厩里忧郁的古马

竖起耳朵　听见了

秋天的腐败和丰收

月亮的内心站着一匹忧伤的马

豹子　在丰收中　骑着我的头颅

骑着这些抽搐而难产的母亲生产父亲

原始诸水的昔日宁静
今日被破坏无一幸存

月亮　土地的内脏倒退　回到原始的梦境
虎豹纷纷脱落于母亲

群狮举首水上
熄灭于月亮中

月亮这面貌无限阴沉的女人
这万物存在仪式中必备的药和琴

光明的少女脊背上挂着鹌鹑　翅膀乍开　稻谷飘香
　　流水淙淙
一只手在平原上捡拾少女和雨水中的鹌鹑
光明照耀森林中马和妻子的身体叭叭响了

月亮　荒凉的酒杯　荒凉的子宫
在古老的
幻觉的丰收中

手边的东西　并不能告诉

我们什么又收进桶里
收进繁荣　敏锐　沉寂的桶

沉寂的桶
苦难而弯曲的牛角
容器　与贫乏的诗

在古老幻象的丰收中
腐败的土　低下头来
这诗歌的脚镣明亮

人们在河上乘坐香草和鱼群
在女人光滑的脊背上
我写着一首写给马匹的诗
（大意如此:）

月亮的马飞进酒中　痛楚地鸣叫
那是我酩酊大醉的女人
她们搂住泥土睡眠和舞蹈
她们仿照河流休息和养育

(9 月。秋。)

第九章　家园

人们把你放在村庄

秋风吹拂的北方

神祇从四方而来　往八方而去

经过这座村庄后杳无音信

当秋天的采集者坐满天堂

边缘的树林散放着异香

提供孤独的平原

亲人啊　命运和水把你喂养

人们把你放在敦煌

这座中国的村庄

水和沙漠　是幽幽的篮子

天堂的笑容也画在篮子上

人们把你放在秋天

这座中国的村庄

秋风阵阵　　在云高草低的山上

居住一个灵魂

秋天的灵魂啊

你忧愁

你美好

你孤独而善良

当我比你丑陋

我深爱你容貌的美好

当我比你罪恶

我钦佩你善良和高尚

隐隐河面起风

秋天的灵魂啊

怎样的疾病和泥土

使你成为女人

龙的女儿　　她仍垂髻黄发

守着村庄的篱笆

衰老和泥土的龙

身上填满死去的青年

水和黎明
静静落下
闪烁青年王子
尸体果园的光

尸体头戴王冠
光芒和火焰的边缘
酷似井水的蓝色
当苇草缠绕秋天

大地敦煌
开放一朵花
一匹马　处女
飞出湖泊

这是一个秋天的果园
像裸体天空
光明的天空
长出枝叶　绿色的血

秋天的云和树
秋天的死亡

落入井水和言语

水井　病了又圆

家园

你脆弱

像火焰

像裸体

云冈　麦积山　龙门和敦煌

这些鹰在水上搬运秋天的头颅

果园和大地行程万里

头颅埋葬的北方　山崖睡眠　涌出秋天

在大地和水上

秋天千里万里

回到我们的山上去

从山顶看向平原

痛楚

秋天明灭

黎明　黄昏的苦木

树林

果园

酒

溢出果实

远方就是你一无所有的家乡

风吹来的方向

庄稼熟了

磨快镰刀

坐在秋天

大地　美好的房子

风吹　居住在大地的灵魂

那时圣洁而美好

回到我们的山上去

（10 月。秋。）

第十章　迷途不返的人……酒

"迷途不返的人哪，你们在哪里？

我们的光芒能否照亮你的路？"

——叶赛宁

大地　酒馆中酒徒们捧在手心的脆弱星辰

漠视酒馆中打碎的其他器皿

明日又在大地中完整　这才是我打碎一切的真情

绳索或鲜艳的鳞　将我遮盖

我的海洋升起着这些花朵

抛向太阳的我们尸体的花朵　大地！

太阳的手　爬回树上　秘密的春之火在闪烁

破缺的王　打开大弓　羊群涌入饥饿的喉咙

大地绵绵无期

我们玉米身体的扩张绵绵无期
是谁剥夺了我们的大地和玉米

何方有一位拯救大地的人？
何方有一位拯救岛屿的人？拯救半岛的人何日安在

祭司和王纷纷毁灭　石头核心下沉河谷　养育马匹和水
大地魔法的阴影深入我疯狂的内心
大地啊，何日方在？

大地啊，伴随着你的毁灭
我们的酒杯举向哪里？
我们的脚举向哪里？

大地　盲目的血
天才和语言背着血红的落日
走向家乡的墓地

想想我是多么疲倦
想想我是多么衰老
习惯于孕育的火焰今日要习惯熄灭

绿色的妇女　　阴郁的妇女　　疯狂扑上一面猩红的大鼓
土地的大腿为求雨水　　向风暴阴郁撕裂

绿色的妇女　　阴郁的妇女
在瓦解中搂住我一同坐在燃烧的太阳和酒精中心

我在太阳中不断沉沦不断沉溺
我在酒精中下沉　　瓦解　　在空中播开四肢
大地是酒馆中酒徒们捧在手心的脆弱星辰

天使背负羽翼　　光照雪山……幻象散失
光芒的马　　光芒的麦芒　　又侵入我的酒　　我充满大地的头
诗歌生涯本是受难王子乘负的马
饮血食泪　　苦难的盐你从大海流放于草原
迁涉、杀伐、法令和先知的追逐
皆成无头王子乘马飞翔

"我曾在河畔用水　　粗糙但是洁净
我们大树下的家园
在大地的背面　　我曾升起炊烟——"

"孩子　　口含手指　　梳理绿色的溪流
美丽果实神圣而安然"

"河畔秋风四起　女人披挂月亮银色的藤叶

男人的弓箭也长成植物

家园　为我们珍藏着诗歌　和用来劳动的斧头"

"如果没有水，石器不能投进冰河，木器不能潮湿做梦"

"当我从海底向你们注视——

事物、天空的儿女

聚拢在家中　如尸体"

"茫然地注视河川

和我们自身的流逝

王子，你徒增烦恼"

故乡和家园是我们唯一的病　不治之症啊

我们应乘坐一切酒精之马情欲之马一切闪电

离开这片果园

　　这条河流这座房舍这本诗集

快快离开故乡跑得越远越好！

（野花和石核下沉河谷）

快快登上路程　任凭风儿把你们吹向四面八方

最后一枝花朵你快快凋零

反正我们已不可救药

"回返的道路水波粼粼
有一次大地泪水蒙蒙"

大地　酒馆中酒徒捧在手心
漠视酒馆中打碎的其他器皿
这才是我打碎一切的真情

　　　　　　　*　　　　*　　　　*

辽远的　残缺的生活中的酒啊
请为我们倾倒
秋天　千杯万盏
无休无止的悲哀的秋天的酒啊　请为我们倾倒！

痛苦　放荡和家园　你这三位姐妹
乘坐酒的车子　酒的马
坐在红色庄稼上

酒　人类的皇后　雨的母亲　四季的情人
我在观星的夜晚在村落布满泪珠
猎鹿人的酒分布于草原之湖

水上的
　　　一对孩子、吐出果核

双腿在苹果林中坐成夫妻

酒的刀

酒的刃

刃刀的刀刃

酒的刀

酒的芒刺

果实　泉水　皇帝

果实　牵着你的手　大地摇晃

麦穗的纹路　在你脊背上延伸　如刀刃　如火光

大地在深处　放射光芒

在靠近村庄的地方　一棵果树爆炸

我就是火光四起的果园

麦地无边无际　从故乡涌向远方

麦秆　麦秸　完整的麦地与远方　无边无际涌来

让酒徒坐在麦地中独自把杯盏歌唱

在花蕊的狮子和处女中

雪中果实沉落

　　　　　　　　　*　　　　*　　　　*

歌队长： 一座酒馆　傍着山崖在夕阳下燃烧

714

是在寂寞的燃烧的一座酒馆

坐满圣人和妓女

你们是我的亲人

在夕阳下的家园借酒浇愁

众使徒：愤怒和游戏的酒啊！

老师　你已如痴如醉

愤怒和游戏的酒啊！

歌队长：洪水退去　战祸纷止

一个兵重返故里

一个幸存的农民

领着残剩的孩子

"老板　容我在这家酒馆暂且安身"

众使徒：这最后的屋顶摇晃

只剩下内心的谷仓

内心向着内心的谷仓，酒！

歌队长：母亲和水病了

我们对坐

（我和从我身上

脱下的公牛）

在酒馆里对坐

众使徒： 如痴如醉的地方

    溢出的多余部分

    使两岸麦子丰收

歌队长： 公牛在我身上

    仿佛在故乡，踏上旧日道路

    因而少言寡语

    公牛在我身上

    见一面，短一日，公牛病了

    我开始惧怕

    （人是大自然失败的产物）

    雨打风吹

    我最后的屋顶摇晃

    我灵魂的屋顶摇晃

    灯不安　守住自己的公牛

    我在酒馆里继续公牛的沉重和罪

众使徒： 在饮酒的时候

    我们对坐——

    心与树林中公牛倾听的耳朵

歌队长： 星辰上那些兽主们举刀侵入土地

    一两样野兽的头

    在果实的血汗中沉浮

果木树林中高昂头颅嘶叫的野兽们

大火　光　在火之中心　在花蕊的狮子和处女

在酒中沉溺　呼叫诗人的名字

百合花一样歌唱的野兽啊！

听风缓缓地吹

百合花一样歌唱金雀花一样舞蹈的野兽啊！

一下一下听得见土壤灌进我体内

又一次投入大地秘密的殉葬

我的肉中之肉！殉葬

大地短暂而转动

众使徒：酒中的豹子　酒中的羊群

面你而坐

太阳在波浪上　驱赶着人群　果子传递

歌队长：一只老野兽给我口诀：星宿韶美

返回洞穴的雨水

酒！太阳的舌头平放在群鸟与清水之上

酒！飞禽的语言和吹向人类的和暖的风

退向忧愁的河流

斯河两岸有一只被野花熏醉的嘴唇

和一只笨拙的酒杯

一只孤独的瓮

平原一只瓮

一只瓮　粮食上的意外　故事和果实装饰你

一只瓮：沉思的狂喜　掠夺的狂喜

“酒千杯万盏　血中之血”

众使徒：果子传递

　　　　手　长满一地

　　　　花朵长满一地

　　　　酒杯长满一地

(11月。秋冬之交。)

第十一章　土地的处境与宿命

婆罗门女儿

嫁与梵志子

生了一个儿子

又怀了孕

丈夫送她回娘家生产

带着大儿子一同上路

夜幕徐临树林子

丈夫熟睡在土地

夜枭声声

她生产疼痛

血腥引来蛇蟒

咬了丈夫

719

天亮她起身

痛不欲生

抱着一个　牵着一个

一步步走向娘家人

一条河

断道路

一条河上

无桥也无人

"娘先将弟抱过河"

把婴儿放在绿草丛

等她返身向着大儿子

大儿子不小心滚入河水中

河水之中

娘呆立

急流卷走

他儿童的声音

才又想起小婴儿

连滚带爬回草中

只剩血和骨

已喂饱狼儿碧绿的眼睛

夫亡子殇的女人

一步步走向娘家人

"你娘家不幸失火

全家人葬身火中"

她横身倒地

风将她吹醒

报丧的老人

将她带回家中

嫁给了一位酒鬼

不久又临盆

产子未毕

醉丈夫狂呼开门

她卧床难起

生产的疼痛

醉丈夫破门而入

打得她鼻青脸肿

凶残的手

撕碎婴儿

还以死相逼女人

吃下自己爱婴

夜深人静

她奔出大门

月亮照着

这女人

一路乞讨到

波罗奈河滨

一座大坟旁

她安身

遇见一位丧妻

哭祭的富人

怜情生爱意

又结为夫妻

日升月落不长久

新丈夫又染病

暴死在

女人怀中

因为波罗奈风俗
她被活埋坟中
同时还埋下不少
值钱的东西

一群盗匪
夜来掘墓盗金
透入空气
她又捡回性命

盗匪头子将她
拖回自己家中
强逼为妻不久
丈夫砍头处死

又把她和尸体
一起埋入坟中
三天后野狼
爪子刨开墓

吃尽了

723

死尸

她爬出墓穴

站立

这女人就是

大地的处境

(12 月。冬。)

第十二章　众神的黄昏

一盏真理的灯
照亮四季循环中古老的悔恨

灯中囚禁的奴隶　米开朗其罗
在你的宫殿镌刻我模糊的诗歌
割下我的头颅放在他的洞窟
为了照亮壁画和暗淡的四季景色

一盏真理的灯
我从原始存在中涌起，涌现
我感到我自己又在收缩　广阔的土地收缩为火
给众神奠定了居住地

我从原始的王中涌起　涌现

在幻象和流放中创造了伟大的诗歌

我回忆了原始力量的焦虑　和解　对话

对我们的命令　指责和期望

我被原始元素所持有

他对我的囚禁、瓦解　他的阴郁

羊群　干草车　马　秋天

都在他的囚车上颠簸

现代人　一只焦黄的老虎

我们已丧失了土地

替代土地的　是一种短暂而抽搐的欲望

肤浅的积木　玩具般的欲望

白雪不停地落进酒中

像我不停地回到真理

回到原始力量和王座

我像一个诗歌皇帝　披挂着饥饿

披挂着上帝的羊毛

如魂中之魂　手执火把

照亮那些洞穴中自行摔打的血红鼓面

一盏真理的诗中之灯

王　为神秘的孕育而徘徊雪中

因为饥饿而享受过四季的馈赠

那就是言语

言语

"壮丽的豹子
灵感之龙
闪现之龙　设想和形象之龙　全身燃烧
芳香的巨大老虎　照亮整个海滩
这灰烬中合上双睛的闪闪发亮的马与火种
狮子的脚　羔羊的角
在莽荒而饥饿的山上
一万匹的象死在森林"
那就是言语　抬起你们的头颅一起看向黄昏

众神的黄昏　杀戮中　最后的寂静
马的苦难和喊叫
构成母亲和我的四只耳朵　倾听内心的风暴和诗
季节循环中古老的悔恨

狮子　豹　马　羔羊和骆驼
公牛和焦黄的老虎　还有岩石和玫瑰
这是一种复合的灵魂
一种神秘而神圣的火　秘密的火　焦虑的火

在苦难的土中生存、生殖并挽救自己

季节是生存与生殖的节奏

季节即是他们争斗的诗

（众神的黄昏中土与火　他二人在我内心绞杀）

太阳中盲目的荷马

土地中盲目的荷马

他二人在我内心绞杀

争夺王位与诗歌

须弥山巅　巨兽仰天长号

手持牛羊壮美　手持光芒星宿

太阳—巨大后嗣　仰天长号

土……这复合的灵魂在海面上涌起

毙命的马匹　在海中燃烧

八月将要埋葬你，大地

用一把歌唱的琴　一把歌唱的斧头

黄昏落日内部荷马的声音

在众神的黄昏　他大概也已梦见了我

盲目的荷马　你是否仍然在呼唤着我

呼唤着一篇诗歌　歌颂并葬送土地

呼唤着一只盛满诗歌的敏锐的角

我总是拖带着具体的 黑暗的内脏飞行

我总是拖带着晦涩的 无法表白无以言说的元素飞行

直到这些伟大的材料成为诗歌

直到这些诗歌成为我的光荣或罪行

我总是拖带着我的儿女和果实

他们又软弱又恐惧

这敏锐的诗歌 这敏锐的内脏和蛹

我必须用宽厚而阴暗的内心将他们覆盖

天空牵着我流血的鼻子一直向上

太阳的巨大后代生出土地

在到达光明朗照的境界后 我的洞窟和土地

填满的仍旧是我自己一如既往的阴暗和本能

我那暴力的循环的诗 秘密的诗 阴暗的元素

我体内的巨兽 我的锁链

土地对于我是一种束缚

也是阴郁的狂喜 秘密的暴力和暴行

我的诗 追随敦煌 大地的艺术

我的诗 在众神纠纷的酒馆

在彩色野兽的果园 洞窟填满恐惧与怜悯

我的诗，有原始的黑夜生长其中

腹部或本能的蜜蜂

破窑或库房中　　马飞出马

母牛或五谷中

腐败的丰收之手

那腹部　　和平的麦根　　庄严的麦根

在丛林中央嚎叫不懈的黄色麦根

在花园里　　那腹部　　容忍了群马骚动

我的手坐在头颅下大叫大嚷"你会成功吗?"

我一根根尖锐的骨骼做成笛子或弓箭，包裹着

女人，我的母亲和女儿，我的妻子

肉体暂且存在，他们飞翔已久

他们在陌生的危险的生存之河上飞翔了很久

而今他们面临覆灭的宿命

是一个神圣而寂寞的春天

天空上舞着羊毛般卷曲　　洁白的云

田野上鹅一样　　成熟的油菜

在这个春天你为何回忆起人类

你为何突然想起了人类　　神圣而孤单的一生

想起了人类你宝座发热

想起了人类你眼含孤独的泪水

那来到冥河的掌灯人就是我的嘴唇

穿过罪人的行列她要吐露诗歌

诗歌是取走我尸骨的鸟群

诗歌

诗，像母马的手，沿着乳房，磨平石子

诗像死去的骨骼手持烛火光明

诗　是母马　胎儿和胃

活在土地上

果真这样？母亲沉睡而嗜杀

（坐在水中的墓地进行这场狩猎

在那人怀沙的第一条大江

披水的她们从绿发之马下钻出

怀抱头颅

怀抱穷苦的流放的头颅——

这盏灯在水上亮着

镌刻诗歌）

我忘记了　我的小镇卡拉拉　石头的父亲

我无限的道路充满暮色和水　疼痛之马朝向罗马城

父亲牵着一个温驯而怒气冲冲的奴隶

沿着没落的河流走来

我忘记了　只有他　追随贫穷的师傅学习了一生
灯中囚禁的奴隶　孤独星辰上孤独的手
在你的宫殿镂刻我模糊的诗歌，想起这些
石头的财富言语的财富使我至今心酸

而他又干了些什么？
两耳　茫茫无声
一生骑着神秘的火　奢侈的火
埋下乐器，专等嘶叫的骆驼！

大地的泪水汇集一处　迅即干涸
他的天才也会异常短暂　似乎没有存在
这一点点可怜的命运和血是谁赋予？
似乎实体在前进时手里拿着的是他的斧子

我假装挣扎　其实要带回暴力和斧子
投入你的怀抱

"无以言说的灵魂　我们为何分手河岸
我们为何把最后一个黄昏匆匆断送　我们为何
匆匆同归太阳悲惨的燃烧　同归大地的灰烬
我们阴郁而明亮的斧刃上站着你　土地的荷马"

732

一把歌唱的斧子　荷马啊

黄昏不会从你开始　也不会到我结束

半是希望半是恐惧　面临覆灭的大地众神请注目

荷马在前　在他后面我也盲目　紧跟着那盲目的荷马

1986. 8 ~ 1987. 8

太阳·大札撒

（残稿）

1988

抒情诗①

一

八月的日子就要来到

我的镰刀斜插在腰上

我抱起了庄稼的尸体

许多闪光的乳头在稻草秆上

我让乳房竖起在我嘴上

乳房在山上飞过，割倒了庄稼

山顶洞中只有酒、粮食与阴部

用火烤着一只雄壮的公兽

用酒调着火所能留下的灰

写下几首诗　谷子谷子

谷子疯狂地长到腰部

伤口和香气从腰部散出

---

① 选自海子未完成的长诗《大札撒》。《大札撒》原为成吉思汗所制定的一部法典。海子《大札撒》的这一部分诗原题《山顶洞人写下的抒情诗》。因诗的内容可以独立成篇，故取出冠以《抒情诗》之名。海子原稿各诗的编号有混乱之处，今唯按其原稿先后次序一概重新编号，只对个别诗篇做了次序的调整。——编者注。

她们用头发悄悄收割

五谷杂粮在乳房囤积

回过头去那是一个原始人遮住了山顶

洞穴中一千个妇女遮住了山顶

二

女人躲在月亮形斧头上

血红色的斧头

一只母狮

一只肉　养育家乡

阴森森的肉

身穿山洞，照亮山洞

身穿月亮，身穿白色酒杯

使太阳倾斜　大海骚动

你这来自何方的阴暗的

神的女人？

土地向上涌　各种阴暗的生长

用火照亮

黄金走出山顶洞

白骨变成人

化成浓烈的血　一声闷叫

婴儿　你烧焦　红灼

卷曲的血红色平面

三

只剩下披头散发的我

抱住山脚，痛哭一晚

明天要去什么地方？

只好回家乡打铁，娶下麻脸老婆

或者在山上打家劫舍

杀人放火，无恶不作

我披着羊皮飞回水围的山上

和一群染得漆黑的野兽一块在山上滚动

鲜艳的鳞甲来自四方黑暗的水洼和爪牙

我披着一条荒芜的道路

回到腐败的平原

只有大河静静流过

    流过平原

是我唯一的安慰

四

农舍，多么温暖多么多么温暖

小而肮脏的房子，我栖身的内脏

火把节的皇后在铺满柴火的厨房里呕吐

一盏最后的油灯，把自己的头颅

变成了一张不会说话的嘴和弓箭

黄金的稻草上随处可以做爱

将会使她怀孕。这不是俘虏营

一只羊咬着另一只母羊的尾巴

一个接一个从她的腹腔走出产门

这些绵羊绿色的胃，活在石器中

从部落、部落、部落一直到人民公社

多么温暖多么多么温暖的农舍

五

夜黑漆漆，有水的村子

鸟叫不定、浅沙下荸荠

那果实在地下长大像哑子叫门

鱼群悄悄潜行如同在一个做梦少女怀中

那时刻有位母亲昙花一现

鸟叫不定，仿佛村子如一颗小鸟的嘴唇

鸟叫不定小鸟没有嘴唇

你是夜晚的一部分　　谁都是黑夜的母亲

那夜晚在门前长大像哑子叫门

六

七月里我是一头驴，在村庄的外围

七月里我比他们家里的人还要愚蠢

七月里我突然发现自己是食草的野兽

迁移到人类的门前，拉下的粪便

投入火中。七月里我是头疼的驴

驮着一口袋杀人的刀子走进山里

没人打开山门，是我自己闯进

一口袋杀人的刀子全遗失路上

七月里我是头痛的驴咀嚼绳索

被人像新娘一样蒙上了双眼

看不清眼前的事物，只剩下天堂

那深不见底的天空被石头围在中央

天空自己也是石头，长着一颗毛驴的心脏

七

我是一夜的病马

饮水中的盐和血

食盐的母马影子

早上流血不止

鸟儿的鸣叫：

母马受伤又好了

手牵生病的母马

走在我身体之前

名为月亮的身体

伤口愈合又红肿

隐隐含泪的母马

她也是孤独的

八

一只白鸟飞越我的头顶去而不还

两只乳房温暖过我也温暖着别人

我大醉于肮脏镇子的十字路口

醒来后发现自己连连砍死三人

第一人是我们时代伟大的皇帝

他的身体已喂肥了几亩青草地

他的头颅悬挂在山顶上，像破碎的灯

第二人是我情同手足的兄弟

他写过漂泊的谣曲，死于贫困和疾病

他和我一起享受过苦难和爱情

但没有分担我的光荣和恐怖

第三人是那位世上唯一的公主

为了她我把自己那一只粗笨的头颅

搬到了城市的铁砧……

九

北方是我们的屋顶

下面是受伤的猎户和母马

这个季节的黄昏最为漫长

蜡烛像是酒精长出的白耳朵

十

你是一个和平的人

你是一个善良的人

你今夜住在一个黑店里

那个玩着刀子的店主人

就是我，手里还提着灯

那盏灯照见过昔日的暴力　今夜的血腥

兵器相交　杀气腾腾

这殿堂里也仍有些鬼魂出没

有些是皇帝，有些是兄弟

书像一包蜡烛和刀子捆在一起

可这一千年都是黑夜

在兵器中你如何安身？

今夜你歇息在我的黑店

享受我黑暗而肮脏的酒

你把你的马拴好，明日你和店主一同登程

我收拾好行李，让刀疤止住血

把刽子手们捆成一件兵器

我们一同登程

那时风和日丽　高原万里无云

十一

两个北方戴上的是同一个头颅

火光纠缠着那个停止生长的地方

老虎抱着琴，在山下哭

哭一个被老虎咬死

或打死了老虎的人

就这样，北方如一个野兽抱琴

大风之琴始终在山下哭

他不知在哭谁：反正死了一个

是我还是他　老虎并不在意

北方——为了一条死去或胜利的性命

老虎抱着琴，在山下哭

山上狂风怒号

那是粗糙的北方

一切的故事都已讲完

十二

在原始的道路上禁绝欲望

在原始的秋天的道路上

陪伴那些成熟的诗人，一同被绑往法场

欲望的老神擎火而来

一根又一根排列在你身上

可以为大火烧光的女人

狮子和少女坐在山头上，照亮山顶洞

使我突然想丧失一切

母牛和五谷也会听从人类

熄灭烛光，姿态美丽地来到集市

绿色狮子陪伴她们嫁给汉人

处女也会听从人类的父母

身旁的姐妹痛哭失声

我骑在水上，对抗着母亲的孕育

十三

原始的妈妈

躲避一位农民

把他的柴刀丢在地里

把自己的婴儿溺死井中

田地任其荒芜

灯下我恍惚遇见这个灵魂

跳上海水她要踏浪而去

大海在粮仓上汹涌

似乎我雪白的头发在燃烧

十四①

老乡们，谁能在海上见到你们真是幸福

一伙叛徒坐在同一只船舱

远处的山洞大火熊熊，已经烧光

我们会把幸福当成祖传的职业

放下手中痛哭的诗篇

今天的白浪真大　老乡们

它高过你们的粮仓

如果我中止诉说，把我自己的故乡抛在一边

我连自己都放弃，更不会

回到秋收　农民的家中温暖而贫困

在七月我总能突然回到荒凉

赶上最后一次

我戴上麦秸，安静地死亡

这一次不是葬在山头故乡的乱坟岗

十五

一个岛屿取走了一颗英雄的脑袋

一面镜子、一条河流和一个美人

---

① 本诗与第一编中的短诗《七月的大海》大体相同，似由该诗修改而成。——编者注。

746

又取走另一颗英雄的脑袋

谁来取走我的头颅?

我从一本肮脏的书中　跳起来杀人

放火城郭。雨夜的酒馆多像一处牲口棚

在寒冷的高原上,肮脏但是温暖

我独自一人,呆在山上

两个山头　两个皇帝　发动同一场革命

他只有牙齿和爪子,抓到一切都是牺牲

我是一只受伤而失败的从太阳上飞下的兽

　　捧着火,用他们亲人的血

我用粗糙的岩石也擦不净爪子

戈壁横在我心中,像一次抢劫扔下的武器

十六

我不是你们的皇帝又是谁的皇帝

火　或被残暴的豹子双爪捧上山

献给另一个比豹子更孤独的皇帝

十七

天空大亮　石头自己堆起

四个城门

一个皇帝满朝文武

我在何方？我为何

不在这里　　不在此时此地

火　点在岩穴的开口

那里面昏暗而潮湿

在给我那位难友摘脚镣时

我站在一旁等着，然后我走到铁砧跟前

铁匠们让我转过身去，背向着他们

他们从后面抬起我的脚放在铁砧上

他们忙乱了阵，都想

把这件活干得更灵巧更出色

铁镣掉在地上

我把它拣起来，擎在手里

最后看了它一眼，想起来多么奇怪

它刚才还戴在我脚上

十八

我丢失了一切

面前只有大海

我是在我自己的故乡

在我自己的远方

我在海底——

走过世界上最高的地方

天空向我滚来

高原悬在天空

你是谁？

饥饿

怀孕

把无尽的滚过天空的头颅

放回子宫和山洞

头颅和他的姐妹

嘴唇抱住河水　在大河底部喜马拉雅

而割下头颅的身子仍在世上

最高的一座山

仍在向上生长

十九

天空无法触摸到我手中这张肮脏的纸

它写满了文字

它歌颂大草原

被扔在大草原

被风吹来吹去

仍然充满了香气

这就是山顶洞中，一顶遗民的草帽

和兽骨上文字的香气

当语言死亡，说话的人全部死去

河流的绿色头发飘荡

荒野无尽的孕育使我惊慌

人类，你这充满香气的肮脏的纸

天空无法触摸到我手中这张肮脏的纸

这就是我的胜利

1987；1988

太阳·你是父亲的好女儿

1988

《大草原》三部曲之一①

西海还非常遥远。我一人站在这空无一人的大草原上，喃喃自语。大草原上一棵树也没有。草全贴着地长。西海还非常遥远。是的。非常遥远。

远方的那些雪山也深得像海一样。

1

流浪的人有预感吗？

两个俘虏都有一双斜视的大而漆黑的眼睛。黑得像夜晚。

大俘虏和小俘虏，他们有预感吗？

为什么？

也那，五鸟，这两个我曾与他们共在大草原上漂泊的流浪艺人，和我亲得像兄弟一样。还有札多，提着一米长的大刀，月光在刀刃上闪闪发光，走在这草深的地方，五鸟背着一面大鼓，和他的体重差不多。也那披散着他的长发，上面编织着红色的穗子，始终像僧侣一样缄默。他的服装被笔直斩为三段：绝无任何杂色。白色俯伏在红色的上方，映衬着

---

① 海子原计划写一部长篇小说，名为《大草原》三部曲。但他仅写出这篇《你是父亲的好女儿》。——编者注。

753

他那黑得像铁犁一样的头颅，像一只饥饿的大鸟，飞过了腰带宽宽的红色，一直扑向身体上那大部分的黑色。那黑色除了黑色还是黑色。黑色，就像一个贫穷的铁匠在打铁。一个贫穷的铁匠，除了打铁，还是打铁。他写出的谣曲也时而是生铁，时而是熟铁。而他的嗓子则像火中的金子，那样流淌，那样灿烂，闪着夺人的光芒。一到这时，牛皮鼓咚咚作响，而札多连大刀都握不住了，那大刀像被解放的奴隶躺在地上铺好的干草上，也许那大刀会娶妻生子吧。十把小刀有男有女。我被自己的突发奇想所震慑，而这时，无边的草原正在我背后，以四季特有的时而温暖时而寒冷的气流吹在我的背上。透过我，风神呼吸着我，像无穷的泪水滚动的故乡。脚下的这些野花，很碎很小，碎小得令人不能置信。每一朵和每一朵小得就像夜间的星星，比星星更密。密切的，关怀的，秘密的，无名的小花。不应该叫一朵一朵，应该叫一滴一滴。因为她们的确像这一滴或那一滴露珠或泪水。在这稍微有些暖红的土地上。小得仿佛已经进入了秘密深处。小得就是秘密自己。另外有些野花，是紫红色的，黄色的，长得比较高，一丛一丛的，凭借它们你可以预感到这附近一定有一个大湖。可以预感到就隐藏在这周围的秘密的泉水，她们就是一片大水在草原上走向自己故乡时留下的隐秘的足迹。她们既想隐去，又不想隐去。我采下一抱，放在膝头上。有一股子味，是一种不太好的味，酷似酸性的土地本身，是那种混合着粪香的艾味。艾，是一种奇怪的草，总是使我联想到那个汉族的母亲，在过月子时，所用来沐浴和蒸熏的大木桶的滚沸的水中的艾。在家乡的荒坡上总有这些高高的草。有时又叫黄金。我给这些较大的花取了个名字，一概称之为"足迹"。无非是因为颜色的不同，我就分别称之为"紫红色的足迹"或"黄色的足迹"。由此，我想，风神和大水之神是在遥远的草原尽头微笑。心安了。宁静地笑了。像远方本身的笑容，而这些花，我取个名字，都是为了说给那个又黑又小的俘虏听的。那个雪山的女儿。有一次，在干草栅中，靠近微微隆起的山坡。山坡上散着些牛羊。那是在一条干涸的河的底部用干草搭起的干草栅。在那里，她说她是雪山女神的最小的女儿。我对这小小的俘虏说，这些花我全都抱来了。我把这些足迹全都抱来了。我管这些花叫"大水的足迹"。另外的，草原上铺满的，小得像泪滴一样的花，白色的，我就管她们叫"泪"或"妹妹"。一个有着名字的无名的野花。一个又聋又哑的妹妹。全部的妹妹，在雪山之下的草原上开放着。而我则没名字，在一个茫茫无际的大草原上漂泊。我多想有一个名字。叫也那，也雨，五鸟或札多这样的名字。哪怕人们叫我铁匠也好。甚至只叫我歌手也使我心安。可是不。熟悉的人们管我叫"大俘虏"或干脆就叫俘虏。不熟悉的只能叫我，召唤我用"喂"或"你好"。难道我真叫"你好"吗？

看见也那，五鸟，札多这些兄弟坐在下面的缓缓的山坡上，没有大刀之舞，没有鼓声，没有歌声，连那些编织着红穗的头发也没有飘动，也被两边无穷的草原染成一个颜色。我们沉默地坐在那里。我头枕着烈日下的大草原，没有遮蔽，没有树。

青色的烟从草原那一头升起。

为何总是火的呼吸先到达我们？在这无风的正午，火，平稳地呼吸着。

青色的烟，美妙地，平稳地升向天空。

一定有人。

牧人或者是流浪的弟兄。

一想到有人喊我，呼唤我，哪怕是没有名字的一声召唤，哪怕仅仅是这袅袅升起的青色的曼妙的烟……

她不也曾用那鼻音呼唤过我吗？

那个小小的黑色的俘虏。

我有一个名字。他是秘密的。流动的。有时像火。有时开花。总有一天，我要抓住他，把他砌在圣殿的岩石中，陪那些安静的大神过一辈子。等到神庙倒塌。我又变成一道火山口。然后就是涌出泉水，遍是森林和开花的山坡。

2

那年夏天雨下得很多。大雨使流浪的艺人们吃尽了苦头。那辆又旧又破的马车总是陷在泥泞里，微微泛着红色的沾有苦草根和揉入泥浆的分辨不清的花瓣，打了马一身。这是匹母马。而血儿骑在那匹母马生下的小马脊背上，小小的身躯像远处的山梁一样挺得笔直。她是在内心感到骄傲。也许是在为这大雨滂沱而骄傲。童年的痛苦和少女的烦恼在这大雨中一扫而光。大雨焕发了她潜在的青春和灵性。这种时候，血儿尤其美丽，使人不能逼视。我们几个男人吃力地从泥中推着马车，身上已完全湿透，分不清是雨水还是汗水。我又累又饿，真想把身子往这雨地里一放，再也别起来了。但我仍然把自己绷得像弓弦一样紧。这时候，有家有屋顶的人该是多么幸福。

大雨点打得人眼睛都睁不开，全身和脸儿都开放着雨水的花朵，那是血儿，骑在小马上，黄色的头发在雨中披散着，像是正在沐浴的小神，小小胸脯在雨水中微微隆起，雨水使她的脸更显得光洁。这个草原上雨神的女儿，似乎全部雨水降落西部大草原都是因为她的召唤。她拧干了自己黄色头发上的雨水，用谁也不懂的言语轻声唱着一支歌子。我知道那内容。血儿告诉过我。猎人在高山上追捕一只母鹿，不幸跌下了山涧。就在他跌下去的一刹那，大风刮去了他那红色的有猎物气息的猎人帽。他是死是活，没有人知道。

我们干脆在这雨地里停了下来。把我们像一些沾满了红泥浆和青草的又脏又湿又笨重的行李一样一下子散落在这雨中的大草原上。那个"红之舟"的下面，被整座寺庙整个宫殿全部的城堡压在他头顶上的，那个地牢中的建筑师呢？那个年轻的发疯的小僧侣呢？还有那位秘密的陪伴者呢？在这场大雨中，我是不是该向你们，向你们和也那、五鸟、札多和血儿讲一个故事，讲一讲这个秘密的陪伴者，这个传教者的故事了？我是不是该讲一个崭新的，只属于曙光和朝霞，只属于明天早晨，只属于下一个世纪的发疯者的故事呢？

但在雨中大草原，鼓声咚咚地响起来了，似乎天地间一团大火在跳舞，他已临近这雨中空旷的大草原，他已降临大草原，还有谁能怀疑呢？虽然我正考虑是否重新开始一个曙光的故事，虽然也那披散着长发，愤怒地吼叫，但鼓声在大雨中响起来了。再也不用犹豫，再也不用怀疑，是的，就这样，就应该这样，保持整个流浪者那火红的青春的鼓，那流浪精神，那流浪道路上染遍冬日黄昏和黎明的血。保持这呼喊之血，大笑之血，未受污染之血，保持我和狮子一同享有旷野的夜和血。流浪吧流浪高举我们破烂的彩色的衣裤就像举起了战争和瘟疫的旗帜，骑着我们的老马和小马，我怎能放弃我这流浪的天性，我怎能抑制我这夺喉而出的歌声？

　　这不是你又是谁？！这不是那大雨赠给人间的女儿又是谁？这不由自主地舞蹈的闪电不是你又是谁？快跳下马来吧，快跳下来！你看五鸟把鼓都擂破了，而也那披散着长发，和札多正把一种吼叫变化成了一种图腾。他们像一些奇怪的栅栏在火中跳着舞，又似那些驱散鬼神的黎明之前的金刚勇士，他们的自身已和大雨和鼓撕扯成一团。啊，谢谢你，五鸟！你为我们破译了这雨的心脏，雨不正是在呼喊你吗？！跳吧，快跳下马来吧，开始你那闪电的舞蹈。血儿！对！对！这不正是你吗？！高高举起你的双臂向群山举起了闪电，跳到你的胸脯上的雨水像一千只小鹿在歌唱！那悲惨的童年已经死亡，那痛苦的暖昧的少女也已死亡，只有闪电之女，大雨之女，在旷野上！在大草原上疯狂地挥舞着身体，对，血儿，就这样，昂起你那宝贵的只有天堂才享有的头颅，把你那鲜花般的嘴唇张开，唱些我们不懂的歌，即使那是逃亡之歌，野蛮之歌，即使那是杀人之歌抢掠之歌，即使歌声使你想起了悲惨的人世和过去的生活，还是唱吧！对！更激烈些！把闪电召唤并安顿在其中，你应该在这支强盗的旧歌中加入你的内容，结尾和结局都应该是你的，对！高声唱起来吧！跳起来吧，你的腰肢上有一千条闪电在颤抖着照亮雨中的草原。泪水夺眶而出，我应该做一副铁的眼睛才是啊，我应该到我兄弟那铁匠铺里打一副铁的眼睛才是啊，或者在村里与老石匠雕出的那两只换一下。看着你，我的血儿，石头也会长出自己的眼睛，也会看到你，也会认出你，我的血儿，今天不是又开始了吗？不是又用一对铁眼在流泪吗？我的弓箭呢？我该疯了才是啊？怎样才对得起你的舞蹈？

大雨稍歇，我们继续赶路，终于来到我们向往已久的一个伟大古代城市的废墟。在大草原上，城市本来就极少，留下的废墟就更少。在西部大草原的边缘，靠近东方的民族，只有这样一个石头垒起的废墟。五百年前也曾是王城，这从那高高的好战的城墙可以看出。我们把马车停在一家客店里，留下札多来照料马和车子，并安排一切，我们其他几个人马上就要去登攀五百年前这万里大草原上最伟大的都城。

这天夜里，我和血儿参加了神秘的兄弟会的仪式。在这广大无边的夜草原的北方，在大草原的北方的尽头，始终有一个神秘的兄弟会。

3

他跑到山上。这是第二次。头一次的时候还没有走火入魔。头一次时也未遇见疯子头人。但那时疯僧与三位猩红装束的刽子手的恐怖形象已深入他的心中。解脱了一套数学，又陷入另一套。这是一系列完整的数学建筑体系。本来是他自己创造与构筑的。他的数学体系是有关与天空对应的高原之地的。有关最高极顶的宗教宫殿。其中很少的一部分是关于地牢的。这些地牢是建构在阴暗潮湿的果园之下。那些果树像一些幽魂在深夜里吐放着香气。在八月初的日子里。经常有一位疯僧来这里打坐。达数月之久。在八月初的日子里。每当高原云彩的影子滑过山坡或刀刃一样的山峰。羊儿咩咩悲哀叫唤的时候。牧羊人昏昏沉沉无以打发时光的时刻。那果园里苹果树上挂满了饱含处女酸汁的刚刚长成的青青苹果。那可是八月的好日子啊。牧人们的帐篷已有些沉浸在黄昏中。袅袅牛粪烟上升。果园。果子的香气。和宗教的香气混杂一片。翻滚过河面。这是大地上一条最高的河流。有几句诗：

我愿你不再流向海底

你应回首倒流

流回那最高的山顶

充满悲痛与平静

他跑到山上。这是第二次。他根据牧草和河水的颜色判断这是雨季。这是八月最初的日子。疯僧依然在那些头顶果树下打坐。也许他打坐的头顶是一棵槐树。榆树在那个果园里倒没见过。只是按照我的数学体系，那果园一定坐落在地牢的头顶。在被囚的日子里，我常常梦见苹果打我。把我砸醒的是狱卒不是苹果。深深的噩梦。满身冷汗。两手空空握成一个拳头。这时疯僧肯定又逃离寺院长老的眼目。独自来到这空寂无人的园子。打坐。并偷偷地食着禁果。每年只吃一只。那是八月的好日子啊。我想起了处女般的苹果。我梦见一个叫血儿的小女孩。我犯下的罪不是数学也不是天空所能解脱的。只有在八月的荒芜的寸草不生的山梁和无人的风雪之夜灭绝人畜的风雪之夜才能得到解决。谷物和家乡的仓门不知是否也已遭受同样的风雪。还有那些豆子地。种青稞和油菜和小麦的边疆地带。我第一次从地牢逃跑到山上也是在八月。也许还要在稍微早些时候。我第一次来到这荒芜之地。我遍体鳞伤。上面有刀疤。枪眼。还有一些疯狗、饿狼的牙齿印迹。我几乎可以说是衣不遮体。只披着一些破破烂烂的布条。就这样。他一下一下用打断了的腿骨爬到了山上。那歌手唱着这个故事。在一个喑哑之夜的歌中这样唱到黎明。可我当时是怎样用自己的山上的泥土搓揉好了自己的腿骨和肋骨，虽然在以后的冰山雪水和风雪之夜，闪电瞬间明灭的轨道划过长天之时，仍有些隐隐作痛。但毕竟是有些像健康人了。在八月的山上。我为了嚼下泥土和山脚一点点苔藓和别的小虫子，为了治好断裂的骨头，我爬遍了这几条荒芜的山梁。几乎走火入魔。三位猩红装束的刽子手重重地用膝盖顶断我两根肋骨的时候。我眼前有无数火把舞动。我在呓语中发誓一定要练功，哪怕走火入魔。我于是在山腰头脚倒立，一次次使疼痛和最后的疯狂抽搐传遍全身。我感到疯狂和晕眩的天空之火已传遍我的每一骨每一穴。我感到我已变成了那疯狂的猩红的天空上的刽子手。我在山上多少日子缺少食物盐①。我只能靠用一条麻木的舌头不停地舔着那唯一的生锈的铁钉子来维持我的生命。那是我在这座荒芜之山发现的唯一的生命。唯一的与我一样孤独的生命。先是舌头恢复了知觉。然后是身体感到了极度的痛楚和疲倦。我感到了呕吐对我上半身内脏的猛烈袭击。呕吐像一只饿狼。而胃则像一盏微弱的孤灯照着一群疯狗。我的手肮脏和歪曲得就像鸟的爪子。她们用来攫泥和细树枝用以营巢繁殖。我在没有盐的疯狂状态下甚至想抠下自己的眼珠子以饱尝盐味。因为有一次在沙漠中我曾从一对猛兽的眼珠中尝到这天地间最珍贵的味道。当这一只铁钉使我意识到被折断的腿骨和肋骨时，我感到火从我身上一点一点流走。耳鸣如鼓。血液变得像雪水一样冰凉。我闻到了自己内部那股腐败的叶子花枝的气味。我也闻到并听到了我嘴里死人的气味和死人的叫喊。鬼魂彻夜不眠的叫喊。我的浑浊的眼珠已映着死亡的村庄排着队打着火把。在营地欢迎我。这种盐味使我又恢复了对牢和地的意识。那地牢，那牢像一块钢铁，又像一股牲畜的臭味——裹住了我的骨骼，这种臭味腐烂味和生命个体的排泄味一起在我的骨骼外围，形成了我的肉体。我的肉体充满了家乡肮脏臭猪圈的臭味。哪怕是一只豹子雄狮和大熊也只能在囚笼里发出牲畜的臭味。伟大的兽王在地牢里也会觉得自己变成了

---

① "食物盐"即"食盐"。——编者注。

只臭猪。因为他闻见自己是一团臭味在肉中间。他第二次爬到山上。爬到八月荒芜的山上。日子，远远把那肉体的臭味抛弃在身后。他这时舔着唯一的生锈的铁钉。感到了身体折断后巨大的痛楚和无休止的对于天空降下盐的渴望。但这些比起肉体的臭味来，已是生命最大的幸福。这却是一座八月的幸福之山。呼啸，高大，赤裸，彻底，荒芜，暴力，灭绝，占有一切。但今日我预感到我又会被抓回那阴暗的散发着臭味的地牢。一些刑具和刽子手在等着我。更大的痛楚。更大的肮脏。更大的肉体臭味。我的更大疯狂在等着我。我的静静地挂在肉体上的腐烂在等着我。我从此再无八月。再无天空。再无风。也无空荡荡的大山。因此，像青稞一样，我要在我的腐烂和臭味中抱紧我自己的岩石。地牢就在果园下面。这地牢是一间一间隔开的。到底关押了多少人，我心底大概有个数。因为我毕竟是他的数学设计人。但关的是些什么人，我却很少知道。从我的躺下睡觉的石板到放食具再到牢门刚好成一个等腰三角形。这种设计也应归功于我当时的才分与疯狂，完全归功于我年轻时代的天才构思。我囚在我自己的天才数学中。此外，疯魔意识也主宰了我当时的整个构思。极为完整。又富于强大的创造活力与激情。我提着灯。彻夜不眠。确认我伟大的牢。牢中大概……我是这样回忆的，大概还有一位疯狂的头人。我数次遇见他。叫他是"疯狂头颅"。这位疯狂的头人胡须雪白一副疯疯癫癫的目中无人的架势。他真实的名字叫亚·顿。他就是高原上无人不知的领袖、首领、酋长、总头目"疯子头人"。此外我还知道在这地牢中还关押着几个弱小的强盗头子。我怒火万丈。我怒火万丈。今夜疯子头人又在牢底喃喃自语。他总是说。他总是说个不休，有时还手舞足蹈地唱上一阵。他总是这样说——我原谅天空给我带来的一切。包括飞行和暴雨。我原谅天空给我带来的一切失重。包括飞鸟和雨雪。我所有的一切都来自天空。包括闪电雷霆。我忍受了天空也原谅了天空。他总是这样说。今夜又在牢底喃喃自语。我怒火万丈。

4

从这边望去，对面的山上只剩下些折断的石头柱子，像一些惨遭天空刑罚的断肢残体。石头已经停止生长，永远地就这样残缺下去了。

但是大石门仍在修建。

这里的建筑分成三部分。

石门。偶像堂。废墟。

真不敢相信这个猎人和这位老石匠都是盲人。第一次遇见这个老石匠时，他就已经盲目。但他像任何明眼人一样正常地干活，不论刮风下雪，打雷闪电，也不问冬夏春秋。他始终很坚定。

他始终在修建一扇这世界上独一无二的石门。用他自己的意思，翻译成我们的语言，就是这样：如果世界上少了这一扇石门，世界就不完整。而且世界简直就没有了支撑。

这一扇石门高约十丈多。

石门中有无数辨认不清的小石门。

从这个盲石匠的爷爷的爷爷就已经开始修建这座石门。远远看去，这扇扛着高原上全部蓝天的石门简直像盲人的一只眼睛。边缘粗糙割断而又笨又直，像一把割开日月的石刀。这只眼睛里垒满了石头，用耳朵贴在这石门上仍能听得见海浪的澎湃声。呼啸。这些石头无一例外都是从西海那一个死亡的海域由这位老石匠的十代以前的祖宗，也是一位老国王，用十多万人命换来的。有多少船死在海上。那些船里有人、石头、火和粮食。那些船里还有海图和酒。这些船又是从遥远的北方大森林里伐倒之后顺着老国王境内唯一的大河漂流而下的。

简直不能谈论这扇石门的历史和血腥。有多少头颅在森林里，在采石场，在海底，在旷野，在未被驯服的大河内部呼喊着，滚动着，要向他报仇。这双复仇的手如今就长在这位盲目的老石匠的手上和手的内部。那双手有一种天生适合复仇的素质。他分割。他垒砌。最后他衰老，疲倦，被葬在周围是开花的山坡的山洞里。里面也许有几大桶腐烂了的粮食。如今他年轻，活着，吃着石头，喝着石头，与石头睡觉，生下石头的孩子。

石门竖立在那里。看见我的这些流浪的兄弟坐在下面更深的凿入岩石的阶梯上。连那些编织着红穗的头发也没有飘动。他们沉默地坐在阶梯上。我心有些慌。两边的岩石压过来。巨大岩石看见我自己惊慌失措的脸。岩石压过来，我的心脏马上就要胀破了。我感到没有呼吸了。岩石窒息着我，似乎一点就着。

偶像堂布置在一间广大的容器般的石窟里。似乎听得见远处神秘的滴水声。石头的偶像，粘土的偶像，木头的偶像，这一切偶像在你神志错乱时会为你带路。在飞行时她们不会留下蹄印和鸣叫。但你醒来觉得自己像一个散着香气的稻草人。后来他把自己的地牢布置成一个偶像堂。鸟儿从她的喙上吐出了她自己新月形的潮湿的血污的内脏。喂养我。在地牢里。我几次梦见我在那高高的荒芜的不能感知不可触摸的荒凉之地砸碎了自己的锁链。在远方的草原领着一个叫做血儿的小女孩和一群流浪艺人在流浪。在夜里，这些不安全不安分的偶像，时时在夜里飞来飞去。像巨大的卵形在舞蹈。已改变了她的模样。我只好重新回忆。揉捏，打上金子封条。地牢里经常在夜里吐出金子。我就用那只阴暗霉烂的地牢吐出的金子，制作了一个巨大的金偶像，还把剩下的金粉涂抹在其他泥土青铜石头偶像的脸上。那金偶像是巨大的，占了地牢的四分之三。所以每当她舞蹈时，整个地牢仿佛只是她的腹部。偶像堂只是对地牢的一次模仿。偶像堂有一股牲口棚的气味。牲口棚有一股近乎无限的气味。偶像们在夜里缩小了，飞出了石头栅栏。石窟又恢复了平静。石窟又恢复了天空的本质。一万页羊皮在干净岩石上叠码得整整齐齐。石窟里曾经飞来的几位神已把我的石窟里所有的火与火种吃光。石窟又恢复了平静。

在偶像堂建造之前，必须冶炼金子。先必须建一座小高炉。这炉子的耐火砖还必须先烧出来。好在小坩埚还在。那

还是从平原上带来的。在这靠近平原的肮脏的小村庄，小村
庄很拥挤，彼此用牛粪饼拍成，像一个小小的暴露在草原边
缘的，干牛粪色的小小内脏。为什么没有被群鸟当成食物吃
光和叼走，我在小高炉建成的时候也还是没弄明白。这个小
村庄叫"草原之浪"。是一个混杂着草原、渔猎和农业耕作的
地方。你可以认为她是一个渔村，靠近这高原上最伟大的圣
湖，也有一两户经常上雪山狩猎的猎户。你也可以认为她是
一个农村，有许多半大不小的孩子和他们的父母种植着油菜、
青稞。这是一个危险的所在危险的季节。农业，这是一个危
险的年龄。人们翻山越岭而来，在危险期制订法典，建设了
这个新农村。当然，在大草原危险的年龄期，最主要的人们
都在从事放牧。奶牛和牦牛。奶牛漫步在草原尽头圣湖之水
浸润的草地上，那景色美丽极了。无人能逃脱她。我日夜神
思恍惚，因为那达到金子熔点的小高炉还是没有建成。那一
日，我去铁匠铺里用烧红的钢针开始纹身。草原把那近乎黑
夜深处野兽的图案由铁匠印到我身上。一只铁匠的手，把草
原印在我背上。这是全部草原的黑暗。那时我是如此怀念家
乡丰收时期的打谷场。金黄的稻草黄中有青。稻谷不断流泄
到今天重新整修的打谷场上。人们感到了成年时期收获的愉
快。而这是草原全部的黑暗，由铁匠的烧红的钢针也把收获
的图案印到我的背上。这是与草原危险的主题不相适合的。
铁匠询问我无言以对。草原的年龄比野兽更危险。

　　还必须进一步描绘一下地理。

　　铁匠铺和棺材店紧挨着。就像恐龙和猛犸紧挨着。这种

两极在建筑上的拥抱有一种原始的大庆典的味道。凶狠，霸道，轮轴状的铁匠铺。彻底丧失了任何水源。棺材店提供营养。她是一种氛围，渗透，类似于关节病一样的东西。棺材店的一半是石头洞窟。反正一半是石头一半是黏土茅草与木材。它的气势深深潜藏于地下，可埋千军万马，外面看去，好像只埋在一个不显山不露水的地气十足的地方，正对着一个平坦的长满乌草的小山坡。没有牛羊。没有青稞。你在晴朗宽阔的北方大平原不会感到这股地气，仿佛是阴沉沉的火的一种变体。传说中退向山坡的走火入魔的陷入无限平方陷入相互混淆的根须陷入纠纷使人摸不着头脑不着边际的缺水的雷同的沉闷的黏土堵塞了我的耳朵。我涂抹了这两孔窑洞，相交于三角形的脊背和底边上。

白花花的石头。

巨大石门越来越不接近完成。

巨大石门有一种近乎愚蠢的表情。

他迟钝，粗暴，又是那样的。

固定不易破碎。巨大石门像一道障碍竖立在这天边。石门仍然愚蠢地屹立着。石门的第三阶梯，有一些裸体的猎人、怒汉、金刚、匪徒、马帮头子、武士和铁汉状的人形裸体雕像，肩扛着这上面的石门部分。那些雕像比真人大而硬，线条时时出现错误，没有明确的现实主义基础，有些简直是草草而成的。巨大石门的这一部分，据说是老石匠的爷爷，那个建造圣地的巨大神殿"红之舟"的建筑师，又发疯被囚禁，但在他的晚年，他把他的一生总结在这个第三阶梯上。那个盲目猎人在雨季就在这儿实践瑜珈。他的幻觉中经常出现自己是一些生锈的铁条组成和弯曲的大铁轮子。有时是一个实心的大铁碗子。有时又会梦见自己是火把。而那废墟的主要部分是一个唐朝的洞窟。

5

老族长独自把酒搬到船上。

一刀捅下去。

马倒在地上。

血喷出来。

喷到老族长的手上、脸上和身上。

染红了老族长雪白的胡子。

那血在大雪和冰河上，异常地稠密，粘粘的，还冒着热气。冰河时代降临了，没有预兆，没有歌声。漫长的冰河时代。漫长的船舱中的时代。漫长的黑夜来临了。那时母亲还是一个小女孩，蓬乱着头发，这个像哑子一样的女孩，跟在众人的后面，手里打着一只众人为她扎好的小小的火把，进了船舱。她看见那匹驮着老族长走过大草原的老马惨死在老族长的刀下。她那幼小、稚嫩的心猛烈地抖动。好一阵也没平息。猛地一哆嗦。冰河时代来临了。世界上到处都在下雪。所有的道路都被冰雪覆盖。冰河时代提前到来了。事先没有任何预兆。老族长的话应验了，在这短暂的日子，人们只来得及为自己和自己的孩子在黑暗中扎一个火把在圣地，许多人和许多牲畜冻死在雪地里。世界恢复了史前的寂静。修石门的老石匠扔下了手中的凿子、钻子和大锤，加入了逃难的行列。

老石匠连夜用石头和仅剩的笨重的金属制作了几只破冰斧。他提着一只锅就来了。紧跟在老族长的后面。几乎所有的家长都提着锅。许多窝棚，草栅和石屋里那下面积满草灰的灶上只剩下一个大坑。只剩下烟熏火燎的痕迹。锅已被揭走了。许多人提着锅走在一家的前面。都没有来得及背上那用兽皮缝成的装粮食的袋子。在这张还有着你的少女香气和温暖的床铺上，在这张还有着野兽通过食物，抢劫掠夺和你的漫游而获得的血和肉外围温暖的皮毛上，我做了一个恐怖的梦。但是，血儿，我可不敢完全对你讲清楚这些史前的梦。我先是梦见史前那喧嚣而又寂静的景色。混沌初开，天空和大地一片血红。像一个凄惨的没有形状的自我。这个自我手持火把在向我走来。火把是悲惨的，劈开的，向内燃烧的。总之，就是火把。我梦见我是一只恐龙，和其他的恐龙一直在天上飞。我甚至感到了我嘴中的火焰和气泡。我感到了我的内脏和消耗食物和器官在我的内部也紧跟着我在空中飞。我感到了我身上鳞甲的噗噗作响。我从这一条冰河纵横的大陆飞向另一块大陆。那里只有海浪和森林。在这恐龙时代，只是吃，吃，吃，吃，吃。还有冰河，冰河，冰河。我感到天空先是在天空上变得寒冷。后来天空又在我的内部变得寒冷。在这之前，我还必须再一次结束史前的寂静。我必须使我自己的混沌获得一种虚假的秩序，比如说，历史，真理，丰收等等，我必须首先声明，我放弃了这一切，只是因为那一年村子里获得了巨大的丰收。这次丰收对于少数人，比如我，来说，就是意外的。是致命的。丰收是最后一次打击。丰收像一把镰刀割断了我的脖子。我感到了喉咙上那种近乎鸟鸣的断气。我感到空气从我头颅被割下的脖子流进了我的食道、我的内脏。我看到丰收。我看到滚动在沼泽上的那一颗头颅，那是我的头颅，我看到它的滚动，我看到我的头颅的滚动，是通过我自己的，也就是恐龙的眼睛。是通过丰收。我看到了，就那么一次，对于诗歌和真理来说，这就足够了。在巨大的面对丰收的近似于天空的平台上，坐着村里的长老，那是一些年迈的老瞎子。身体还非常健康。他们唱着歌。在下面。在村子里。获得了丰收。我必须，必须这样。只能应该这样。可有谁能用斧子劈开我那混沌的梦?! 我抱着我的血儿，裸露着我们的身体。我把精液射进她的刚刚成熟的子宫里。那里是黑暗的。我觉得我就要断气了。血儿每个毛孔都是张开的。我不应该这样写我的血儿。但那混沌就是这样的。谁是我手头嘹亮的斧子? 血儿和我躺在丰收的大地上。那里是七月更深的丰收。是青青的就要变黄的茂盛的深深的青稞。就像我的血儿。是茂盛的。深深的。我该怎样为我自己写下这些庄稼。这些眼看就要丰收的庄稼到底是怎么回事? 这些庄稼是这些庄稼? 这些庄稼难道不应该在天堂? 这些青稞，这些从史前的混沌和恐龙的遗骨中生长的一粒粒的小小的头颅，这些用茎，秆，用竖起来的，随风吹拂——那风起自天堂，在原野上承受雨雪的，用闪电照亮的，听见雷神嘶吼的，

771

我的青稞，我的青稞我的青稞，能够酿成节日和懒散之酒的
青稞，啊，青稞，你说说你究竟是怎么回事?! 我还抱着血儿
睡在这青稞地中。人类的紧张已从我俩的身上逃离。那些紧
张的，人类的，纪律的东西，已随风吹走，过了山冈，到村
子里，获得了丰收和酗酒了。那个逃亡者，那个死刑囚，那
个石匠，还有那些恐龙和族长，那些浪流艺人，所有存在人
类紧张中的东西。已在青稞地里消失。但是在梦和一片混沌
中，我还抱着血儿睡在这青稞地中。混沌中，我用镰刀割下
了血儿的头颅，然后又割下自己的头颅，把这两颗头颅献给
丰收和丰收之神。两条天堂的大狗飞过来。用嘴咬住了这两
颗头颅。又飞回去了。飞回了天空的深处。难道这些秩序，
这些车辆，这些散乱的书页真能说明我的混沌，真能咬住我
俩的头颅，飞回天空吗？难道在我的语言的深处真的包含着
意义？难道我已经把诗歌写进了散文？难道这就是我带来的？
难道这竟然是一部关于灵魂的大草原和哲学的小说？难道你
竟然真的存在，在人间走着，活着，呼吸着，叫喊着，我的
血儿，我的女儿，我的肋骨，我的姐妹，我的妻子，我的神
秘的母亲，我的肉中之肉，梦中之梦，所有的你不都是从我
的肋间苏醒长成女儿经过姐妹爱人最后到达神秘的母亲中。
所有的女人都是你。那片无限的即将获得丰收使村里人摆脱
春天的贫困和饥饿的青稞地，像时间的河水流过我和血儿。
我该怎样写这些青稞地。我在我的深处再一次遇见了但丁的
天堂篇。我在我的深处再次遇见了人类的诞生和世纪的更替。
我把她镌刻在神秘的巨大石门上，我将她放在中国西部直至

广大的中亚细亚草原上。甚至还有整个蒙古和西伯利亚。尤其是我，这些年甚至可以说是生活在荒野里。我的伙伴是季节、诗歌、火与遥远的声音。我终生不渝的朋友是西藏和大海。我的爱情是印度。我总是在想，为什么我不生活在雪山，为什么我不生活在僧侣和石头之间？为什么我不生活在沙漠上？我们像是两个失散多年的亲人在一个海浪震荡的狭窄的船舱中相逢。我从你身上看到我们之间在母亲那个大家族中的遗传。我的一切叙述上的错误和混乱都来自世界和自我的合一。在这里，在这个故事中，因为一切都是梦中之梦，一片混沌，所以我不可能把一切都介绍给你，也不能把一切都说清楚，那样的话，我就不是我，草原也就不再是大草原。我告诉你阅读的方法，我告诉你有几条线索，和一场大雪，自然界的景色，以及不确定的，没有年代和时间的晃来晃去的黑暗中的几个人形，还有一些似是而非的梦境。我要贯彻到底。我必须这样说，世界和我，在这本书里，是一个人。

因此，就这样，就这样干。

尼采说，现在是时候了。

现在简直是时候了。

因此，诗歌来源于他的头一句。

6

流浪的人，你不是对草原尽头有一种说不清的预感吗？
说出来你就心安了。

那就是大海。

你有所预料的，但又是突然的海。

西海，西方的海，在我的梦中，美得像一匹被天神点燃的马，燃烧着。

燃烧着。

那海上的霞光没有感到焚烧的痛苦。

西方的海，像是草原尽头远方的笑容。

此刻仍然是干渴的烈日下的大草原。

转眼即是寂静的星星满天的夜晚。

草原之夜。在草原的边缘。

秋矮子用几条柔韧的青藤枝条编成一个花环，戴在他那粗笨的头上。他身高不到二尺。又很粗壮。他嘴里满是锯屑（木匠拉锯锯木段，木条，锯下的木屑，比尘土还细），喷吐着火，又似乎是手忙脚乱地从嘴里拉出了红色的又长又粗的带子。在笨拙的外表下掩盖不了他的敏捷。村民们终于没能看出那红色带子是从他的什么地方弄出来的。草原边缘村庄里的许多树被砍成桩子，立在四周。有一圈白色的已被雨泥弄脏的大帐篷。木条头举着火，或挂着用碗做成的灯。碗里烧着野兽的油脂。秋矮子得意非凡地绕着人群中间的空场，用他那笨拙，滑稽的动作，走了好几圈。有几次是头顶着碗。一次是一只，慢慢添加。前面的师哥师姐用美丽而忧伤的流浪艺人的步伐和天赋走了过去。是秋矮子冲淡了人们观看这些色彩鲜艳而又陈旧褴褛的艺人带来的忧伤和旅愁。这些黝黑的细瘦的四肢灵巧的人儿来自何方？据说那走在前面的最美丽的人儿就是秋矮子的老婆。秋矮子是这些浪子和艺人的首领。他们有没有血缘关系？他们唯一的幸福就是那路途上的泉水。周围有鲜花和蜂鸟的山谷里的泉水。或者是在一片草原上突然自己涌出的泉水。他们没有任何道具。除了一身旧衣服。红色的。带有过去的节日和过去的爱情的痕迹。带有雨水泥水。有些痕迹也已没有了。还有汗水从他们黝黑而细巧的四肢渗出来，是如此漫长的路途，洗净他们那瘦小食肉兽的身体。他们有的人只有一把破伞。不知是哪个朝代遗传下来的破纸伞。有的人有一只瞎了双眼的鸟。这只鸟还只有一只翅膀。有的人会耍枪弄棒，一身好功夫。有的人不停用刀雕刻着木头，或无目的地把一根木头削尽。那只瞎鸟的另外一只翅膀已进入某个村庄某只黑猫的肚子。他们迎来朝霞，送走晚霞。是享受黄昏最多的亲人和陌生人。在冬天寒冷明亮灿烂的月亮的夜里，在寒星下，在野火的身边，度过了多少夜晚。他们没有家乡，没有村庄，没有大理石，没有铁匠铺。也没有杂货店。他们的脸原来是被朝霞和月亮染黑。他们在看不见人的雨里，雾里，雪地上走过。给村里的人们带来了什么？他们翻筋斗。有时多达几千个。看的人头都看大了。他们打叉子。他们是最早用人类身体向人类自我说话的人。有时向村民们借来那些蓝边边瓷瓦碗。然后在离开村庄时又一个不少地还给他们。美丽的秋矮子的妻子一边在地上翻滚，一边总是在做出最危险的姿势时，接住了那些眼看就要摔碎的碗。因为那么多路被他们走过，唯一的预示幸福的泉水肯定被他们所饮。只不过他们饮下的痛苦之泉更多。

他们比我们还仍然是痛苦多于幸福。秋矮子的弟弟秋妹，是一个娘娘腔的男人，但却是一个无可救药的酒鬼。他从来都是醉醺醺的，没有过一天清醒的日子。甚至有人说他和秋矮子是双胞胎呢。我不敢肯定。一个奶油的高大瘦削的水做成的男人和这个身高不到两尺的又黑又粗的小矮子怎么会在同一只子宫里睡过。是不是他把他的哥哥挤成了这个样子，谁也说不好。在清晨，在山梁上寂静无人夜雨已停，而鸟鸣正此起彼伏的时候，他俩一前一后来到了我们这个世界。费了不少劲。他们的母亲使出了最后一把力，终于歪着脖子，嘶地吐了一口长气死去了。在大槐树下，他们被送到两户人家抚养，直到前年，这个酒鬼弟弟才找到这个流浪集团，一块和他们流浪。砸烂了多少酒坛子，多少酒店的女老板都喜欢这个混蛋，留下了他的种子，日后将要做酒店主，或者酒店的店小二，给人切牛肉，提烈酒，打扫呕吐过的地面，再把酷似他生身之父豪饮烂醉的另外的酒徒轰出或拖出酒店。而他自己滴酒不沾，以一本翻得稀烂的画有兽头、僧侣和王冠的羊皮古本自娱。这个小小的秋妹的儿子，也许现在还拖着鼻涕，两只肮脏的从出生下来就没有洗过的小手紧捏着什么。

　　"离开他们，离开这里"，戴着你们的麦草编成的旧帽子离开这里，离开他们。也那，五鸟和札多，离开他们，离开这里。大俘虏说："无论血儿怎样，无论她是跌下了雪山，还是被骆驼商队拐走了劫持了，都离开这里。"离开他们。离开这里。离开他们。离开秋矮子，离开秋妹，离开大熊，离开抱窝的母鸡，离开跳蚤，离开蛙，离开火孩儿，离开他们。

只有马羊，你回来，马羊，你回来，回到我身边。把我周围最后的青色树枝对着月亮烧完。你是我家乡的姑娘，你始终像妹妹，像妻子，像未婚妻，像你自己的泪水一样爱着我。小马羊，只有你和我懂得田野和树，只有你始终留在流浪和朝圣的路上，只有你始终没有背叛我。你要去朝圣，你要跟我走，你要去流浪，你或者和我守在这个肮脏的村庄。为我在地窖中生取温暖的火，为我点起这蓝色的火。你要用你劈柴的声音打断那些遥远的像在天边的不真实的女人对我的折磨。你要用北方的大风剥夺我，侵略我，使我的秋天只有落叶，没有回忆，没有遗失。一些领导秋冬的光光的树干轰散他的鸟兽，让山上孤零零的，没有和尚没有庙。光光的树干孤独地伸向天空。马羊，可是，你不能赶走我心中的血儿。她没有给我带来回忆，她活在我的血液深处。一切的秋天和冬天生起的火对她没有用。她就像那乡间小路上村民担麦用的扁担上的铁尖包头扎在我的眼睛里。那时满天空只有红色的僧侣，那时在我眼里母亲也成了陌生的妇女。

又宽又长的血红色的带子，是雪山那头的一个少女用全部青春织成的。她说着我们不懂的话。她一生都在纺织。在合适的季节，她则登上悬崖，去采摘奇花异草，用来医治人们的疾病。是的，这带子，就是她织成的。如今扎在也那的腰上，划分开那眼泪和生铁的颜色。我发誓，总有一天，我要把这故事讲给你们听。也那在那一天把弓箭，把犁在岩石上摔得粉碎，他在心里骂道，去你妈的！那时也那自由的日子就来到了。那时也那自由了。也那，你对身边的一切怒吼一声，滚开吧。然后你就摇摇晃晃地上路了。然后你就一点预感也没有地上路了。你就在风中像风一样，也那。你觉得自己像一片大沙漠。也那，你向内心深处一看，确实，一滴水也没有了。把弓箭、猎枪和犁在岩石，在那蓝得像水一样的岩石上摔碎。等着吧，也那，不会有人给你送葬的。等着吧，也那，不会有人理解你的。从三尺深的大沙漠下挖出了你的尸骸。一具完整的尸骸躺在摔得稀烂的弓箭中间，也那，你就像是某一次从大树顶端摔到地面的鸟巢中的鸟蛋，而且已经被太阳晒干，也许还被野地的动物舔过。我的自由！我的弓箭！也那这样在心底呐喊着，咒骂着，嚼着满嘴的烟叶，就这样上路了。也那就这样把故乡远远推开。也那就这样上路了。我的弓箭。箭壶里还有十三只箭。十二只赠给了欧亚大陆的十二个大帝国的国王的心脏。还有一只和箭壶和弯弓一起和我的尸骸一起稀烂地躺在这灿烂的自由里。也那这样在心底诅咒着。应该说，也那并没有听见什么召唤。也那就这样茫然而愤怒地上路了。也那上路了。

也那说"这里有人"

也那说"从远方来看我"

也那说"从不同的地方走来"

也那说"在山谷碰头又散开"

也那说"互相告诉一些秘密"

也那说"轰走岩石上的群鸟"

也那说"用力捆紧麦捆"

也那说"这是一束麦子"

也那说"在扛到谷仓前千万不要让她散开"

也那说"赶羊去吃草"

也那说"然后再回来"

也那说"在风吹起时我将指给你方向"

也那说"无风时有满天星斗"

也那说"给世界一个名字"

也那说"从远方来看我"

这就是也那的语录。这就是也那说的。这的确是也那说的。我还曾将这些语录谱成歌谣，那是一些多么美丽的歌，让我们起誓，我们誓守秘密。让我们对火起誓，誓守火的秘密，誓守歌曲的秘密，誓守语录的秘密。往昔的日子里我的肩膀所扛起的一切如今都在岩石中哭泣。

哭泣，哭泣着为我保密。

大风。月亮。月光。仓央嘉措的四行诗。迦丹波利。大雪小雪，回忆着一个陌生的南方少女踏着积雪和月光向我走来。

红色的山峦起伏，伸向远方。

伸展她的两翼。

寂寞无边而来。

血儿，你看，那山坡的颜色，远远看去，和北方冬天晚霞的颜色一样。血儿是无辜的，就像枝条上不经意碰落的花瓣。"血儿，你在哪儿，你在寻找七叶一枝花，还是十字花，那紫红色十字花？"额头很高，头发剪得短短的你，血儿，你在哪儿？你回到自己的故乡了吗？那个带你漫游的北方人是谁？在空寂的山谷，你是独自哭泣，还是在流浪的火堆旁，谁抹去你的泪水？那把用刀子割下的蓬乱的头发，还埋在雪山以下，能看得见雪山，听得见大风和寂静的地方。据说头发是很难腐烂的。这些还编织着红色和绿色花绳的头发，就这样像一只寂寞的鸟的受伤的翅膀埋在地下。那颈上挂着铃儿的血儿呢，那像鸟儿一样的血儿呢？

血儿不注意别人，也不注意自己。她就像一朵云或一缕烟一样漫不经心，充满遗忘，就是这样的。她总是这样的，就是这样的。她也就坦然了。她高兴的是那些消逝在空中的鸟。她不喜欢大象和骆驼。她爱的是那些没有内容马上就要消失的东西。她喜欢风，云和烟。一缕青色的烟对她来说比什么都重要。在遥远的秋天尽头生起的那些青色的烟。有烟的地方才充满了生气。她甚至没有看到烟下面的火。她喜欢的是那些变幻不定的，不可捉摸，不可辨认的类似风吹过来的那种呼吸。她只在这种呼吸拂动的时候存在。她就像一个精灵，而且是这个精灵在大雪封山的火堆旁躲躲闪闪的影子，在遥远的山上，她就像任何远方，遥远得没有内容。但没有人不爱她。就像没有人不热爱远方，尤其是这些流浪艺人。人们可以不热爱父母，不热爱自己，不关心哲学，算术和天文，也可以不管风向，水土和地理。一个人不管是热爱还是鄙视风景，就算是一个被处斩头的人押上了断头台，或者在草原上沙漠上突然发现自己的水全漏光，或者一个人烧掉了自己所有的诗歌把脖子伸进了绳索，但没法不让他想起远方。"远方"这个词会使他一哆嗦。人可以背叛父母，祖宗和自己，可以背叛子孙和爱情，但你不能让他对"远方"有哪怕一丁点像样的反抗，这种事难道还少吗？

流浪艺人的生活是艰苦的。经常没有水喝。我常常流鼻血。收集的每一首歌都有我的痛苦掺杂其中。有一次我已走到了疯狂的边缘。骑着那匹马的马头撞碎在悬崖上。我遇见了小俘虏。这是也那和五鸟那位朋友给她取的名字。后来她照顾着我。往一口生铁的大锅内扔进各种野菜。有时用草和花来喂养着我的胃。小俘虏，就在这漫长的草原漂泊的路上我为你写了多少歌啊。直到黎明来临。头顶的星星只剩下几颗在天光里，像是被打尽果实的远远的树，还有最后几个。透明的，发光的。小俘虏。

哭泣。哭泣着为我保密。

血儿那些日子，属于她的头巾的她那微微有些卷曲和发黄的小辫子，那么么好！有多少好日子！那一小根一小根小辫是在春天和秋天的道路上一朝一夕长成的。那明亮的眼睛，只看守过青烟，云朵和我。小狗和鼓属于她的手。道路和雨雪属于她的脚。辫子属于她的头巾。井水和泉水属于她的嘴唇。嘴唇属于她的歌声。云朵和我属于她的眼睛，除了过眼烟云，还有谁能守在她心中。小小的血儿，披着那从南方雪山深处带来的唯一的头巾和鼓，一路把花戴在头上，从故乡（也可能不是故乡）一直向北方走来，向我走来，颈脖上铃儿丁当作响，那不是风儿吹响的。那不是风儿吹响的。我亲眼看见过，小马羊也看见过。如果你们在路上见到了小马羊，就说血儿和我在一起，说我们在等她，就缺她一个。如果你们在湖边淹过的浅草上见到了血儿，就说小马羊已经离开了我，已经住在我的附近，像过去一样，我又孤独一个。有谁，又有谁，在路上会见到这个把头巾披得低低，遮住了眉毛的小姑娘，如果她没有了十七根小辫子，一定又剪短了头发，穿上了男装。这时，我一定是无可挽回了。我一定在什么地方组织了一个秘密的兄弟会。我们在山洞里储存了不少诗篇和粮食。我们没有后代。我说过我会这样的。

我会这样的。坐在地牢里梦想着你，血儿。

7

远处是一望无际的山峰。近处延亘到山麓的是一些时而旺盛时而贫瘠的青稞田。那个肮脏的破烂小镇子此刻还未望见。那南坡北坡依稀有一些牛羊。像画书上的东方之国的蚕在一片青叶上食。我饿极了。但嚼铁钉的锈滋味再也不能使我免于饥饿。世界上的粮食都存放，霉烂并生长在什么地方？在我饿得五脏六腑都搅动的时候，那一瞬间，我感到天空上写满了文字，写满了饥饿的文字，像只剩下骨头的鸟群在天上飞。我恨不得把石头用手揉软，放在嘴里，舌头上，并放在仿佛长了几百排森森死气逼人的白色獠牙的我的空荡荡的胃中咀嚼。我的肠子像水磨坊主的水磨一样不停地扭转不息。我的肚子像一个空荡荡又破又烂的山间乡村教室发出小学生背书或僧侣念经一样不绝于耳的"咕咕"。我跟跄着走下山。这已是秋天的末尾了。我靠在岩石上。我告别了神秘老人。

在这之前有几天我从昏迷中醒来。我醒来，躺在一个神秘老人的帐篷里。老人说，在离这儿很远的地方，他还有一幢石头房子。那是冬天的住所。我佛在出家前也是在不同的季节有不同的房子。雨季有雨季的房子。还有露台和美女。这个王子，然后就剃一个光头，穿上漫游行乞的衣服，出家，正式加入漫游者的队伍了。他没有音乐，只有思想。我在逃亡的过程中，陪伴我的是景色。他的那幢石头房子，是石门建筑的一个附加部分。那个盲目的老猎人在雨季祈祷，裸体睡在石门的第三个阶梯上。而在整个雪季他则狩猎。再凶猛的野兽也要毙命在这双手上。雪季是为了胃。这老人那简陋的帐篷外有一条凶猛的牧羊狗。屋里挂着弓箭。而整个天空就像是帐篷，挂满了闪电这些箭支。还有太阳的光线。在太阳和风雪都隐去的日子里，在大草原上，我简直被钉在这里，钉在这个不说一句话的神秘老人的帐篷里，一动不动，任群鸟在天上飞，任朝圣的人们含辛茹苦，背着沉重的大锅，盐和酥油，晒干的生肉，把他们的牙齿擦得洁白如雪。锋利的刀子插在怀里，或兽皮靴筒里。这些踏在积雪亘古不化的雪山上的朝圣者，脚上缠着兽皮，磨亮了用鲜肉和骨肉滋养的刀子。从靴筒里一经拔出，立即刺入你的心脏，不差半分，你都没看见那白光一闪。后来我就在祖辈营建的石门边上住下来了。住在一间黑暗低矮的石头房子里。我和祖宗一样，开始对巨大石门一个重要部分的营建和雕刻。举起了我的锤。但现在我还是满身创伤。逃亡在八月以后的荒芜的山上。我踉跄着走下山，这已是秋天的末尾了。我的伤口有所好转，但仍是紫红，嫩红，黑红相间。我用一把马骨做了些日用的器皿，就趔趄着走下山。黄昏的火烧云的形状兆始①着我今夜一定会有酒和粮食。果然，在靠近黄昏落日的地方，一面旗子迎风招展，抖抖索索不停。这是一个十分荒凉的所在。一切都被染成黑夜的色彩。今夜必定黑暗。我把头颅放在那山脚的石头间摩擦了一下。我让全身的骨架松动一下，舒服一下。让骨骼在这种自由中不至于错位。我用那山腰的雪水抹了抹腰部、生殖器和额头。我感到我的肚脐一阵抽搐，一阵一阵抽缩。我仿佛又听见了母亲在竹林间生产我的呻吟。那时漆黑一片，隐隐有血腥味和痛苦的呻吟。母亲咀嚼着什么食物和花果，我已记不清。我的脑子里纠缠一团，团团地打转。肚子里一阵凉气，直压向小腿肚和脚后跟。那时酒店的灯笼已经亮了。我感到全身的真气流向那盏灯火。我再也走不动了。噗地就倒在离酒店不远的一堆石头上。可能又流出血了。毕竟，酒店里的男人对血腥气味是那样敏感。我多少次在昏迷中这样推理。终于我醒过来，已在酒店角落一张十分肮脏的羊毛垫子上。那与其说是垫子，不如说是一堆被扯乱的十分鲜明的温暖的野兽。我感到羊毛的温暖渐渐变成了羊肉味，十分刺激，像柔软的刀尖又压向胃部。胃部就像着了火的幻象中的天鹅。口吐白沫的我又幻成了疯子头人，口中滔滔不绝。我接过一位有刀子一样眼光的人递过来的液体一饮而尽。酒，啊那是酒。是酒。因为是多么多么空的一只

---

① 原稿如此。"兆始"似应为"兆示"。——编者注。

胃，我马上就呕出来了。来一碗玉米糊，账算在我身上。我看见那个刀子眼的家伙不仅是刀子眼，而且脸上横七竖八地刻上了刀疤。我看见他的嘴唇在嚅动。那混浊低沉如寺院佛号的声音一定是从这张脸和这只嘴里吐出。脸和脚不一样。脚是人的真正主人，而脸只是人的傀儡，是脚丫子的影子。我不止一次地这样想，脸，脸这东西，就像丧家犬一样，是长给别人看的。除了自己，谁都是他的主人。笑也是笑给别人看的，哭也是哭给别人看的。除了那些先知和疯子，早就有部落头人打着火把准备好了这家肮脏的小镇。我又踉跄着爬起，像一个真正的光棍，连呕吐的残迹都来不及抹去，就一屁股坐到正中央酒桌的唯一主席的位置上。这本是那位刀子眼的坐位。他是这里的酒王、司令和主席。可我就根本不管这些。我必须用一坛子一坛子酒把我这条在地牢在荒芜的山上丢失的命捡回来。我知道。这是我的命定之星，酒，每当我大醉或十分饥饿后，呕吐了一地，我又能在这呕吐的滋味中十分地痛饮一次，大醉一次。我的呕吐，恢复和再生功能之胃十分完善，哪怕我全身已十分瘫了。我仍是酒神，大风和火速运行的雨阵雷鸣之神，我更是酗神。我的火红的心又"啪"地断成两截。我连人带椅子飞到地上。我的脑袋中又有火把又有美女。原来是一个满脸卷毛和肉团的家伙将我摔倒在地上。这可是那人的兄弟。我不顾伤口的破裂一下子就火了，好好抄住那家伙的一双铁铸的小脚一把拖将起来。可能我模模糊糊的脑子想着另外一个家伙的脑子该飞出他的颅腔之骨。我的心里乐开了花。他倒在地上，也出了血。

有人慢慢地扶他起来。可能是老板也可能是刀子眼。我十分舒服十分愉快，伤口于是就更加十分痛起来。我从酒店的地下抠了一些带酒味的泥涂抹并狠狠地按在那儿，止住了伤口的叫唤。伤口就像一群善良的羊一样，在这一皮鞭的抽打下，再也不发出"咩咩"的叫唤了。我借力扶起椅子，又端坐在上面，像一位发须全白的长老，僧官，像一位我曾在沙漠梦游的马背上一教之主，在部落称王称霸的另一头颅。我环顾四周，似乎都是我的族人或山洞中的金刚手。心中心更在。铁中铁亦在。我抱起地上的大坛子，咕噜了多少口。

我唱起了山洞中我自己的歌：

　　紫杀王

　　铁金王

　　铃铛响

　　杀人忙！

杀人忙！杀人忙！一举锁链吭呛呛！锁鬼忙！杀人忙！我大笑三声，连饮三口。这只中等坛子在我手中十分技巧地转了数圈。又大笑三声，连饮三口。这样转来转去，喉咙咕噜了数次。终于我的酒精的数学完成了。我一甩手，那坛子像我刚才一样飞起来落地，一直洞穿窗户，在墙外轰然一声，应声而碎。我又高唱拿酒来。我也不顾我身上只有伤口却无分文金银。但我是见酒如命也是见酒不要命！他在我下面坐下，对店主说："再给我端十几坛子最好的来。"几个人又围桌子坐下了。那个仰面摔在地下头颅喷出血的汉子已被抬进隔壁。那是老二，后来刀眼人跟我说。刀眼人让人倒满了酒，并给我倒了一碗酒，溢了些，并向我端起了碗。我仰着脖一饮而尽。他也一饮而尽。其他人也都纷纷倒酒喝酒吡喝着吃着唱着。山头也在微微抖动。众人后来便是狂饮。应该说在此之前我是否大脑出了问题，产生了错误，并丧失了对部分时间的记忆。我模糊记得有人给我端来了一种黑白相间的粮食，和水拌搓，我抓起就吃。一口气吃下了三大碗那种类似玉米糊和炒面的东西。因此肚子就像一团大火和屋底地窖粮仓有了一些垫底的。有了地窖底喝起酒来我当然是很烈的。在众人狂饮中我最狂。全身抖颤像沙漠上披头散发的呓语的神，坐在一面古老又大的鼓上。全身是火药硫磺味，羊臊马尿味，和化为青草野花的阵阵香气。在我的数学体系中，我听到天空终于参加了进来，带着他的金黄星星绿发的星星，或火焰般狂舞的宇宙边缘穗带的星星。我的建筑终于像一艘至高无上的"渡舟"建在世界最高的山头。我给它起名为"绝无仅有的红"，"红之舟"，"红色的渡"等等，还有附加的民房，马厩，囚牢，羊圈，猪圈，牛栏，厨房，军队营房，外交驻扎地等等，还有所有飞鸟的灵魂安葬之所。我似乎又回到了深深的地牢。但在地牢中我怎么又突然有了这么多酒肉朋友，把酒盏内的绿色的火向我举起，并吞到自己的肚子里。我极力在我的身上和身旁扶住我的火焰。其实这火焰就和空气一样虚弱。水和种子已流尽，已从我的头颅中飞走了，落在远方的草原上开花结果。我感到在远方的大草原上我的蹄子变成泡沫飞溅的头骨和酒杯。

铁匠！

铁匠！铁匠！

铁匠！铁匠！金刚手在空中变幻了几圈，变幻了数种人兽形象，幻成一个铁匠在我的酒桌旁站起来。先是把几个牛头颅和羊头颅（还没有啃光）和几大盘树枝带青叶都踢到地上。好像抽打了他。一种羊癫痫犯了。向我敬酒。那金刚手变成的铁匠就像一个小型铁匠铺。丁当乱响。又黝黑又结实。一座小铁塔浑身是煤烟和铁屑的味道。原来这铁匠是个聋哑人。越是聋哑就越想诉说什么。咿呀咿咿咕。说个不停。像个未成婚的快乐的异族猎人。因为呕吐浑身是兽粪味。这个金刚手又变成我，滚到了兽圈和地窖里。我设计的"红之舟"里有时充斥着一种史前异兽的臭味和香气。

8

巨大石门的一部分与"红之舟"有明显的继承关系。

巨大石门面对着可爱的羊群般的石头。

俯伏了，地。

那些白花花的整齐如弓如轮轴如星象，布满方向，紧紧钳紧无言天空的白花花的石头。

我用灵魂之手指引它们。不能说这些羊群在我的思想和建筑中十分听话。

它们在夜里变成不能驯服也不可驯服的石头，尖叫着，像一些尖锐的武器。

在废墟的内部，那些石器时代的猎人手中紧握，临死双目紧闭也不松开的，不知哪一种野兽的角。

石头。

石头。石头。

悬空的崖。大弓和栅栏。角，矛，斗，轮轴。血红的轮轴。白骨一样的轮轴。堆到一块的石头超过了球体的重量。

我们来到了那个唐朝的洞窟。

冰河时代之后，在东方建立了一个唐朝。在那个天气晴朗的日子里，我和血儿骑着马，其他几个人坐着马车来到那个唐朝的洞窟。那洞窟里的彩塑似乎被温暖的火光映红。刚从冰河时代逃离了洪水和冰河的中国人有了第一个像样的家。在家中，中国汉族人民生起了火。火光映红了四壁。出现了温暖的壁画和景象。冰河和战乱以前基本上是荒草和墓地。巨大石头遮住了小村。先秦是墓地和孤零零的对奴隶施加酷刑的首都。然后是战乱。在战乱和称王之前只是一些孤零零的半山坡上涉河而居的用石斧挖出的洞穴，上面盖了些刚刚伐来的松树，还流着芳香的松脂。还盖了些用石刀石斧从壕沟，从那些用来防御虎豹的大沟之外割来的长草，铺做屋顶。这种半似山洞半似房屋的内部是以粘土烧制的陶器，用来打水和盛水。不知有无牲畜。陶器上画满了大地上水和空气和几何的花纹。但这些村子里的人死得很早。终于淹没在草丛中。后来就是多年称王称霸的战争。和平没有了。陶器打碎了。扯下了屋顶上的干草，用青铜埋葬了这些半山坡上周围是红色火焰般粘土的村落。后来是战争。有一人当了全国的帝王，那就是秦始皇。他要把以前的各种思想和思想的学生投进火里和坑里。修了一条城墙，用来防御北方。后来又是战争和饥荒。汉朝建了一个简陋的村庄，有粮食，有石头，有墓地，有马，有人，有枪，还有不少分封到各地的小王。后来又是战争。那是三个人的战争。终于到了唐朝这个家里生起了火，雕刻了巨大的石门上的石像。四周画上了城郭和丰衣足食的景象。没有村庄，到处竖起了城墙和宫殿，制订了刑法。在汉朝出现的地主，大地主和小地主越来越多了。到了宋，就出现了不少商人，小贩，和倒爷，还有纸币。不少地主也兼做买卖，开了米行。然后就是一大批强盗好汉在临江的酒楼上饮酒，写反诗，抢生辰纲。这些武士，和尚，浪人，小官僚，刑事犯，这些打渔的，无业游民，云游道士，开黑店的和军官，这些精通武艺的，脾气暴躁的，性子刚烈的，眼里揉不得沙子的，一点就着的粗鲁汉子，以好汉自居，凭力气吃饭，在酒楼上在江湖上厮混，杀几个贪官污吏，然后抢一些银子，来到酒桌旁坐下，对店小二吩咐：先切五斤好牛肉来，酒只管上，然后跟跄着上山，拳打脚踢。弄死了老虎，把字刺在脸上，烧掉了草料场，上山入伙去了。他们聚在一起大闹了好一阵，直到明朝一些穷困的，辞去小官的不得志的读书人从老百姓中点滴搜集，写成了几部千古奇书。这时，在山顶上，在废墟内部，有谁最先想到要修建第一座钟楼呢？谁又是那第一个铸钟人呢？不断地撞击着，不断地群山四起，不断地刺杀着景色和生灵，可有谁聆听过那一阵阵高悬于平静而结冻的北方之海，那像石头一样滚动的海浪之上北方的钟。那北方的钟声在海浪中，与海浪翻滚的节奏有同一种命令。可有谁聆听北方那半夜的海面上阵阵钟声。面朝北方的钟楼，坐落在巨大废墟的内部，你的建造人是谁呢？那走过海浪踏着海水却来领取的海水。那阴郁的铸钟人。那北方巨大的钟。那不断地回响，不断地聆听自身，不断地撞开世界，不断地召唤过去，回来吧，不断地打击着你的那钟声。铸钟人仍住在石门和废墟之间的一个小石屋。扔下了手中即将熄灭的火把，投入一大堆干燥的渴望点燃的劈柴，白痴只活在这山顶的阵阵钟声里。成了白痴之后，在山顶上，他看着脚下的大雪和羊群，脑子里空空如也。像阳光一样空荡荡温暖。在意识深处自我召唤呼喊自己回答自己进行一场秘密谈话。那大雪中逐渐明亮的羊群和海。那一下子就到达中心的钟。

但是，还是必须从头开始。

我在这个故事里，必须频繁地朝圣，必须不断地起飞，但是，空气总是围绕着我。如果有一只鸟，是北方的，黑色的，天空上的，也吃粮食的，上空的，身体。就不断地起飞。故事必须不断地开始。又一次重新开始。都没有结尾。诗歌来源于它的头一句。

我有一首长诗，是写世界怎样化身为人的。这是我们这个世界的意义的真理。世界和这个内在的我都统一于这个有着外在和内在的人身上。这第一个人，他要说的时候，他总是说，总是说。是的，我要从头开始。那年，那一年我在夏尔巴人的篝火旁，我在攀登喜马拉雅珠穆朗玛的世界登山运动员之中。第二天就要正式从大本营出发了。我第一次听到了这个我和血儿的故事。她穿了件洗得变淡的红色套头衫，就像运动员们在秋天早上跑步时经常穿的那件。她滔滔不绝地说着。我第一次听到了这个我和血儿的故事。

她讲的故事发生在这广大无边的夜草原的北方。在大草原的北方的尽头。我燃起一只火把。我把这只火把交给你。你沉默地近乎残酷地接受了这只火把。你把它高高举起。血儿，你把它高高举起，用来照亮我，用来照亮这个高大的天地之间的手足无措的白痴。你把火把高高举起，照亮我的脸。整个草原像一面黑色旗帜，在风中翻滚。南方的武士翻山越岭，抬着那巨大的华盖和宝座，要接你回家去了。这一夜我连夜扎了多少火把。这天夜里，草原上神秘的兄弟会举行这些年来最大的一次仪式。他们举起火把，一个一个，孤零零地，翻到那巨大的石门上，翻上了那狭窄的天梯的那一段，是那个曾经囚在地牢的发疯的建筑巨匠后来营建和雕刻的。他们一个一个爬上了天梯。天梯上方是一个石头的牢笼。里面笼罩着一个从大草原的北方捉来的一只巨大的狮子。一只双眼已瞎的巨大的狮子。这只母狮子是在为子女捕猎时被捕的。如今囚禁在这个刚能容得下她的石头的牢笼里。她三天三夜吼叫着。今夜是结束的时候了。时候到了。披着黑色斗篷的大草原上神秘的兄弟会会员们举着火把，爬上天梯，把火把投进他头顶上方那石头牢笼。一共扔进了十几只火把。把石门和兄弟会会员的斗篷照映得通红。那巨大的像一位神秘母亲的母狮子没有发出任何声音，伏在烈火中，烈火化成了跳舞的人形。草原尽头神圣母狮一声不响，任烈火笼罩，她像黑夜的女王又像黑夜自身，伏在烈火中，轻盈。天梯上大火熊熊。我在地牢里，感觉到头顶的果园、宫殿和我建造的一系列高耸入云的神秘的"红之舟"。石门带有它们的痕迹。我在地窖中，把一张张羊皮和一块块牛粪饼或一根根劈柴扔向火中。我站在血儿面前，任火把高举到我的头颅前方，热烈的泪水在脸上变得寒冷。那些草原神秘的兄弟们把火把投进石头牢笼里母狮子的身体上。我在地牢，地窖，山顶洞，海边或大气吹拂的草原睁大我的双眼看着这个黑夜中唯一的狮子被那些火把烧成灰烬。被兄弟们的火把烧成灰烬。

9

这压迫大草原的流浪艺人的鼓声！

从这边望去，对面的山上只剩下了些折断的石头柱子，像一些惨遭天空刑罚的断肢残体。石头已经停止生长，永远地就这样残缺下去了。雨终于停了。血儿所喜爱的烟，青色的炊烟，或者是白色的烟，从那些已经定居下来的，在大草原边缘进行收割的人们，那些原先是游荡牧人的后代们所生的烟，用火烧在干牛粪上，这些烟升起来了。这些烟毕竟生起来了。有一些牛群已从山谷涌上山脊。不用眼睛我也能感到一道巨大的彩虹横跨天空。不用说，血儿又让泪水挂在她的脸上了。又想起山坡上那些羊群，在哪儿躲避雨雪呢？晚上，我让老板烧了些热水，用干牛粪生火在屋子里。房子里黑乎乎的。没有点灯。只有火光，照亮了我的裸体。我，将衣服扔在地上，坐在大木桶里。我像是脱下了因为某位藏在山间魔法师的诅咒法术而变成的某种动物的躯壳。鳞甲变成了光滑的皮肤。蹄子变成了脚。爪子回到了手。我只感到一颗人类的心在人类的肉体中跳动，那么新鲜那么稚嫩。血儿在隔壁。作为隔墙的木板只有半人高，也在用水沐浴。过了一会儿，血儿穿了一身又宽又大的男装，头发上插了一把用兽骨制成的梳子，那梳子为什么用了那么久还是那么白，我不明白。她的头发还滴着水。

她默默走过来，从堆在地上的干牛粪堆中拿起两个圆圆的牛粪饼加入火中，又用铁钩子拨弄几下，火一下子旺起来。我坐在大桶中，尽量不弄出水响。我像是坐在海底，看着一个人类女儿的影子从海面上向我移来。血儿还是像天空上飘过来的云彩一样不说话。这是一朵远方的云，飘过了家乡火光的上方。我刚从海底归来，分不清家乡和远方。我没有回忆没有思想。过了一会儿，血儿又开始唱歌。那是歌唱泉水和一根用来担柴和盐和茶叶的扁担，和那被砍下的水边的桑树。我在这歌声里听到在故乡的水畔，一棵桑树和一排桑树像一位女儿苏醒了。她问，是谁把我叫醒了？血儿一定是在海中降生的，这我完全相信。血儿应该是在一只独木舟或一只木船船舱里降生的，或者是在海边柔和沙丘中降生人世的。一出母腹，就闻到了苦涩的大海的气味。海边的鸟仍然在空中飞行。但血儿降生了，像一位遥远的客人，云和闪电，钻进了海浪，这次从海浪中露出小脑袋。海浪把她推到人间。她降生时只听见海浪翻滚和鸥鸟长鸣。那里没有历史。没有渔村。一个男人和两姐妹。她是姐妹当中哪一个生下的呢？这故事又是谁讲给我听的呢？

血儿跳起种种名为"闪电""雨"等等这些没有开始没有结束只有高潮贯穿的舞蹈。不用任何乐器伴奏，只要是大风，大雨，大雪就能召唤这种舞蹈，配合这种舞蹈。五鸟的鼓能给"雨之舞""闪电之舞"戴上一种类似高山的顶子上石头滚动的节奏。我用内心看到和听见的我完全无法复述。

这舞蹈是带来献给谁的呢？沙漠部落和草原上的强盗把她养到十年以前。难道真是那些强壮的凶狠的用力量和残忍生活的人，把这种近乎抢掠和流浪的节奏，给了她的童年？她跳起闪电和雨水之舞，但为什么又叫"闪电"？为什么她在分别时要跳一种我从未见过的，她也从未跳过的"海浪"之舞？这已是多久以前的事？在高大的废墟内部，有一间秘密的用舞蹈来祈祷的场所。必须由一对双胞胎姐妹俩来跳。一为光明之舞，一为黑暗之舞。孪生姐妹的整个舞蹈都是由这种秘密教义规定的。在这个秘密场所的周围，四面都是宽广的大厅，这就是神秘合唱队所在地。现在也已残破。但石头柱子即使折断了也仍然很神秘地立着。上面雕着陷入狂乱的声音之神，歌唱之神。这些人头或兽头一个接一个地铺在这断残的石头上。他们只是头颅铺在一起，都没有身子。而且这些人头或兽头的眼睛是紧紧闭着的。像一些虚假的门扇，外面雕满了门扇的形状，里面垒满了石头。其实是此路不通。

神秘合唱队的外在眼睛总是视而不见，仅仅是一种符号，像一种生硬的形式。他们这些人兽的眼睛都是没有内容的。内容向上，向一种更秘密的场所汇集。从那里歌声传来。歌唱之神和声音之神秘密地俯向下方，向着胸部，喉部，嘴部，发出了类似雷霆，大风，雨雪的声音。其中还有雨雪漫天飘落，海浪推动陆地。

这些合唱队的后裔们肯定还遗留在这又破烂又肮脏的小镇上。他们在山上放牧或在山谷间收割庄稼时会发出一种神秘的和声。人们说，翻过山梁在草原上都能听到。他们家中陈旧的柜子里有一些古代的羊皮，上面抄满了神秘的文字和歌声。但是，这一切，和血儿又有什么关系！和血儿用舞蹈召唤和安慰的精灵和大风大雨又有什么关系！和血儿用她的歌声来复仇又有什么关系！血儿第一次爆发出了她自己的歌声。两山退向后方，已成为废墟的城市像一把大斧没了斧柄，锈迹斑斑，躺倒在大草原边缘这个山谷和半山上。山坡上又有闪电又有牛羊又有雨雪。我几乎已经感到了幸福的来临。我感到了幸福的来临。在这个小镇上我们几乎安顿下来。

马车辗过我的夜色和曙光。和血儿在一起的日子是多么幸福而短暂。那映过草原两旁早霞和晚霞的车辙，老马和小马。我们简陋的行李和几张兽皮，还有我继承我那死去多年的父亲，那游牧部落唯一首领，他留给我的一个十分美丽的灯台，上面镶满了宝石，像一棵乐园的树，甚至就像乐园自身。它映照过多少次血儿那美丽的脸。它比血儿自己更知道血儿的美丽。我在我的歌声中流逝的那些夜晚都同血儿一起流逝。血儿曾经骑过的那匹小马也许已葬骨在某个青翠的山谷中，那里也许有一个叫卓玛的小姑娘在放羊，挥动着她黝黑的胳膊和小小的羊鞭，不去抽羊，而抽打着小路两旁的青草和野花。她也许会在雨雪中唱歌，在大风中跳舞，而当闪电来临时，会躲到草棚里一声不响。她是多么不像我的血儿，虽然她的面容，她的姿态，舞蹈和隐约从远方传来的歌声，和血儿的依稀相似。但她太不是血儿了。这个燃烧着我心窝的血儿。还在雪山的部落间流浪，跳舞，歌唱吗？流浪的马车又上路了。我们又看见了两边飘忽的云影。我的心脏收缩。我的耳朵轰鸣。这个世界又开始漂泊。天地又被绑在马车的轮轴上。夜，像黑色的鸟，黑色深渊，填满了我的头颅。

夜已来临。

泉水周围的山坡隐藏了他和她的飞鸟。

夜来临。

天空收起了自己的舞蹈。

飞马也飞回了天堂的马厩。

我们的车轴和轮辐在夜色中显得十分孤单。

我们的马在夜色中更像它自己的影子。

夜，迅速来临。

在冬日的浪游的山上，思想，和一场大雪竟然会如此相似。在那个末日之前，在那次灾难之前，当我对你讲起大草原的时候。大草原和北方的海，冰河组成了兄弟姐妹。大草原深不见底。大草原漫无边际。以前，在山上，在那个大雪封山的日子里，在札多逃出了山口以后，我和你，我的血儿，我，觉得我已经得了雪盲症。我的眼瞎了。黑暗把光明和火焰囚禁在这两块岩石似的地方，那就是我的眼睛。

大雪封山。

我们又一次在那里遇见了那位猎人。

西北风刺入骨髓。

我们又一次在大本营遇见了："德尔干达西风旺"这位猎人。

和他的猎狗"堆火上天"。

大雪封山。

大本营成了冰雪世界。

早上起来，狼的足迹一直通往更深的山里。

后来连野兽的足迹也没有了。

血儿在这石头房子里像个精灵含着指头。身披着卖艺的衣服。还在裸露的脖子上挂着少年女巫时留下的几种骨制品。这个少女精灵衣服肮脏不堪。我们简直像是生活在一个地窖里。我常常怀疑自己已经盲目了。有那么一会儿我竟然视而不见一切。一瞬间我什么也看不见了。我不知道这是不是幻觉。在一个百年未遇的暴风雪中，在大雪封山的时候，是很容易盲目的。雪盲。我会像一个卖唱的老瞎子拉着琴唱着歌翻着白眼。世界对于我来说时时在悬崖上，在悬崖上更高的悬崖和下面更深的谷底。有时，世界是一个没有深度的二维世界。甚至整个世界只剩下一条直线。只有在最后，剩下一个点，倾听的点，在深渊和悬崖上空飘荡。

如今我终于来到这里。

雪盲像一道光明照亮了高山的顶部。

如今我终于来到这里，伴着血儿，在大雪封山的日子里。如今，在这地窖一样的石头建筑内部，我们点着兽油，讲着死亡与恐怖的故事，为血儿编成一段舞蹈。取名为"石头内部的夜"或"石头内部的舞神"。石门，固定，坚强，像我们的骨骼和中心。但舞蹈是不能表达这巨大的石门，用流浪也不能表达这石门的坚定，永恒，它那超出人性的废墟般的品质。

血儿，你后来为我唱歌，你从此弃绝了舞蹈。全都怪我这双瞎眼睛。我们走过山口了吗？我们走到春天的村头了吗？有人递给人们粮食和奶茶吗？灾难之后，这世界还有别的什么吗？血儿，告诉我，告诉我已经忘了的一切。我再也想不起来的一切化成歌声。一个披着斗篷的人正在他的诗歌中用仇恨歌唱着你与我。血儿，在那个冬天，破冰船开来了。好几把冰斧在前面挥舞。那些人穿着野兽的皮在前面破冰开河。或许你早就已经觉得一个完全新鲜的陌生的类似女人的东西在你身上在你的内部长成了。一个稻草人在田野上跳舞，戴着农夫戴了好几代的破草帽。稻草在身上已由黑变黄。

在我的面前冰河蔓延着，像一个古老的誓言守着她自己的秘密。你的故乡在喜马拉雅的南面，在那个半岛上，靠近蓝色的海洋，印度洋上的风迎面吹来。血儿，在这个告别的时刻，我愿它给你再讲两个故事。我要给你讲一个在地窖中披斗篷的逃亡者的故事。我要给你讲一个草原母亲的故事。你初次感受到自己在内部成长为一个女人。血儿，是分手的时候了，我从那温暖的无风带漂流的没有淡水的船上，我从僧侣，武士和火刑堆上，我从印度，从那面临印度洋的盛着麦子和棉花，思想深刻而混乱复杂的热带花园和隐修树林，我从喜马拉雅山的南方把你带过了喜马拉雅。我在你身上倾注了我所爱的一切，倾注了我所有的爱情与灵感，我把你当成南方和南方大海的一声召唤，我把你当成理想的女伴，小小的女孩，如今你已长成人，要离我而去了，去吧，我的印度洋的少女，雪山的女儿，你几番在我梦中出现，变成了不同的模样。在我的这个故事，这本寂寞而痛苦的书中，你是唯一值得活下去的。你乘着这第一阵大雪，或第一阵春风，或第一片落叶，去吧，从我的呓语和文字中走出，在印度洋的和风下，长成一个真正女儿的身体。你具有一种异国他乡的容貌。你的美丽不是那种家乡的美丽而是那种远方的美丽，带着某种秘密，又隐藏了某种秘密。我流浪和歌唱中的女孩如今已经长成了一个女郎。她带着我的愿望，我赠予的名字和我的思想，带着对北方的荒凉的回忆，回到了印度洋的大船上。

我第一次见到血儿也是在一座山上。血儿当时正要被人当成小女巫来处死。我与也那，五鸟，还有札多是在前一天深夜来到那座山间小镇的。正是听说那里要处死一个小女巫，我们便匆匆赶往那里，多少也带着些看热闹的心理。我们赶着我们的马车就出发了。是在深夜到的。这一点我在今天还历历在目。这个披着头发的小巫女第一眼就给我留下了很深的印象。她就像闪电那样明亮，那样美丽。这种美丽带着一种突然的命定的色彩。人们的心理对这美丽没有得到任何事前的提示，没有任何开始的期待，正因为如此，人们对闪电和血儿的美丽感到致命和绝望。就连饱经患难，心理上面临死亡的我也免不了有一种巨大的震撼和波澜。一群僧侣蒙着面，只露出两只眼睛。如果距离不近，你会无法分辨那些眼睛是年老还是年轻。还有几个武士打扮的人，骑在马上，身披铠甲，头戴金属的头盔。我当时就知道。血儿必定是属于我的。她不会属于死神。她不会死亡。就像我必定活不多久一样。血儿非常平静地骑在马上，手被反绑在身后，眼睛明亮而闪烁着光辉。我一阵热血上涌。那些披着黑袍的僧侣像一群山梁上的老鸟簇拥着她。她全身雪白，头发披散着，但被两个僧侣剪短了，像一个英俊的男孩。那是两棵非常高大的树。在草原地带非常罕见。这两棵高大的枫树给游戏的儿童提供枫球。还有枫叶，红色的，映在雪地里。那是一个非常寒冷的冬天。风从大草原或者大草原的北方吹来。我们披着大斗篷。像四个来自神秘王国的使者。我们的名字，我，也那，五鸟和札多。我们站在路口中。看着冬天明亮的月光照亮雪地。一群僧侣簇拥着美丽的小女巫，无比沉默地，走向她的死亡。她被剪短的头发也感到北风吹拂。她轻轻地，像自语般地说："我想喝一口水。"围观的人群中有一个端着一只盛有热水的木碗递上来，还冒着热气。但她拒绝了。她这样说："给我泉水。"再也没有人理她。僧侣和死神仍簇拥她前进。我跨上马，飞奔向远处的树林，马飞快地踢着冰雪，我到了，在这儿，我昨夜就已知道，有一道不冻的泉水。我灌满了一羊皮袋子，又飞身上马，飞奔回来。已经有奇怪的音乐响了，死亡临近了。我看见她跌下马来，用嘴唇吮着用嘴唇吃着地上的雪，我一把冲上前去，把羊皮口袋递给她。僧侣们满怀敌意地看着我这个陌生人。她抬起头来，用鼻子闻着那羊皮口袋中的水，轻声说："对，这正是那不冻泉的泉水。"泪水滴落在羊皮口袋上，一滴一滴，打湿了本来就被冰雪、泉水和汗水浸湿的羊皮袋子。你对一个没落的世界还有什么要求呢？除了救出其中应该救出的部分。我感到在我灵魂的黑夜里出现了一线曙光。这就是我和血儿的第一次见面，后来血儿就跟着我们走了。这是一个冬天的夜晚。血儿后来就断断续续地告诉我她这十几年来的经历，可能是海边两姊妹所生，又在强盗窝中度过了艰难的童年时代；十年以后又在女巫家中和老巫女及其他几个同样被老巫女收养的几个巫女姐妹一块练习那种舞蹈，咒语和唱歌。然后又跟着我们几个流浪艺人踏上了没有故乡没有归宿的流浪漂泊的生涯。她在痛苦，闪电和流浪中学习到的东西是那些在幸福家庭和故乡长大的女孩子们无法体会到的。她如此美丽，就像树林把自己举到山冈和自己的头顶上，把自己的树根和岩石举到树梢和云。一切少女都会被生活和生活中的民族举上自己的头顶，成为自己的生活和民族的象征。世界历史上的最后结局是一位少女。海伦和玛利亚。这就是人类生活的象征，血儿，她就像闪电那样把自己照亮，转瞬即逝，又像烟一样变幻、弥漫。那白色的从山梁上升起的烟和歌声，那遥远的路，一样属于流浪的人群和流落道路两旁暂时安顿和居住的部落和村镇。我必须说，十六岁的时候，那时候，父亲这个老部落首领还在人世，有一段时间，我天天看着那些抄着各种字母的羊皮子，那个石垒的冬天才居住的屋子里就是这股子羊皮子味。我连续看了两三年，十六岁的有一天，大概是黄昏，也许是夜晚，我突然发现了一种关于"超越"的真理。那一天我获得了极大的喜悦。以后，在我人生的旅程中，有那么几次类似这次的狂喜袭击了我。我那时竟会处于神魂颠倒的状态，口中念念有词，逢人便要述说我的思想。那思想就像道路两旁红色的鲜血般的花朵。烈火就要冲出地面。我是多么珍惜那些羊皮子和字母给我带来的狂喜和高烧。如今，在部落高大教堂的后面，在高大教堂的石头废墟和书卷废墟的后面，在那些高山的山巅，在暮色中，在埋葬尸骨的山上，山顶之上，在用"光明之火"的名义垒起来的露天尸骨的上下四方左右的石头围子上，仍然保持着那些狂喜。我们把马车停了下来，观看这些栖息或飞起的雪白的鸟，这些高飞的精神，它们竟然也有自己的繁殖习惯和繁殖地，多愿这些飞起来的飞走了就一去不再回头。它们的确不是这样的。它们以这绿宝石颜色的湖水中游动的另外的肉体为食物，一个猛子扎到水里，用喙叼起它们。在这里，很快，连这马车也成了飞鸟暂时的栖息之地。血儿张开双臂，两只小胳膊微微向上升起，然后模仿飞鸟的姿势旋转起来。她怎能从地上飞起？血儿在地上跳跃，扑打着双臂，终于惊散了四周雪白的鸟儿。

太阳·弑

1988

太阳·弑①

（三幕三十场）

　　（非情节剧，程式和祭祀歌舞剧，为几只童谣而写，为一个皇帝和一场革命而写，为两个浪子而写）
　　（三联剧之一）

人物

　　巴比伦王
　　宝剑
　　吉卜赛
　　青草
　　红
　　猛兽
　　十二反王
　　疯子头人
　　女巫

---

　　①　这是海子的仪式诗剧三部曲之一。海子原打算写作的另外两部仪式诗剧是《吃》和《打》。——编者注。

老女奴

两只小鸟、两匹马、两车夫

四位抬棺人

小瞎子、稻草人、无名人

魔

大司祭

老人和小女孩

造剑师和几柄剑

公主的众影子

众兵器幻象

众流浪儿

众纵火者

饮酒诗人和酒鬼

众兵

众回声

廷臣若干

收尸的农奴们

（以上角色，演员可重复表演）

（演员的行为动作和言语特征带有恍惚、错乱和幻象特征。不应太注重情节）

（背景是太阳神庙——红色、血腥、粗糙——是大沙漠中一个废墟）

（音乐用鼓、锣、钹、佛号、喇叭、鸟鸣、雷鸣和人声）

（基调是红色）

序幕

第一场

（疯子头人，二小鸟）

疯：你好，小鸟，你们今天起得格外早啊，是有什么喜事，还是有什么祸事，请告诉我，告诉我这疯子老头。从沙漠搬到这有着两条滔滔大河的国家，搬到巴比伦，这古老而没落的国家，我还没有听到一件真正有意思的事，今天你们小姐妹俩起得格外早，一定有什么话要对我说，一定有什么惊人的消息要告诉我，是不是啊，小姐妹？这几年在巴比伦的旷野上我们同甘共苦，我为你们俩捡树枝和碎小的石子，为你们垒窝，那可是一个温暖的小窝啊，你们俩从西边大沙漠中逃出来，从那个瞎子老头严酷的管教下逃出来，从那个瞎子先知那个沙窝窝的家中逃出来，第一次有了这样像样的巢，你们当时就许下了心愿，你们当时就答应我，要利用先知赋予你们姐妹俩的本领，好好报答，要把这整个巴比伦王国的一切即将发生的大事告诉我，把大事提前告诉我，把一切吉和凶的预兆告诉我这疯子老头。我在这两条大河畔，在这荒芜的旷野上，已经生活了几千年，我曾是这两条大河畔百姓的祖先和头人，我已经十分衰老了，我衰老得忘记了自己的姓名和年月，我只知道太阳每天早上升起，又在每天黄昏落下，我只看见春天来了，南风来了，红花绿叶铺满我所在的旷野，结了果实，接着就是秋天和寒冷的冬天。我曾目睹巴比伦的多少兴衰，就像巴比伦河水的涨落，我看见多少王国的兴盛和衰亡，有游牧的骑马的王朝，有种地浇灌的农业王国，还有多少英雄多少诗人多少故事我都见过，如今我是老了，但我的心仍然渴望一次变化，渴望一次挣扎、流血和牺牲，只有流血在这没落而古老的土地上，也在我这没落而古老的老人心上才是新鲜的。告诉我吧，告诉我，亲爱的小姐妹，是不是那永远年轻的神魔又给这没落的巴比伦河带来了血腥而新鲜的风，是不是这永远年轻的神魔又来到巴比伦，披散他的长发，赤着他的双脚，行走在这没落的河水之上，是不是，又在巴比伦黑暗的午夜，圆睁着他邪恶而又新鲜的双眼。

（于是，两个头戴鸟类面具的演员开始在舞台上做击剑决斗的舞蹈，仿佛向疯子头人做一种预兆。用鼓、喇叭与佛号）

（一开始舞台全黑。

暗中一片寂静。持续的时间较长。

有一束光。打在一个舞剑者身上。

一个疯狂舞剑的人做红色打扮。

没有声音。五分钟或十分钟。舞台又沉入黑暗。另有一束光打在另一个舞剑者身上。一身黑色。舞台又沉入黑暗，继而两束光照着这舞台上两剑客。两柄剑移向对方。两束光变成一束大光。他们是在拼命、决斗。舞台又沉入黑暗。空中隐约传来兵器相交声。可同时从空中、从舞台、观众席背后传出。杀气腾腾然后剑声停歇，沉闷的鼓声、撕人心脏的佛号、喇叭呜咽。血红的光，照见，两个倒地的人。这时候，疯子头人在舞台上再次出现。舞台背景可用滔滔的巴比伦河。）

疯：大约在几千年前

在几千年前的东方。

有一个巴比伦王国。

里面发生了这样一个故事。

是关于几个年轻的诗人

一个公主和一个老巴比伦王。

现在就开始讲这个故事。

第二场

（女巫的岩石。中间有一堆火。远处空中传来海浪的声音。岩石红色。后壁上挂满了兵器。女巫坐在一辆小型战车上，身边有一纺车）

（猛兽、吉卜赛、青草、女巫）

猛兽：大娘，我们来了。我们要干一件惊天动地的大事。我们向你讨教来了。大娘，全巴比伦都知道你是未卜先知的巫女，是全巴比伦都引以自豪的人中神仙，我们今天来到你的岩石上，来到你的洞中，是为了请求你的指点。我们想要知道我们行动的时间，和最合适的地点。给我们一些劝告，一些线索吧，大娘。

女巫：这事情必定成就在一个人身上。你们不可集体行动。你们必须分开。你们必须一个人一个人地干。这样才会有希望。这人他还没有来到你们中间。如果很多年前的另一件事已经发生，如果该降生的婴儿已经降生，如果有一个人回到了自己的祖国。这事情必定成就，我手中的纺车、纺轮和纺线，这一纺锤，以及这一魔法都告诉我，这次你们所要询问的事，必定成功。这次是关于巴比伦王的生死。既然你们找到了我，我一定说出一切真实。我曾经多年生活在沙漠深处。在一万里沙漠中守着一口井、几面破锅、一堆火、几株棕榈。当然不是这海边的棕榈。我当时宁愿孤独。直到最近，我才从西部大沙漠移居到这东方大河的河畔、东方之海的海岸，在这个幽静的海湾中，在这个幽静的海水浸润的岩洞，我是有所为而来的，我不是白白从西方移到东方，从沙漠移往海岸——我知道东方大巴比伦即将发生变故。

我的纺车在拼命地转。事情在成就

囚禁在东方最深的牢狱里

你们是我的孩子也是她的孩子

我愿意向你们讲述我的魔法所看到的

我的纺车我的魔法心明眼亮

812

孩子们，诗人们

我搬到海岸上这个潮湿的岩洞里

就为了等候你们

从今日起三兄弟已不复存在

你们要分开，你们都是孤独的

要珍惜自己的孤独。

三人：再见，女巫。再见，大娘。

第一幕

第三场

（疯子头人，宝剑）

疯：你从哪里来？陌生的客人，你为何如此忧伤而疲倦？你身上为何有这许多远行的尘土？你那目光表明你漂洋过海，不远万里来到这个国家，这又是为了什么？

剑：老人，我从一个遥远的地方来，为了寻找一个人，不，也许是两个人，也许，我还到另一个更为遥远的远方去，没有人问过我，即使问过我，也从来没有人得到过回答。

疯：孩子，可你来到这条大河边，来到这个古老而没落的国家，孩子——你要知道，来的时间错了，而且你的的确确是来错了地方。躲开这个地方，躲开这个时间吧，孩子，听从一个老得不知道自己年纪的老人的劝告，也许，在别的地方，你能完全忘了这忧伤，你能克服你的痛苦，也许，在别的地方，你能找到你的亲人和你的幸福。孩子，要知道，在今天的巴比伦，无论你要寻找的是谁，无论你要寻找的是亲人或者是仇人，你找到的都是痛苦。听我的话吧，孩子，离开这条大河，离开这个国家，离开这个时间。你既然是从远方来，为什么不回到远方去呢？

剑：有人告诉我，我要寻找的人很可能就在这个国家，就在这条大河边，喝着这条大河的河水，在这条大河中沐浴。我要寻找的人很可能就在巴比伦。还有人告诉我，不，是暗示过我，我就是出生在这个国家，出生在这条大河畔。我和我所要寻找的人，都曾在这条大河畔出生。我的胞衣依然埋在这条大河的河岸上，一只用这里的粘土和河水制造的陶罐装着我的胎衣，就埋在这里的河岸上，也许早已变做泥土了。找到的是痛苦还是幸福，我并不是十分关心，只要找到了我要寻找的人。

疯：孩子，愿你愿望实现。

剑：（独白）我终于回到了我的家园，我的祖国。为了寻找我心爱的妻子——也许她已经生了吧，啊，孩子，你是儿还是女——我终于回到了我的家乡。我看到的一切和我想象的和梦中的景色完全一样。这样的大河，这样的四季，这样的长满粮食的田野，这样的房屋和人们，我都在我最美的梦中梦过。我和我的爱人，不是在这样的地方出生还能在什么地方出生呢？这样的故乡的风啊！吹在故乡的大河上！让我忘却了这两条劳累和疲惫的腿。我觉得我肯定会在这儿找到我的妻子，还有我从未见面的孩子。

第四场

（青草，宝剑，吉卜赛）

青草：草原还那样吧？

宝剑：还那样。

吉卜赛：沙漠还那样吧？

宝剑：一点没变。

青草：给我们说说吧。

宝剑：一直是那个样子。柔和的沙丘。落日。干涸的井。开
满碎小野花的草原。黄的，紫红的，甚至还有不少白的，
如果你采来一大抱，闻一闻，大多是朴素而没有香味。

（停顿了好长时间，三人回忆草原和沙漠）

青草：再讲讲吧。

宝剑：没有了。

青草：没有了？

宝剑：没有了。

（又停顿了好长时间）

宝剑：哦，对了，还有，还有那些变幻不定的风，推着云朵，
吹在脸上的风。草原上的风，跟平原上不一样。直接的，
完全的风，只有在沙漠上才有那样粗暴。

青草：对，风。

宝剑：自由的风。

青草：（近乎呓语）自由的风。

宝剑：随意飘浮的风。

青草：随意飘浮的风。

宝剑：任意变幻。

青草：任意变幻。

宝剑：空荡荡的。

青草：空荡荡的。

宝剑：风。

青草：风。

青草：（突然地）家里的人好吧？

宝剑：好，一切都好。

吉卜赛：妈妈呢？

宝剑：还好。只是更老了。走不动远路了。你走了。青草又
　　　走了。哭了好多回。总是偷偷地哭。从来不让我们看见。

　　　（又是很长时间的沉默。三人低头）

第五场

　　（红、宝剑、众影子）

　　（红——公主，已经疯了，打扮成一个斯拉夫或新疆的少
女挤奶员，头上有一块花头巾，身上系着白围裙。朴素而美
丽。又有某种悲惨的气氛）

　　（用鼓，配合公主的说话）

剑：这些日子你上哪儿去了？找得我好苦啊。

红：我哪儿也没去。我呆在我女儿的家里。她前些日子刚生

下我。她累了。我也累了。我们都在家里休息。我呆在我女儿家里。她生下我来，又坐在那里，不，是躺在那里慢慢长大。我不想长大，就再没有长大。我呆在我女儿的家里。

剑：（旁白）真的。真想不到这竟然是真的。真想不到巴比伦百姓们传说的，大街小巷都在议论的事是真的。我该怎么办？我应该把她从这种状态下救出，还是和她一起沉入疯狂。我就是抱住她，她也不会认出我是谁，我真的快疯了。

剑：（对红）看看我是谁，看看我是谁，看看我是谁，还认得我是谁吗？

红：你是沙漠来的人。你是从大沙漠上来的人。你是从大沙漠来到巴比伦的一位先生。看你的样子，不像是商人，也不像是学生，也不像是军人。那么，你那么疲惫，那么忧伤，你也许是一个在大沙漠上牵骆驼找水的人。你找到你的水井了吗？你到巴比伦来干什么。这儿巴比伦城全是全套自动化现代化的自来水设备和管道。有洗菜的水，有饮用的水，有洗马的水，有洗婴儿的水，有灌顶的水，有淋浴的水。这些水都是从地下暗河中抽出的，已分不清是雨水，还是雪水。在这儿看不见寒冷而灿烂的雪山。没有大雪封山时人类心底的暖意。没有雪在沙漠飘落的壮观景色。你到巴比伦来干什么。这儿没有一口水井。我想不起来我是在哪儿见过那些棕榈树下的美丽的井。也许是在大沙漠上。你真是从大沙漠来的吗？

剑：是的。巴比伦的公主。

红：我不是公主。我是公主的影子。你看（用手向前向后向四周指引）你看她走到哪儿我就走到哪儿。她在前面走，我就在后面跟着。她在左边站着行走，我就在右边的地上躺着行走。我恨死她了。我是身不由己（舞台上沉闷的鼓声响起）。我不是公主，我是公主的影子。她走到哪儿我就跟到哪儿。我是身不由己。我是她的证人。我是她的沉睡的证人。你看见。我们影子总爱在地上躺着睡着，不管那儿是小溪，是山冈，是草坡，是挤满牛的栅栏，我们可以没有身体地睡在那儿。风，天上静静地吹过的风，从四方地上静静吹起的风，是我们淡淡的血液。是我们淡淡的绿颜色的血液。但是在秋天的时候，我们田野里影子们的血液也会变成红色或黄色。那要看那儿是一片片什么样的树林。我们是影子。我们是树林里和草坡上的影子。我们是一些酷似灵魂的影子。在主人沉睡的时候，万物的影子都出来自由地飘荡。风，把我们送到四面八方。风把我们送到我们这些影子的内心十分向往的地方。但我们不会在一个地方呆得太久。我们都有自己的主人。沙漠上来的客人，你想见见我的那些美丽的姐妹们吧。我知道，你一定是想见见她们。因为她们是那么纯洁而美丽，又善良。从不伤害别人。姐妹们，让风把你吹送到我这里吧。有一位沙漠上来的客人十分想见见你们。

（舞台灯暗。十个左右与红一样装束但颜色各不相同的影子走出。就像烛火一样在风吹下飘动。这里有一段影子的舞蹈。《女儿公主影子云舞》时间较长，美丽而悲惨。红和宝剑隐去。）

第一只歌：山楂树

落满火焰的山楂树

今夜我不会遇见你

今夜我遇见了世上的一切

但我不会遇见你，流血的山楂树

不知风起何处，又将吹往何方

连村庄也睡意沉沉

我是传说中那公主的影子

但是我孤单一人，流血的山楂树

我并未爱过

也不曾许诺

在公主的镜中筑起坟墓

一棵流血的山楂树

第二只歌：石头（男声）

在你沉默的时候我却要滔滔不绝

我就是石头，我无法从石头上跳下

我没有一条道路可以从石头上走下

我就是石头，我无法打开我自己

我没有一扇门通向石头的外面

我就是石头，我就是我自己的孤独

第三只歌：千年（男声）

在这一千年我只热爱我自己

在这一千年我只热爱亲人和你

在我这一千年在这一千年在这一千年

我也曾拼着性命抬着棺材进行斗争

我也曾装疯卖傻一路乞讨做一个疯狂的先知

我也曾流尽泪水屈辱地活着做一个好人

我也偷抢也杀人我的自由是两手空空

我所憎恨的生活我日日在过

我留下的只有苦难和悔恨

我热爱的生命离我千年，火种埋入灰烬

在这一千年我只热爱我自己的痛苦

在这一千年我只热爱亲人和你

我所在的地方空无一人

那里水土全失　寸草不生

大地是空空的坟场

死去的全是好人

天空像倒塌的殿堂

支撑天空的是我弯曲的脊梁

我把天空还给天空

死亡是一种幸福

（众影子散去）

红：我很可能是中国的公主的影子，但我不是生活在巴比伦。
也好像不是生活在中国。我好像生活在纽约。或者是在
罗马。对，是在纽约。那么，你呢？你是王子吗？你是
沙漠上的王子还是巴比伦的王子？对了，你是一个牵骆
驼的王子。

剑：不，我不是王子。我不是沙漠上的王子，也不是巴比伦
的王子。也许。可能。对，我是一个牵骆驼的王子。我
漫游世界，是想找到我唯一的亲人。不，也许是两个，
还有一个是女儿。

红：难道你也是你女儿生下的？

剑：我是母亲所生。但我从未见过母亲。我从未见过我的亲

生父母。是沙漠的母亲把我抚养大的。沙漠上那位无名
的国王也对我很好。我是在沙漠上长大的。我不是女儿
生的。

红：你也许会认得我的女儿的。你们也许是熟人。很熟的熟
人。是亲人。很可能是亲人。你为什么不承认呢。你，
沙漠上来的牵骆驼的王子，也许跟我一样，是和我一起，
是女儿生下的，牵骆驼的王子？

我不是公主。我是公主的影子。我的姐妹们刚才你都看
见了。在太阳出来的时候，我们就睡去了，就在睡着了
还要跟着主人东跑西跑。只有在夜里，在黑漆漆的子夜，
在主人沉睡之时我们才随风而来随风而去，唱歌跳舞过
上一些自由的时光。我不是公主。我是公主的影子。我
的公主也不是巴比伦的公主，不是巴比伦王的女儿。我
是我女儿的影子。我是公主是女儿的女儿。是纽约的公
主，是耶路撒冷的公主。是阿拉伯的公主。是波斯的公
主。是印度的公主。是埃及的公主。是希腊的公主。是
非洲的公主。是亚洲的公主。是欧罗巴的公主。是美丽
的公主。是沙漠的公主。是吉卜赛的公主。是爱斯基摩
的公主。是澳大利亚的公主。是岛屿的公主。是春天的
公主。是大雪的公主。是风的公主。是鸟的公主。是红
色印第安的公主。是毛利的公主。甚至我是中国的公主。

红：（向台下高喊）

车夫！

车夫！

上来！

（两位老车夫上场）

红：（对宝剑介绍）这是我的两位车夫。

　　一个叫老子。

　　一个叫孔子。

　　一个叫乌鸦。

　　一个叫喜鹊。

　　在家里叫乌鸦。

　　在家外叫老子。

　　在家外叫孔子。

　　在家里叫喜鹊。

　　他们是我的两位车夫！

　　他们在道路上

　　在东方的道路上

　　在太阳经过的道路上

　　为我—— 一位疯公主

　　拼命拉车子。

　　我知道我已疯狂。

　　老子！

　　乌鸦！

　　快叫唤一声！

　　给沙漠上的王子听听！

　　（那老人哇哇呜呜叫了一阵）

　　孔子！

喜鹊!

快叫唤一声!

给沙漠上的王子听一听!

（那另一老人哇哇呜呜也叫了一阵）

沙漠上的王子!

你听见了吗？我看见你头骨向两边长出了两枝花!

一点也不谦虚，

一点也不鲜红，

在那儿偷听，

我这两位车夫，

老子和孔子的对话，

乌鸦和喜鹊的对话。

沙漠上的王子，

你倒是说一说，

那到底是花，

还是犄角？

剑：是耳朵。

他听见了使他心碎的一切。

红：难道你的心碎了吗？

心碎了是什么样子？

像栀子花，

还是像梅花？

难道你的心碎了吗？

你的几根肋骨下面

难道冒出香气了吗?

剑：没有什么香气

只是在流血?

红：还是流血好。

血的香气更重更浓。

在栀子花的日子里梅花开放。

一样的芳香。

一样的幸福。

这究竟是谁的时光?

在巴比伦的日子中沙漠无边。

一样的白天。

一样的黑夜。

一样的流血。

一样的疯狂。

这究竟是谁的地点?

这究竟是谁?

这、究、竟、是、谁?

这究竟是谁?

现在坐在我坐的车上。

剑：你一点都想不起来了吗?

你就是红。你就是你自己啊!

红：背后传来歌声。

背后美丽无比。

鸟儿的话。鸟儿说

我的什么我不说。

你的什么我不说。

你的话我不说。

我的话我不说。

你说什么我不说。

你想什么我不说。

你做什么我不说。

你有什么我不说。

你是什么我不说。

第六场

（疯子头人，鸟）

疯：一半是黑暗的时间。当时在大海边。海浪翻滚。在悬崖
尽头沙滩尽头我们相遇。我与他相遇了。也许他并没有
看见我。但是我看见他了。大概是两三年后，我又零星
看了这位暴君的一些诗。这是一个黑暗的人写的。这是
一个空虚之手暴君之手写下的。但是里面有一个梦。大
同梦。正如同他即使宰了骨肉兄弟十二人，得罪全天下
的老百姓，也要建造一座巨大无比的太阳神宫殿。如果
说他在世纪面前还有一个证人的话，那个证人就是我。
如果对他在巴比伦的罪行还有一个人辩护的话，那个辩
护人就是我。我当时坐在沙漠的边缘，对这场大梦，对
这场大同之梦，感到一种内在的寒冷。这些年我一直在

研究天空的数学。那里有爆炸，但没有屠杀；有物质和光，但没有尸体。那里有最短的轨道……我看过一本真正的书。我记得里面的几句话。其中有一句是：圆形内最长的直线是直径。多么简单。多么明确。这是数学，而不是魔法和咒语。可是，看了他的那些诗，我感到一种内在的寒冷。因为这位沉浸于大地的魔法的最深和最黑暗的巴比伦王，那些咒语式的诗行中竟会有一两句是描述天空的数学，是描述飞行的。你知道，飞行是天空的数学的根本问题。后来那一次，我翻开我的天体物理之书。预感到这个黑暗而空虚的王有可能会乘坐这道上的车。终于在我的宝剑上染上了腥红的血。终于在这一柄锋利的宝剑上染上了腥红的血。宝剑宝剑。听说，巴比伦王要举行一次全国性的诗歌竞赛，以人头为代价。我是计算天空上轨道和星辰的人。我的父亲也是用一辈子计算星空。那是几千年前。天空。几千年过去了。我不光计算黄道，还要计算黄道对赤道的影响。我用天空来做大地的预言，大地的秘密已经囤积太多。此刻我只想天空的数学，它们的感应和生命的过程。我只想这许多的星辰，它们从哪儿来，又往何方去，活了多长。这许多的星辰怎样生活。这天空的数学可能是一首诗。天空的舞蹈。我甚至已经预见了他们的结局。他们镇定心神，走向自己的牺牲。吉卜赛和青草是牺牲。红是牺牲。十二反王是牺牲。巴比伦王和宝剑则是毁灭。好兄弟终究要分手。在一场伟大的行动中，好兄弟终究会有分手的那一天。必须一个人孤独地行动。必须以一个人的孤独来面临所有人类的孤独。以一个人的盲目来面临所有人类的盲目。

第七场

（酒馆。巨大的酒柜。黑红相间。音乐亲切、抒情，或，断断续续的海鸥叫声）

（青草、吉卜赛、猛兽）

青草： 我们俩没有按女巫的话去做。

吉卜赛： 我们不可能一个一个地单独干。

青草： 因为我们俩是不可分的。

吉卜赛： 我们是孪生兄弟。

青草： 亲密的，

吉卜赛： 双胞胎。

青草： 亲密得就像

吉卜赛： 一个人。

青草： 我们血液流动的速度都一样。

吉卜赛： 我们是两个身子一颗心。

青草： 两颗头颅一个念头。

吉卜赛： 两个人只有一条命。

青草： 我们曾在沙漠上并肩漫游，

吉卜赛： 我们在夜里背靠背互相用身子取暖，

青草： 还写下了许多漂泊的谣曲，

吉卜赛：那是多么美好的日子！

青草：只有草原，

吉卜赛：和这里不一样；

青草：还有白云，

吉卜赛：还有变换的营地，

青草：夜晚的火，

吉卜赛：马和骆驼，

青草：还有姑娘，

吉卜赛：黝黑而健康，

青草：乳房丰满，

吉卜赛：弯腰的时候能从脖子上偷偷看一眼，

青草：啊，故乡的姑娘，

吉卜赛：仍然在流浪，

青草：仍然在流浪的道路上歌唱。

吉卜赛：我们为她们写了多少歌啊，

青草：想数也数不清。

吉卜赛：唱一点吧，

青草：对，唱一点。

两人合唱：

远方除了遥远一无所有

更远的地方更加孤独　更加自由

我是天空上飞过的

天空黑下来，让我来到草原

我想打搅你。

又想让你安静。

我把你当姐妹。

又当心上人。

你是那样熟悉。

又是那样陌生。

谁也无能为力

为什么雷声隆隆？

为什么无处躲避？

就是双手捧住

也不知是雨是泪

还顺着手指流下

该发生的没有发生。

该来临的没有来临。

一切梦已做尽。

想做的梦却没有成。

这几天我像是生活在梦中

伸出双手

双手在拒绝　又在乞求

又在沉默　又在声明

又有火种又有灰烬

我就这样在远方生活

我从黎明就倾听——

一直到另一个黎明也没有对你关门

吉卜赛：再唱一支短的吧。

青草：好。

两人合唱

八月的日子就要来到

我的镰刀斜插在腰上

我抱起了庄稼的尸体

许多闪光的豹头在稻草秆上……

青草：再唱一首写给最后的草原的吧。

吉卜赛：这一首叫《草原之夜》。

草原之夜

那是一片冬季的草场

草长得不高，但很兴旺

我的头颅就埋在这里

搂抱着夜色中的山冈

山冈上这些草长得和去年一样

似乎没有经历死亡

832

短暂的夏天，美好的草原
是两场暴风雪争夺中喘息的新娘

今年的暴风雪会来得更凶猛
暴风雪，五十年未遇
我的头颅变得比岩石还要寒冷
似乎在预感到天空许给草原的末日

草原的末日也就是我的末日
所有的牛羊都被抛弃，都逃不过死亡
只有一个跛男孩跑到草原尽头
抱住马脖子失声痛哭

那时候天已大亮
太阳落满天空　　更为荒芜
只有一个跛男孩
抱住马脖子失声痛哭

他就是我的儿子，他已成为孤儿
他的母亲已成为草原的寡妇，这个女人将会顺从命运
我那远嫁他方的小妹妹
会在收割青稞时为我痛哭一场

别的牧人去了夏天的草场

他们和妹妹或新娘生活在一起

这都是热爱生活的年轻人，青稞酒在草原之夜流淌

他们都不能理解我此刻的悲痛

青草：这些歌写得很不错。

吉卜赛：词也好，

青草：调子也好。

吉卜赛：可我们俩为何跑到巴比伦？

青草：我也不知道。大概因为这是父母的故乡。

吉卜赛：可我们也没有在这儿出生，

青草：我们出生在远方。

吉卜赛：我们到这儿来是为了……

青草：唱谣曲的也要杀人。

吉卜赛：杀一个暴君。

青草：两个牵骆驼的孪生兄弟，

吉卜赛：两个沙漠部落的歌手，

青草：来到巴比伦，

吉卜赛：杀一个暴君。

青草：为了沙漠部落，

吉卜赛：为了远方，

青草：为了草原，

吉卜赛：为了大河，

青草：为了百姓，

吉卜赛：为了内心的憎恨，

青草：为了庄稼，

吉卜赛：也为了巴比伦。

青草：两个牵骆驼的，

吉卜赛：唱谣曲的，

青草：要杀一个暴君。

吉卜赛：咱们，

青草：兄弟俩，

吉卜赛：活要活在一块，

青草：死也死在一块，

吉卜赛：有个依靠，

青草：有种依恋。

（门被猛烈撞开。猛兽冲进来。这一段在猛兽回忆十三反王时，三人都戴红色面具坐在角落）

（三人无言地围着小酒柜喝酒）

猛兽：我给你们讲讲十三反王的事情吧

二人：好。

（回忆）

（十三反王，刽子手）

魔王：我是十三反王中最大的反王，我是被押上刑场的十三反王中最大的反王。我是魔王。弟兄们都爱喊我的绰号。我的绰号叫"老羊皮"。

天王：我是第二位反王。我是天王。在另一个时间在另一个地点。我是天王洪秀全。

地王：我是第三位反王。我是地王。我的绰号叫"一条山一条河"。

雷王：我是第四位反王。我是雷王。兄弟们又叫我"打铁匠"。

血王：我是第五位反王。我是血王。兄弟们和敌人，还有百姓都爱叫我"刽子手"。但决不是这位刽子手。（用手指指身后押送他们十三反王的刽子手）

黑铁之王：我是第六位反王。我是黑铁之王。

兄弟们爱叫我"岩石的儿子"和"枪手"。

酒王：我是第七位反王。我是酒王。

乞丐王：我是第九位反王。我是乞丐王。我的外号叫"一大帮"或"花子王"。

霸王：我是第十位反王。我是霸王。在别的时间，在另外一个地点我是霸王项羽。

闯王：我是第十一位反王。我是闯王。在另外一个时间另外一个地点我是闯王李自成。

吉卜赛王：我是第十二位反王。我是吉卜赛王。我被兄弟们称为"歌手"。

无名的国王：我是最小的反王。我是第十三位反王。我是无名的国王。我的外号非常非常多。我头一个外号叫"断头台"。我的传说在十三反王中是最多的，一时半会儿说不清。以后有机会再说吧。我的外号可以捡几个主要的来说说。我叫河南王，又叫河北王。我叫山东王，又叫山西王。我叫旧石器，又叫新石器。最主要的一个传说就是我是不会死的。但今天我总算被押上了刑场，押上了断头台。谁知道，这里也许不是我呢？我也许不是无名的国王呢？我也许不是我呢？

魔王：我们是十三反王，天不怕，地不怕。在数十年之中，我们过的是刀尖上舐血的日子。我们终于推翻了一个非常古老的统治了几千年的老王朝。我们终于夺得了天下。我们是十三反王，天不怕，地不怕，我们终于夺得了天下。我们推举我们之中的老八，也就是我们之中的第八个反王，第八个兄弟，第八个头领来当新的国王。我们以河流来为我们这个新的王朝命名。我们就把我们新的王国取名为巴比伦。老八就当上了巴比伦王。他不顾我们十二个兄弟和天下百姓的劝告，为了扬名万世，要修造一座从来没有人敢建造的巨大的宫殿。那就是太阳神宫殿和太阳神神庙。使得民不聊生。

（舞台后景显示一座十分宏伟壮丽的宫殿神庙群）

神庙终于造成了，宫殿也造成了。巴比伦的百姓死了将近一半，国库也空了。我们兄弟十二人只好重新起来造反。我们兄弟十二人只好重新取用自己以前给自己的封号。魔王。天王。地王。雷王。血王。黑铁之王。酒王。乞丐王。霸王。闯王。吉卜赛王。无名的国王。我们兄弟十二人只好重新起来造反。我们兄弟十二人只好重新成为十二反王。又过上快乐、冒险、自由和鲜血的日子。但我们终于失败了。我们全都被巴比伦王抓起来。该死的巴比伦王，该死的老八，我诅咒你，你的大哥诅咒你。

兄弟们，今天是最高的日子，今天是断头的日子，今天是上断头台的日子，今天是受刑的日子，为了表明反王的意志，为了表示高兴，为了庆祝，让我们唱起"十三反王"歌吧。

（歌唱时有流浪儿合唱队上来伴唱）

十三反王打进京

你有份，我有份

十三反王掠进城

你高兴，我高兴

十三反王骑快马

你也怕，我也怕

十三反王回到家

你的家，我的家

十三反王不要命

你的命，我的命

十三反王一身金

山头金，海底金

十三反王进了京

不要金，只要命

人头杯子人血酒

白骨佩戴响丁丁

猛兽：要知道。我们都是反王的儿子。

二人：我们在沙漠上就知道了。

猛兽：兄弟，你们聊吧。我下去练一会儿靶子。

　　（猛兽奔下。两兄弟恐怖而沉默地盯着他。然后又恐怖而沉默地互相对视着。像是被什么魔法镇住。都不敢说话。也没有动作。舞台声音必须中止。这时台下传来一声很闷的枪响）

两人：他终于干了。虽然他干掉的是自己。可他还是一条好
　　　汉子。硬汉子。铁汉子。

青草：我要为他写一首诗。

吉卜赛：我也要为我的兄弟写一首诗。

青草：你的题目？

吉卜赛：你的题目？

两人：（异口同声）弑。弑君。杀人。这一次不是羊皮纸上的
　　　诗也不是口中歌唱的诗。而是干活。手中的诗。兵器
　　　的诗。
　　　弑！！弑君！！！

幕间过场一场

第八场

（此场为两幕之间过场）

（幻象。两个头戴面具的人蹿过舞台）

绿马：我是身在其外的马。

红马：我是身在其中的马。

绿马：我是绿枝青叶的马。

红马：我是烈火焚烧的马。

绿马：我是生育之马。

红马：我是死亡之马。

绿马：我很快就要衰老。

红马：我很快就要从火焰和灰烬中再生。

绿马：我是生命之马。

红马：我是超越生命之马。

绿马：我甩开四蹄，飞上舞台。

红马：我飞开四蹄，一直跃入生命。

绿马：我多像春天，多像生命，多像万物之灵。

红马：我多像国王，多像世界，多像太阳中心。

绿马：我不会超出我的季节我就会腐烂。

红马：我早已就在我的生命中心开始燃烧。

绿马：我开花。

红马：我流血。

绿马：我结果。

红马：我杀人。

绿马：我开始在大地上繁衍。

　　红马，你听我唱一只歌：

　　在月光下，

　　在荒凉的高原，

　　在山顶，

　　繁殖，该是多么幸福的一件事！

红马：我的图腾不是你的图腾。

　　你的禁忌不是我的禁忌。

　　我从黎明开始飞翔。到黄昏还在飞翔。到第二个黎明还在飞翔。到第二个黄昏也还在飞翔。心在飞翔。头颅在飞翔。四肢在飞翔。一切都在燃烧，绿马，绿色的马，你难道没有看见吗？一个人扑向另一个人，他是要屠杀还是要拥抱？他是要屠杀吗？不是。他是要拥抱吗？更不是。绝对不是要屠杀和拥抱，而是要燃烧。那么，就容许我把你的歌词改一两个字，让我再唱一遍给你听

在太阳下，

在荒凉的人类，

做国王，

燃烧，该是多么幸福的一件事！

第二幕

说明：这是巴比伦诗歌竞赛

①舞台四周有许多穿着红色盔甲的兵——小剧场则布满剧场周围——注视着，拿着古代兵器——舞台上总有兵押着五花大绑的年轻人上场，或在剧场走动，默默穿过舞台、下场。

②所有人物都被蒙上眼睛。

③有一种幻觉、错乱、恍惚，类似宗教大法会的气氛。

第九场

（一条大河的渡口，背景阴森幽暗巨浪滔天

（魔，巴比伦王，众幻象，抬棺人）

王：我为何来到这幽魂横渡的荒凉的渡口

　　是在什么时间，是在哪一个世纪

　　我感到：是谁，是什么东西曾指引着我

　　这种指引又为了什么？

　　这是谁，他为什么又突然脱离了我

　　脱离了我。像铁脱离了一把斧子

他离开了我。我又变成了个生病老人

孤独坐在一堆寒冷的石头堆砌的王座上。

他是谁？没有了他王座又有什么用

魔： 是我，魔。魔王魔鬼恶魔的魔

万物之中所隐藏的含而不露的力量

万物咒语的主人和丈夫

众魔的父亲和丈夫。众巫官的首领

我以恶抗恶，以暴力反对暴力

以理想反对理想，以爱抗爱。

我来临，伴随着诸种杀伐的声音，兵器相交

王： 在这个阴暗的死亡的渡口．

我自身的魔已经消失．①

却出现了这许多熟悉的幽灵

这么多死去的同志们，同志们，你们好！

矛！盾！戟！弓箭，枪，斧，锤，镰刀！

（众兵器上台，众兵器以人物的形式上台，伴随着咒语和
合唱队。他们是矛，盾，弓箭，剑，枪，斧……犁则作为一
个众兵器的附属者和侍从出现）

（可演一段或两段小放事：矛和盾的故事。射十日的故
事。其他人暂时隐去）

众兵器： 我们又一次冲出了武器库

我们又一次漫天飞舞

---

① 这两行的标点为原稿标点，似应为"，"或无标点。——编者注。

插上同伴和对手的肋骨

我们要把命革掉！人类的鲜血

擦去我们身上的灰尘

蒙受了时间和厌倦的和平

魔：召唤众兵器，跳起了兵器之舞

我在这一瞬间离开了你

我又回到了我自己的山顶

手舞着斧子在石头上革命

这就是在死亡渡口出现的革命和景色。

仗是山上打，人在病中死

或死于毒药或死于兵器

但最终会在死亡渡口齐集

（众兵器之舞）

第十场

（无名人，

（舞台寂静，舞台幽暗。正中有一辆战车。

（四个轮子。中央可以坐人。演员茫然地站在那里，戴上了面具。外面还扎上了红布条。面具用中国殷商时代的钺——兵器——是粗笨的人形。朗诵要尽可能缓慢。）

钺形无名人：我败了。败得真惨。我是首领。我有一股无穷的杀气。但我败了。败得真惨。我一点预感都没有。我既没有成功的预感。也没有失败的预感。可这辆空空荡荡的战车使我脑子凝固。变成了月球上寒冷的岩石。我的血液变成了北极的冰块。我当时才感觉到什么是真正的恐惧。和内心的寒冷。但我在内心却感到无比幸福。虽然我败了。但我在内心却感到无比幸福。从南方到北方，全国都在进行热火朝天的诗歌大竞赛。我是一位年轻的诗人。我是一件古代的兵器。我叫钺。我的诗歌竞赛的对手就是这辆坦克，这辆战车，这堆什么也不是的十分现代化的钢铁。我的真正的对手？那位举世闻名的诗人——坦克和战车设计人呢？甚至我用望远镜亲眼目睹了他上这辆战车。我也变成了现在这个样子（指指自己脸上的面具）。我当时只有一个念头。参加这场全国诗歌大竞赛。打败他。可是你们看。战车中空空荡荡的。连一个人影。连一根人毛。连一个鬼影子也没有。既然我不能战胜和杀死他。我就要战胜和杀死这空白。坦克中的空白。战车中的空白。我在这战车或坦克周围拼命写了许多诗，搞了许多声音。但我还是掩盖不住这空白。但是，什么也没有。没有人在等我。没有人与我进行诗歌竞赛。只有一片空白。在无情地嘲弄我。这辆战车这堆钢铁中的空白在无情地嘲弄我。我连刺死自己的理由和杀死别人的理由都没有找到。这条路是从南方到北方。这条路是巴比伦青年诗人诗歌大竞赛。但是我们伟大的皇帝，我们伟大的巴比伦王，却把空白和空虚——无穷的滚滚的道路上的空白和空虚——战车、钢铁和坦克中的空白和空虚赐予了我。我怎样完成这件事。我只剩下绝望的诗歌。

第十一场

（背景中，一些年轻人拿着长矛，有的拿着书在舞台上追上追下，都用红布条蒙上眼睛。老女奴是一个盲目的老女人，被小瞎子牵上舞台，用黑布条蒙上眼睛）

小瞎子：（面朝观众）

　　我是小瞎子，我是老瞎子生下的小瞎子

　　我的触须和眼睛在火焰中焦黑了，灰烬了

　　我的眼睛在光明的中心彻底黑起来

　　我是盲目的老诗人生下的小瞎子

　　众人让我来参加巴比伦诗歌大竞赛

　　我就来了。我用已瞎的双眼来看

　　这巴比伦的屋顶越看越像棺材

　　我带上帐篷　足够的食物和水

　　带上我小瞎子已瞎的双眼

　　我牵上骆驼　驮我双目失明的老母亲

　　独自一人走上沙漠，寻找我那梦中稻草人

　　风吹雨打中金黄又退色

　　的稻草人。稻！草！人！

　　人们让我来参加诗歌大竞赛

　　都说这儿有棕榈、大沙漠

还有骆驼和稻草人，我就来了

我就牵着我的瞎母亲来了

（小瞎子把老女奴牵到舞台中央，一架类似王座的大椅子上坐下）

（有数人举着火把，加入那些举着长矛和书的年轻人队伍冲上冲下。其中有一人用火把点燃了一座火堆。小瞎子看着这景象，突然双膝向老女奴跪下）

小瞎子：妈妈，我双膝跪下

向着你，生身之母

盲目的乳房和火把

妈妈，你何日来到这柴房中

你生下我后经受了多少磨难多少苦

你在这柴房中身为女奴

劈柴做饭干了多少年

多少哺乳多少星光

多少饥饿多少欺凌

柴房生涯又是怎样漫长

这二十多年小瞎子的生长

就是五千年的重量

（稻草人上场，也是蒙眼）

（朗诵时舞台可根据诗另有哑剧情节）

稻草人：我是稻草人

我为人们看护粮食，我站在田野中
我是老女奴的另一个儿子
刚才小瞎子念的诗歌使我非常感动
我从河南的麦田中央
飞到这巴比伦诗歌竞赛的擂台
我给大家念一念我写的诗歌

我是稻草人
我记得我的故乡，我记得那个小镇
周围百里还有三个小村
山头只有松树
杨树和槐树
五月槐花盛开花香满镇
一到荒年
人们就用一个长竹竿
绑上一个铁钩子
把高处的槐花弄下来
放到地上的大篮子或小筐子
回去当成粮食吃
人类在饥饿时
不仅吃过槐花
还吃过草根
还吃过牛粪
不仅吃过牛粪

还吃过人肉

大人肉娃娃肉

吃过死人的肉

我是巴比伦的稻草人

几千年站在田野中

一年四季站在田野中

我是一首饥饿的诗

我为人类看护粮食

我是一首饥饿的诗

我为人类看护粮食

第十二场

（流浪儿

可用成年演员戴上大头娃娃面具扮演。）

（一大一小两个女孩出场，唱或哼着）

摘棉花谣

小河流水哗啦啦

我和姐姐摘棉花

姐姐摘了一筐半

我才只摘一朵花

（重复一遍或多遍）

（以下是童谣《看守瓜田谣》——几个小流浪儿的游戏。一个小女孩坐在中间——蹲下，其他小儿坐在周围，有一儿从远处而来，这个流浪儿让人一看就是巴比伦王）

众儿问：干什么的？

王：走大路的。

众儿：大路有水，

王：走小路。

众儿：小路有鬼，

王：走刺窝里。

众儿：刺窝有刺，

王：走瓜田里。

众儿：瓜田有瓜，

王：那我就摘一瓜，

　　抱了就走。

（王牵"瓜"手，众儿追他下，又追上）

流浪儿：（合唱）

　　老怪物，上了场

　　没有枪的也有了枪

　　老怪物，上了场

　　不是王的做了王

　　老怪物，上了场

　　我们一起上战场

老怪物，上了场

兴风作浪的不是浪

老怪物，上了场

挖了洞，种了粮

老怪物，上了场

众流浪儿有爷娘

第十三场

（众纵火者举火把上，点燃一些火堆，朗诵或唱，冲下）

白色的火焰

我告诉你

我祈求你

我双膝跪在泥里

我两眼红肿

我是火焰

我没有出路

我没有锁链

我一身通红

我没有粮食

我没有家园

我不当强盗

我不识文字

我没有历史

也没有心肝

白色的火焰，我告诉你，祈求你

我不能歌唱我没有棕榈

没有铁锅没有草原没有三块岩石

没有大理石没有葡萄园

我不能哭泣没有鸽子没有山楂

我只有你，白色的火红的你

我没有死亡我没有生命我空无一人

我没有伴侣没有仇恨也没有交谈

我头也大了脚也肿了身子也垮了胃也坏了

牙齿也掉了头发也落了我没有脑袋

纵火犯一大帮，纵火犯好快活

我的头颅埋在暗无天日的地牢

我的手足斩断在刑台左右

我的内脏活在高飞的猛禽的内脏

我的躯体漂浮在死亡之河沉下又浮起

我的心抛出早已供奉太阳

我没有形体没有真理没有定律

我没有伤疤没有财富

我没有盘缠没有路程

没有车轮滚滚没有大刀长矛

我没有回忆也没有仇恨

我甚至没有心情

白色的火焰，我告诉你，祈求你，双膝跪下

我两眼红肿，我只有你

你快在山坡上烧起

快在宫殿和诗歌上烧起

这是诗歌竞赛场上我的一首诗，一首诗！

第十四场

（音乐只用喇叭。呜咽之声。一饮酒诗人醉态踉跄，冲过舞台，高喊）

我再也不想当诗人啦！

我再也不当诗人啦！

我不是诗人啦！我是烈士啦！

我永垂不朽啦！

万岁，我再不当诗人！

万岁，我再不是诗人！

万岁！非诗人万岁万万岁！万岁！

（一个人抱着大酒桶在舞台上狂饮，然后像受伤的狼一样，披散着毛发对着背景的沙漠狂吼嚎叫。叫嚷的词同上，重复一遍）

（几个酒鬼手挽手醉态万状上）（朗诵）

山上有水

水中有鬼

此鬼叫酒鬼

山东有酒王

山西有酒狂

河南有酒仙

河北有酒山

全世界都有酒鬼

随着年龄的增长

酒就是兄弟

酒借人说话

酒为人说话

他自己要说出

他必然要说的

他要吃的

他必然吃

　　　就是酒吃人

　　　你也没办法

先让酒吃一遍血肉

再让法律吃一遍骨头

再让火吃一遍

再让鬼吃一遍

我已是纯粹的粮食

粮食，

已认不出自己

饥饿的腹部

第十五场

（有一个兵拿着大斧子站在身后，一直站在身后。舞台在整个一场中每隔一会儿就有另一个兵押着五花大绑的年轻人上场、默默地穿过舞台，下场。

（舞台上一点声音也没有

在上场下场时有一些隐约而激烈的鼓声）

第十六场

（大沙漠巴比伦河。

（戴着大司祭面具扮成大司祭的巴比伦王）

大司祭：今天的黄昏格外惨烈。我看见巨大的、浑圆的、燃烧的落日把巴比伦河水染得血红。大海的海鸥开始了尖厉凄惨的叫唤。在大地王国的边缘。更为尖厉凄惨的叫声是夜晚之枭不祥的啼鸣。在大地王国的中央，在痛苦的山上，我觉得那不祥的啼鸣发自王座和王冠。

巴比伦王在这个日子中要择定一个接班人。在这一大群年轻人，在这一大群热血沸腾的诗人中，择定一位巴比伦王自己王位的继承人。还有那顶戴上国王颅骨的王冠——她曾骑在多少国王的颅骨上，又目睹这些颅骨愤怒或幸福、残暴或英明地生活过，并一一在一个不能预知的时刻死于非命。于是那些颅骨似乎是兴高采烈地被兵器——被另一只手碰一下，颅骨自己兴高采烈地跳到地上，再也回不到原来的地方，再也回不到原来的脖子上。我这年高德劭的大司祭曾经几次目睹这条河流上这些王国的兴衰。早在十三反王起事之前的几个朝代，我就经常看着王位的更替，继承王位时的激烈行动。血腥的日子一到来，那巴比伦河水就会被落日映照得血红。似乎一个断头台放在了巴比伦河上——那血流成这条巴比伦河，又像是一个伟大女人的生产。这个日子的河水血红，把这个日子和千万个别的日子分开。变故已经来临。事变已经来到。我甚至还记得以前的朝代几个先王的名字和事迹。先王举办祭典、选择牺牲。有的王用处女，有的王用纯洁青年，更有的残暴的王用一对童男童女作为献祭，作为牺牲，有时王也用海豚、牦牛或骆驼作为牺牲。但当今伟大的巴比伦王一改往日。他要实现一个梦想，他要在年轻的热血沸腾的诗人中，选择牺牲品同时选择接班人。成功的被立为王子，失败的就要人头落地。

857

牺牲者的头颅头盖骨也将供奉在太阳神庙中，作为人民朝拜的永久神器。

（以下叙述时将以转换的太阳神庙的布景配合。）

太阳神庙是在朝东的一块圣地上建造起来的。整个神庙是由平坦而巨大的石板砌成。当初，巴比伦王为了修建这座神庙，花费了全国一半的劳力。他们费尽血汗，用巨大的石板砌成庙宇的围墙和正门。有多少举世闻名惊天地泣鬼神的天才巨匠和建筑师的尸骨就砌在这些巨大石头的墙和门中。建造神庙过程中，他们用精心修凿的直角石块彼此衔接，结合得相当紧密而不用任何粘合物质，以至它们之间的缝隙连一把巴比伦最薄最锋利的刀都插不进去。

太阳神庙还有一个很优美的祭台。大殿的四周墙壁上下全部是金子。所以这座神庙又名叫"黄金宫殿"。在正墙上绘有太阳神偶像。他全身黄金，周围环绕火焰。他面朝东方，接受着初升的太阳光芒的直接照射，就放出万丈金光。大殿中央放着一个华丽的御椅，远远地放在中心。举行典礼时，巴比伦王就坐在这上面。巴比伦王知道自己年纪已老，尚无接班人。那位唯一的王子自小就失踪。这些年少有消息。有的说他去了沙漠死在沙漠上了。近日有所传闻。民间的小道消息很多。山坡上种了许多消息树。风吹草动，但又有所平息。所以巴比伦王横下一条心，决定在青年诗人中选定王子，让他来继承王位。以诗歌大竞赛来选择王子和接班人，这是历史上少有的行动。这是少有的慷慨也是少有的残酷。像这位巴比伦王其他的行动一样，充满了着魔的东西。充满了火焰和灰烬的品质。充满了力量与魅惑。这就是大地的魔法。

这就是大地的魔法。地母的咒语。大地母亲啊，等会儿我用最纯洁的年轻人的血——那年轻的诗人之血，献给你。

在这个日子里只剩下两个年轻人，诗人。

在全巴比伦境内，各部族各地方最优秀的诗人举行全巴比伦诗歌大竞赛后，只剩下两个年轻的诗人。

一个是青草。一个是吉卜赛。这两人名字很好。他们的诗歌更好。诗中也都有王者之声。他们的面貌英俊，彼此酷似，简直像一对孪生兄弟。

但是，伟大的巴比伦王让他俩今日在此王宫大厅里举行他们最后的诗歌竞赛。其他的诗人，像那些诗人，已上场的无名人、小瞎子、稻草人、流浪儿、纵火犯、酒鬼等等早已退场，或赴刑死去了。

伟大的巴比伦王让他俩今日在此王宫大厅里举行他们最后的诗歌竞赛，也就是要进行巴比伦王自己的选择。因为他在旁边要静静观看这一竞赛，让长老们秘密投票，然后由他决定，那被决定为王子的必须充当一次刽子手！杀死那被充当今日祭典中牺牲的一人！这个时刻令人不寒而栗，因为被选择作为牺牲的，总是头生子、最美丽的处女、最优秀的青年和最纯洁的儿童。我既然曾经献

身于大地之母的魔法，我就必须进行到底。我现在是神
魔附体。我是这儿的大司祭。我这条命已完全着了魔。
甚至渴望那恐怖的事情早一点发生，好让我早一点目睹，
早一点体会到恐怖。巴比伦王干了好多恐怖的事情，但
从没有今日干的事情这样恐怖。

用牺牲供奉一个日子

坐在这大神庙的台阶上

多少人头铺垫而成

我坐在大沙漠上一个断头台

是多少人血流了干净

我是苍老而空虚的剑。这就是

寂寞的剑，在绝望孤独的日子

时刻说的话：我要宰人

我要让鲜血从大沙漠上经过而流过、流光

太阳大神你知道

让兄弟俩在我面前互相残杀

让一个人踏着另一个的头颅走向王座

用理想和诗这心中之剑互相屠杀

老巴比伦王啊，你这一招是想绝了。真是空前绝后。算
得上巴比伦王国史上一大笔。也就是这土地上的一大笔。
是给血腥的太阳大神的丰厚的牺牲之礼。我要抖擞精神，
举行这次献祭。

看！他们上来了！

（青草、吉卜赛、巴比伦王上

巴比伦王是公主红装扮的，头戴王冠巨大，面戴面具。

大家沉默地、严肃地走上，没有谁说一句话）

（另外有五位长老白发苍苍排列一旁）

（众人仍然被红色布条蒙上眼睛）

第十七场

（一群台下红色盔甲的兵拥上舞台。一兵押青草穿过人群
上舞台中央）

（荒芜的山上。断头台）

青草：青草被秋天和冬天处死在荒芜的山上。

那时，我仿佛躺在一辆残破的骷髅上。

骷髅是一辆车子和四只轮子。

车子叫生命也叫死亡。车夫叫思想也叫灭亡。

四只轮子是手是脚是内脏是营养是草根是土壤。

身上盖着一堆杂乱的黄草秆。

青草变黄。人成白骨。

吉星闪耀。黎明就要来到

在荒芜的山上处死青草

秋天的刑法！秋天的刑罚！

降临无辜的和灭不绝的青草

我告诉你。我知道自己是谁。我的命是什么。我的女人是谁。我的事物是什么，但是在我的诗歌中不能告诉你这些。

在我的诗歌中，我的名字叫青草。山冈上牧羊人和羊群叫我青草。太阳叫我青草。月亮叫我青草。风叫我青草。黎明和黄昏叫我

青草。

在我的诗歌中，春天流血，夏季繁衍，大雪中的火在狂舞，还有无穷无尽地翻滚而来的，从天上飞来的秋天。白云，死亡和问候。还有寂寞的尸体上的星光、草原，草原上死去的新娘，以及牧羊人在山峰上的问候。

在我的诗歌中，你知道我叫青草，但不知道我是谁。你知道我的诞辰、我的一生、我的死亡，但不知道我的命。你知道我的爱情，但不知道我的女人。你知道我歌颂的自我和景色，但不知道我的天空和太阳以及太阳中的事物。

但是在我的诗歌中我不能告诉你我的事物。这不是蔑视你们。我的皇帝。我的司仪。我的对手我的兄弟。我们一母所生，但你死我活。诗歌是我们的内容，是杀害我们的内容。

一个灵魂迎面而来
肉体长出青草，梦变成真实
事实的法律和酒的法律——是两扇日夜的

大门。青草借我肉体说话

青草借我这暂时的肉体，和他的声音说

青草他开口说

我是青草的王，星系的王

我投向人类之外，生死隔开

人类和青草再不会是同胞兄弟

我要投入种籽、河流或一朵独放的花

居住在花朵的蕊，我和她一起另外地开放

另一次男女　受孕

青草杀死了青草

（女巫，在荒芜的山顶出现，旁白）

我为什么要让你们一个一个上路，一个一个地去干，去行动，而不能集体行动。这一下你该明白了吧。如果你们之中谁想两个人一起去干，他们一定会互相残杀。老家来人了。前后没有人。左右没有人。但老家来人了。劫难之中老家来人了。

青草：让我们一道飞离这荒无人烟的山梁

（舞台黑暗。很长很长时间的鼓声）

第十八场

（吉卜赛神思恍惚，已被摧毁，上）

吉卜赛： 十个太阳同时出现在大海的天空上。

大海中央有一棵树。

根在太阳枝叶花朵盛开在大地上。

那一日天地裂开无以为继。

树上跳下一个遍体通红的女婴。

一座血红的山在天上飞。

村庄在天上飞。

所有的人马和东西在天上飞。

所有的水火中都长出了人形。

似乎有一个红色燃烧的人在拔苗助长。

（在舞台深处有一人着红衣拔苗助长）

人类粮食喂养胃和眼睛。

水火中长出了无毛的，在地上爬行、行走。

固体的鲜血从天空深处飞来。

小仙女歌队

甲： 谁爱过人类？

乙： 人类爱过人类？

丙： 美丽的女儿爱过人类？

丁： 人类真的爱过人类自己？

歌队长： 剑带着鲜血和霞——

捧住渐渐溶化的女神。

女孩和少年，这都是

你们自己铸造而用来灭亡的

一柄剑如今捧在我手上。

吉卜赛： 青草已把他的头颅送给我做武器。我的同胞兄弟。
让我抱着他的头颅做武器。我一定要坚持到最后。完成
这个工作。我以诗歌为武器，杀死了我的同胞兄弟。我
现在已成了王子。（疯狂大笑）这是暴君的王子。现在都
是没头的王子。我一定要完成无头王子的使命。

（红，扮成巴比伦王。上。巴比伦王，扮成大祭司。上。
红在此场一直沉默。）

大祭司： 恭喜你，吉卜赛。巴比伦王今日通过诗歌竞赛，选
了你作为王子。让你继承王位。你高兴吧，我看你都流
泪了。

现在你走近我们伟大的巴比伦王，吉卜赛。让他授予你
一柄宝剑。把王子的身份和象征传授于你。你今后就是
巴比伦王国的当然继承人。

吉卜赛： 对，就在今天。

（接过红默默递过的宝剑。红的手臂在微微发抖。）对，
就在今天！今天！

（把剑刺入红）我终于成功了。巴比伦王，暴君，我终于
让你的血染红了宝剑。两位哥哥，你们安息吧。

红：（慢慢倒下）吉卜赛，哥哥，摘下我的面具，好好看看我
是谁。早在草原和沙漠上，我就认识你。你也认识我。
你爱我，可我只爱宝剑。我为什么没有爱上你呢。在这

生命的最后时刻。我似乎清醒了。我的疯狂的理智又回来了。我是自己要求扮演巴比伦王的。想一想，不要悲哀，没有什么好悲哀的。人类的事只有很少几件。不就是在这彩色的布景——沙漠、草原、河流和王国宫殿——前面的一些谈话吗？我们大家不都是在这彩色布景前讲几句话，做几个动作？有时，我们的时间错了——就像私人的钟比公共的钟快了一点或慢了一点，地点错了，也许我们扮演的角色也错了，这不是你我的过错。你不要悲哀。就像在沙漠上我拒绝你的爱一样，你刺了我，这都没什么错。我们都是彩色布景前的角色。我就是红，我就是你在无数诗歌中歌唱或倾诉的红，我爱你的诗。

（吉卜赛把剑插入胸膛）

红：（转向大祭司）我知道你是谁。我不怪你。我只想让你把宝剑在我死前找来。我想看一看他，最后。（鼓，沉闷激烈）

第十九场

（红，宝剑）

剑：我一定要替你报仇。

红：天上的白云多么美丽。每当季节转换的时候，我多么爱这一切，爱被新的季节换下的旧季节。我爱一切旧日子，爱一切过去的幸福。爱那消逝了的白云。天上的白云多么美丽。每当天上的白云飘过，当你仰望万里晴空，那

866

朵朵白云使你觉得已到初秋——却还只是初夏的时候，每当你暴雨的黑夜里孤灯守剑的时候，每当青青麦儿变黄而穗儿垂得更低，青青豆角盛在篮筐里的时候……每当找出去年的花裙、去年的凉鞋和扇子的时候，我多想留住这即将逝去的春天和花朵的红色……你不要忘了天上的白云。忘掉我吧，不要忘了季节转换的那一瞬，不要忘了眼泪一样的雨滴抹在窗子上，不要忘了一棵灯和北方的九棵树，也不要忘了大河上涨，更不要忘了雪山、草原和我们流浪的日子。忘了我吧。如果有可能，也不要忘了我。不要勉强你自己。不该忘记的就不要忘记。

剑：我一定要为你报仇。

红：不要用我的眼泪和言语去擦亮你的宝剑。不要把你的宝剑磨得格外锋利。它刺入的每一人都会是我，你最爱的人。磨亮它的每一滴鲜血都是我的鲜血。不要在午夜时分把你的宝剑磨得格外锋利。它会在它锋利时突然要走我。我就要走了。来，抬起我的头，让我枕你的双膝休息片刻。一片白光的天空把我背在它的背上，又空又轻，无边无际。会带到一个你我从来都不知道的地方。那儿比天空更高、比大地和远方更远、比子夜更黑、比北方的冬天更冷、比南方的沙漠更热、这宝剑会把我带走，也会把一切人带走

（死去）

剑：我一定要报仇！

剑：（独白）在你们找到归宿的时候，我却要上路了。不要忘

记这一点。闭紧你们的眼睛吧。你们放心地睡去吧。我
就要背着一只很破很旧的袋子上路了。

这只破旧的袋子就是我。
曾经在大沙漠上长大。
多少人用手撕破了他。
多少豹子用爪子撕了他。
但这只破旧的袋子
就是我和我的心啊。

会感到什么
有没有心情
是什么样的心情
我不知道前面等待我的
是什么？
我要独自前行

幕间过场一场

第二十场

（此场为两幕之间过场）

（舞台沉默三分钟。黑暗，灯光大亮

（宝剑他仍坐在那儿。又上来一位老头——由疯子头人扮演者扮演——和一位小女孩——由红的扮演者扮演）

（幕间戏：演鲁迅的《过客》小剧）

第三幕

第二十一场

（疯子老头，绿色小鸟）

疯：你知道吗？

鸟：我知道什么？

疯：那位最小的反王逃走了。

鸟：逃到哪儿去了？

疯：逃到沙漠上去了。

鸟：那么，被押上刑场的是谁？

疯：是魔王的兄弟。

鸟：他为什么替小反王去死

疯：他自己愿意。这样，最小的反王，也就是天下经常传说的那位不死的无名的国王，可以逃脱了，逃走了，他当然有自己的使命。

鸟：是不是天下传说他从来不会死？

疯：对。从不死亡。像我一样。不过，我是超出死亡之外，而他是屡屡逃脱死亡的拥抱。我真想见见他，见见他，是一个什么样的人?!

鸟：那位无名的国王总算从死亡和刽子手、断头台的手中逃脱了，他有什么使命？那位魔王的弟弟竟心甘情愿地为他去死。他有什么使命？

疯：他要到沙漠上去建立一个新的王国。他还有一个次要的使命，就是要为兄弟——也就是为那些反王报仇，杀死巴比伦王，也就是要杀掉他的八哥。

鸟：他完成自己的使命了吗？

疯：十五年前，或者说世纪交替之时就完成了。他在沙漠上建立了一个十分强大十分完美的王国。他自己当上了国王。另外，为了完成较小的使命，这次，四个诗人杀巴比伦王，就是他的安排。

鸟：但是，巴比伦王到现在还没死啊。

疯：他离他自己的死亡不远了。你一定会看到的。绿色的小鸟，你一定会看到巴比伦王的死亡，绿色的生命的小鸟。

鸟：这四个年轻的诗人和他又是什么关系？

疯：他在逃亡沙漠的时候，其实并不是逃亡，因为实在的说来，他——这位最小的反王，这位人称无名的国王的人，并不是我们巴比伦的人。他也不是喝巴比伦河的河水长大的。他是沙漠上的人。他在沙漠上出生。他在沙漠上长大。连沙漠上的人都不知道他的父母是谁。

鸟：他自己知道他的父母是谁吗？

疯：这一点我也不清楚，但我见过他写下的一些杀父的诗。天下人传说，他认为他的父母是巴比伦人。所以他少年时代就回到巴比伦。他一身是胆，虽然年纪最轻，可仍

871

然是反王中最勇敢的一个。他还是个诗人，他是世纪交替之际最伟大的诗人。这四个年轻的诗人——就是要杀巴比伦王的这四个年轻的诗人，猛兽，吉卜赛，青草，宝剑，甚至还有我们的公主，为什么都是诗人，就是受这位无名的国王的影响。他不光是无名的国王，不光是无名的伟大的国王；还是一位无名的伟大的诗人。据说——不，其实是返回他的沙漠故乡，之后，尤其是他当上沙漠上的王以后，那诗歌更是数代以来无人能望其项背。

鸟：有这么严重吗？

疯：因为我读过他在沙漠上写的几首诗，还有几首是沙漠上的王者之诗，而且因为我好歹也算是个诗人。不是夸口，在几百年前的巴比伦，到处都流传着我的诗歌。再让我们继续回到谈话上来。他去沙漠时带走了魔王的儿子，猛兽，还偷走了巴比伦王的小婴儿，宝剑，远走高飞，在沙漠奋斗了多年，在他的故乡终于当上了国王。终于成了全世界唯一的沙漠之王，我还要说，他是全世界唯一的诗歌之王，诗歌皇帝。

第二十二场

（疯子头人，宝剑）

疯：我知道你就会再来的。

剑：我来了。

疯：是谁让你来的？

剑：青草和吉卜赛。

疯：他们都已经死了。

剑：是的。

疯：你要找的人也死了。

剑：是的。

疯：你要找的是个女人。

剑：对。

疯：是个公主。

剑：对。

疯：她是你妻子。

剑：对。

疯：你来找我有什么事？

剑：我有好多话要问你。

疯：问吧。

剑：吉卜赛和青草为什么在几年前突然离开了自己的父母和
　　部落，来到巴比伦？

疯：因为巴比伦不光是你的故乡，也是他们的故乡，还因为
　　他们俩同时爱上了一个妇女，那个妇人又美丽又高贵，
　　又是他们好朋友的妻子。那个好朋友就是你。

　　（停顿片刻）

剑：好。这我早就猜出一些。

疯：所以他们抛弃父母，远走他方，寻找另外的生活。他们
　　也知道你会把他们的父母当成自己的一样。

剑：因为我从小就和他们一块长大。他们的妈妈也是我的妈妈。我是喝这个妈妈乳汁长大的。我后来才知道，我是一个孤儿，被人抛弃，是他们将我收养的。

疯：后来你又离开这位母亲了。

剑：我是万不得已。把她托付给部落里的人了。我们的族人都非常好。比巴比伦的人好千万倍。我的妻子有一天突然离开了我，那时她已经怀孕。我离开妈妈出来找她，千辛万苦来到巴比伦。

疯：见到了吧。

剑：见到了。

已经死了。

刚才说过了。

第二十三场

（巴比伦王在疯狂地奔跑——背景通红闪动不熄。巴比伦王在奔跑。众回声——几个与巴比伦王一样的人在后面紧追不舍。众回声的声音比巴比伦王的声音更响）

王：我怎么啦

回声：我怎么啦

王：难道我疯啦

回声：难道我疯啦

王：我要干什么

回声：我要干什么

王：你们这些鬼魂要干什么

回声：你们这些鬼魂要干什么

王：为什么总纠缠着我

回声：为什么总纠缠着我

王：我受不了啦

回声：我受不了啦

王：你们是沙漠上的鬼

回声：你们是沙漠上的鬼

王：你们是海底的鬼

回声：你们是海底的鬼

王：你们是火焰中逃出的鬼

回声：你们是火焰中逃出的鬼

王：你们是屈死鬼

回声：你们是屈死鬼

王：我受不了啦

回声：我受不了啦

王：我真的受不了啦

回声：我真的受不了啦

王：我的头盖骨都碎了

回声：我的头盖骨都碎了

王：我崩溃了

回声：我崩溃了

王：我完蛋了

回声：我完蛋了

王：滚开

回声：滚开

王：饶了我吧

回声：饶了我吧

第二十四场

廷臣甲：巴比伦一片混乱。

廷臣乙：诗歌竞赛不了了之。

廷臣丙：被立为王子的死了。

廷臣丁：公主死了。

廷臣甲：巴比伦一片混乱。

廷臣乙：眼看大厦将倾。

廷臣丙：王国后继无人。

廷臣丁：一切人都死光。

廷臣甲：巴比伦的末日就要来临

（巴比伦王上）

王：你们在巴比伦河畔找到了那个老疯子吗？

你们在巴比伦河畔找到了那个自称活了几千岁，自称疯

子头人的老疯子吗？

廷臣甲：找到了，万岁。

王：带他上来。每当巴比伦一片混乱，尤其是王位混乱的时

候，百姓们就会在王宫前示威游行，绝食斗争，要求巴

比伦的王去请疯子头人，听从疯子头人的劝告。这已是

巴比伦几千年历史上不成文的法律。还没有人违犯过这条法律。这条法律是专为巴比伦世代诸王而立的。乱世的巴比伦的王都曾派人去巴比伦河畔请求疯子头人，以免王国的混乱和灾祸，也不知这几千年来，疯子头人是不是就这一个。

廷臣：看，他来了，怎么还带着一个年轻人。

（疯子头人和宝剑上。都戴着面具。

四个抬棺人抬着棺材同时上）

疯：他们都在说

那高高的山上

就是我这一副

怪模样。

疯子头人我

怒容满面

把一切撕碎

在国王面前。

请听四个抬棺人

唱的一支歌

（四个抬棺人。合唱或朗诵。）

甲：什么日子将过去？

乙：什么日子将来到？

丙：法官的日子将过去。

丁：犯人的日子将来到。

甲：什么日子将过去？

乙：什么日子将来到？

丙：你的日子将过去。

丁：他的日子将来到。

甲：什么日子将过去？

乙：什么日子将来到？

丙：男人的日子将过去。

丁：女人的日子将来到。

甲：什么日子将过去？

乙：什么日子将来到？

丙：在天的日子将过去。

丁：在田的日子将来到。

甲：什么日子将过去？

乙：什么日子将来到？

丙：穷人的日子将过去。

丁：富人的日子将来到。

甲：什么日子将过去？

乙：什么日子将来到？

丙：喝酒的日子将过去。

丁：流鼻血的日子将来到。

甲：什么日子将过去？

乙：什么日子将来到？

丙：绿色的日子将过去。

丁：红色的日子将来到。

甲：什么日子将过去?

乙：什么日子将来到?

丙：纽约的日子将过去。

丁：巴比伦的日子将来到。

甲：什么日子将过去?

乙：什么日子将来到?

丙：美元的日子将过去。

丁：血液的日子将来到。

甲：什么日子将过去?

乙：什么日子将来到?

丙：富人的日子将过去。

丁：穷人的日子将来到。

甲：什么日子将过去?

乙：什么日子将来到?

丙：巴比伦的日子将过去。

丁：太阳的日子将来到。

甲：什么日子将过去?

乙：什么日子将来到?

丙：美女的日子将过去。

丁：坐牢的日子将来到。

甲：什么日子将过去?

乙：什么日子将来到?

丙：庸俗的日子将过去。

丁：自由的日子将来到。

甲：什么日子将过去？

乙：什么日子将来到？

丙：美元的日子将过去。

丁：斧子的日子将来到。

甲：什么日子将过去？

乙：什么日子将来到？

丙：皇帝的日子将过去。

丁：断头台的日子将来到。

甲：什么日子将过去？

乙：什么日子将来到？

丙：在田的日子将过去。

丁：在天的日子将来到。

疯子头人：（对宝剑，大声吆喝，如劳动号子）

（和四个抬棺人一起吆喝。这些人在打夯）

孩子！

儿童！

为了数学！

为了数学！

大家前进！

大家抬着棺材！

棺材太沉太沉！

棺材里不止一人！

为了数学!

大家前进!

大家往一块儿走!

大家往前走!

排成一行!

抬着棺材!

鲜血染红!

谁要问我!

走火入魔!

谁要问我!

牵肠挂肚!

为了数学!

抬着棺材!前进!

(众人抬着红色棺材下)

第二十五场

(山上,宝剑似乎抱剑坐在山顶

老女奴,女巫)

奴:我的儿子披着黑色的斗篷,在黑夜里抱着宝剑哭泣。

巫:就让他哭吧,就让他哭个够吧。

奴:巴比伦河在巴比伦深夜的肉体上像血液静静地流。

巫:就让它流吧,既然它愿意。几千年来不就是一直这样流
着。

奴：我的儿子又裹紧了身上黑色的斗篷，止住了哭泣。

巫：但仍然在对着鬼魂讲话。

奴：不，他是在独自歌唱。

巫：宝剑闪着寒光，

奴：今夜更加昏暗，

巫：河水还在上涨，

奴：月亮已经发红。

巫：这不是河水上涨的季节。

奴：宝剑闪着寒光。

巫：下面是腐败的山河，

奴：宝剑照着腐败的山河。

巫：下面是无知无觉的粘土，

奴：白花花的石头，

巫：红惨惨的地火，

奴：黑铁和青铜，

巫：还有更少的黄金，

奴：铸成他手中宝剑，

巫：寒光闪闪，

奴：似乎比黑夜本身更深；

巫：剑叶上浸透鲜血，

奴：恨不得跳起来，

巫：刺穿谁的喉咙。

奴：手不能发抖，

巫：心不能脆弱，

奴：当心……

巫：当心……

奴：不要独自一人呆在山上。

巫：不要独自在夜深歌唱。

奴：不要歌唱失去的一切。

巫：更不要哭泣。

奴：鼓起你勇气。

巫：剑在人在。

奴：剑亡人亡。

（沉默）

奴：我们走吧。

巫：已讲过一切劝告。

奴：我们走吧。

巫：还要在今夜。

奴：爬上山顶。

巫：我把剩下的粮食堆在一块，

奴：还要竖起一块高大的石头作为仓门。

第二十六场

（造剑的场所。造剑师与几柄剑的对话。

都戴面具。几柄剑似乎在饮血吃饭）

剑甲：食物放在这一切上面。

剑乙：血放在食物上面。

剑丙：剑放在血上面。

剑丁：即使这样，我也不后悔。

剑甲：魔，所不能达到的东西，我已经达到了。

剑乙：他是皇帝还是戏子?!

剑丙：什么叫脱胎换骨?

剑丁：一只碗放在一只碗中。

剑甲：水

剑乙：冲下来

剑丙：是血

剑丁：两只勺子，两马

剑甲：还在我另一只碗中！

铸剑师：（面向观众，大声）我是铸剑人。

　　我不说的事情。在这之后我不说

　　我不说就是不说

　　我要。水变成大水

　　冲开了缺口。完成普通人早已完成的

　　是多么难——还要和

　　命运之诗连锁在一起

　　这就是铸剑人的命。

　　长过大火。

　　长过他们。

　　（这都是不太重要的。）

　　（一柄红色宝剑的独白。演员着红色盔甲，其他人是白色盔甲）：

三道门下

我一身红色盔甲。

我一定是一位年轻的皇帝。

我是大革命的儿子。

这是什么日子?

我为什么俯伏在肮脏的酒柜上

我是大革命中谁的宝剑

——被扔在这肮脏的酒柜上。

我在哪些日子中闪闪发亮。

又在哪些日子里暗淡无光,蒙上了灰尘

宝剑之母你在何方?

众剑之母,我问你

我为何一无所有地走在大街上。

第二十七场

(这一场是一次秘密谈话,给人的感觉要是一个人在自言自语。好像从山腹中传出了一些片言只语,给那些山上的人。这一场舞台的幕布紧合。或者,舞台一片黑暗,看不见任何东西。或者,舞台上空空荡荡,像挖空的山的肚子,只有两把空空的椅子,在舞台中央,面对面放着,像是两个人坐在山肚子里进行秘密的谈话。舞台上有时而清晰时而模糊混乱巨大嘈杂的声音。用省略号的地方表示混杂用一面巨大的鼓。)

你亲手杀死了我的两个兄弟。他们几乎还是像儿童一样纯洁……她是我女儿，她自己愿意……互相残杀，因为他们要杀我……孩子，你一定要我说出真相吗？你是她的兄弟。她是我的女儿。你是我的儿子……我就把你的脖子拧断去喂每一条过路的巴比伦的狗……我只想让你一人继承王位，如果我不杀死他们……我干了一切可以干的事。我喝下毒药。我只有一个时辰可活。我活不到黎明了。我活不到下一个黎明了。我把手诏和王印留给你。……那么，让这铁打的江山黄金的土地变成这同一个黑夜……你被遗弃后，在沙漠部落中长大。而她长大后就出门寻找哥哥，没想到遇见了你，更没想到你就是她哥哥……有人告诉了她……思念家乡，还发了疯……我把——手诏——和——王——印——留——给——你。（以下声音变得清晰）今夜是你我的日子。今夜是黑暗之夜，空虚之夜。今夜只适合死亡不适合出生。我们已没有明天。明天是别人的日子。巴比伦河上又涌起无边的朝霞的大浪。我的兄弟和爱人又会复苏在他们之间，在曙光中间。只有你我不会复活。你我的生存只有一次。你我的关系，你我一切仇恨和血决定了你我的这一次。那就是今夜。那就是这个子夜。那就是这个最后的日子，夜的语言和宝剑。你我都必须满身肮脏地死去，在这个纯洁得像空气和水的黑夜里，父王，让你和我一起肮脏地死去吧。你我都必须在这个子夜，夜深人静的时辰死去。子夜……这个回忆的粘土层……比王冠和王座还要漫长。巴比伦，这个几乎一直被魔法统治的国土，好几千年了，天空的数学，人类之梦大同之梦，你为全巴比伦制订的法律只是咒语。

（鼓声）

第二十八场

（酒店。众人饮酒。幽灵重现的场景，

两个人抬着红色棺木上）

抬棺人甲： 瞧，一个灵魂迎面走来。

抬棺人乙： 死人的事是经常发生的。

你头发散乱，简直像一个鬼魂。

甲： 不管这次他是谁，反正他胜了。

乙： 一切听天由命，必须达到一个高度。

甲： 我们两个抬着的棺材就是这个高度。

乙： 我们在谈话。

乙： 我们要达到的难道不是同一个东西?!

（疯王子宝剑上）

剑：（指着红色棺木问二抬棺人）

这难道是车子?!

人车各行其道。

人就是人，车就是车。

是众神之车。本来是不同的道路。

人车各行其道。

这难道是车子?!

车子把我和她抱在一起，

车子把我和公主抱在一起，

我们都是女儿所生。女儿是谁？

车头是谁？鸟要叫，

鸟在叫。鸟是谁？

鸟说应该提醒你，

疯狂中我是谁？

（两个抬棺人面具和服装做鸟类）

甲：这是一个让人生锈的夏天，

乙：连夏天之鸟，连燕子，连空中飞过的鸟都生锈。

甲：这是一个连松鼠和豌豆都生锈的夏天

乙：连露珠都生锈，更何况沾满血迹的兵器？

剑：在我的记忆里

这是狮子和老鼠生下的六小时，子夜住在

太阳子宫，生下的小野兽

两只小鸟变作抬棺人

拉着棺材和车子

小鸟奔跑在路上

又痛哭又是幸福

感到了人类空虚

每日抬棺磨剑不止

激发了我的疯病。

两个抬棺人：（唱歌）

空白一段时间

空出一段时间

做一会儿石头

做一会抬棺人

小鸟，抬着红色的棺材，飞在天空

用酒补好了棺材

用酒做一个补丁

用酒补好了石头

用酒补好了傻子

用酒补好了乞丐、白痴、贫穷

和疾病。用酒补好了粮食

用酒做一个补丁

多好的大补丁

棺材像一棵火红的巨大的枫树

内心发空，其实并没有死人

用酒补好了乌鸦和喜鹊

酒鬼像一棵小型枫木劈成的战车

内心发空，两眼发直，这棵酒精之树无疆万寿。

内心发空，收缩

无一人端坐其中

巨大的冠盖火红

如血涌向头脑

我不知道。

我确实不知道

我自己说了些什么

我拼命想。可我再也想不起

怎么办？皇帝在陵墓中哭泣？内心发空

抬棺人啊抬棺人是我们

我怎样消化一次皇帝的死亡？

这是一个咒语。

剑：大鸟又叫。又叫了

不祥的大鸟又叫了

是南方还是北方的大鸟又叫了

如果我的欢乐不在天堂

大鸟又叫了。小鸟两只

你不能口吐人言

你难以说清

你一时难以说清。你又叫一声

……我也染上人类恶习

（倾听）占卜！鸟骨！飞翔呜呼！

鸟类的公主，鸟类的抬棺人

大鸟在叫什么？乌鸦，她怎样了？

然后又怎样？

甲乙：血越浓

剑：剑越快

甲乙：爬上的山越高

剑：造成的错误越大

甲乙：忘了更多。

剑：死得更快。

甲乙：活得也更多。

剑：死得也更快。

（三人抬棺而下，出酒店，穿过巴比伦城门）

第二十九场

廷臣：王子，你上哪儿去？

宝剑：出去！

　　　出去！

　　　到王国之外去！

　　　出去！

（以下舞台空空荡荡，只有一个演员朗诵）

宝剑：不管这一次他是谁，他肯定胜利了。我承认他的胜利。
　　　我承认自己的失败。我像金黄脆弱的麦秸在同样颜色的
　　　火中化为灰烬。就好像火焰走出了灰烬，向天空伸出绝
　　　望的吐不出任何语言的红色舌头。我和生命就这样一次
　　　次走向空中，走向虚空。

　　　不管这一次他是谁，他肯定胜利了。还有一个时辰就要
　　　天亮！那儿有清凉的风，常年不断地吹，有一片光秃的
　　　山坡，周围还有野花缠绕我。叫了一遍。又叫了一遍。
　　　这是篇诗歌中的鸟，这是第二遍，她用叫声把我送上天

空。送上白风和红霞，送上南来北往的风。大雁在飞过时匆匆一掠，我的简陋的墓地像一只粘土的花篮。毒药，数学之神的绳索，我会在天亮时死去。那时黎明刚过，而北方冬天的朝霞散开、蔓延。太阳也刚刚升起。还没有像火球一样，飞快升起，也许我和太阳一起飞到天上。我热爱这壮丽的景色，我坐在太阳火红的马车上，我热爱这坐在太阳上的另一个自我。在明天早上，我就要升起，我就要死去。可现在仍然是黑夜。一会儿就是白天。一个人，从流浪的部落，从大沙漠，回到故乡的大河，找到了妻儿和妹妹、女儿、父亲，自己却用身子做成了一只杯子，灌满了毒药。这肉体的杯子！我就是爬也要爬到她的坟头。快到冬天了吧，我还不曾栽下过一棵山楂树。还有一场大雨。可现在什么也没有了。一场大雨过去了，在我身上留下了泥泞。

（布景转换很快。幻觉中，宝剑在开满野花的道路上奔跑）

剑：这一路上全是花朵

我踏上了她们

踏上了她们的眼睛和睫毛

以及在夜间张开倾听风雨的耳朵

我踏上了她们

全是迫不得已。

为什么这路上全是花朵

（宝剑拔剑自刎，鼓声）

（鼓手一边操鼓，一边朗诵

（鼓手就是扮演公主红的）

鼓手： 等到那一天来到

海水淹没了巴比伦

巴比伦没有一个幸存的人

海水淹没了巴比伦的每一寸土地

除了九根红色的茅草，

那是我们今日沾满鲜血的宝剑。

大地呈现在你的面前——

是茫茫无际的苦难的海水

你是唯一的。

公主活在九位公主之中

你们是九根红色的草根承受阳光雨露

繁衍了那海水灭绝的巴比伦。

第三十场

（巴比伦农奴合唱队，服装简朴而褴褛，裤管为了种田满
不在乎地卷起，两个农奴，上来收尸）

甲： 庄稼熟了。

乙： 有人死在山上。

甲： 有人死在地里。

乙： 王子，你不是庄稼，你是酒瓶。

甲：你不是粘土，你是宝剑。

乙：你不是亲人，你自称为兄弟们。

甲：庄稼熟了。

乙：你不是庄稼，你是酒馆中的酒精。

甲：你不是四季，你是四季中空荡荡的风。

乙：你不是劳动，你是牺牲。

甲：我们劳动，出一身臭汗。

乙：替你们收尸。

甲：我们要享受。

乙：你们却要牺牲。

甲：你们为谁牺牲？

乙：我们是种田人，

甲：我们是辛辛苦苦的种田人。

乙：我们是要活命。

甲：你们是要拼命。

乙：你们是为谁拼命？

甲：是为自己，还是为别人？

乙：你们一定说—— 一定是为别人。

甲：别人就是愚昧的我们。

乙：可我们不需要拼命，

甲：我们只要活命。

乙：我们不要酒瓶，

甲：我们要丰收。

乙：庄稼熟了。

甲：喝酒第二天。

乙：顶好喝一碗稀粥，

甲：几粒臭咸菜，

乙：这烂萝卜烂白菜叶白菜根。

甲：喝酒之后，顶好是粮食。

乙：我们要丰收。

甲：庄稼熟了。

乙：庄稼是最好的，

甲：我要告诉你们。

乙：宝剑是其次的。

甲：庄稼是最好的。

乙：酒精是其次的。

甲：四季是最好的。

乙：风雨是其次的。

甲：活命是最好的。

乙：拼命是其次的。

甲：庄稼熟了。

乙：庄稼让石头从身上滚过去

甲：然后脱落下来。

乙：那是麦子和稻子。

甲：稻子又要让铁把自己的皮扒下来。

乙：那就是米。

甲：那就是我们的庄稼。

乙：那就是我们。

甲：我们庄稼人。

乙：庄稼合唱的声音。

甲：庄稼熟了。

乙：庄稼自己熟了。

甲：庄稼自己叫嚣熟了。

乙：也就是高粱红了。

甲：也就是玉米黄了。

乙：也就是黄瓜绿了。

甲：也就是麦粒红了。

乙：麦秆黄了。

甲：马上就要被我们抱到石头或铁器下，

乙：抱到打谷场，

甲：或道路上，

乙：打碎。打破头。打死。

甲：道路从庄稼尸体上走过。

1988. 6. 13 ~ 1988. 9. 22

太阳·诗剧

1988.6

太阳·诗剧

（选自其中的一幕）

地点：赤道。太阳神之车在地上的道

时间：今天。或五千年前或五千年后
　　　一个痛苦、灭绝的日子。

人物：太阳、猿、鸣

司仪（盲诗人）

"多少年之后　我梦见自己在地狱作王"

我走到了人类的尽头

也有人类的气味——

在幽暗的日子中闪现

也染上了这只猿的气味

和嘴脸。我走到了人类的尽头

不像但丁，这时候没有闪耀的

星星。更谈不上光明

前面没有人身后也没有人

我孤独一人

没有先行者没有后来人

在这空无一人的太阳上

我忍受着烈火

也忍受着灰烬。

我走到了人类的尽头

我还爱着。虽然我爱的是火

而不是人类这一堆灰烬。

我爱的是魔鬼的火　　太阳的火

对于无辜的人类　　少女或王子

我全都蔑视或全都憎恨

我走到人类的尽头

也有人类的气味——

我还爱着。在人类尽头的悬崖上那第一句话是：

一切都源于爱情。

一见这美好的诗句

我的潮湿的火焰涌出了我的眼眶

诗歌的金弦踩瞎了我的双眼

我走进比爱情更黑的地方

我必须向你们讲述　　在那最黑的地方

我所经历和我看到的

我必须向你们讲述

在空无一人的太阳上

我怎样忍受着烈火

也忍受着人类灰烬

我走到了人类的尽头

也有人类的气味——

我还爱着：一切都源于爱情。

在人类尽头的悬崖上

我又匆匆地镌刻第二行诗：

爱情使生活死亡。真理使生活死亡

这样，我就听到了光辉的第三句：

与其死去！不如活着！

我是在我自己的时刻说出这句话

我是在我的头盖上镌刻这句话

这是我的声音　这是我的生命

上帝你双手捧着我像捧着灰烬

我要在我自己的诗中把灰烬歌唱

变成火种。与其死去！不如活着！

在我的歌声中，真正的黑夜来到

一只猿在赤道中央遇见了太阳。

那时候我已被时间锯开

那神。经过了小镇　处死父亲

留下了人类　留下母亲

故事说：就是我

我将一路而来

解破人类谜底

杀父娶母。生下儿女

——那一串神秘的鲜血般花环

脱落于黑夜女人身下。

一切都不曾看见

一切都不曾经历

一切都不曾有过

一切都不存在。

人类母亲啊——这为何

为何偏偏是你的肉体

我披镣带铐。有一连串盲目

荷马啊。我们都手扶诗琴坐在大地上

我们都是被生存的真实刺瞎了双眼。

人，给我血迹　给我空虚。

我是擦亮灯火的第一位诗歌皇帝

至今仍悲惨地活在世上

在这无边的黑夜里——

我的盲目和琴安慰了你们

而他，他是谁？

仿佛一根骷髅在我内心发出的微笑

我们　活到今日总有一定的缘故　兄弟们

我们在落日之下化为灰烬总有一定的缘故

我们在辗碎我们的车轮上镌刻了多少易朽的诗？

又有谁能记清　每个人都有一条命

——活到今日。我要问。是谁活在我的命上

是谁活在我的星辰上，我的故乡？

是谁活在我的周围、附近和我的身上？

这是些什么人　或什么样的东西?!

等我追到这里

荒漠空无一人

我在河边坐下

等你等了半天

河水一波又一波

斧子已被打湿

斧子沾满水滴

暗哑的地铺上

忽明忽暗火把

照着满弓一样的乳房

那是什么岁月

我血气方刚

斧子劈在头盖骨

破碎头盖骨

从这一头飘到那一头

孕育了天地和太阳

那是什么岁月

青草带籽纷纷飘下

那时候我已经

走到了人类尽头那时候我已经来到赤道

那时候我已经来到赤道

那时候我已被时间锯开

两端流着血　锯成了碎片

翅膀踩碎了我的尾巴和爪鳞

四肢踩碎了我的翅膀和天空

这时候也是我上升的时候

我像火焰一样升腾　进入太阳

这时候也是我进入黑暗的时候

这时候我看见了众猿或其中的一只

回忆女神尖叫——

这时候我看见了众猿或其中的一只

太阳王

我夺取了你们所有的一切。

我答应了王者们的请求。赦免了他们的死。

我把你们全部降为子民。

我决定独自度过一生。

赤道。

全身披满了大火，

流淌于太阳的内部。

太阳，被千万只饥饿的头颅　抬向更高的地方

你们或者尽快地成长，成为我

或者隶属于我。

隶属于我的光明

隶属于我的力量

这时候我走向赤道

那悲伤与幻象的热带　从南方来到我怀中。

我决定独自度过一生

我像一只地幔的首领　缓慢地走向赤道。

赤道，全身披满了大火，流淌于我的内部。

我是地幔的首领

一群女儿是固体在高温下缓慢流动的。

她们在命运之城里计算并耗尽你生命的时辰。

暴露在高原的外表

那些身处危险

那些漆黑的人们

那些斧子形的人

三只胃像三颗星来到我的轨道

你们听着

让我告诉你们。

你是腐败的山河。

我是大火熊熊的赤道。

你是人类女儿的伴侣。

我是她们死亡的见证。

你是惆怅的故乡　温情的故乡

你是爱情　你是人民

你是人类部落的三颗辰星

我只是，只是太阳

只是太阳。你们或者长成我

或者隶属于我

让我离开你们　独自走上我的赤道　我的道

我在地上的道

让三只悲伤的胃　燃烧起来

（耶稣　佛陀　穆罕默德）

三只人类身体中的粮食

面朝悲伤的热带吟诗不止。

让我独自度过一生　让我独自走向赤道

我在地上的道　面南而王是一个痛苦过程

我为什么突然厌弃这全部北方　全部文明的生存?!

我为什么要　娶赤道作为妻子

放弃了人类女儿……分裂了部族语言。

人们啊，我夺取了你们所有的一切。夺取了道。

我虽然答应了王者们的请求，赦免了他们的死。

让我独自走向赤道。

让我独自度过一生。

其他诗歌的杯子纷纷在我的头颅里啜饮鲜血。

我一如往昔。

是天上血红色的轴展开

火红的轮子展开

巨型火轮　扇面飞翔　滚动

赤红色光带摇晃　使道燃烧

——你在地上也感到了天空的晕眩。

我一如往昔。

我的太阳之轮从头颅从躯体从肝脏轰轰辗过。

接着。我总是作为中心

一根光明的轴。出现在悲伤的热带

高温多雨的高原和大海

我是赤道和赤道的主人

在热带的海底　海的表面

斩断了高原的五脏。

于是我在刚果出现

我的刚果河！两次横过赤道

狂怒的泼开……赤道的水……如万弓齐放

像我太阳滔滔不绝的语言

在四月和十月　我经过天顶　深深的火红的　犁

犁头划过　刻划得更深

仿佛我将一只火把投进了他的头骨嘶嘶作响

那时候赤道雨啊

赤道的雨可以养活一切生灵！

仿佛我将一只火把投进了他的头骨嘶嘶作响

这是我儿子的头骨。这是我和赤道生下的儿子

我俯伏在太阳上　把赤道紧紧拥抱

我双膝跪在赤道上　我骑在赤道上

像十个太阳骑在一匹马上

十个太阳携带着他们的武器

生存的枪膛发红灼热

那是我的生殖　那是我的武器　那是我的火焰

我俯伏在太阳上　把赤道紧紧拥抱

我的儿子　我的儿子　你在何方？

那时候我走向赤道

雷在你们头顶不断炸响

我在这瞬间成为雨林的国王、赤道的丈夫

我在这一瞬成为我自己　我自己的国王。

这就是正午时分

这就是从子夜飞驰而来的正午时分。

（地平线在我这太阳的刀刃下　向上卷曲

千万颗头颅抱在一起。咬紧牙关

千万颗头颅抱在一起仿佛头颅只有一只

地平线抱在一起仿佛一只孤独的头颅

又纠结一团仿佛扭打在一起）

我的儿子　我的儿子　你在何方？

你的头骨——那血染的枷铐

头颅旋转

空虚　和黑暗

我看见了众猿或其中的一只

猿

……空虚　黑暗

我像是被谁　头脚倒置地扔入大海。

在海底又被那一场寒冷的大火

嘶嘶烧焚。

我越长越繁荣

几乎不需要我的爪子　我的双手　我的头骨

我的爪子完全是空虚的。

我的手完全是空虚的。

我的头骨完全是空虚的。

你们想一想　在赤道　在伟大的赤道

在伟大、空虚和黑暗中

谁还需要人类？

在太阳的中心　谁拥有人类就拥有无限的空虚

我是赤道上被太阳看见的一只猿。

我就是那只猿。我就是他

他出生在很远的南方

他是王国的新王

他离弃了众神　离弃了亲人

弃尽躯体　了结恩情

血还给母亲　肉还给父亲

一魂不死　以一只猿

来到赤道。

他终于看到了自己和子孙。

他看见了不该看见的东西

爬过。在他身上醒来

在一只猿身上醒来

在他身上隐隐作痛

他用整整一条命

搭起了猿的肉体

走进洞窟。仍隐隐作痛

幻象的死亡

变成了真正的死亡

头飞了　在山上

半个头　走

走向赤道

（众猿去了喜马拉雅

唯有一猿来到赤道。）

古冈瓦纳　看见自己的身体上

澳洲飞走

印度飞走

南美飞走

南极飞走

（在一片大火之上

一猿的身上飞走了四猿）

多孤单啊

古冈瓦纳

我就是他

我并不孤独！

我的核心仍然抱在一起

以赤道为轴！

以赤道为轴

（梯形和三角形抱在一起

抱成一只翠绿的猿）

我的核心仍然抱在一起

哦，黑如黑夜的一块大陆

纵横万里的大高原以赤道为轴

半个头　长成一个头

赤道将头　一劈两半

一个头　长成两个头

一个是诗人，一个是猿

作为诗的一半看见了猿的一半

猿　陷入困境　迷宫

他的镜子是人类。也是生殖和陷阱

从猿的坟地　飞出

飞向人的坟地——这就是人类的成长

这就是大地长成的过程

黑夜是什么？

所谓黑夜就是让自己的尸体遮住了太阳

上帝的泪水和死亡流在了一起。

被黑暗推过

一千年　一万年

我们就坐得更深　走进太阳的血中更深

走进上帝的血中去腐烂

我们用泪水和眼睛所不能看见的

（太阳　不分日夜　在天空上滚）

这时候我看见了月亮

我的腿骨和两根少女的腿骨，在蓝色的月亮上交叉。在无边

　　的黑夜里飞翔。

被黑暗中无声的鸟骨　带往四面八方。

万物的母亲，你的身体里是我的腿骨

无边黑夜里，

乌鸦的腿骨变成我的腿骨。

双翼从我的脸上长出。

月亮阴暗无光的双翼

携带我的脸　在黑夜里飞翔

双臂变成空洞无孕的子宫——流着血泪

我诞生在海上

在有一瞬间

在血红的月亮上

喷吐着天空浓烈的火焰。

我的听觉　是物质　是盐　是众盐之王。
大海分解着我的头骨
肉体烧焦。
一个巨大的怀孕
滚动在大海中央。
从海底一直滚到大海中央。

太阳把自己的伤口　留在月亮上。血　在流淌鲜血
　渗遍我全身而成
月亮。

火把。火的惨笑的头
我们凄凉的头　聚在一起　抬着什么
铺开大地那卷曲的刃

这时候我仿佛来到了海底
顺着地壳的断裂　顺着洋脊
看见了海底燃烧的火　飞行的火
嘶嘶叫着化成冰凉的血。

这是否就是那唯一的诗!?
笼罩着彻底毁灭。灭绝的气氛

是这样正在海洋中央披着人形（斧子形）

的光明和火　就是我

也在沙漠中央披着人形的蓝色水滴

就是我。假借人形和诗歌

向你们说话。假借力量和王的口吻

群女在隔壁的屋子里　唱着

一间屋子是空虚。

另一间屋子还是空虚。

（群女正在草原或海水绝壁上熏黑身子幽幽唱着。）

群女或为复仇女神、命运女神、月亮女神

或为妓女或为琴师或为女护士或为女武神

或为女占卜者。在这无边的黑夜里

除了黑暗还是黑暗。除了空虚还是空虚

除了众女还是众女。我将她们混为一谈

我这赤道地带的母猿可以为她们设计各种时间各种

　　经历。各种生存的面具

收起时间的缰绳　任肉体之马奔向四方

（肉体之马聚集在太阳的刀刃上）

三母猿

鲜血　在天上飞

在海中　又回到

熊熊大火

大火在天上飞

又在海底

变成寒冷的鲜血

而入孤独山顶

大火焰中传道

在海水中传道

而入孤独血液

太阳的血污催动。万物互相焚烧。焦黑。死亡海洋也仿佛
　月亮的子宫

潮汐涌动不止

这些活跃在夜间的肉。飞翔的肉。睡眠

这些心肝状　卵状　羊头状的血红月亮

照着凄凉的平原　斧子或羊皮　竖立或斜铺在幽蓝虚无的海
　中那就是

我们狭窄的陆地

春天吐火的长条陆地你布满时间的伤疤。

火　天空上飞的火

"汪汪"叫着化成了血

血"汪汪"叫着

血"嘎嘎"地在天上飞

她们一同离开了原始居住地的太阳

也不能再称她们为火

也不能给她们取名"飞"

她们在大海中央安顿下来。

天上飞的火　在大海中央　变成了血

光明变成了黑暗　光明长成了黑暗

燃烧长成了液体的肉

血啊，血　又开始在天上飞

（一粒种子抱住我们头）

斧子在大地深处生育小斧头。

火　变成　血

天上飞的血

在大海中央

变成人的血。（一粒种子抱住我们的头）

斧子在大地深处生育小斧头

血啊、血　又开始在天上飞

由翅膀（或由天使之回忆）

构成。烧焚至今的灰烬

我们悬挂在一条命

一条血、一条火上

走向地窝子

点起灯，在那似乎是微风吹拂的时间

鸣——诸王、语言

太阳在自己黑暗的血中流了泪水。

那就是黑夜。

五谷坐下来

泪水流出了身体

身体长出了河流与道路

马　在道路上飞着

泪水　带着她的影子她的锁链　在荒芜的山上飞

太阳　一夜听着石头滚动

石头滚回原始而荒芜的山上

原始而荒芜的山退回海底

谁是骆驼和沙漠的主人？

谁是语言中心的居住人？

谁能发号施令？

十二位刽子手倾听谁的召唤？应声而来

哪些泥土哪些树长成了女人　陪伴　葬？

一把把陶罐摔破在谁的脑袋上？

谁灼痛得遍地滚动？

谁的父亲绑在树上被宰杀?

在家乡古老的河道上漂动着谁的尸体?

谁很久以前的尸体又盖在这具尸体之上?

谁摸头　头已不在?(血肉横飞　脸也飞去)

谁所有的骨头都熔化在血液里?

谁的豹子　坐在一只兴高采烈升上天空的子宫——那是谁的

　　子宫?

我们藏身的器皿。

谁是万物的音乐? 谁是万物之母

谁是万物之母的父亲?

我所陷入的生活是谁的生活?

谁是和谐? 谁是映照万物的阴晦的镜子?

谁是衡量万物是非的准绳?

谁是生物中唯一的鬼魂——冲涌在血中?

谁快收获了? 收获玉米和我

谁是西印度群岛以南夜晚的赤道上

那漆黑的乳房?

谁让我们首先变得一无所有地出现在地平线上?

那些紫红的雪　血腥的张开的嘴

既是沉默,也是失败

正在到达午夜的千年王国深处坐着谁？

坐着怎样的王者？

杯口断裂　朝向天空

谁的鲜血未能将这只杯子灌满？

"如何成为人"？

沙漠在午夜的王　是谁？

谁是无名的国王？

渊深而黑暗——

与我死后同穴的千年黑暗是谁的鸟群？

谁的一层灰烬也与我死后同穴？

谁是无名的国王？　众天之王？

在塔楼管理其他性命的是谁呢？

在六角形的星星内　在塔楼里　他是谁呢？

拥有一条线索和宿命的血　拥有全权的沙漠和海拥有埃及的
　书

死亡的书

在夜晚的奥秘中啜饮泪水的无名国王

你到底是谁？

你到底是什么？

谁在那百花合拢的女人之内

谁在那最后的爪子所握住的弓箭上

谁在景色的中心

谁　仿佛一根骷髅　在我内心发出微笑

谁把我们生殖在星星之杯内?!

我们是谁杯中的雪水、杯子内的水或流火?!

每个人都有一条命　却都是谁的命?!

谁隐生? 谁潜伏? 谁不表现为生命?

谁不呼吸　不移动　没有消化作用　神经系统

也已关闭?

谁站在断头台上

谁使用我们落地头颅的大杯——还有天空的盛宴?

沙漠深处　谁在休息　谁总是手持火把在向

我走来?

谁的残暴使旷野的阴暗暴露

谁马群幻觉的灵魂披散于天空

谁让众鸟裸露　交配并死亡

那些眼睛又看见了什么?! 看见了谁

在褐色的高地

我不停地落入谁的灰烬?

那些为了生存的人　为了谁度过黑夜

英勇的猎户为了谁度过黑夜

谁一只胃在沙漠上蠕动

谁拿着刀子在沙漠

只有谁寂灭方可保全宇宙的水

谁早已站在高原　与万物同在

谁的女人疲倦了　会蜕变为泥土和马

谁使我伸出双手　谁向我伸出双手

谁对抗我　崩断

我仍然要把我引向谁　引向谁的生殖和埋葬？

谁只住在午夜

像时间终端的鸣响

我已声嘶力竭

那不断来往的　不断开始和结束的　难道不是

同一个秋天？

我裸露着。不停地不间断地在地平线上

叫喊着"棕榈棕榈"并把棕榈在哭泣中当成你　你是谁？

——谁是那一个已经被灵充满的舌头

　　谁是被灵充满的沙漠上生长的苦难之火

谁是那一个已经被漂泊者和苦行者否定的灵？

最后我们看到的又是谁？！

合唱

告别了那美丽的爱琴海。

诗人抱着鬼魂在上帝的山上和上帝家中舞蹈。

上帝本人开始流浪。

众神死去。上帝浪迹天涯

告别了那美丽的爱琴海

何日俯伏在赤道上

水滴也在燃烧

血液起了大火

船只长成大树

儿子生下父亲

鸣——民歌手（这是他自己的歌）

在曙光到来之前

兵器库中坐满了兵器。

在曙光到来之前

我要厌弃你们

我要告别你们

孤零零

走向

沙漠

逃亡者

在山上飞

父子

在山上上飞

在山上　飞不动的

是兵器　是王座

两只鹰奄奄一息

两只鹰同时死亡　葬在一起

血红色

剥落

一条条

横卧旷野

从牛取奶

从蜂取蜜

从羊取毛

回到了她的老地方

沙漠很大很偏僻很荒凉

竖起了她自己的峭壁

回到她的老地方

在此时

让上帝从她身上

取走肉体

流亡者
在山上飞
父子在山上
在山上飞

虽然大风
从北方刮向南方
草上的
三道门
只看见
父子

他们肯定只是他一人
他一人
也是父子。

万物是影子
是他们心中
残存的宫殿

流亡者
在山上飞

925

父子

在山上飞

儿子长成　他的兄弟

儿子比父亲要先出生

两只鹰奄奄一息

两只鹰同时死亡　葬在一起

被哪一条火焰割去

喂养哪一个子宫

父子

在山上飞

流亡者

在山上飞

回到了她的老地方

沙漠很广大很偏僻很荒凉

竖起了她自己的峭壁

合唱

太阳向着赤道飞去　飞去　身体不在了

赤道向着太阳飞去　飞去　头　不在了

926

岩蕊　向外爆响　爆炸裂开的伤口

广大无边的沙漠从大海中升起

沙漠从海底升起又退回到大海

太阳的岩石胀破了我的脸

太阳刺破我的头盖像浓烈的火焰撒在我的头盖

两只乌鸦飞进我的眼睛。

无边的黑夜骑着黑夜般的乌鸦飞进我的眼睛

脸是最后一头野兽。

黑夜是一条黑色的河。

太阳的枪管发热后春火涨漫山谷

五根爪子捧着一颗心在我的头盖上跳舞并爆裂

鸣——盲诗人的另一兄弟

头盖骨被掀开

时间披头散发

时间染上了瘟疫和疾病

血流满目的盲目的王

沿着没落的河流走来

诗歌阴暗地缠绕在一起

春天的角渗出殷红的血

胜利者把火把投入失败者的眼眶

十位无头勇士抬着大海和沙漠

升向天空　赤道升向天空。驱赶

黑夜也汇入固定而燃烧的太阳

在悲伤的热带。在黑漆漆　如夜的赤道。

日　抱着石头　在天上滚动。

太阳之轮从头颅从躯体从肝脏轰轰辗过。

火红的　烧毁天空的

烈火的车子

在空中旋转

我不愿打开我的眼睛

那一对怒吼黑白之狮

被囚禁！被抛掷在一片大荒！

听一声吼叫！听一声吼叫！

我的生活多么盲目　多么空虚

多么黑暗

多么像雷电的中心

雷……王座与火轴……骄傲而阴沉

听一声吼叫！

森林中黑色的刺客

迅速下降到煮头的锅中。

内脏黑暗　翻滚过地面

太阳中殷红如血的内脏吐露：剑。

合唱

剑说：我要成为一个诗人

我要独自成为一个诗人

我要千万次起舞　千万次看见鲜血流淌

剑说：我要翻越千万颗头颅成为一个诗人

是从形式缓慢而突然激烈地走向肉体

从圣人走向强盗。从本质走向粗糙而幻灭无常的物质。走向

　　一切

生存的外表。

听一声吼叫！

太阳殷红如血的内脏吐露：剑，我的剑，我的儿子。

我的儿子

我的儿子

仇恨的骨髓

愤怒的骨髓

疯狂的自我焚烧的骨髓

在太阳中央

被砍伐或火烧之后

仍有自我恢复的迹象。

我的儿子！我的儿子！

内脏黑暗　翻滚过地层

我是儿子便是宝剑的天性

软软地挂在我骨头上的车轮和兵器——是我的肉体

是我的儿子　他伸出愤怒的十指向天空责问

那些肉体上驾驶黑夜战车的太阳之人　太阳中的人
　　到底是谁呢？

到底是谁呢？伴随了我的一生

试其刀刃光芒与残酷阴郁

那些树下的众神还会欢迎我回到他们的行列吗?!

我走到了人类的尽头

1985~1988.6.1

太阳·弥赛亚

1988

太阳·弥赛亚

(《太阳》中天堂大合唱)

但是这并不意味着它是一首"诗"——它不是。

——斯宾格勒

献诗

谨用此太阳献给新的纪元！献给真理！

谨用这首长诗献给他的即将诞生的新的诗神

献给新时代的曙光

献给青春

献诗

天空在海水上

奉献出自己真理的面容

这是曙光和黎明

这是新的一日

阳光从天而降穿透了海水。太阳！

在我的诗中，暂时停住你的脚步

让我用回忆和歌声撒上你金光闪闪的车轮

让我用生命铺在你的脚下，为一切阳光开路

献给你，我的这首用尽了天空和海水的长诗

让我再回到昨天

诗神降临的夜晚

雨雪下在大海上

从天而降，1982

我年刚十八，胸怀憧憬

背着一个受伤的陌生人

去寻找天堂，去寻找生命

却来到这里，来到这个夜晚

1988 年 11 月 21 日诗神降临

这个陌生人是我们的世界

是我们的父兄，停在我们的血肉中

这个陌生人是个老人

奄奄一息，双目失明

几乎没有任何体温

他身上空无一人

我只能用血喂养

他这神奇的老骨头

世界的鲜血变成的马和琴

雨雪下在大海上

1988 年 11 月 21 日

我背着这个年老盲目的陌生人

来到这里，来到这个

世界的夜晚和中心，空无一人

一座山上通天堂，下抵地府

坐落在大沙漠的一片废墟

1985 年，我和他和太阳

三人遇见并参加了宇宙的诞生。

宇宙的诞生也就是我的诞生。

雨雪下在黑夜的大海上

在路上，他变成许多人，与我相识，擦肩而过

甚至变成了我，但他还是他。

他一边唱着，我同时也在经历

这全是我们三人的经历

在世界和我的身上，已分不清

哪儿是言语哪儿是经历

我现在还仍然置身其中。

在岩石的腹中

岩石的内脏

忽然空了，忽然不翼而飞

加重了四周岩石的质量

碎石纷飞，我的手稿

更深地埋葬，火的内心充满回忆

把语言更深地埋葬

没有意义的声音

传自岩石的内脏。

天空

巨石围成

中间的空虚

中间飞走的部分

不可追回的

也不能后悔的部分

似乎我们刚从那里

逃离，安顿在

附近的岩石

1985，有一天，是在秋冬交替

岩石的内脏忽然没有了

那就是天空　天空　天空

突然的　不期而来的

不能明了的，交给你的

砍断你自己的

用尽你一生的海水上的天空

天空，没有获得

它自己的内容

我召唤

中间的沉默　和逃走的大神

我这满怀悲痛的世界

中间空虚的逃走的是天空

巨石围在了四周

我尽情地召唤：1988，抛下了弓箭

拾起了那颗头颅

放在天空上滚动

太阳！你可听见天空上秘密的灭绝人类的对话

我召唤：1985！巨石自动前来

堆砌一片，围住了天空上

千万道爆炸的火流　火狂舞着飞向天空

死去的　死去的　死去的

是那些阻止他的人。1988

突然像一颗头颅升出地面

大地裂开了一个口子

天空突然□①了岩石　化身为人

血液说话，烈火说话：1988，1988

---

　　① 原文有脱字。——编者注。

升出大海

在一片大水

高声叫喊"我自己"！

         "世界和我自己"！

他就醒来了。

喊 喊着"我自己"

召唤那秘密的

沉寂的，内在的

世界和我！召唤，召唤

半岛和岛屿上十七位国王，听着

从回声长出了原先主人的声音

主人在召唤，开始只是一片混乱的回声

一只号角内部漆黑，是全部世界

号角的主人召唤世界和自己

大海苍茫，群山四起，地狱幽暗，天堂遥远

阳光从天而降，一片混乱的回声

所有的人类似乎只有一个人

那就是主人，坐在太阳孤独的公社里。

黎明时分

      "我自己"

新的"我自己"

石头也不能分享

在可说的这一切

在说话的内部

石头也不能分享

这是新的一日。

这是曙光降临时的歌声

"我原是一个喝醉了酒的农奴

被接上了天空，我原是混沌的父亲"

是原始的天空上第一滴宰杀的血液

自我逃避，自我沉醉，自我辩护

我不应该背上这个流泪的老盲人

补锅，磨刀，卖马，偷马，卖马

我不应该抱着整夜抱着枪和竖琴

成为诗人和首领。阳光从天而降穿透了海水

献给你，我的这首用尽了生命和世界的长诗

回忆女神尖叫着

生下了什么

生下了我

相遇在上帝的群山

相遇在曙光中

太阳出来之前

这么多

这么多

　　晨曦从天而降

我接受我自己

这天空

这世界的金火

破碎　凌乱　金光已尽

接受这本肮脏之书

杀人之书世界之书

接受这世界最后的金光

我虚心接受我自己

任太阳驱散黎明

太阳驱散黎明

移动我的诗

　　号角召唤

无头的人

从铁匠铺

抱走了头颅

无头的人怀抱他粗笨的头颅

几乎不能掩盖

在曙光中一切显示出来。

世界和我

快歌唱吧！

"在曙光中

抱头上天

太阳砍下自己的刀剑

太阳听见自己的歌声"

昔日大火照耀

火光中心　雨雪纷纷

曙光中心　曙光抱头上天

肮脏的书中杀人的书中

此刻剩下的只有奉献和歌声

移动我的诗　登上天梯

那无头的黎明　怀抱十日一起上天

登上艰难的　这个世纪

这新的天空

这新的天空回首望去：

旧世界雨雪下在大海上。

此刻曙光中，岩石抬起头来一起向上看去。

火光中心雨雪纷纷我无头来其中

人们叫我黎明：我只带来了奉献和歌声

火光中心雨雪纷纷我无头来其中

通向天空的火光中心雨雪纷纷。

肮脏的书杀人的书戴上了我的头骨

因为血液稠密而看不清别的

这是新的世界和我，此刻也只有奉献和歌声
在此之前我写下了这几十个世纪最后的一首诗
并从此出发将它抛弃，就是太阳抛下了黎明
曙光会知道我和太阳的目的地，太阳和我！
献给你，我的这首用尽了天空和海水的长诗

1988. 12. 1

太阳

（第一合唱部分：秘密谈话）

第四手稿

——（ "世界起源于一场秘密谈话" ）

放置在　献诗　前面的　一次秘密谈话

人物：铁匠、石匠、打柴人、猎人、火

秘密谈话

天　　空

天

梯

大　　地

打柴人这一天

从人类的树林

砍来树木，找到天梯

然后从天梯走回天堂

他坐下，把他们
投入火中，使火幸福
在天堂，打柴人和火
开始了我记在下面的
一次秘密谈话

正在这时有铁匠、石匠、猎人、卖酒人
和一个叫"二十一"的，经常在天梯上下
他们来去匆匆，谈话时而长时而简短
无论是谁与谁在天梯上相遇
都会谈上他们心中的幻象。
正是这些天梯上的谈话声遮住了
天堂中打柴人与火的谈话声。

因此我没有听见什么
或者说听见不多。

天堂里打柴人与火的秘密谈话

打柴人

记得在黑暗混沌
一个空虚的大城

分不清我与你

都融合在我之中

我还没有醒来

睡得像空虚。

火

在我内部

有另一个

微弱的我

在呼喊

在召唤

召唤他自己

打柴人

第一日开辟了我与你

我从你身上走下

我从你内部走到外部

看到了我自己的眼睛

火

打柴人和火，彼此照亮

旋即认清了对方的面容

并在你的眼睛里

长出了我的身体

打柴人

我与你彼此为证

互为食物和夫妻

我与你相依为命

内脏有着第一日

一劈为二的痕迹

（天梯上传来老石匠的呼喊：）

天空运送的　是一片废墟

我和太阳　在天空上运送

这壮观的　毁灭的　无人的废墟

我高声询问：

又有谁在？

难道全在大火中死光了

又有谁在？

我背负一片不可测量的废墟
　　　四周是深渊　看不见底
我多么期望　我的内部有人呼应
　　　　　又有谁在?

我在天空深处
　　　高声询问
　　　　　　谁在?
我背负天空
我内部
背负天空
我内部着火的废墟
越来越沉
我只有沉沦
更深地陷落

灭绝的大地
四季生长
无人回答
我是父母,但没有子孙
一片空虚
　　　　又有谁在?

天空的门

947

紧紧地关着

没有人进来也没有人出去

没有人上来也没有人下去

海水和天空

我内心着火的废墟　广阔地涌动

这全部的大火在我的脊背上就要凝固

这全部的天空

在我内部

就要关闭

一万种暴力

没有头颅

坐在海底

站在天空上呼喊

这全部的天空今天

在我内部就要关闭

减轻人类的痛苦

降低人类的声音

天空如此寂静

就要关闭

　　　　又有谁在？

闪电大雷

这燃烧的

从天而降的

    亮得像狰狞的白骨

    红得像雨中的大血

    响的就是夺命的鼓！

又有谁在？

寂静的天空你

封闭的内部

是吼叫的废墟

大海　突然停顿在上空

突然停顿在我的头顶

关闭了所有的天空

天地马上就要

不复存在

天空

轰轰倒下

葬在　没有头颅的大海

这哪是天空

只是天空的碎片

五脏缠绕着

这天空的碎片

这没有头颅的大海

这三位大地的导师

五脏缠绕着你们

召唤你们

轰炸你们

这一种爆炸中

又有谁在？

八面天空

有七面封闭

剩下那

最后的

末日的

火光照亮的

一面废墟

也要关闭

孩子　那些孩子们呢

我用全部世界换来的

那些孩子呢

最后的天空就要关上

孩子呢　又有谁在？

我站在天梯上

看见这半开半合的天空

这八面天空的最后一面

我看见这天空即将合上

我看见这天空已经合上

从天空迈出一步

三千儿童

三千孩子

三千赤子

被一位无头英雄

领着杀下了天空

从天空迈出一步

那位无头英雄

领着孩子们降临大地

正是黄昏时分

无头英雄手指落日

手指落日和天空

眼含尘土和热血

扶着马头倒下

我在天空深处高声询问　谁在？

我

从天空中站起来呼喊

又有谁在？

最后一个灵魂

这一天黄昏

天空即将封闭

身背弓箭的最后一个灵魂

这位领着三千儿童杀下天空的无头英雄

眼含热泪指着我背负的这片燃烧的废墟

这标志天堂关闭的大火

对他的儿子们说，那是太阳

孩子们，三千孩子活下了多少

三千孩子记住了多少

孩子们，听见了吗

这降临到大地上后

你们听到的第一个

属于大地也属于天空

的声音：孩子们，听见了吗，那是太阳

太阳

无头的灵魂

英雄的灵魂

灵魂啊，不要躲开大地

不要躲开这大地的尘土

大地的气息大地的生命

灵魂啊，不要躲开你自己

不要躲开已降到大地的你自己

你为何要匆匆而来又匆匆而去

扶着你骑过万年的天空飞马的头颅

你为什么要倒下　你为什么这么快地离去

你再也不能离去

莫非你不能适应大地

你这无头的英雄

天空已对你关闭

你将要埋在大地

你不能适应的大地

将第一个埋葬你

灵魂啊，不要躲开

我问你，你的儿子们

活下去了吗？

我站在天梯

目睹这一切

我在天空深处

高声询问

谁在？

从天空中站起来呼喊

又有谁在？

打柴人

我是火父亲，火儿子，和火母亲

让我首先来回答你的呼喊。

我在太阳上所感受到的虚无和饥饿

从笨重的天空跌落。撞在大地和海水

撞掉了头颅撞烂了四肢

他也是一位复仇的年轻人

即也是人们常常提到的

狮子之上　轩辕两旁

那名字叫青春和曙光的。

大地上充满了孩子的欢乐，也传到天堂

（这时刻天堂中打柴人和火

抛开了秘密谈话，高声歌唱

歌唱青春——那位无头英雄）

大合唱：献给曙光女神　献给青春的诗

青春迎面走来

成为我和大地

开天辟地

世界必然破碎

青春迎面走来

世界必然破碎

天堂欢聚一堂又骤然分开

齐声欢呼　青春　青春

青春迎面走来

成为我和世界

天地突然获得青春

这秘密传遍世界，获得世界

也将世界猛地劈开

天堂的烈火，长出了人形

这是青春　依然坐在大火中

一轮巨斧劈开

世界碎成千万

手中突然获得

曙光是谁的天才

先是幻象千万
后是真理唯一
青春就是真理
青春就是刀锋
石头围住天空
青春降临大地
　　　如此单纯

打柴人

抛开了刑法……
我们住过的地方
我们修建过的遗址
都被抛在一旁
而今只有一行军的金帐

我开天辟地
我和铁匠和赤子
我抛开了刑法……
此刻我在太阳上
我站在太阳的青春

我站在太阳上

我发出一种声音

我召唤天地

围着火与青春

我的声音与火俱在

我要召唤天堂的青春

我要召唤火与夜的青春

我使它们获得了青春

在太阳上所感受到的虚无和饥饿

　　　　从笨重的天空跌落

　　　　热血沸腾的青春！

领着三千儿童

撞在大地和海

撞掉了头颅撞烂了四肢

火父亲，火儿子，火母亲

一家烈火，九口人三千人

百亿人口一家烈火

内脏本来是空洞的　岩石的内脏

忽然燃烧起来

内脏起火　内脏已被太阳的饥饿借走

内脏燃烧　被太阳使用　是火的

使万物生长

火红内脏嘎嘎叫
内脏嘎嘎叫
叫着冲开天门

火

我的双脚在火中变成了一只
我自己的火使我自己失明。
我的言语也已失明
只可以看见自己的内心
我的双脚在火中变成了一只舌
我的失明的言语只看见自己的

打柴人
在火光中

在火光中　我跟不上那孤独的
独自前进的、主要的思想
在火光中，我跟不上自己那孤独的
没有受到关怀的、主要的思想
我手中的都已抛弃
但没有到达他们自己所在的地方
剩下的我紧握手中
他们都不在这里

而紧紧跟上了被抛向远方的伙伴。

在长长的，孤独的光线中
只有主要的在前进
只有主要的仍然在前进
没有伙伴
没有他自己的伙伴
也没有受到天地的关怀

在长长的、孤独的光线中
只有荒凉纯洁的沙漠火光
紧跟他的思想
只有荒凉的沙漠之火
热爱他，紧跟他的脚步

在火光中　我跟不上自己那孤独的
独自前进的，主要的思想
我跟不上自己快如闪电的思想
在火光中，我跟不上自己的景象
我的生命已经盲目
在火光中，我的生命跟不上自己的景象

在长长的、孤独的光线中
两块野蛮的石头

永远地放走了它们自己的飞鸟

在火光中

我跟不上自己的景象

打柴人

在火中我的双脚变成了一只舌头

举起心脏，摔碎在太阳的鼓面

鼓手终于在火中像火一样笑了

像火一样寂寞，像火一样热闹

天堂之火的腹部携带着我和你

在火中我的舌头变成了两只大脚。

我在吐火

我长出一万个头颅

每只头颅伸出一只手

牵着一个兽头

那也是一只万头之兽

他也在吐火

我们一齐吐火

这火一直从天堂

挂到大地和海水

火

青春

贯穿了

我

青春！蒙古！青春！

上帝坐在冬天无限的太空

面朝地穴三万六千　岁年十二　人口亿万

六百车轴旋转　不避疯狂　天空万有

天空以万有高喊万有

面朝地穴在旷野大火之上呼喊：蒙古！蒙古！

马骨十万八千为船，人头十万八千为帆

一阵长风吹过

上书"灭绝人类和世界"

（北方的猎人

在天梯上呼喊

北方，北方）

北方

冬天的天空

蒙古人种的天空

拔出了武器，互相砍杀

拔出了内心生锈的层层栅栏

作为武器，互相砍杀

天空

你为什么曾经禁欲和传教

你为什么不充满仇恨

我难以理解

我多么难以理解

这从太平洋开始倾斜的　蒙古人种的天空

你曾经说过什么

你还要说　说吧　说

蒙古人种的天空　从太平洋开始倾斜

蒙古人种抱着高大的马

从太平洋上空飞过

胸腔里是多少苦难的海水

蒙古型　扁圆头颅　多么饱和

多少适合飞行①

接近天空

盛满海水和铁

多么接近

---

① 原稿如此。"多少"似应为"多么"。——编者注。

疯狂的太阳　把他的马　他的辕马

他的车轭　他的车轮　他的牲口棚

疯狂的太阳　把他的职业　他的战争

和他的侵略的本性　赐予了蒙古人种

　　我不是要求和平

　　我不能在这时要求和平

成吉思汗　我们

成吉思汗　我与你

锁在同一条火链子上

　　绕着空荡荡的

　　北方的　和平的天空

疯狂地旋转

我的马　飞出了马厩

把它的自由交给了我

我不能辜负蒙古人种

我们锁在同一块岩石中

什么魔法把我们囚禁

我看见　一个牧羊人

囚禁在岩石中

囚禁在亚洲荒芜之地的一块岩石中

渐渐地他飞起来了

他渐渐地飞起来

带着那块亚洲的岩石飞起来

远　远　远　远　远　远　远　远　远

亚洲是我的锁链

　　　　　一块岩石囚禁了人和马

　　　　　人和马拖着这块岩石飞遍天空

　　　　　即使人和马还有一部分是石头

而他们只看见石头在天空上乱飞

　　　　　报仇雪恨的石头

　　　　　抱着人和马　　越飞越快

金帐汗国　　九排弓箭手　　十七排弓箭手

坐在太平洋的底部

低垂着眉毛　　都已苍白

蓬乱的头发　　满脸胡子　　遮住了

　　　　　这些平静的　　蒙古人的脸庞

皇帝坐在金帐中

用火和灰　　用酒　　用战争

皇帝永远看不见他们的表情

皇帝　　我们的皇帝开口说话

"我不是你们的皇帝又是谁的皇帝

火　或被残暴的豹子双爪捧上山巅

献给另一个比豹子更孤独的皇帝"

射穿天空的大弩

为什么握在这些人手中

　　　这些在岩石中

　　　睡了千万年的人

　　　这些人，抱住了祖宗和子孙

这些洞穴中的吞火者，倾斜

的羊骨遮住了山洞

暖意黄铜的日子　黄铜的战车

　　　鲜血淋漓　多少日子　多么喜悦

我多么渴望在火中　调和血与酒

骨灰和不能溶化的几瓣心脏

落入酒中，打开地窖的大门

　　　　　　打开天空的大门

　　　神鬼助我宝剑！

成吉思汗，我们四个人在同一条链子上渡过天空

这世上最大的草原　太平洋　太阳和铁

链子锁住的石头结合着　壮大着

　　　不能沉没的大陆

蒙古人种抱着马

一次次冲向大海

一万次布满太平洋

　　沿着太平洋　倾斜地立起　直刺天空

　　又冲向海底

太平洋底部

一个永生的马头

安装在地穴　吐火之处

马头长在我的脖子上　为什么？为什么？

这是……。

这是。

这是冬天的海岸　多少海兽抱船沉没

在一种死而复活的气氛中

我发现我的马头在吐火。

　　　　太平洋

　　　太　阳

　　　　太平洋

太阳在太平洋上

太阳照着太平洋

是天空。是不能置放种子，儿马和精液

的东方空荡荡的中心。

蒙古人骑马飞过天空

	北方	
西方		东方

南方

猎人

我是宇宙中的猎人

我是宇宙的现状：

我叫"第一人称现在时"

闪电和雷中的猎人

杀死了石头外表的猎人

用天空的火把　用云中狩猎

杀死了石头外表的猎人

却点燃了石头内部的猎人

点亮了　石头内部的猎人

我醒来，吃着，喝着，节奏着

我吃喝日夜，四季和十二月轮

反过来说

石头不是

世界的开始

是虚无。虚无中

原始只有

一种形式

它就是吃

吃还没有开始

世界全是天空

吃。一经开始

就是吃着的嘴

他秘密地说着

秘密地吃

虚无中出现了空气

空气突然化成了石头和水

石头围住了　他的说和吃

石头围住了天空

他秘密地说着，他秘密地吃

秘密一经走动，就是世界和我

他最亲密的伙伴是食物和言语

　　（附，关于天空中的猎人

关于云中猎人和他的狩猎过程

和他的吃，他的属性

他的众多名字，家族渊源

关于原始天空中一名原始猎人

有一个残存的史诗片断

抄在下面:）

原始史诗片断

(作为《太阳》这段经文的补充部分)

02[①]

土地……是悬在空中的黑暗

那时那刻那是猎人产生了这样的泪水

这样的景象。牛羊中一个人看见家乡

一个人看见　白雪走在血液上

马飞在路上

路很长……

开口说话的不是我也没有内容

天空上的狩猎进展顺利而迅速

在山谷　牲口之中

人类发出牲口的声音

具有人类放牧的

牲口的悲哀

铁匠说　铁也说

你不应悲哀

而应该悲痛

在那岩石破裂的火山口

天空走出火山口

灰烬落在你周围

这里在说话

这里在……

那个吐火的山口

天空化身为人

一个红色的猎手

火光中心的雨雪

山洞是他的头发

火是他的舌头和马

黑色和暴力的儿子

骑着狮子　抱着虎熊　与母豹成婚

在深不见底的岩穴内

土地向上涌

用火光照亮

黄金走出山顶洞

白骨变成人

阴暗的神的女人　一抱抱住他

放下了手中的野兽

03 铁砧上跳跃的火

他和母亲

和她们

逐一交配

他生铁铸造的吐火的铁头

横躺在嘴里

像马槽里的马

用嘴收走

他肉体已经熟透

就要在火中下雪

他剖开山腹

取出山腹中秘密谈话的人

取出他空空的内脏

取出那天空　那听不见

秘密的内容

从头顶扔出地心

把内脏从头顶

扔出地心

火光中心有雨雪

我的泪水

漫天飘落

猎人

在高山上

在天堂的

高山上

在高山中最高的山上

在高山中最高的山的顶子上

就是我们这个世界

就是我们这个世界最后一天

我们被一张火嘴收起

用黑暗蒙住我们的眼睛

用牛皮缝住

不让眼泪流出

这是世界的最后一天

所有的人都要相见

相见在一张铁砧上

周围是火焰簇拥

05

吃和

吃的嘴

包围母亲

也包围了

我的头骨

神与母马的头骨

吃火　吃鬼　吃粮食

追着太阳和黑暗空虚

吃草草结籽

吃水水长流

吃果果吐树

吃人人繁殖

生产我的头骨

天灵盖地虎①

吃，在半坡埋下

多少饥饿

多少内心的空虚

长出一张嘴

听南风说话

以玉米为牙

一二三四五

六七八九十

长成了土地

肉滚滚

巨日一轮

---

① 京剧《智取威虎山》中土匪黑话。原话为"天王盖地虎"。——编者注。

物象原始

肉体之诗

命运让我喜悦

割下我的头颅

喂在嘴的腹部

白骨吱吱作响

星球残缺

神与马相似

生产我的头骨

巨大猎人乘坐我的头骨　飞过了……

飞过了……

飞过了海水

飞过了崇山峻岭

宇宙如巨马寂静

苍茫而饱满的马

苍茫而饱满的马

在黄昏　在黎明

多像我的白头骨

披上了金黄稻草

在原野之上飞翔

嘴　和头骨

世界的洞穴

位于巨兽的尾部

繁殖力极强

风神十三姐妹　乳房十三

巨神三万六千　负地而行

……到此洞为止。

装着兽油或伤药

由白发苍苍的世纪老人

采自山涧、美学　或毒龙的舌头

那只鹰抓过这位老人的头颅

放在她自己的篮子里

（第一段完）②

难道我已把你……

把……把更为凄苦的灵感

把黑夜，这巨大的唱歌的车辆

饥饿说，你劈开吧，你劈吧

……紫色的硫磺之火焙烧过的土地。

---

① 原稿此处空了七行。——编者注。
② 原稿如此。此处说明文字似记录了海子的思维过程。——编者注。

"嘴"说

那"食火的"说

我是火身上的一个洞。

此洞叫做人。

这人叫山顶洞人。

垒起锅灶。

饥饿是男人

嘴是女人

他们结婚了

在昏暗的洞中

抱在一起。

有一天

铁砧　梦见自己

走在一具尸体上

按住了这具尸体

坐在上面变成头

06 铁匠

天空。

射去的

天空

再不回头

扔下孤儿寡母

手握笨重的弓

坐在北方

    荒凉的尽头

是在哪一个黑夜

伸出了岩石

又随闪电逃走

    此时此刻

在村子东头

刀中睡入了第一位

铁匠。

现在来说说那碎了的。

那破碎的虽然破碎了

却是无法毁灭的。

他在本性上是一个欢乐的人。

是一个少年人。

我现在说的是人类。

他顶天立地地长着

很像一条道路

从大地走向天空。

现在来说说那根通天的柱子

虽然有人说长在须弥山上

支撑着天空，是虚无的　光明的

一根火柱。但也有人说

那是赤着上身　正在打铁

村里打铁的李二

打出的一把金剑

当然也是立在山顶

的岩石之中。

07 洞穴与屋子

黄昏嘴里吐出一口血　染红了他的脸

染红了他的枪

他的子宫

　　　十三颗头颅

　　　排得像车轮

　　　的轮辐一样

在远方　无头的人

喜悦地获得了头

把头颅抱进山洞

一夜无话

尝试了多少次

赶在日出之前

肩扛头颅　一颗铁砧

喜悦地走出山洞

　　　十三颗头颅

　　　排得像车轮

　　　的轮辐一样

诗被压下去

黄昏的形式　和芬芳被压下去

在豹子出没的峡谷

豹子之子，七个黑孩子

为了喜悦，为了末日

而哭泣。

……我头颅泼血行进

我是末日之火的一位旅伴

我是末日的旅伴。我不是琴甚至也不是人

我可能就是末日

我很有可能

就是末日

豹子之子，十三个黑猩猩喜悦地哭着

我不能劝他止住哭泣

我就是他就是我自己

我说得够清楚的了——呜姆姆姆姆姆姆姆姆姆

我的铁砧上

有万物末日的声音

夜歌

天梯上的夜歌，天堂的夜歌

天梯上的夜歌
天堂的夜歌
夜歌歌唱了我
弓箭放下，
我画出山坡
太阳放下弓箭
夜晚画出山坡

一群群哑巴
头戴牢房
身穿铁条和火
坐在黑夜山坡
一群群哑巴
高唱黑夜之歌
这是我的夜歌

这是我的夜歌
歌唱那些人

那些黑夜

那些秘密火柴

投入天堂之火

黑夜　年轻而秘密

像苦难之火

像苦难的黑色之火

看不见自己的火焰

这是我的夜歌

黑夜抱着谁

坐在底部

烧得漆黑

黑夜抱着谁

坐在热情中

坐在灰烬和深渊

他茫然地望着我

这是我的夜歌

坐在天堂

坐在天梯上

看着这一片草原

属于哪一个国王

多少马

多少羊

多少金头箭壶

多少望不到边的金帐

如此荒凉

将我的夜歌歌唱

天堂里的流水声

（合唱部分）

在天堂里

大地只是一片苦树叶

珍藏在天堂

大海只是燃烧的泉水

只有一滴

而太阳是其中狩猎

和剥削的猎人

苦叶子

是那三千赤子之一

被那名为青春

的无头英雄

领着杀下天空

的三千赤子之一

在天堂

在夜歌中

一片苦叶子

和半根豹骨

我造人

男人和女人

在天堂相遇

在天堂的黄昏

转眼即是夜晚

在夜歌中相遇

扔下了开天斧子

住进了天堂歌声

三个神明合上他的眼睛

住进一片苦树叶

没有他的树

没有他的树枝和树根

没有他的种子

没有他的父母

三个人扔下开天的斧子

住在其中

一片苦树叶就是大地的全部内容

也是他的形式和全部重量

也是幸福　也是地母　也是深渊和空虚

欢乐女神住在其中

一片苦叶子的幸福

大地不能承受

大地必然倾斜

只有一片苦叶子

珍藏大地的秘密

他的苦草根没有经历过死亡

没有人能在大地上

找到这一片名叫大地的树叶

这一片苦树叶住在天堂

大地不能承受，大地必然倾斜

这一片苦树叶住在天堂的合唱

左边是大海这一滴的泉水燃烧

右边是正在狩猎和剥皮的太阳

　　　　天梯上一位猎人的歌声：小叙事

太阳中的猎人

射死了石头

985

外表的猎人

点亮了石头内部的猎手

这就是我和我们

都是他的狩猎仪式

都是他的猎物牺牲

太阳剥了我的皮

削尖了我的骨头

砍成两截

白为昼，黑为夜

一截是黑暗

另一截是光明

紧跟其后

太阳猎人

剥下我的皮

坐在我皮上唱歌

忽然又和我变成了一个

太阳也把他内脏之火光

照亮在我的皮上

我们的皮紧紧拥抱着火

和光明和火无内也无外

太阳削尖我的骨头

从我的体内抽出

像抽出一把宝剑

像树叶，插在大地

我从这根被太阳

剥皮、砍断、削尖

的骨头上重新感到

一个新的我自己

无限痛楚的新自我

他叫"二十一"

　　一个叫"二十一"的陌生人

　　　或者叫"二十一"的新自我

　　　坐在天梯上唱歌：

我叫"二十一"

我是陌生人

我对他是陌生人

我对你是陌生人

我对我是陌生人

无限痛楚的新自我

痛楚近乎一种光明

我只是一根骨头

在无边寂静中

987

分开日夜，四根燃烧的泉水

照亮泉水中新的他和我

珍藏一片苦叶子

珍藏我的秘密

我只是我

新的我

只是一根削尖剥皮

的新的骨头

竖立在天梯之上

我竖立在我之上

我竖立在我头顶

一根新的骨头

竖在太阳那寂静的山坡

风向我吹来

这是天堂的风

这是天空上的风

这是天堂的合唱声

我参加在合唱队中

歌唱一个新的自我

无边寂静中

风向我吹来

海浪和尘土裹住我

我像空气中的寂静正在成长
化身为人
我被太阳砍断
的两截又长在一起
给世界唱了一只新赞歌

我的夜歌

我开口歌唱我的夜歌
"心爱的火为我在天堂
在天堂的岩石上裸露着
在天堂我歌唱我的夜歌
饥饿成熟粮食就成熟"
"法官家族也终于进入了
沉默，进入了欢乐的曙光
还有黑暗之神也放着光芒"

　　小叙事：由天梯下层
　　一个旧我歌唱

刀剥开我

此刀剥开我
抱住我的内脏

刀抱着内脏
一同飞往天上

犬　追着它们
愤怒而快乐
的女神之火
追着它们

女神之火
筑向无底的蓝天
追不上了
正在死亡的泥土搂抱住我
追不上了　他和旧我
急得嚷起来
火　追不上刀和内脏

这一对姐妹
坐在天堂
围着弓箭
苦树叶
和燃烧的泉水
刻划在一根骨头

追不上了　他急得嚷起来

这位神仙遇见人类

在这一天　回家告诉天堂

"这一天是好的"

我在火中·我在何方·告诉我

火　追着一把抱住我内脏的刀

（像母亲抱着女儿）

飞向天上

七只星宿

……琴和马

染红了泉水

我的内脏在天堂

变成了琴和马

染红了泉水·染红了

天堂的泉水不见那刀一把

琴的声音就是那刀

马也叫着　马也飞着

身下的天梯下的草原

像绿色的血海流淌

我还是它们的主人吗？

我在何方？

琴和马

又在草原头顶

构筑弧形天空

天空多么高

又回到我的胸腔和腹部

我在火中·火·还没有追上它们

我没想到我在升向天空·我

新的我·现在·三张脸朝向三方

站在天空之上

我到达不应到达的高度

没有倾听但是听见了

呜姆姆姆姆姆姆姆姆——万物的声音。

石头和天空

没有内容

也没有声音

只能为他取名

叫天空

石头感到

自己的内脏

一下子

突然空了

能看见 自己的头顶了

越来越远

自己腥臭的内脏

亮起来

空出来

越空越大

越大越空

被消灭了

被撕碎

被撒开

无边无际地

变成我

居住在世界的边缘

自我无数

不能沉默

不能躲开

一经走动

便无踪影

是这样的

天空这样

直截了当

一阵大笑

一片虚无

我们置身其中

炎热和寒冷

躲过他的一切：

火

闪电

风暴

雷霆

天堂

和太阳

我们必须

躲开这些

躲开这些

这第一次革命

大概　不会是

最后一次革命

简单的陈述中

它到底是什么？

中间逃走的部分

主宰了我们

中间逃走的

有时回来

在深夜

坐着车子

大乘为火

小乘唯心

它到底是什么呢?

有一天

这两块野蛮的石头

突然意识到

内脏被消灭了

有一个

还这样想

也许是逃走了

但肯定在逃走的路上

被消灭了

这种消灭

就是天空

消灭飞来

天空飞去

没有固定内容

也没有获得内容

它到底是什么?

两块野蛮的石头

放走了它自己的飞鸟

它能理解吗?

还能挽回吗?

囚（火囚在石中

就是人）

囗囗（人类）

□与□联系

中间经过□□

改造两块石头

使他成为人

内脏飞向天空

放心走上天梯

使两块石头

站立

变形

自己形成

以自我为中心

石头变人太可怕

同时击杀野蛮

主人和兽兄

也不能与他相遇

它到底是什么

它决不会

居住下来

另一块石头喃喃自语：

这野蛮之王

在天梯上说

我膝下无子

石窟空空

山腹中有

人在秘密谈话

天梯上也有

几乎没有听见的可能

它没有内容

火吃着石头

吃着

循环着

喂养着

我是食物

又是食者

在石头的

食谱和子孙中

人是其中软弱

的一种

火吃着石头

骑上了人

抓住了他的鬃毛

那就住下吧

这是故事里的话

与故事毫不相关

那就住下

总有一天

你自己的

陌生人会来敲门

人人　火火

以上画的

是两块岩石

保持了他

野蛮的牢房结构

"野蛮的石头集团的语言"

火的朋友，人类之友

面对这野蛮的统一性

那就住下吧

这是两块最好的岩石

保持沉默是不可能的

让我们从黑夜的道路

从泉水的道路　从大神的道路

走回到人的道路上来吧

我们离开得已太久太久

那破碎的虽然破碎了

却是无法毁灭的。

羊儿在山坡上吃草

他本性上是一个欢乐的人

少年人。住下来

石匠

金字塔

献给维特根施坦

红色高原

荒无人烟

而金字塔指天而立

"如果这块巨石

此时纹丝不动

被牢牢楔入

那首先就移动

别的石头

放在它的周围"

世界是这样的

人类

在褐色高原

被火用尽

　　之后

就是这个样子。

公式　石头

四面围起

几何形式

简洁而笨重

没有表面的灰尘

没有复杂的抒情

没有美好的自我

没有软弱的部分

黑色的火　沉默的　过去的　业已消逝的

不可说的

住在正中

消灭了阶级的、性别的、生物的

逻辑的大门五十吨石头没有僧侣

一切进入石头变得结实而坚硬。

一切都存在。

世界是这样的。

一切存在的都是他的事实的主人公。

风中突然飞入

太阳强大的车轮

是尖锐的　石头的　向天说话的　是本能的

世界是这样的。

粘土固然消失。

存在尚未到来。

石头　发生

在数学中

一线光明

人类的本能是石头的本能

消灭自我后尽可能牢固地抱在一起

没有繁殖。

也没有磨损。

没有兄弟和子孙。

也没有灰烬。

事物巨大。

事实简单。

事件纯粹而精确。

事情稳定。

而石头以此为生。

四肢全无

坐在大地

面朝天空

埃及的猎人

在高山上

什么也没有了

什么也没找到

世界之上

是天空

万有的天空

一阵沉默

又一阵

沉默。

埃及的猎人

在高山上

什么也没有了

什么也没找到

　　是石头和数学

把他找到

把他变成了

我认不出的

他坐在那里

一动不动

饥饿的石头、愤怒的石头

流进了他。成为他。

天空万有　天空以万有高喊万有　召唤

人类的本能是石头的本能

人类的数学成为石头内部的人

四条底边正向东南西北，坐地朝天

天空在世界之上　一线光明

公式　石头与光

圈在一起　中央是沉默的

金光闪烁的

逃走的大神

一堆石头和公式固步自封

一座无人的　火与逻辑的城

数学和石头是他的感情

世界是这样的。

总是这样的。

火是相同的。

不管这次是为谁　吐出大火

不管烧毁的是谁

火总是相同的。

火总是它自己。

一卷经书

吐火

吐火后

一卷经书疲倦了　坐下来

成为石头

好像自己坐下自己离去

自己成了自己的座位

一卷经书如此疲倦

自己成了自己的石头大座

吐火的是我吗　一卷经书自问

一卷经书自问又繁殖　是我吗

骤然变成七卷　经书不辨真伪

吐火的　逃往天上

地上荒无人居，石头疲倦

七卷经书不辨真伪

那从天空跌落的

人类的数学和书

成为石头内部的人

铁匠

打铁

"汉族的铁匠打出的铁柜中装满不能呼喊的语言"

我走进火中

　　　陈述：

1. 世界只有天空和石头

2. 世界是我们这个世界。

3. 世界是唯一的。

附属的陈述：

1. a. 世界的中央是天空，四周是石头。

　　b. 天空是封闭的，但可以进入。

　　c. 这种进入只能是从天空之外进入天空。

d. 从石头不可能飞越天空到另一块石。

e. 天空行走者不可能到达天空中央。

f. 在天空上行走是没有速度的行走。

g. 在天空上行走越走越快，最后的速度最快是静止。

h. 但不可能到达那种速度。

i. 那就是天空中央。

j. 天空中央是静止的。

k. 天空中央的周围是飞行的。

l. 天空的边缘是封闭的。

m. 天空中间是没有内容的。

n. 在天空上行走是没有方向的行走。

o. 没有前没有后。

p. 没有前进没有后退。

q. 人类有飞在天空的愿望。

r. 但不能实现。

2. a. 人类保持在某种脆弱性之上。

b. 人类基本上是一个野蛮的结构。

c. "野蛮的石头集团的语言"。

d. 天空越出人类正是由于它的浑然一体。

e. 它与世界的浑然一体。

f. 它的虚无性。

g. 它都知道。

h. 它能忍受。

i. 我们感不到它的内容。

j. 它有一根固定的轴。

k. 它在旋转。

l. 轴心是实体。

m. 其他是元素。

n. 它的内容是生长。

o. 也就是变化。

关于火的陈述：

1. 没有形式又是一切的形式。

2. 没有居所又是一切的居所。

3. 没有属性又是一切的属性。

4. 没有内容又是一切的内容。

5. 互相产生。

6. 互相替代。

7. 火总是同样的火。

8. 从好到好。

9. 好上加好。

10. 不好也好。

11. 对于火只能忍受。

化身为人

——献给赫拉克利特

和释迦牟尼

献给我自己

献给火

一

1. 这是献给我自己的某种觉悟的诗歌。

2. 我觉悟我是火。(被划掉)①

3. 在火中心恰恰是盲目的　也就是黑暗。

4. 火只照亮别人。火是一切的形式。是自己的形式。

5. 火是找不到形式的一份痛苦的赠礼和惩罚。

6. 火没有形式，只有生命，或者说只有某种内在的秘密。

7. 火是一切的形式。(被划掉)

8. 火是自己的形式。(被划掉)

9. 火使石头围着天空。

10. 我们的宇宙是球形。表面是石头　中间是天空。

11. 我们身边和身上的火来自别的地方。

12. 来自球的中心。

----

① 括号内为编者说明，下同。——编者注。

1007

13. 那空荡荡的地方。

（一）

1. 这是注定的。

2. 真理首先是一种忍受。

3. 真理是对真理的忍受。

4. 真理有时是形式，有时是众神。

5. 真理是形式和众神自己的某种觉悟的诗歌。

6. 诗歌是它自己。

7. 诗歌不是真理在说话时的诗歌。

8. 诗歌必须是在诗歌内部说话。

9. 诗歌不是故乡。

10. 也不是艺术。

11. 诗歌是某种陌生的力量。

12. 带着我们从石头飞向天空。

13. 进入球的内部。

（二）

1. 真理是一次解放。

2. 是形式和众神的自我解放。

二

　　形式 A，形式 B，形式 C，形式 D

1. 形式 A 是没有形式。

2. 宗教和真理是形式 A。

3. 形式 B 是纯粹形式。

4. 形式 C 是巨大形式。

5. 巨大形式指我们宇宙和我们自己的边界。

6. 就是球的表面。和石头与天空的分界线。

7. 形式 D 是人。

（三）形式 B 是纯粹形式

1. 形式 B 只能通过形式 D 才能经历。

2. 这就是化身为人。

3. 我们人类的纯粹形式是天空的方向。

4. 是在大地上感受到的天空的方向。

5. 这种方向就是时间。

6. 是通过轮回进入元素。

7. 是节奏。

8. 节奏。

（四）形式 C 是巨大的形式

1. 这就是大自然。

2. 是他背后的元素。

3. 人类不能选择形式 C。

4. 人类是偶然的。

5. 人类来自球的内部。

6. 也去往球的内部。

7. 经过大自然。

8. 光明照在石头上。

9. 化身为人。

10. 大自然与人类互相流动。

11. 大自然与人类没有内外。

（五）形式 D 是人

1. 真理是从形式 D 逃向其他形式（形式 ABC）。

疯公主

背后是雪白的光

这儿非常热

它站在那儿，一动不动

光不断从它背后照射出来

光束越来越粗

啊……我快要支持不住了

把我救出去！

让我离开这里！

把我救出去！啊……我的双手

没有任何知觉了。啊

呀！我的手，我的脚，我的腿呀！

……我的手颤抖得厉害

我的脚也颤抖……哎哟……

啊，我开始感到有些凉快了。

哎哟……我的手啊，啊！我的手真……

我的面前出现了一堆火。

像是一小堆火在燃烧。

我不知道那是什么。

我的双手感到很疼痛

……好像烧着了

（大鸟不见了！

在它原先站立的地方

有一小堆火。火光逐渐变暗

发出红色的光亮，最后

变成了一堆带有红色余火的灰

那堆火渐渐地灭了，只剩下一些

现在，我感到冷了。

我感到冷了。

发着红光的炭块般的东西……

暗红——灰白——带有暗红色斑点的

（一堆火

……火渐渐地熄灭下去——

灰烬变成了一条粗大的

灰褐色的、陶土似的虫子）

呀！看上去像一条虫子，

又粗又大的虫子！

＊　　　＊　　　＊

这一夜
天堂在下雪
整整一夜天堂在下雪
相当于我们一个世纪天堂在下雪
这就是我们的冰川纪
冰河时期多么漫长而荒凉
　　　　多么绝望

而天堂降下了比雨水还温暖的大雪
天梯上也积满了白雪
那是幸福的大雪
天堂的大雪

天堂的大雪纷纷
充满了节日气氛

这是诞生的日子
天堂有谁在诞生

天堂的大雪一直降到盲人的眼里

这是天堂里的合唱队

由九个盲人组成

两个国王　　七个歌手

这九个盲人坐在天堂

变成了合唱队九长老

两个希腊人

两个中国人

两个德国人

一个英国人

一个拉美人

一个印度人

天堂的大雪一直降到盲人的眼里

充满了光明

充满了诞生的光明

高声地唱起来，长老们

长老们

　　　　　　合唱队的歌声、在天堂的大雪

　　　　　　（盲目的颂歌

　　　　　　在盲目中见到光明的颂歌）

　　（名称为"视而不见"的合唱队由以下这些人组成：持国、俄狄浦斯、荷马、老子、阿炳、韩德尔、巴赫、弥尔顿、波尔赫斯）①

----

　　① 海子《弥赛亚》（《太阳》中天堂大合唱）第四稿就写到这里，未完成。——编者注。

第五编　文论

1983~1988

寻找对实体的接触（《河流》原序）

——直接面对实体

我喜欢塞尚的画。他的画是一种实体的画。他给这个世界带来了质量和体积。这就足够了。

诗，说到底，就是寻找对实体的接触。这种对实体的意识和感觉，是史诗的最基本特质。当前，有一小批年轻的诗人开始走向我们民族的心灵深处，揭开黄色的皮肤，看一看古老的沉积着流水和暗红色血块的心脏，看一看河流的含沙量和冲击力。他们提出了警告，也提出了希望。虽然他们的诗带有比较文化的痕迹，但我们这个民族毕竟站起来歌唱自身了。我决心用自己的诗的方式加入这支队伍。我希望能找到对土地和河流——这些巨大物质实体的触摸方式。我开始时写过神话诗，《诗经》和《楚辞》像两条大河哺育了我。但神话的把握缺乏一种强烈的穿透性。

诗应是一种主体和实体间面对面的解体和重新诞生。诗应是实体强烈的呼唤和一种微微的颤抖。我写了北方，土地的冷酷和繁殖力，种籽穿透一切在民族宽厚的手掌上生长。我写了河流。我想触到真正的粗糙的土地。

其实，实体就是主体，是谓语诞生前的主体状态，是主体的沉默的核心。我们应该沉默地接近这个核心。实体永远只是被表达，不能被创造。它是真正的诗的基石。才能是次要的，诗人的任务仅仅是用自己的敏感力和生命之光把这黑乎乎的实体照亮，使它裸露于此。这是一个辉煌的瞬间。诗提醒你，这是实体——你在实体中生活——你应回到自身。

诗不是诗人的陈述。更多的时候诗是实体在倾诉。你也许会在自己的诗里听到另外一种声音，这就是"他"的声音。这是一种突然的、处于高度亢奋之中的状态，是一种使人目瞪口呆的自发性。诗的超现实平面上的暗示力和穿透力能够传递表达这种状态。这时，生命力的原初面孔显现了。它是无节制的、扭曲的（不如说是正常的），像黑夜里月亮、水、情欲和丧歌的沉痛的声音。这个时候，诗就是在不停地走动着和歌唱的语言。生命的火舌和舞蹈俯身于每一个躯体之上。火，呼地一下烧了起来。

源头和鸟（《河流》原代后记）

河流的上游，通往山顶的小径上开满了鲜血一样红灼的花朵。树叶腐烂得像漫上了一层水，渴望着火光与抚爱。树洞和石窟里爬出粗大的人形。湖泊淹去了一半山地和丛林。愿望和祝福来到人间。枣红色马群像流体一样在周围飞逝。一队说不清来向和去处的流浪民族在迁徙。隐约的雪峰和草坡衬托着人群的丑陋。男性用粗硬的睫毛挡住眼睛后面的雨季。他们鼓乐齐天的生活背后透过一种巨大的隐隐作痛的回忆。贫瘠的山梁。我们从哪儿来？我们往何处去？我们是谁？一只红色的月亮和一两件被手掌嘴唇磨得油亮的乐器，伴随着我们横过夜晚。那只红月亮就像一块巨大的抹不掉的胎记。在一个七月的夜里我不再沉默，痛苦地给每一堆篝火送来了故事。关于母亲深夜被肚里孩子的双脚踢醒，关于脐带。关于情人的头发被我灼热的呼吸烧得卷曲，披下来盖住柔嫩的胸脯。关于雪里的种子和北方的忧伤。关于友谊和血腥的盾牌。关于落下来又飞上去的流星。关于铃兰和佩兰，关于新娘的哭泣。关于含有敌意的一双血污的手掌，关于公正、祷告和复仇，关于正义的太阳之光像鞭子一样抽在罪人的光脊梁上。关于牧歌和月亮神女。许多人醒来又睡去。许多人睡去又醒来。火堆边人影构成一块巨大的实体。最后我讲了鸟。

充满了灵性。飞是不可超越的。飞行不是体力和智力所能解决的。它是一次奇迹。如果跨入鸟的行列，你会感到寂寞的。你的心脏在温乎乎的羽毛下伸缩着。你的心脏不是为防范而是为飞行所生。地上的枪口很容易对准你。在那蓝得伤心的天幕上，你飞着，胸脯里装着吞下去的种籽，飞着，寂寞，酸楚，甚至带着对凡俗的仇恨。

1983.3.13 生辰

民间主题（《传说》原序）

月亮还需要在夜里积累

月亮还需要在东方积累

在隐隐约约的远方，有我们的源头、大鹏鸟和腥日白光。西方和南方的风上一只只明亮的眼睛瞩望着我们。回忆和遗忘都是久远的。对着这块千百年来始终沉默的天空，我们不回答，只生活。这是老老实实的、悠长的生活。磨难中句子变得简洁而短促。那些平静淡泊的山林在绢纸上闪烁出灯火与古道。西望长安，我们一起活过了这么长的年头，有时真想问一声：亲人啊，你们是怎么过来的，甚至甘愿陪着你们一起陷入深深的沉默。但现在我不能。那些民间主题无数次在梦中凸现，为你们的生存作证，是他的义务，是诗的良心。时光与日子各各不同，而诗则提供一个瞬间，让一切人成为一切人的同时代人，无论是生者还是死者。

老辈人坐在一棵桑树下。只有早起的人，彻夜未眠的人，死去的星星和花的头颅才知道下一个时辰是什么。

在老人与复活之间，是一段漫长的民间主题，那是些辛苦的，拥挤的，甚至是些平庸的日子，是少数人受难而多数人也并不幸福的日子，是故乡、壮士、坟场陌桑与洞窟金身的日子，是鸟和人挣扎的日子。当然也有宁静的夜晚，沉思，与山顶之悟。清风披发，白鸟如歌，地面上掠过一群低低的喃语和叹息。老树倒下的回声，月光下无数生灵的不眠之夜，醉酒与穷人的诗思，白云下难忘的和钟情的，红豆和鱼雁、雨、牛与奶……反正我怎么也叙述不尽这一切。遥远了，远了——

克利说："在最远的地方，我最虔诚。"是啊，这世界需要的不是反复倒伏的芦苇，旗帜和鹅毛，而是一种从最深的根基中长出来的东西。真东西。应该向上生长出来。或许我们已见到了部分肢体，他像星星一样戴着王冠秘密前进。在高原和高原之间，在兄弟与兄弟之间，情谊正在生长。夏季的植物像河流一样流过我的胸脯，甚至日子也将走出传说之门。

灵性必定要在人群中复活。复活的那一天必定是用火的日子。胚芽上必定会留下创世的黑灰。一层肥沃的黑灰。我向田野深处走去，又遇见那么多母亲、爱人和钟声。

当然，这样一只铜的或金的胳膊一定已经在传说与现实之间铸造着。可能有一种新的血液早就在呼唤着我们。种子和河流都需要这样一种大风。这风也许是从夜里来的，就像血液是从夜里来的一样。这是一个胚胎中秘密的过程。母亲微笑着感受新生者的力量。这是一个辉煌的瞬间。我和我的伙伴们守候着。有些句子肯定早就存在于我们之间；有些则刚刚痛苦地诞生——他们硬是从胸膛中抠出这些血红的东西；还有些仅仅是一片留给明天的空白。那支给朋友们的歌已这样唱出"月亮还需要在夜里积累／月亮还需要在东方积累"。

对于血液来说，激动和澄清会不会是同一个过程呢？

最后一个问题，就是如何从心灵中走出来。走出心灵要比走进心灵更难。史诗是一种明澈的客观。在他身上，心灵矫揉夸张的翅膀已蜕去，只剩下肩胛骨上的结疤和一双大脚。走向他，走向地层和实体，这是一项艰难的任务。就像通常所说的那样——就从这里开始吧。

寂静（《但是水、水》原代后记）

那个人她叫母亲，她疼痛地生下了我。她生下我是有目的的。可能她很早以前就梦见了我。我是她的第一个儿子。另一个人……她给我带来了更多的孤独。我以前在大河上旅行时梦见过她和她的美丽。我的痛苦也就是我的幸福。又深又长。比生命更深更长的是水。水的寂静。

门前总是有水。开始我只是以为自己是追求一种素朴和一块实体。我可以在其中赤足歌唱。后来我觉得：大地如水，是包含的。全身充满大的感激和大的喜悦。土地是一种总体关系，魔力四溢，相互唤起，草木人兽并同苦难，无不深情，无不美丽。它像女人的身体，像水一样不可思议。因为它能包含，它能生产。而生产不像博尔赫斯①所认为的那样，是循环而污秽的。它是一种血洗的痛快，是一种慷慨和诗人的节日。生命与文明一样，一为延寿，一为传种。就像北方的玄武是龟蛇合体。古人真想得好，龟蛇都是水兽呀！

但是，河流本身，和男人的本质一样，是孤独而寂寞的，需要上天入地、需要祈水、需要打井、需要诗人生命的抒发……水呀……水。

---

① 豪·路·博尔赫斯（1899～1986），阿根廷诗人、小说家。海子有时将"博尔赫斯"写成"波尔赫斯"，如在《弥赛亚》结束之处。——编者注。

高原上，一位又黑又瘦的老女人坐在高高的梁上，望着下面黄昏中的村子。

　　女性的全面覆盖……就是水。

　　大地和生命并不仅仅是体积，而且是对自身无限的由一到多的包含。包含就是生命，洞的生命……云冈石窟中就通过重复、复调、对位，变调、反向流动和相互装饰形成了一种生命力的包含……摩尔为什么要在结实的体积上打洞呢……女人就是寂静又包含的洞呀……生命、水……人处于自身形象的不同源流不同版本之中，被它淹没。人的呼吸在自然中，也就在自己身上得到神秘的回声。东方佛的真理不是新鲜而痛苦的征服，而是一种对话，一种人与万物的永恒的包容与交流。人是自然的肢体。或许，或许菩提树下我偶有所得。但是水、水，整座山谷被它充满、洗涤。自然是巨大的。它母性的身体不会无声无息。但它寂静。寂静是因为它不愿诉说。有什么可以要诉说的，你抬头一看……天空……土地……如不动又不祥的水……有什么需要诉说呢？但我还是要说，写了这《水》，因为你的身体立在地上、坐于河畔，也是美丽的，浸透更多的苦难，虽不如自然巨大、寂静。我想唱唱反调。对男子精神的追求唱唱反调。男子精神只是寂静的大地的一部分。我只把它纳入本诗第二部分。我追求的是水……也是大地……母性的寂静和包含。东方属阴。

　　这一次，我以水维系了鱼、女性和诗人的生命，把它们汇入自己生生灭灭的命运中，作出自己的抗争。

这一次，我想借水之波，契入寂静而内含的东方精神，同时随河流曲折前行，寻找自己的形式：其中不同支流穿串其间不同种子互相谈话，女人们开放如花，使孤独的男人雄辩，奔跑进爱情。

1985. 8 雨夜

可能诗仍然是尘世。我依然要为善良的生活的灵魂唱歌，这些灵魂不需要地狱。太阳照亮了成家立业的人们。即使离去了，这一次生命和爱依然是我们温暖的时光。到善良的人们中用心去生活一次吧。那浸泡人体的水，即使是洪水也是温暖的，伴随着我们的水罐和脚。诗是情感的，不是智力的。我们当然不会拜倒在一只哑哑的太阳下，也不会乞求于自己严密无情的智力。我们在地上找水，建设家园，流浪，拖儿带女。我是说，我们不屑于在永恒面前停留。实体是有的，仍是这活命的土地与水！我们寻求互相庇护的灵魂。我仍然要在温暖的尘世建造自己就像建造一座房子。我是一个拖儿带女的东方人，手提水罐如诗稿，那么，永恒于我，又有什么价值。

日记

1986 年 8 月

从哪儿写起呢？这是一个夜里，我想写我身后的，或者说，我房子后边的一片树林子。我常常在黄昏时分，盘桓其中，得到无数昏暗的乐趣，寂寞的乐趣。有一队鸟，在那县城的屋顶上面，被阳光逼近，久久不忍离去。

（1）我是说，我是诗，我是肉，抒情就是血。歌德、叶芝，还有俄国的诗人们、英国的诗人们，都是古典抒情的代表。抒情，质言之，就是一种自发的举动。它是人的消极能力：你随时准备歌唱，也就是说，像一枚金币，一面是人，另一面是诗人。不如说你主要是人，完成你人生的动作，这动作一面映在清澈的歌唱的泉水中——诗。不，我还没有说出我的意思，我是说，你首先是恋人，其次是诗人；你首先是裁缝，是叛徒，是同情别人的人，是目击者，是击剑的人，其次才是诗人。因为，诗是被动的，是消极的，也就是在行为的深层下悄悄流动的。与其说它是水，不如说它是水中的鱼；与其说它是阳光，不如说它是阳光下的影子。别的人走向行动，我走向歌唱；就像别的人是渔夫，我是鱼。

抒情，比如说云，自发地涌在高原上。太阳晒暖了手指、木片和琵琶，最主要的是，湖泊深处的王冠和后冠。湖泊深处，抒情就是，王的座位。其实，抒情的一切，无非是为了那个唯一的人，心中的人，B，劳拉或别人，或贝亚德丽丝。她无比美丽，尤其纯洁，够得上诗的称呼。

就连我这些话也处在阴影之中。

（2）古典：当我从当代、现代走向古典时，我是遵循泉水的原理或真理的。在那里，抒情还处于一种清澈的状态，处于水中王冠的自我审视。在萨福那里，水中王位不会倾斜。你的牧羊人斜靠门厅而立。岩间陶瓶牵下水来。

（3）语言层次：是的，中国当前的诗，大都处于实验阶段，基本上还没有进入语言。我觉得，当前中国现代诗歌对意象的关注，损害甚至危及了她的语言要求。

夜空很高，月亮还没有升起来。

而月亮的意象，即某种关联自身与外物的象征物，或文字上美丽的呈现，不能代表诗歌中吟咏的本身。它只是活在文字的山坡上，对于流动的语言的小溪则是阻障。

但是，旧语言旧诗歌中的平滑起伏的节拍和歌唱性差不多已经死去了。死尸是不能出土的，问题在于坟墓上的花枝和青草。新的美学和新语言新诗的诞生不仅取决于感性的再造，还取决于意象与咏唱的合一。意象平民必须高攀上咏唱贵族。语言的姻亲定在这个青月亮的夜里。即，人们应当关注和审视语言自身，那宝石，水中的王，唯一的人，劳拉哦劳拉。

（4）黎明。黎明并不是一种开始，她应当是最后来到的，收拾黑夜尸体的人。我想，这古典是一种黎明，当彼岸的鹿、水中的鹿和心上的鹿，合而为一时，这古典是一种黎明。

1986 年 11 月 18 日

我觉得今天非得写点儿什么。

这些天，我觉得全身骨骼格格响，全身的全副的锁链一下挣脱了，非常像《克里斯朵夫》上的一些描写。

我一直就预感到今天是一个很大的难关。一生中最艰难、最凶险的关头。我差一点被毁了。两年来的情感和烦闷的枷锁，在这两个星期（尤其是前一个星期）以充分显露的死神的面貌出现。我差一点自杀了：我的尸体或许已经沉下海水，或许已经焚化；父母兄弟仍在痛苦，别人仍在惊异，鄙视……但那是另一个我——另一具尸体。那不是我。我坦然地写下这句话：他死了。我曾以多种方式结束了他的生命。但我活下来了，我——一个更坚强的他活下来了，我第一次体会到了强者的尊严、幸福和神圣。我又生活在圣洁之中。过去蜕下了，如一张皮。我对过去的一张面孔，尤其是其中一张大扁脸充满了鄙视……我永远摆脱了，我将大踏步前进。

我体会到了生与死的两副面孔，似乎是多赚了一条生命。这生命是谁重新赋予的？我将永远珍惜生命——保护她，强化她，使她放出美丽光华。今年是我生命中水火烈撞、龙虎相斗的一年。在我的诗歌艺术上也同样呈现出来。这种绝境。这种边缘。

在我的身上在我的诗中我被多次撕裂。目前我坚强地行进，像一个年轻而美丽的神在行进。《太阳》的第一篇越来越清晰了。我在她里面看见了我自己美丽的雕像：再不是一些爆炸中的碎片。日子宁静——像高原上的神的日子。

我现在可以对着自己的痛苦放声大笑！

而突然之间，克里斯朵夫好像看到自己就躺在死者的地位，那可怕的话就在自己的嘴里喊出来，而虚度了一生，无可挽回地虚度了一生的痛苦，就压在自己的心上。于是他不胜惊骇地想着："宁可受尽世界上的痛苦，受尽世界上的灾难，可千万不能到这个地步！"……他不是险些到了这一地步吗？他不是想毁灭自己的生命，毫无血气地逃避他的痛苦吗？以死来鄙薄自己，出卖自己，否定自己的信仰……但世界上最大的刑罚，最大的罪过，跟这个罪过相比，所有的痛苦，所有的欺骗，还不等于小孩子的悲伤？

他看到人生是一场无休、无歇、无情的战斗。凡是要做个够得上称为人的人，都得时时刻刻向无形的敌人作战：本能中那些致人死命的力量、乱人心意的欲望、暧昧的念头、使你堕落使你自行毁灭的念头，都是这一类的顽敌。他看到自己差一点儿坠入深渊，也看到幸福与爱情只是一时的欺罔，为的是叫你精神解体，自暴自弃。于是这十五岁的清教徒听见了他的上帝的声音。

1987 年 11 月 4 日

仿佛是很久以前的一支笔，她放在那里，今夜我又重新握起。头绪很多，我简直不知从何写起。而且，因为全身心沉浸在诗歌创作里，任何别的创作或活动都简直被我自己认为是浪费时间。我一直想写一种经历或小说，总有一天它会脱离阵痛而顺利产出。但如今，我实在是全身心沉浸在我的诗歌创造中，这样的日子是可以称之为高原的日子、神的日子、黄金的日子、王冠的日子。我打算明年去南方，去遥远的南国之岛，去海南。在那里，在热带的景色里，我想继续完成我那包孕黑暗和光明的太阳。真的以全部的生命之火和青春之火投身于太阳的创造。以全身的血、土与灵魂来创造永恒而又常新的太阳，这就是我现在的日子。

应该说，现在和这两年，我在向歌德学习精神和诗艺，但首先是学习生活。但是，对于生活是什么？生活的现象又包孕着什么意义？人类又该怎样地生活？我确实也是茫然而混沌，但我确实是一往直前地拥抱生活，充分地生活。我挚烈地活着，亲吻，毁灭和重造，犹如一团大火，我就在大火中心。那只火焰的大鸟："燃烧"——这个诗歌的词，正像我的名字，正像我自己向着我自己疯狂的微笑。这生活与生活的疯狂，我应该感激吗？我的燃烧似乎是盲目的，燃烧仿佛中心青春的祭典。燃烧指向一切，拥抱一切，又放弃一切，劫夺一切。生活也越来越像劫夺和战斗，像"烈"。随着生命之火、青春之火越烧越旺，内在的生命越来越旺盛，也越来越盲目。因此燃烧也就是黑暗——甚至是黑暗的中心、地狱的中心。我和但丁不一样，我在这样早早的青春中就已步入地狱的大门，开启生活和火焰的大门。我仿佛种种现象，怀抱各自本质的火焰，在黑暗中冲杀与砍伐。我的诗歌之马大汗淋漓，甚至像在流血——仿佛那落日和朝霞是我从耶稣诞生的马厩里牵出的两匹燃烧的马、流血的马——但是它越来越壮丽，美丽得令人不敢逼视。

我要把粮食和水、大地和爱情这汇集一切的青春统统投入太阳和火，让它们冲突、战斗、燃烧、混沌、盲目、残忍甚至黑暗。我和群龙一起在旷荒的大野闪动着亮如白昼的明亮眼睛，在飞翔，在黑暗中舞蹈、扭动和厮杀。我要首先成为群龙之首，然后我要杀死这群龙之首，让它进入更高的生命形式。生命在荒野不可阻挡地溢出，舞蹈。我和黑夜，同母。

但黑暗总是永恒，总是充斥我骚乱的内心。它比日子本身更加美丽，是日子的诗歌。创造太阳的人不得不永与黑暗为兄弟，为自己。

魔——这是我的母亲，我的侍从、我的形式的生命。它以醉为马，飞翔在黑暗之中，以黑暗为粮食，也以黑暗为战场。我与欲望也互通心声，互相壮大生命的凯旋，互为节奏，为夜半的鼓声和急促的屠杀。我透过大火封闭的牢门像一个魔。对我自己困在烈焰的牢中即将被烧死——我放声大笑。我不会笑得比这个更加畅快了！我要加速生命与死亡的步伐。我挥霍生命也挥霍死亡。我同是天堂和地狱的大笑之火的主人。

想起八年前冬天的夜行列车，想起最初对女性和美丽的温暖感觉——那时的夜晚几乎像白天，而现在的白天则更接近或等于真正的子夜或那劳动的作坊和子宫。我处于狂乱与风暴中心，不希求任何的安慰和岛屿，我旋转犹如疯狂的日。我是如此的重视黑暗，以至我要以《黑夜》为题写诗。这应该是一首真正伟大的诗，伟大的抒情诗。在《黑夜》中我将回顾一个飞逝而去的过去之夜、夜行的货车和列车、旅程的劳累和不安的辗转迁徙、不安的奔驰于旷野同样迷乱的心，渴望一种夜晚的无家状态。我还要写到我结识的一个个女性、少女和女人。她们在童年似姐妹和母亲，似遥远的滚动而退却远方的黑色的地平线。她们是白天的边界之外的异境，是异国的群山，是别的民族的山河，是天堂的美丽灯盏一般挂下的果实，那样的可望而不可即。这样她们就悸动如地平线和阴影，吸引着我那近乎自恋的童年时代。接下来就是爆炸和暴乱，那革命的少年时代——这疯狂的少年时代的盲目和黑暗里的黑夜至今也未在我的内心平息和结束。少年时代他迷恋超越和辞句，迷恋一切又打碎一切，但又总是那么透明，那么一往情深，犹如清晨带露的花朵和战士手中带露的枪枝。那是没有诗而其实就是盲目之诗的岁月，执着于过眼烟云的一切，忧郁感伤仿佛上一个世纪的少年，为每一张匆匆闪过的脸孔而欣悦。每一年的每一天都会爱上一个新的女性，犹如露珠日日破裂日日重生，对于生命的本体和大地没有损害，只是增添了大地诗意的缤纷、朦胧和空幻。一切如此美好，每一天都有一个新的异常美丽的面孔等着我去爱上。每一个日子我都早早起床，我迷恋于清晨，投身于一个又一个日子，那日子并不是生活——那日子他只是梦，少年的梦。这段时间在我是较为漫长的，因为我的童年时代是结束得太早太快了！①

动作（《太阳·断头篇》代后记）

　　如果说我以前写的是"她"，人类之母，诗经中的"伊人"，一种北方的土地和水，寂静的劳作，那么，现在，我要写"他"，一个大男人，人类之父，我要写楚辞中的"东皇太一"，甚至奥义书中的"大梵"，但归根到底，他只是一个失败的英雄，和我一样。

　　这是一幅人类个体完整的图像，也是他的生长史。我从爪子下开始，那是一对曾经舞在空中斫天取火的爪子，但这仅仅是人类精神苏醒的序幕，于是我破鱼而出，但似乎又回到鱼，回到我所能感觉到的脐，那个与大地母亲与地下冥府与永恒死亡紧紧缠在一起的脐。这是关于轮回的大地之歌，是劳作与舞蹈的颂歌，也是破坏和毁灭的颂歌。然后我们一起上升到心，那是质朴的静止的人类生存状态。人们用火用粮食用歌曲用诗人的生命来长久地活下去，在心上活下去。心，就是静止的人民，是一朵不灭的火焰，纯洁的源泉。然后我们就通过诗人找到了老歌巫的嘴唇，它代表着祭礼、婚礼和葬礼。踏破这轮回的歌曲的则是头颅，这位大男人的头颅，但这头颅是用来作一种绝对失败的反抗的，这只头颅将被砍离整个躯体，成长为一个血红的太阳。整个人类，无头之躯的地面，永远绕着这太阳旋转。好比说是舞。

这首诗，是血淋淋的，但同样是温情脉脉的，是黑暗无边的，但同样是光芒四射的，是无头战士的是英雄主义的但同样是人民的是诗人心上人的，是夜晚和地狱的，是破碎天空和血腥大地的，但归根到底是太阳的。

所以他就叫太阳

太阳就是我，一个舞动宇宙的劳作者，一个诗人和注定失败的战士。总而言之，我反抗过生命以外的一切，甚至反抗过死亡，因此就在这上天入地的路途上，听见了这样一句话：地狱之火烧伤他的面颊，就像烧伤但丁一样。

但这一次是在中国，伟大诗篇的阵痛中！

而太阳一直轰轰烈烈地活在葬礼上！

之一：自然实体和集体仪式的死

这一次，我的诗，出自死亡的本源，和死里求生的本能，并且拒绝了一切救命之术和别的精神与诗艺的诱惑。这是唯一的一次轰轰烈烈的死亡。断头的时候正是日出。这是唯一一场使我们血泉如注并且成为英雄的战争。在一个衰竭实利的时代，我要为英雄主义作证。这是我的本分。我当然不是讲一次几千年前的战争。我还要写下去，写正午的太阳：天地双方的厮杀，英雄世纪，王，写日落，众神的黄昏，唯一的王的劫难。我的心，情感的心，已被历史行动的血泊浸润。

我的史诗形体正在血腥的荒野上向我走来。只是那两位主人公迟迟没有出现。奇怪，为什么我总是觉得是两位主人公呢？而太阳，这一次是死里求生的集体仪式。是人，都必须在太阳面前找到自己存在的依据。

之二：是天空，还是大地？

归根到底，我是倾心于阴沉，寒冷艰涩，深不到底。但催人生长，保存四季、仪式、诞生与死亡的大地艺术。是它给了我结实的心。我不会被打垮是因为它。如果说海是希腊的，那么天空是中国的。任何人都不像中国人对于天空有那么深的感知。当然，一切伟大的作品都是在通向天空的道路上消失，但我说的是另一个天空。那个天空是中国人固有的，是中国文人的人格所保存的，虽然现在只能从形式的趣味上才能隐隐看去。这当然不是形成宇宙和血缘时那一团团血腥预言的天空。中国人用漫长的正史把核心包起来了，所以文人最终由山林、酒杯和月亮导向反射灵魂的天空。它是深知时间秘密的，因而是淡泊的，最终是和解的。唐诗中有许多精粹的时刻，中国是伟大抒情诗篇的国度。那么，我的天空就与此不同，它不仅是抒情诗篇的天空，苦难艺术家的天空，也是歌巫和武人，老祖母和死婴的天空，更是民族集体行动的天空。因此，我的天空往往是血腥的大地。我要说，千万年来，不仅仅是先知们在各自的散文中沉睡……

之三：几种诗

诗有两种：纯诗（小诗）和唯一的真诗（大诗），还有一些诗意状态。

诗人必须有力量把自己从大众中救出来，从散文中救出来，因为写诗并不是简单的喝水，望月亮，谈情说爱，寻死觅活。重要的是意识到地层的断裂和移动，人的一致和隔离。诗人必须有孤军奋战的力量和勇气。

诗人必须有力量把自己从自我中救出来，因为人民的生存和天、地是歌唱的源泉，是唯一的真诗。"人民的心"是唯一的诗人。

在写大诗时，这是同一个死里求生的过程。

诗学：一份提纲

一、辩解

我写长诗总是迫不得已。出于某种巨大的元素对我的召唤，也是因为我有太多的话要说，这些元素和伟大材料的东西总会胀破我的诗歌外壳。为了诗歌本身——和现代世界艺术对精神的垄断和优势——我得舍弃我大部分的精神材料，直到它们成为诗歌。

在这一首诗（《土地》）里，我要说的是，由于丧失了土地，这些现代的漂泊无依的灵魂必须寻找一种代替品——那就是欲望，肤浅的欲望。大地本身恢宏的生命力只能用欲望来代替和指称，可见我们已经丧失了多少东西。

在这一首诗里，与危机的意识并存，我写下了四季循环。对于我来说，四季循环不仅是一种外界景色，土地景色和故乡景色。更主要的是一种内心冲突、对话与和解。在我看来，四季就是火在土中生存、呼吸、血液循环、生殖化为灰烬和再生的节奏。我用了许多自然界的生命来描绘（模仿和象征）他们的冲突，对话与和解。这些生命之兽构成四季循环，土火争斗的血液字母和词汇——一句话，语言和诗中的元素。

它们带着各自粗糙的感情生命和表情出现在这首诗中。豹子的粗糙的感情生命是一种原生的欲望和蜕化的欲望杂陈。狮子是诗。骆驼是穿越内心地狱和沙漠的负重的天才现象。公牛是虚假和饥饿的外壳。马是人类、女人和大地的基本表情。玫瑰与羔羊是赤子、赤子之心和天堂的选民——是救赎和感情的导师。鹰是一种原始生动的诗——诗人与鹰合一时代的诗。王就是王。石就是石。酒就是酒。家园依然是家园。这些全是原始粗糙的感性生命和表情。

还有一层是古典理性主义给我的诗歌带来的语言。他们代表了作为形式文明和思辨对生命的指称，围绕着"道"出现了飞速旋转的先知、实体的车子、法官和他的车子、囚禁、乘客与盲目的宿命的诗人。古典理性主义携带一把盲目的斧子，在失明状态下斫砍生命之树。天堂和地狱会越来越远。我们被排斥在天堂和地狱之外。我们作为形式的文明是建立在这些砍伐生命者的语言之上的——从老子、孔子和苏格拉底开始。从那时开始，原始的海退去大地裸露——我们从生命之海的底部一跃，占据大地：这生命深渊之上脆弱的外壳和桥；我们睁开眼睛——其实是险入失明状态。原生的生命涌动蜕化为文明形式和文明类型。我们开始抱住外壳。拼命地镌刻诗歌——而内心明亮外壳盲目的荷马只好抱琴远去。荷马——你何日能归?!

二、上帝的七日

在上帝的七日里一定有原始力量的焦虑、和解、对话，他对我命令、指责和期望。

伟大的立法者……

"我从原始的王中涌起　涌现。"

在上帝的七日里一定有幻想、伟大诗歌、流放与囚禁。

让我们先来看看上帝的第六日。

创造亚当实际上是亚当从大地和上帝手中挣脱出来。主体从实体中挣脱出来。男人从女人中挣脱出来。父从母、生从死挣脱出来，使亚当沉睡于实体和万物中的绳索有两条：大地束缚力（死亡意识）与上帝束缚力（奴隶的因素）。好像一个王子，母与父（王与后）是一个先他存在的势力。让我们从米开朗其罗来看看上帝或王子的束缚力（也就是父亲势力）。

米开朗其罗塑造了一系列奴隶——从天顶画到塑像，伴随主体（亚当、摩西、统治者）的总是奴隶——除裸体外身无一物的人——这裸体用以象征艺术家和人类自身。主体与奴隶实际上是合二为一的：这就是创造亚当的进程（所以巨匠 = 上帝 + 奴隶）。

另外，母亲势力：实际上也就是亚当与夏娃的关系。指的是亚当从夏娃中挣脱出来（母亲就是夏娃），从母体的挣脱（这"母亲"就是《浮士德》中使人恐怖的万物之母），从大地和"无"中的挣脱，意识从生命的本原的幽暗中苏醒——从虚无的生命气息中苏醒（古典理性主义哲学苏格拉底和老子探讨的起点——当然他们还是以直观的逻辑为起点），这也是上升时期的精神，在但丁、米开朗其罗中明确显示。

而相反，创造夏娃是从亚当的挣脱，这是变乱世纪和世纪末的精神：以母为本，彻底意味着人追求母体、追求爱与死的宗教气质。母性原则体现在本世纪造型艺术上十分充分。追求精神、生命与抽象永恒，把形式、装饰和心情作为目标。不是塑造，无视主体形象的完满，而追求沉睡的生命自由。追求瓦解与元素的冥冥心情。这也是敦煌石窟壁画的精神——对于伟大的精神与死的心情的渴望。

　　本世纪艺术带有母体的一切特点：缺乏完整性、缺乏纪念碑的力量，但并不缺乏复杂和深刻，并不缺乏可能性，并不缺乏死亡和深渊。从卢梭和歌德开始了这场"伟大的自由的片断"——伟大的母体深渊的苏醒（很奇怪，歌德本人却是一个例外：后面会简略谈到）：夏娃苏醒在亚当肋骨的自白。

　　从希腊文化和文艺复兴那些巨匠的理想和力量中成长起来的却是心情、情感、瓦解、碎片和一次性行动意志的根本缺乏。

　　浪漫主义王子型诗人们是夏娃涌出亚当，跃出亚当的瞬间（人或是亚当的再次沉睡和疼痛？）卢梭是夏娃最早的咿呀之声……她的自恋与诉说……自然的母体在周围轰响，伸展的立方主义，抽象表现，超现实主义……本世纪这些现代倾向的抽象、矫饰或者元素的造型艺术更是初生女儿和人母夏娃眼神中初次映象：精神本原和心情零乱现象零乱元素的合冶。

　　……而巨匠和行动创造性的、人格性的、奴隶和上帝的复合体亚当开始沉睡。

父亲迷恋于创造和纪念碑、行动雕刻和教堂神殿造型的壮丽人格。王子是旷野无边的孩子。母性和母体迷恋于战争舞蹈、性爱舞蹈与抽象舞蹈的深渊和心情,环绕人母和深渊之母(在泰西文明是圣母)。先是浪漫主义王子(详见"太阳神之子"),后来又出现了一系列环绕母亲的圣徒:卡夫卡、陀思妥耶夫斯基、凡·高、梭罗、尼采等,近乎一个歌唱母亲和深渊的合唱队,神秘合唱队。

现代主义精神(世纪精神)的合唱队中圣徒有两类:一类用抽象理智、用智性对自我的流放,来造建理智的沙漠之城,这些深渊或小国寡民至极的土地测量员(卡夫卡、梭罗、乔伊斯);这些抽象和脆弱的语言或视觉的桥的建筑师(维特根施坦、塞尚);这些近视的数据科学家或临床大夫(达尔文、卡尔、弗洛伊德),他们合在一起,对"抽象之道"和"深层阴影"的向往,对大同和深渊的摸索,象征"主体与壮丽人格建筑"的完全贫乏,应该承认,我们是一个贫乏的时代——主体贫乏的时代。他们逆天而行,是一群奇特的众神,他们活在我们的近旁,困惑着我们。

另一类深渊圣徒和一些早夭的浪漫主义王子一起,他们符合"大地的支配",这些人像是我们的血肉兄弟,甚至就是我的血。

"我来说说我的血"。

人   活在原始力量的周围。

凡·高、陀思妥耶夫斯基、雪莱、韩波、爱伦·坡、荷尔德林、叶赛宁、克兰和马洛（甚至在另一种意义上还有阴郁的叔伯兄弟卡夫卡、理想的悲剧诗人席勒、疯狂的预言家尼采）都活在这种原始力量的中心，或靠近中心的地方，他们的诗歌即是和这个原始力量的战斗、和解、不间断的对话与同一。他们的对话、指责和辩白。这种对话主要是一种抒发、抒发的舞，我们大多数的人类民众们都活在原始力量的表层和周围。

在亚当型巨匠那里（米开朗其罗、但丁、莎士比亚、歌德）又是另外一种情况，原始力量成为主体力量，他们与原始力量之间的关系是正常的、造型的和史诗的，他们可以利用由自身潜伏的巨大的原发性的原始力量（悲剧性的生涯和生存、天才和魔鬼、地狱深渊、疯狂的创造与毁灭、欲望与死亡、血、性与宿命，整个代表民族的潜伏性）来为主体（雕塑或建筑）服务。歌德是一个代表，他在这种原始力量的洪水猛兽面前感到无限的恐惧（如他听贝多芬的某些音乐感到释放了身上的妖魔），歌德通过秩序和拘束使这些凶猛的元素、地狱深渊和魔法的大地分担在多重自我形象中（他分别隐身于浮士德、梅非斯特——恶魔、瓦格纳——机械理性、荷蒙库阿斯——人造人、海伦、欧福里翁、福尔库阿斯、守塔人林叩斯和女巫的厨房中），这些人对于歌德来说都是他原始力量的分担者，同时又借他们完成了悲剧主体的造型。歌德通过秩序和训练，米开朗其罗通过巨匠的手艺，莎士比亚通过力量和天然接受力以及表演天才，但丁通过中世纪神学大全的全部体系和罗马复兴的一缕晨曦（所有人都利用了文明中基本的粗暴感性、粗鄙和忧患——这些伟大的诗歌力量和材料），这"父亲势力"可与"母亲势力"（原始力量）平衡。产生了人格，产生了一次性行动的诗歌，产生了秩序的教堂、文明类型的万神殿和代表性诗歌——伟大的诗歌：造型性的史诗、悲剧和建筑，"这就是父亲主体"。

但凡·高他们活在原始力量中心或附近，他们无法像那些伟大的诗人有幸也有力量活在文明和诗歌类型的边缘，他们诗歌中的天堂或地狱的力量无限伸展，因而不能容纳他们自身。也不会产生伟大的诗歌和诗歌人格——任何诗歌体系或类型。他们只能不懈而近乎单调地抒发。他们无力成为父亲，无力把女儿、母亲变成妻子——无力战胜这种母亲，只留下父本与母本的战争、和解，短暂的和平与对话的诗歌。诗歌终于被原始力量压垮，并席卷而去。

当然，后面我们将要谈到的人类集体创造的更高一层超越父与母的人类形象记录。他们代表一种人类庄严存在，是人类形象与天地并生。

关于地狱……我将会在以后的岁月里向你们——叙述……底层的神的灵感和灵魂的深层涌泉，代表着被覆盖的秘密的泉源。

在上帝的七日中，我看出第六日已是如此复杂与循环，所以历史始终在这两种互为材料（原始的养料）的主体中滑动：守教与行动；母本与父本；大地与教堂。在这种滑动中我们可以找到多种艺术的根源，如现代艺术根源中对元素的追挖和"变形"倾向即是父本瓦解的必然结果。

创造亚当是人本的——具体的，造型的，是一种劳作，是一次性诗歌行动。创造夏娃是神本的、母本的、抽象的、元素的和多种可能性同时存在的——这是一种疯狂与疲倦至极的泥土呻吟和抒情。是文明末端必然的流放和耻辱，是一种受难。集体受难导致宗教。神。从亚当到夏娃也就是从众神向一神的进程。

而从母走向父：亚当的创造，不仅回荡滚动着大地的花香，欲情和感性，作为挣脱母体（实体和材料）的一种劳作，极富有战斗、挣扎和艰苦色彩——雕像的未完成倾向。希腊悲剧和意大利文艺复兴是两个典型的创造亚当的过程。带有鲜明的三点精神：主体明朗、奴隶色彩（命运）和挣扎的悲剧性姿态。而且在希腊悲剧和意大利文艺复兴各有巨匠辈出。

从夏娃到亚当的转变和挣扎——在我们祖国的当代尤其应值得重视——是从心情和感性到意志，从抒发情感到力量的显示，无尽混沌中人类和神浑厚质朴、气魄巨大的姿势、飞腾和舞蹈。亚当：之一，荷马的行动力和质朴未凿、他的黎明；之二，但丁的深刻与光辉；之三，莎士比亚的丰厚的人性和力量；之四，歌德，他的从不间断的人生学习和努力造型；之五，米开朗其罗的上帝般的创造力和巨人——奴隶的体力；之六，埃斯库罗斯的人类对命运的巨大挣扎和努力——当然，这仅仅是一些典型。

三、王子·太阳神之子

我要写下这样一篇序言，或者说寓言。我更珍惜的是那些没有成为王的王子。代表了人类的悲剧命运。命运是有的。它不管你承认不承认。自从人类摆脱了集体回忆的创作（如印度史诗、旧约、荷马史诗）之后，就一直由自由的个体为诗的王位而进行血的角逐。可惜的是，这场场角逐并不仅仅以才华为尺度。命运它加手其中。正如悲剧中，最优秀最高贵最有才华的王子往往最先身亡。我所敬佩的王子行列可以列出长长的一串：雪莱、叶赛宁、荷尔德林、坡、马洛、韩波、克兰、狄兰……席勒甚至普希金。马洛、韩波从才华上，雪莱从纯洁的气质上堪称他们的代表。他们的疯狂才华、力气、纯洁气质和悲剧性的命运完全是一致的。他们是同一个王子的不同化身、不同肉体、不同文字的呈现、不同的面目而已。他们是同一个王子，诗歌王子，太阳王子。对于这一点，我深信不疑。他们悲剧性的抗争和抒情，本身就是人类存在最为壮丽的诗篇。他们悲剧性的存在是诗中之诗。他们美好的毁灭就是人类的象征。我想了好久，这个诗歌王子的存在，是继人类集体宗教创作时代之后，更为辉煌的天才存在，我坚信，这就是人类的命运，是个体生命和才华的命运，它不同于人类早期的第一种命运，集体祭司的命运。

从祭司到王子，是人的意识的一次苏醒，也是命运的一次胜利，在这里，人类个体的脆弱性暴露无遗。他们来临，诞生，经历悲剧性生命充盈才华焕发的一生，就匆匆退场，都没有等到谢幕，我常为此产生痛不欲生的感觉。但片刻悲痛过去，即显世界本来辉煌的面目，这个诗歌王子，命定般地站立于我面前，安详微笑，饱含了天才辛酸。人类啊，此刻我是多么爱你。

当然，还有一些终于为王的少数。但丁、莎士比亚、歌德就是。命运为他们安排了流放，勤奋或别的命运，他们是幸运的。我敬佩他们。他们是伟大的峰顶，是我们这些诗歌王子角逐的王座。对，是王座，可望而不可即。在雪莱这些诗歌王子的诗篇中，我们都会感到亲近。因为他们悲壮而抒情，带着人性中纯洁而又才华的微笑，这微笑的火焰，已经被命运之手熄灭，有时，我甚至在一刹那间，觉得雪莱或叶赛宁的某些诗是我写的。我与这些抒情主体的王子们已经融为一体，而在我读《神曲》时，中间矗立着伟大的但丁，用的是但丁的眼。他一直在我和他的作品之间。他的目光注视着你。他领着你在他王座周围盘桓。但丁啊，总有一天，我要像你抛开维吉尔那样抛开你的陪伴，由我心中的诗神或女神陪伴升上诗歌的天堂，但现在你仍然是王和我的老师。

这一次全然涉于西方的诗歌王国。因为我恨东方诗人的文人气质。他们苍白孱弱，自以为是。他们隐藏和陶醉于自己的趣味之中。他们把一切都变成趣味，这是最令我难以忍受的。比如说，陶渊明和梭罗同时归隐山水，但陶重趣味，梭罗却要对自己的生命和存在本身表示极大的珍惜和关注。这就是我的诗歌的理想，应抛弃文人趣味，直接关注生命存在本身。这是中国诗歌的自新之路。我坚信这一点，所以我要写他们。泰西的王或王子，在《太阳》第一篇中我用祭司的集体黑暗中创作来爆炸太阳。这一篇我用泰西王子的才华和生命来进行爆炸太阳。我不敢说我已成功。我只想呈现生命。我珍惜王子一样青春的悲剧和生命。我通过太阳王子来进入生命。因为天才是生命的最辉煌的现象之一。我写下了这些冗长琐屑的诗行（参见《土地》），愿你们能理解我，朋友们。

1987. 5. 30　8点半多

四、伟大的诗歌

伟大的诗歌，不是感性的诗歌，也不是抒情的诗歌，不是原始材料的片断流动，而是主体人类在某一瞬间突入自身的宏伟——是主体人类在原始力量中的一次性诗歌行动。这里涉及到原始力量的材料（母力、天才）与诗歌本身的关系，涉及到创造力化为诗歌的问题。但丁将中世纪经院体系和民间信仰、传说和文献、祖国与个人的忧患以及新时代的曙光——将这些原始材料化为诗歌；歌德将个人自传类型上升到一种文明类型，与神话宏观背景的原始材料化为诗歌，都在于有一种伟大的创造性人格和伟大的一次性诗歌行动。

这一世纪和下一世纪的交替，在中国，必有一次伟大的诗歌行动和一首伟大的诗篇。这是我，一个中国当代诗人的梦想和愿望。因此必须清算、扫清一下。对从浪漫主义以来丧失诗歌意志力与诗歌一次性行动的清算，尤其要对现代主义酷爱"元素与变形"这些一大堆原始材料的清算。

我们首先必须认清在人类诗歌史上创造伟大诗歌的两次失败。

第一次失败是一些民族诗人的失败。他们没有将自己和民族的材料和诗歌上升到整个人类的形象。虽然他们的天才是有力的，也是均衡的（材料与诗歌均衡），他们在民族语言范围内创造出了优秀诗篇。但都没能完成全人类的伟大诗篇。他们的成功是个别的和较小的。他们的代表人物有普希金、雨果、惠特曼、叶芝、维加，还有易卜生等。我们试着比较一下歌德与普希金、雨果。他们可以说处在同一个时代。歌德的《浮士德》就是我们前面提到的创造性人格的一次性诗歌行动——《浮士德》的第一部与第二部终于结合起来，浪漫世界的抒情主体与古典世界的宏观背景终于结合在一个形象中。原始形象的阴影（即青春的阴暗和抒情诗人的被动性阴影感知）终于转变并壮大成为创造行动。伟大的材料成为诗歌，而且完整。而在普希金和雨果那里则表现为一种分离：诗歌与散文材料的分离；主体世界与宏观背景（小宇宙与大宇宙）的分离；抒情与创造的分离。这些分离实际上都是一个分离。表现在作品上，普希金有《奥涅金》与《上尉的女儿》，体现了分离和一次性诗歌行动的失败；雨果则是《历代传说》与《悲惨世界》，体现了同样的分离和失败。这是第一次失败，一些非常伟大的民族诗人创造人类伟大的诗歌的失败。

第二次失败离我们的距离更近，我们可以把它分为两种倾向的失败：碎片与盲目。

碎片：如本世纪英语诗中庞德和艾略特就没能将原始材料（片断）化为伟大的诗歌：只有材料、信仰与生涯、智性与悟性创造的碎片。本世纪的多数艺术家（创造性的艺术家）都属于这种元素性诗人（碎片与材料的诗人：如卡夫卡的寓言性元素和启示录幻景的未完成性；乔伊斯的极端语言实验倾向与内容文体的卑微；美国文人庞德与艾略特的断片；音乐家瓦格纳的神话翻版），还有一大批"元素与变形"一格的造型艺术家（塞尚、毕加索、康定斯基、克利、马蒂斯、蒙德里安、波洛克与摩尔），还有哲学诗人和哲学戏剧家加缪和萨特。这些人与现代主义精神的第一类圣徒（奇特的众神）是等同或十分接近的。

第二种失败里还有一种是通过散文表达那些发自变乱时期本能与血的呼声的人。从材料和深度来说，他们更接近史诗这一伟大的诗歌本身，可惜他们自身根本就不是诗歌。我们可以将这些史诗性散文称之为盲目的诗或独眼巨人——这盲目的诗体现了某些文明的深刻变乱，尤其是早些时候的俄罗斯和今日的拉美。斯拉夫的俄罗斯、变乱中的农民创造了这样一批独眼巨人：《卡拉玛佐夫兄弟》（陀思妥耶夫斯基）、《战争与和平》（托尔斯泰）与《静静的顿河》（肖洛霍夫）等。他们没有也不可能把这些伟大的原始材料化成伟大诗歌。他们凭着盲目的史诗与悲剧的本能，暗中摸索与血的呼声进行巨型散文的创造。另外就是今日的拉美文坛。他们也是处在某种边缘和动乱混血的交结点上，再加上优秀的西班牙语言之血《堂吉诃德》。但是他们的成就似乎是复杂多于深厚，（或因为疯狂的西班牙语言，他们喜剧色彩较重，缺乏隆重严肃的史诗和悲剧），而且确实有待深化。另外还有一些别的民族的诗人，如美国的麦尔维尔（《白鲸》）和福克纳，英语的悲剧诗人哈代（但染上了那个时代的感伤）和康拉德（不知为什么他的成就没有更大）。这都源于文明之下生命深处血的肇始和变乱。本质上，他们是盲目的大地诗人，接近于那些活在原始力量中心的第二类众神。

＊　　　　＊　　　　＊

在伟大的诗歌方面，只有但丁和歌德是成功的，还有莎士比亚。这就是作为当代中国诗歌目标的成功的伟大诗歌。

当然，还有更高一级的创造性诗歌——这是一种诗歌总集性质的东西——与其称之为伟大的诗歌，不如称之为伟大的人类精神——这是人类形象中迄今为止的最高成就。他们作为一些精神的内容（而不是材料）甚至高出于他们的艺术成就之上。他们作为一批宗教和精神的高峰而超于审美的艺术之上，这是人类的集体回忆或造型。我们可以大概列举一下，（1）前2800~2300金字塔（埃及）；（2）纪元4世纪~14世纪，敦煌佛教艺术（中国）；（3）前17~前1世纪（《圣经·旧约》）；（4）更古老的无法考索不断恢宏的两大印度史诗和奥义书；《5》前11世纪~前6世纪的荷马两大史诗（希腊）还有《古兰经》和一些波斯的长诗汇集。

这是人类之心和人类之手的最高成就，是人类的集体回忆或造型。他们超于母本和父本之上，甚至超出审美与创造之上。是伟大诗歌的宇宙性背景。

与此同时，我还想在我的诗学中表达一种隐约的欣喜和预感：当代诗学中的元素倾向与艺术家集团行动集体创造的倾向和人类早期的集体回忆或造型相吻合——人类经历了个人巨匠的创造之手以后，是否又会在 20 世纪以后重回集体创造?!

1987 年 6 月 ~ 8 月

五、朝霞

（今夜，我仿佛感到天堂也是黑暗而空虚。）

所有的人和所有书都指引我以幻象，没有人没有书给我以真理和真实。模仿的诗歌、象征的诗歌。《处罚东方、处罚诗歌问题言论集》——这是我一本诗集的名字。

印度幻象和犹太幻想，以此为始原，根底和材料，为富有，长出有关"彻底"的直观：宗教、艺术——以及他们的建筑和经典。

幻象——他，并不提高生活中的真理和真实（甚至也不启示），而只是提高生存的深度与生存的深刻，生存深渊的可能。

从深渊里浮起一根黄昏的柱子，虚无之柱。根底之主子

"虚无"闪烁生存之岸，包括涌流浇灌的欲望果园，填充以果实以马和花。这就是可能与幻象的诗。

《在我的黄昏之国里果实与马基本平静下来了虽然仍有风暴滚动但这些都不会奉献真理和真实的光辉》，要不然干脆就从光辉退回一种经验，但在这里仍无真实可言。

我要说，伟大而彻底的直观，关于"彻底"（或从无生有）的直观（宗教和艺术）也并不启示真理与真实。这种"彻底"的诗歌是叙说他自己行进在道上的唯一之神——却不是我们的真理和真实。

提高人类生存的真理性和真实性——在人类生活中从来就没有提出过，也从来就不是可能的。人类生存和人类生活中的几项基本目标相距遥远，不能相互言说和交谈，更谈不上互相战斗和包含。甚至，应该说，恐怖也没有直接而真实地到达人生。仍然只是幻想之一种：诗歌之一种。

人生的真理和真实性何在无人言说无人敢问。一切归于无言和缄默。

当然，幻象的根基或底气是将人类生存与自然循环的元素轮回联结起来加以创造幻想。如基督复活与四季景色。可能爱琴海西风诸岛——希腊世界——或者说，盲人荷马，他仅仅停留在经验世界仅仅停留在经验的生存上，没有到达幻象的生存（这应归功于地中海水的清澈和岛屿岩石的坚硬），更没有到达真理与真实。那么，歌德，他的古典理想，也就是追求这种经验的生存（此时此刻）——此时此刻最为美好的经验生存。诗歌生存之"极"为自然或母亲，或黑夜。所以《浮士德》第一卷写了三场"夜"。浮士德哥哥之死、恶魔携带你的飞翔。在《浮士德》第二卷写了空虚中的母亲之国：

> 我真不愿泄漏崇高的秘密——
> 女神庄严地君临寂境之间，
> 周围没有空间，也没有时间，
> 谈论她们，也会惹起麻烦，
> 她们叫母亲！
> ……
>
> 　　　　　无路！无人去过
> 无法可去；这条路无人求过，
> 无法可求。你准备去走一遭？
> 无锁可开，也无门闩可移开，
> 你将被一片寂寥四面包围。
> 你可了解什么是荒芜和空虚？
> ……
>
> 而永远空虚的远处却渺渺茫茫
> 你听不到自己的足音，
> 你要坐下，却并无实物可寻。
> ……
>
> 凭你们的名义，母亲们，你们君临
> 无涯之境，永远寂寥凄清，
> 而又合群。活动的生命的形象，

但并无生命，在你们四周彷徨。

在光与假象中存在过的一切，

在那里蠢动，他们想永远不灭。

万能的女神，你们将他们派遣，

派往白昼和黑夜的穹苍下面。①

　　而这仍旧是"真正的空虚"的边缘。因为还有母亲们。实际上，这"母亲"也是幻象，也是应诗人的召唤而来，就像但丁在流放中召唤一些曾经活过而今日死去的伟大幽灵。把这些"母亲和幽灵"扫去，把这些诗歌幻象扫去，我们便来到了真正的空虚。

　　再如，陀思妥耶夫斯基就贯穿着基督教的幻象，他是幻象诗人——幻象，正是歌德早就言中，"不是罪犯，就是善人，不是凶手就是白痴"，而尼采可能是沙漠和先知的幻象家——其实他们在伟大幻象沙漠的边缘，基督世界的边缘。他赞同旧约中上帝的复仇。他仅仅更改了上帝名姓。并没有杀死上帝。而只杀死了一些懦弱的人类。他以攻为守、以刃为床，夺取幻象诗歌的地方。

　　幻象是人生为我们的死亡惨灭的秋天保留的最后一个果实，除了失败，谁也不能触动它。人类经验与人类幻象的斗争，就是土地与沙漠与死亡逼近的斗争。幻象则真实地意味

---

　　①　以上四段诗歌均引自钱春绮译《浮士德》第二部第一幕第二场。前三段为梅非斯特所说，第四段为浮士德所说。第二段最后一行"荒芜和空虚"，原译文为"荒凉和寂寥"。——编者注。

着虚无、自由与失败（——就像诗人的事业和王者的事业：诗歌）：但决不是死亡。死亡仍然是一种人类经验。死亡仍然是一种经验。我一直想写这么一首大型叙事诗：两大民族的代表诗人（也是王）代表各自民族以生命为代价进行诗歌竞赛，得胜的民族在歌上失败了，他的王（诗人）在竞赛中头颅落地。失败的民族的王（诗人）胜利了——整个民族惨灭了、灭绝了，只剩他一人，或者说仅仅剩下他的诗。这就是幻象，这仍然只是幻象。

这就是像一根火柱立于黄昏之国，立于死亡灭绝的秋天，那火柱除了滚滚火光和火光的景象之外空无所有——这就是落日的景色，这就是众神的黄昏。这就是幻象。

但是我……我为什么看见了朝霞

为什么看见了真实的朝霞?！

幻象它燃烧，落日它燃烧，燃烧吞噬的是它自身，就像沙漠只是包围沙漠自身——沙漠从未涉及到欲望的田园，欲望之国：土地。

如果幻象等于死亡，每一次落日等于死亡（换句话说，沙漠等于死亡）。——那么一切人类生存的历史和生活的地平线将会自然中止、永远中止。这就是诗人们保存到最后的权利最后的盾牌、阵地和举手投降的姿势（犹如耶稣）这就是为诗一辩的理由和道理。幻象的沙漠上诗人犹如短暂的雨季的景色语言，急促，绝望而其实空虚。拼命反击却不堪一击，不断胜利却在最后失败，倒在地上五窍流着血污而被收入黄昏之国，收入死亡的灭绝的秋天。沙漠缄默的王担着他的棺木行于道上。

沙漠缄默的王担着他的棺木行于道上，看见了美丽无比的朝霞。

应该说，生存犹如黄昏犹如沙漠的雨季一样短促、冲动而感性，滋养了幻象的诗歌，如果从伟大的幻象或伟大的集体回忆回到个体——就会退回到经验的诗歌：文艺复兴造型艺术和歌德一生。希腊在这颗星球上永远如岛屿一样在茫茫海水中代表个体与经验的诗歌。他与幻象世界（印度、犹太）的区别——犹如火焰与黄昏落日之火（光）的区别，如营寨之火与落日辉煌的区别。希腊代表了个体与经验的最高范例与最初结合。总有人从黄昏趋向于火焰，或曰：落日脚下到火焰顶端是他们的道路和旅程，是文艺复兴和歌德一生，他们这些巨匠和人类孤单的个体意识之手，经典之手，在茫茫黑夜来临之前，已经预兆般提前感受到夜晚的黑暗和空虚，于是逃遁于火焰，逃向火焰，飞向火焰的中心（经验与个体成就的外壳燃烧）以期自保。这也是人类抵抗死亡的本能之一。歌德是永远值得人们尊敬的，他目标明确，不屈不挠，坚持从黄昏逃向火焰。

今夜，我仿佛感到天堂也是黑暗而空虚的。那些坐在天堂的人必然感到并向大地承认，我是一个沙漠里的指路人，我在沙漠里指引着大家，我在天堂里指引着大家，天堂是众人的事业，是众人没有意识到的事业。而大地是王者的事业。走过全部天堂和沙漠的人必是一个黑暗而空虚的王。存在与时间是我的头骨（我的头骨为仇敌持有的兵器）。而沙漠是那锻炼的万年之火。王者说：一万年太久。是这样黑暗而空虚的一万年。天堂的寒流滚滚而来。

我，只能上升到幻象的天堂的寒冷，冬夜天空犹如优美凛冽而无上的王冠一顶，照亮了我们黑暗而污浊的血液，因此，在这种时刻尼采赞成歌德。"做地上的王者——这也是我和一切诗人的事业"。

但我瞻望幻象和天堂那些坐在寒冷的天空华堂和大殿中漠然的人们。天堂是华美无上和寒冷的。而我们万物与众生存在的地方是不是藏有欢乐？

"欢乐——即，我的血中也有天堂之血
魂魄之血也有大地绿色的相互屠杀之血"

血。他的意义超出了存在。天空上只有高寒的一万年却无火无蜜、无个体，只有集体抱在一起——那是已经死去但在幻象中化为永恒的集体。

大地却是为了缺乏和遗憾而发现的一只神圣的杯子，血，事业和腥味之血，罪行之血，喜悦之血，烈火焚烧又猝然熄灭之血。

国度，滚动在天空，掉下枪枝和蜜——
却围着美丽夫人和少女燃烧

仿佛是营火中心　漂泊的路

1987. 10. 17

六、沙漠

1.

　　她假借一切的名义报复我——和我自己相遇在我自己的心中。犹若尘埃。女性那紫色恍若火焰的混乱——本世纪世纪病。对自然、文化和语言三"极"的报复、施虐，她同时充当了刽子手和受害人和刑具和惨绿的渗出的血。唯一的怪胎是艺术家（这是"人造人"式的艺术家计算机语言式的艺术家）背离了旷原和无边的黑暗。我们的时代产生了艺术崇拜的幻象：自恋型人格。

　　我们缺少成斗的盐、盛放盐的金斗或头颅、角、鹰。而肉一经自恋之路便软化。甚至"伟大"也无法通过"自然"或"文化"、"语言"化身为人，缺乏"伟大"化身为人的苍茫时刻——无边黑暗的时刻——盲目的时刻——因为大家都忙于"自恋和自虐"中。

　　而现在，到处挥舞的不是火焰，大家远离了痛苦的石和痛苦的山，大家互相模仿、攻击，但并非真正地深入腑肺的诉说与对话，而是在闹市上，在节日里，大家随身携带着语言的狩猎人，狙击手和游牧民的面具。

唯有阴森森的植物和性爱发自内心。

她们是"原始的母亲"之桶中逃出的部分。

我则成长孕育于荒野的粗糙与黑暗。

大野的寂静与黑暗。

神话是时间的形式。生活是时间的肉体和内容。我坐在谷仓门前，我要探讨的是，在时间和生活中对神的掠夺是不是可能的?!

大自然是不是像黄昏、殷红的晚霞一样突然冲进人类的生活——这就是诗歌（抒情诗）。那么，在什么时候，什么地方，人的浑浊和悲痛的生活冲进大自然，那就产生了悲剧和史诗（宏伟壮丽的火与雪）（景色和村落）；什么时刻，一个浑浊而悲痛创伤的生活携带着他的英雄冲入自然和景色，并应和着全部壮观而悲剧起伏的自然生活在一起——时间就会在"此世"出现并照亮周围和他世。

时间有两种。有迷宫式的形式的时间：玄学的时间。也有生活着的悲剧时间。我们摇摆着生活在这两者之间并不能摆脱。也并不存在对话和携手的可能。前者时间是虚幻的、笼罩一切的形式。是自身、是上帝。后者时间是肉身的浑浊的悲剧创痛的、人们沉溺其中的、在世的、首先的是人，是上帝之子的悲剧时间，是化身和丑闻的时刻。是我们涉及存在之间的唯一世间时间——"在世"的时间。我们沉溺其中，并不指望自拔。

2. 猛犸的庆典（大纲）

a：粘土

黑色的　猛烈的　狂乱的　挑衅的　肉体

——他与十万人马同归于尽

b：猛禽、野骆驼

我从一本简易的自然教科书一字不改地抄录于下：

鸟类的迁徙，通常一年两次，一次在春季一次在秋季。春季的迁徙大都是从南向北，由越冬地区飞向繁殖地区；秋季的迁徙，大都是从北向南，由繁殖地区飞向越冬地区。各种鸟类每年的迁徙时间都是很少变动的。

鸟类迁徙的方向，多半是南北纵行的。但是几乎没有一种鸟是从它的繁殖地区笔直飞往越冬地区的。候鸟迁飞的途径都是常年固定不变的，而且往往沿着一定的地势，如河流、海岸线或山脉等飞行。许多种鸟类，南迁和北徙，是经过同一条途径。

鸟类迁飞的时候，常常集结成群。

个体大的鸟类，如鹤和雁，经常排成"一"或"人"；

个体小的鸟类，如家燕，组成稀疏的鸟群；

猛禽类常常是一个一个地单独飞行，彼此保持一定的距离。

绝大多数鸟类在夜间迁飞，猛禽大多在白天迁飞。

我加几句注解：哲学家和艺术家的区别。哲学家是抽象的个体、人本的逻辑自恋。而艺术家的"自恋"和人本泛及世界，泛及一切周围的景色和生灵。她们隐退为"奥秘"。——人性的可疑之处则隐退为"秘密"——"秘密"隐退为众神——真正的艺术家在"人类生活"之外展示了另一种"宇宙的生活"（生存）。人类生活不是"生存"的全部。"生存"还包括与人类生活相平行、相契合、相暗合、相暗示的别的生灵别的灵性的生活——甚至没有灵性但有物理有实体有法律的生活。所以说，生存是全部的生活：现实的生活和秘密的生活（如：死者、灵魂、景色、大自然实体、风、元素、植物、动物、皿器）。这种"秘密的生活"是诗歌和诗学的主要暗道和隐晦的烛光。

c：种族的阴影

时间——化身为我——称之为人，语言，丑闻，有人说这个时辰，已经离开海平线几个时辰了。

d：秘密

黑暗王国的秘密谈话

e："内在的空虚"
　　　　　　　——你是我的猎人
　　　形　　　散开

在猎人之家　物理　散开　　　　在天空飞舞
　　　　黄金散开

f：陌生人

　　——斧子或刀条形村落停尸房（我无魂而驻此为肉）死
亡弓箭手手握生活的箭杆。而死亡被体验到时才成为毁灭，
大地荒芜。命运为生活命名。

g：北方的缄默者

3.

　　作为土地的贵族何日交出他们晦暗无光的酒柜？

　　酒柜又被哪些暴徒劈开点成火把？

　　从贵族移交给平民的时刻何日到来？是否已经到来？

　　贵族是血、躁动、杰作、宗教、预感、罪恶感、沉闷、
忏悔、诉说不休、乞求被钉上刑柱；

　　平民是革命、现在、行动、号角、金光闪闪的分粮的斗、
暴徒、火把、旗帜。

　　贵族会被这个革命〔革命是平民的现代式——意大
利——伦敦（经济）——巴黎（政治）——德意志（思
想）——彼得堡（社会）——汉（文化）〕席卷和辗压。

　　贵族只有求助于过去，求助于阴暗沉重的一"极"：土
地。

而平民将使一切简单：用革命。

（毛泽东哪一半是哪一半?!）

4. 老女奴被囚禁在语言的监牢中

活下去——老女奴——即使在语言残酷的监牢中你也要活下去。因为包括牢房在内的你的大地必将因你而得救。

诸界之王皆归顺于囚禁于语言的老母——老女奴。老女奴虽已被诸界之王的隐匿的暴力折磨得遍体鳞伤

羊角长在一张纯洁的羊皮子上

老女奴同时又像一个女婴　无形　而喑哑

老女奴，囚禁在日常语言中

囚禁在一首被遗忘的诗中

1987. 12. 10

七、曙光之一

下面是87. 11. 15夜录的太阳地狱篇草稿的标题。上帝的枪。血色月亮的银色号角。诗歌始皇帝。蓝种子——生命。在沙漠上只能养活语言。热带、沙漠和西藏像三只悲伤的人类之胃在飞翔。赤道。作用。固体在高温下是缓慢流动的。高原。我坐在该岛上，向你们谈论诗歌。穹隆。地幔的头。从南方来到我怀中。性命。我独自一人穿越四大元素。终于

被剥夺了。回忆之女的缠绳。伟大的魂和他的儿子之间的战斗与屠杀。诉说。受尽凌辱之后能够存在再生。秋天的火之车。烈。自恋型患者。上帝的家园。枪案。极。完全的责任或血中生长的石头。真理带在路上弃在路上。自由本身。沙漠刀口处。

与仇恨相遇在上帝的山上。光明的在场。大和爱：伟大抱在一起，爱就是原始的线索抱在一起。给万物一个名字。刀和斧。遭遇。当火对我说，当家对我说。镣铐的颂歌。道路。太阳的末日。低纬度的天空。近代革命。奔波。灰烬在起舞。"通过语言是绝对不可能的"。神自身。波斯。光明和黑暗各自的君王。美。火兽之外……之外……之外。河畔的妇女。家兮。黄昏变形为夜。

你并非黑夜之子。断送。革命札记。火把节皇后。毛泽东。飞行。沙漠，失败者的天堂。奴隶。燎。王国内血腥的土质。大火。蒙古！蒙古！极端的诗歌。我要问一问，谁在没落的土中作王。主。明。诗歌与毒药。早早结束生活。现在无一幸免于难。夜色。红卫兵组诗。皈依存在。阴郁的战斗史。唯一鸣响的钟啊！。[①] 一切都在诉说中相互混同。孤寂的红色僧侣。黑暗的门槛。真理之神与黄昏之神殊死的战争。沙漠和革命卫队。作为身在其中的证人。王者以黑夜为本。

---

① 原稿如此。——编者注。

真理和真实。兵。

处罚东方诗歌言论集。欲望果园。今夜，我仿佛感到天堂也是黑暗和空虚的。全部照片（蜜）蜜的脸。食、七月、鸣（自然界基本常数的变化问题）。自在。歌唱和羊毛——对法官和刑场的逃遁。全归他。七大贤。古老的黑夜。光。五世纪。为地狱之王奏响琴声。炎炎。诸神裸舞。内在音乐的陪伴：劳动。地狱的女儿不断自我产生。四种地狱的草稿与片断。只是因为我还没有陷入更大的混乱。毒药与地下人。内心。骇人听闻的果园。从断头台到地狱之门，漫长的回忆的粘土层：表象与幻觉的回声。太阳国——大东方的联邦。人类界线之外（自然和地狱）。圣火与命令。统治者啊。附魂状态。乌鸦与大雁。挽救和遭遇。电影上的驼子。世界和地狱的狩猎人。猎冰人——宇宙猎冰人。

（以上草稿大部被毁。标题亦重删）

八、曙光之二：电影上的驼子

这是我刚做完的一个梦。把它变成语言就已经有些失真。这是真正的梦幻和内在黑暗。一个老人背着驼子其实是瘫子——可做梦的心里老是念叨驼子、驼子——到一个镇上去看妹妹——但妹妹已在水里死去——驼子参加一场足球赛——可双腿不能动弹——只能在地上，尘土里、泥泞里坐

着——用屁股往左右移动、痛苦或快乐叫着——老人流下屈
辱的泪水——老人重又背起他（在梦中似乎是我背起这个瘫
子他的肉紧缠在我身上）——回到镇上—— 一个打着黑伞的
人遮住我——驼子似乎站立了瞬间，并被人牵着向前跑
去——这是不可能的，我心里想——但驼子在前方已被那些
仇恨或娱乐的人们高高抬起——摔成八瓣——脑浆迸流。

1987.11.4 凌晨三点

我热爱的诗人——荷尔德林

1. 在《黑格尔通信百封》这本书里，提到了荷尔德林不幸的命运。他两岁失去了生父，九岁失去了继父，1788年进入图宾根神学院，与黑格尔、谢林是同学和好友，1798年秋天因不幸的爱情离开法兰克福。1801年离开德国去法国的波尔多城做家庭老师。次年夏天，他得到了在他作品中被理想化为狄奥蒂玛的情人的死讯，突然离开波尔多。波尔多在法国西部，靠近大西洋海岸。他徒步横穿法国回到家乡，神经有些错乱，后又经亲人照料，大为好转，写出不少著名的诗篇，还翻译了索福克勒斯的《安提戈涅》和《俄狄浦斯王》。精神病后又经刺激复发，1806年进图宾根精神病院医治。后来住在一个叫齐默尔的木匠家里，有几位诗人于1826年出版了他的诗集。他于1843年谢世，在神志混乱的"黑夜"中活了36个年头，是尼采"黑夜时间"的好几倍。荷尔德林一生不幸，死后仍默默无闻，直到20世纪人们才发现他诗歌中的灿烂和光辉。和歌德一样，他是德国贡献出的世界诗人，哲学家海德格尔曾专门解说荷尔德林的诗歌。

2. 荷尔德林的诗，歌唱生命的痛苦，令人灵魂颤抖。他写道：

待至英雄们在铁铸的摇篮中长成，

勇敢的心灵像从前一样。

去造访万能的神祇。

而在这之前，我却常感到

与其孤身独涉，不如安然沉睡。

何苦如此等待，沉默无言，茫然失措。

在这贫困的时代，诗人何为？

可是，你却说，诗人是酒神的神圣祭司，

在神圣的黑夜中，他走遍大地。

正是这种在神圣的黑夜中走遍大地的孤独，使他自觉为神的儿子："命运并不理解/莱茵河的愿望。/但最为盲目的/还算是神的儿子。/人类知道自己的住所，/鸟兽也懂得在哪里建窝，/而他们却不知去何方。"他写莱茵河，从源头，从阿尔卑斯冰雪山巅，众神宫殿，如一架沉重的大弓，歌声和河流，这长长的箭，一去不回头。一支长长的歌，河水中半神，撕开了两岸。看着荷尔德林的诗，我内心的一片茫茫无际的大沙漠，开始有清泉涌出，在沙漠上在孤独中在神圣的黑夜里涌出了一条养育万物的大河，一个半神在河上漫游，唱歌，漂泊，一个神子在唱歌，像人间的儿童，赤子，唱歌，这个活着的，抖动的，心脏的，人形的，流血的，琴。

3. 痛苦和漫游加重了弓箭和琴，使草原开花。这种漫游是双重的，既是大自然的，也是心灵的。在神圣的黑夜走遍大地"……保留到记忆的最后/只是各有各的限制/因为灾难不好担当/幸福更难承受。/而有个哲人却能够/从正午到夜半/又从夜半到天明/在宴席上酒兴依旧"(《莱茵河》),也就是说,要感谢生命,即使这生命是痛苦的,是盲目的。要热爱生命,要感谢生命。这生命既是无常的,也是神圣的。要虔诚。

有两类抒情诗人,第一种诗人,他热爱生命,但他热爱的是生命中的自我,他认为生命可能只是自我的官能的抽搐和内分泌。而另一类诗人,虽然只热爱风景,热爱景色,热爱冬天的朝霞和晚霞,但他所热爱的是景色中的灵魂,是风景中大生命的呼吸。凡·高和荷尔德林就是后一类诗人。他们流着泪迎接朝霞。他们光着脑袋画天空和石头,让太阳做洗礼。这是一些把宇宙当庙堂的诗人,从"热爱自我"进入"热爱景色",把景色当成"大宇宙神秘"的一部分来热爱,就超出了第一类狭窄的抒情诗人的队伍。

景色也是不够的。好像一条河,你热爱河流两岸的丰收或荒芜,你热爱河流两岸的居民,你也可能喜欢像半神一样在河流上漂泊,流浪航行,做一个大自然的儿子,甚至你或者是一个喜欢渡河的人,你热爱两岸的酒楼、马车店、河流上空的飞鸟、渡口、麦地、乡村等等,但这些都是景色。这些都是不够的。你应该体会到河流是元素,像火一样,他在流逝,他有生死,有他的诞生和死亡。必须从景色进入元素,在景色中热爱元素的呼吸和言语,要尊重元素和他的秘密。

你不仅要热爱河流两岸，还要热爱正在流逝的河流自身，热爱河水的生和死。有时热爱他的养育，有时还要带着爱意忍受洪水和破坏。忍受他的秘密。忍受你的痛苦。把宇宙当做一个神殿和一种秩序来爱。忍受你的痛苦直到产生欢乐。这就是荷尔德林的诗歌。这诗歌的全部意思是什么？要热爱生命不要热爱自我，要热爱风景而不要仅仅热爱自己的眼睛。这诗歌的全部意思是什么？做一个热爱"人类秘密"的诗人。这秘密既包括人兽之间的秘密，也包括人神、天地之间的秘密。你必须答应热爱时间的秘密。做一个诗人，你必须热爱人类的秘密，在神圣的黑夜中走遍大地，热爱人类的痛苦和幸福，忍受那些必须忍受的，歌唱那些应该歌唱的。

4. 从荷尔德林我懂得，必须克服诗歌的世纪病——对于表象和修辞的热爱，必须克服诗歌中对于修辞的追求，对于视觉和官能感觉的刺激，对于细节的琐碎的描绘——这样一些疾病的爱好。

从荷尔德林我懂得，诗歌是一场烈火，而不是修辞练习。

诗歌不是视觉。甚至不是语言。她是精神的安静而神秘的中心。她不在修辞中做窝。她只是一个安静的本质，不需要那些俗人来扰乱她。她是单纯的，有自己的领土和王座。她是安静的，有她自己的呼吸。

5. 荷尔德林，忠告青年诗人："假如大师使你们恐惧，向伟大的自然请求忠告"，痛苦和漫游加重了弓箭和琴，使草原开花，荷尔德林这样写他的归乡和痛苦：

> 航海者愉快地归来，到那静静河畔
> 他来自远方岛屿，要是满载而归
> 我也要这样回到生长我的土地
> 倘使怀中的财货多得和痛苦一样

荷尔德林的诗，是真实的、自然的，正在生长的，像一棵树在四月的山上开满了杜鹃，诗，和，开花，风吹过来，火向上升起，一样。诗，和，远方一样，诗和远方一样。我写过一句诗：

> 远方除了遥远一无所有

荷尔德林，早期的诗，是沉醉的，没有尽头的，因为后来生命经历的痛苦——痛苦一刀砍下来——，诗就短了，甚至有些枯燥，像大沙漠中废墟和断头台的火砖，整齐，坚硬，结实，干脆，排着，码着。

"安静地""神圣地""本质地"走来。热爱风景的抒情诗人走进了宇宙的神殿。风景进入了大自然，自我进入了生命。没有谁能像荷尔德林那样把风景和元素完美地结合成大自然，并将自然和生命融入诗歌——转瞬即逝的歌声和一场大火，从此永生。

在 1800 年后，荷尔德林创作的自由节奏颂歌体诗，有着无人企及的令人神往的光辉和美，虽然我读到的只是其中几首，我就永远地爱上了荷尔德林的诗和荷尔德林。

1988. 11. 16

第六编

补遗

小站

1983.4~6

一条汉子立在一块土地上，苦难始终在周围盘旋。他弯下身去，劳作的姿势被印在太阳、文字、城徽和后代的面貌上。

这就是一切。诗的体验就从这里开始。但愿他的折光也照着这个小站。

《小站》是海子自印诗集，收入1983.4~6的诗17首，分五辑。因是海子早期作品，编辑《海子诗全编》时仅收入了《东方山脉》一诗，为维持原诗集面貌，此处仍保留该诗。——编者注。

第一辑　给土地

以山的名义，兄弟们（组诗）

东方山脉

三角洲和碎花的笑

一起甩到脑后

一块大陆在愤怒地骚动

北方平原上红高粱

已酿成新生的青春期鲜血

养育火红的山岗成群

像浪

倾斜着地平线和远岸的大陆架

将东方螺的传说雕成圆锥形

这里，道道山梁架住了天空

让大川从胸中涌出

让头顶长满密林和喷火口

为了光明

我生出一对又一对

深黑的眼睛和穴居的人群

用雪水在石壁上画了许多匹野牛

他们赶着羊就出发了

手中的火种发芽

和麦粒一道支起窝棚

后来情歌在平坦的地方

绘出语法规则

绘成村落

敲击着旷野

即使脚下布满深谷

即使洪水淹没了我的兄弟

即使姐妹们的哭泣

升到天上结成一个又一个响雷

即使东方的部落群没有写进书本

因而只在孩子琥珀色眼珠里丛生

根连着根

像野草一样布满荒原

即使旗帜迟迟没有

从那方草坪上升起

因而文字仿佛艰涩

历史仿佛漫长

我捞起岛屿

和星星般隐逸的情感

我亲吻着每一座坟头

让它们吐出桑叶

在所有的河岸上排成行

划分着大江流向

划分着领土

我把最东方留给一片高原

留给龙族人

让他们开始治水

让他们射下多余的太阳

让他们插上毛羽

就在那面东亚铜鼓上出发

会有的，会的，

会有鹭鸶和青草鱼一样的龙舟

会有创造的季节

请放出鸥群

和关在沼地里的绿植被

把伏向小河的家乡丘陵拉直

列队，由北压向南

由西压向东

把我的岩石和汉子的三角肌

一同描在族徽上吧

把我的松涛联成火把吧

把我的诗篇

在哭泣后反抗的夜里

传往远方吧

让孩子们有一本自己的历史书

让我去拥抱世界

小山素描（两首）

上山的孩子

（一）

野草和碎石

在我诞生之前

就在这里布置了几道山梁

让鲜花枯萎

把庄稼和村子远远推开

只让人们从远处看

在远处称赞自己

一个男孩

因为自己的年龄和一个故事

来到山口

他要用脚去测量群山的坡度和距离

因而他在一个晚上长大

那时他使一群狼

认识到什么是人

什么是男子汉

我就是男子汉

累了，我靠着群山

看着太阳升起又落下

看着主峰放出一只只小雀在天空打旋

留下的声音安慰着不平的山路

和山路上的虫子

我的愿望是在最高的峰顶

放一块石头

我要参加山的创造

（二）

我喜爱山岗

山岗就是山岗

总要窒息道路的伸展

但不使人胆怯

我向着青山就是向着母亲

弓着腰

让地母的支撑

对抗惯性和风的力量

就这样

兜满黄昏的风

裤管正奋力托举一枚太阳

在山腰上升

是我年轻的脸

于是，我把呼吸呼成光芒

向周围扩散热气

一道细泉朝我跑来

我把清凉的旋律揉进我的思索

我更加深信

有水的地方

就有青草和果实

就应该有村庄

中午，我成了这村庄的主人

恋歌

你们年轻

小伙子，姑娘

在高度挽留你们的地方

你们却用热恋中的目光

在荆丛中描出一条路

你们还用情歌

将我的寂寞静默

解开，从胸前滑下去
我于是开朗起来

我是站着的
生下来就这样
因而高大
线条是粗犷的
你们却把它和细腻的少年情爱
系在一起
你们摇着对方的肩膀
不在乎我的年纪和僵硬的面孔
在我身上笑着闹着
你们勇敢
是一种献身的勇敢
我的沉重的呼吸和黄沙
未能阻止你们的嬉笑
却使你们越挨越近
我感到我的脉搏和着你们的两颗年轻的心
一起激荡，越来越响

年轻的山群

群峰在传说中成长，靠着几株树
白带子一般迷茫的山路纠结在我心尖，尽管中间是深谷
水总也没流出来
泪却流出来不少

            等着炊烟和村庄一个个瘦弱地升在树丛里
        预言被远方的黄风吹灭，山上并没有涌出清泉一样的草
                                  因而就没有
纯洁的羊群和歌声
                          我哭了，
什么时刻泪水能攒成湖泊
    让山洗清贫困的倒影

一个穷孩子天亮前翻过山岗，每天和你年轻的山对话
    爷爷告诉他山外望不到边的大平原和红高粱
        踩水车的男人，割庄稼的女人
        人群中总有欢乐的歌

孩子向你年轻的山诉说愿望

让那从山外飞回

的鸟捎回几支歌

　洗洗这里的天空，让他能在一块空旷平展的土地上

　放手放脚地奔跑

他说，那儿即使有野兽也不像山里的凶恶

　　他还说，明年他将成为一名猎人

　　　和爷爷一道进深山，除尽恶兽

　　　你们总想象着他眯起双眼神气地举着箭，可再

　　也没有见着他从那个深谷里出来

也许，深山处隆起一座小土包。他永不会躺在平坦的地方

年轻的山开始挽起手臂。父辈告诉过他们许多故事

许多正直的灵魂。有些伙伴甚至能数清英雄的世系

终于一位带画夹的少女，把我们画得跟他一样

　　纯洁、善良，带着隐隐的久的期望

她用手帕束起黑发，也要我们用光明放逐阴影

　　　　　　即使黑夜来临

　　　　就在黄昏借夕阳把它焚毁

我们的少女很美。她带给我们的故事也很美

她来自一条河流的近旁，那儿有房子的森林

层层叠叠。我们的脸上永远挂着笑容和朝霞
　　　她要把我们带给年轻的朋友去赞美

于是，我们呐喊、我们和着莽野的节奏上升
　下沉
　　　我们成熟了，脸上长出了丛林的胡子，
　　　　我们把胸膛
　　　　挺起来，不仅因为祖先留下的性格，
　　　　还因为心中的
　　　　　金属和热流。我们是男人、我
　　　　　们是不曾扭曲的力、我们是
　　　　　大地的脊梁。一些人去摸
　　　　　摸去，一些人开始喷出
　　　　　清泉和矿苗

　　　　　　山外又升起许

　　　　　　　　多星星和

　　　　　　　城市

　　　　　　滚滚而来

光明的姊妹群就会降临这山谷

丘陵之歌

过去的年代在山里埋成富矿
丘陵是少年
是石榴花，在故乡的五月
红喇叭吹散清明坟头的白花
阳光下晒成苦涩的盐
　　我很想知道咸海滩漫过来的故事
　　水晶王子怎样成为移民
　　在这里指示贫瘠。白茫茫的贫瘠
　　为此从饥民的眼瞳
　　我不止一次阅读过丘陵史
　　所以我要说
今天本身就是一条不可更易的真理
带来创造的激情。既然
去征服盐碱滩的贝壳花已含笑启程
既然灰种狼在祖父粗糙的
抚摸中成为家犬。守护着正义和善良
既然我继承的唯一预言是种植
就让风在这儿时刻晴朗吧
晴朗得像重新集合的人群，永远蔚蓝的生命

就让兰叶泛水一样涌上每条小径吧

她梦一样的芬芳开在黎明

舒展开陶罐上萎缩的花纹

舒展开丘陵曾被囚禁的微笑

那就笑吧

荒滩上农神已诞生，我的情人

是和谷这谷类的贵族

饱满地

召唤开阔地

召唤青春欲望和盛夏的汗水

召唤战胜死亡的一代代新婴

　　　　我的工匠和铁农具一块儿在炉火前黑起来了啊

　　　　我的耕地和村舍手挽着手翠绿地蔓延

而我的黄牛是丘陵的先知

她的箴言只撒向水田

撒向青年人的季节和犁

她的乳汁注入地平线

星星点点的草湖便不再像泪滴

只有祖先生病积攒起的田野

只有一圈又一圈丘陵宽阔的浪

在她日日膨胀的创造欲中

快活得紧张起来

我敢肯定

是麦子一根又一根

弯腰拾起她的黄毛作为王冠

（即使我不清楚太阳和麦子

谁先戴上这芒状的王冠）

于是成熟

金黄地迎接收割人

迎接山岗般伸过来喂养村庄的黑壮臂膀

这时，吹的丰收号就是她的椎角

她的思想的隆起果。她大脑的消息树

啊！兄弟们

擂响黄牛母亲留下的牛皮山鼓吧

有未曾忘怀的嘱咐

有充盈的英雄气

倒进海碗

让我对丘陵许下征服的愿酒精的愿生命的愿

世世代代的愿

总有一天

以丘陵的名义

我要娶一位美丽的新娘

让年轻的云们挤在一起看我狂喜

看房梁在祈愿中思索着架起

（一朵爱幻想的小云

很可能认为这是小船扬帆呢）

看我劳作中这股男子汉精神
怎样鼓舞即将诞生的儿孙
长大后他们仍以丘陵地带为房基
热情地垒石头。镇子和小城
骄傲地拨开贫穷
人类拥抱家园就像拥抱春天

高原节奏

雪山绵长地守护着你的地平线

你的视野和林带一起延亘

酣睡的神话在这儿开始辽阔，富有感染力的节奏

和温泉一道喷出，一个挽着一个组成高原湖的系谱

最年轻的一代是湖面驶过的天鹅和歌声

在这些纯洁的眸子面前

朝圣者被匆匆翻过

留下的遗嘱全是关于沼泽地的

都说那片草滩上的光环是恐怖的前奏

即便这样，寺庙照样闪闪发光

像金碧辉煌的安息果锁住大山的喉结

而民间流传的传说随着马奶子香，傍晚时分

开始在每一个火坑旁集结正义的力量

强大得和黑夜抗衡

守候着孩子的鼾声和平地到达黎明蓝色港湾

这是一个早晨

高原挽留了这片从黑页岩围中突围的土地

挽留了一片热带鸟般卧在这儿的丛林

挽留了首次涌入这铺满落叶湿地的

几行簇新的脚印

当有人用弯刀戳穿土地的蛮荒也划破心灵的惰性

以烈焰联系所有献身的丛林

当洪水季节的祖先从地层托起湖泊和黎明

苦难和夜色一起被疏通

喧哗的人群朝我涌来

这是早晨

高原的心坎充满豪情，生生不息的诞生和创造

一遍又一遍揭示出这个蓝色星球的质量和魄力

使我的灵魂骚动着，生命之鹿在向森林深处奔跑

我的呼吸和晨光一起飘扬，早晨的风中

露珠像灿烂的星座落满我的手臂

落满我的思绪

啊！太阳升起来了

我狂喜地抛出一次又一次深鞠躬

我是远方的孩子，给你带来远方的祝福

祝福你朝霞

祝福你残酷的天葬

让无用的躯体去填充狂暴的生命

撕裂声是对死亡和过去最好的祈祷

祝福你带咸味的湖泊

让她继续怀念三叶虫时代的海洋

在今天的胸膛掀起涛声

祝福你父亲般深沉的高原性格，缄默地

向客人敞开每一道清泉旁的竹楼，牧羊人的帐篷

伸出小道像伸出手臂，挽住善良的兄弟姐妹

草莓是一群微笑的眼睛

祝福你莽林祝福你马帮祝福你青稞

你那么自信

所以胸膛从诞生起一直饱满地挺着

壁画五彩缤纷

野牛和弓箭手一块在岩石上构成创造最高的倩影

即使含蓄，悄悄地放出两条浅蓝的河流往东去

她们也要在远方的原野上洪亮地嚷着

洗刷着经幡年代如悬棺石峡

并把高原的气息带给海洋，让他们一起爽朗起来

你自信，日光也充满自信

因而你的子女都健康地黝黑着

线条很野阔，适宜于舞蹈狂放的时刻

当洁白哈达捧出的时刻，歌声也更嘹亮

尖锐地刺激着赭红色土地的上空

鲜艳的人群是地上怒放的彩霞，一束束热气

朝天喷去，云层越来越薄

从你的村寨我掬起情歌

掬起这块大地上一切纯洁的感情

撒向干渴的旅途季节和沙漠海

撒向所有需要纯洁的地点，让他们生出花来

接着我就向你的长子学会追山兽

哼杀生旋律，一动不动地凝视岩鹰

我们全是兄弟

当我的眼神被高原同化，便强悍地掏出岩蕊

插满我全身就像插满高原的节奏

抖落所有的平庸软弱

我也去巡视天空

第二辑　静物

期　待

靠着古城墙
就像倚着一个坚实世界

追随鸽哨
让自己消融于渐渐蔚蓝的天空

穿过绵长的林带
把眼神系上一株普通的白桦

草丛中一条小溪
一旦被发现，就是河流

新月

只是一弯。在孩子的手臂上
升起
关于巉岩的经历
关于画布的柔和
关于少年心坎的春汛
我的新月摇过所有的风景线

夏天到了
你的眼睛公开
在三叶草上
让早起的人们看见并记住

你秀气的弧线穿过星星的沙滩
赤足，在沁凉的夜潮边上
接着就是黎明

纸鸢

你不是真的
因此很高。很飘逸
比流浪客还要飘逸

你自由的程度
等于线的长度
挣脱了，也有一条未蜕化的尾巴

你以为是在放牧白云
谁知是风放牧你

总有一天
你不能拒绝土地的邀请

是有黄昏
是有溜云下汲水的村姑
是有一朵朵开在原野上小树淡紫的微笑
只要举起你的视线
还会有雀语的秀气

还会有炊烟散后暮色的横阔。匆忙的

是天色和晚星

灯火全都兴高采烈

你也兴高采烈

往往还采取爽朗的两种姿势

伸出胳膊去

长方形是最动情的一篇短文

画在外地　　　　　我的指尖

流过你细细瘦瘦一座长方城

总是写着

不论旱季雨季。我这里

总有细流抱你

总有渐湿的心情默读每一片鱼鳞瓦

不，我是在背诵

　　　　　　第一段是童年和鸢尾笋

　　　　　　一块儿在你女墙下搁浅

　　　　　　第二段是少年和小白鸽

　　　　　　汛水一样逼近你的塔尖

还有风景描写呢

城里的黄梅雨一家一家染青了方砖平房

城郊的蜜蜂一年一度放出收获的油菜花

结尾照例简约

小城的人出门都会写

相思诗

第三辑　故乡四题

门

1

一块白布

自负地挂着

等着夜晚

等得穿红小褂的男孩

发现了墙上的彩色玻璃碴

2

他只能在墙外。

看着

镇上的同学

高举花花绿绿的纸条

进去

他只能在墙外

3

沿着一条灰白的路
成熟的黄麦秸
收藏起他
另一端是种地的妈妈
那健康的眼神

4

我是见过
有一个稚气的粉笔字
"门"
陌生地和墙摩擦
产生能量

栽枣树

1

三婆婆没有孩子
她栽下枣树

2

老人栽枣树
能占有一小块安眠的地方
这是习俗
效力在人们的相信中
和这个村子一样
古老得不会死亡

（远方也可能有片枣林
是关于青春的
目前这儿没有）

三婆婆默默地栽下枣树
不要人帮忙，没有人帮忙

3

　栽下枣树

　这个瘦弱的故事就这样栽下了
　纺车是中心
　旁枝不多
　顶多牵连一个瘸男人

　她端出灶灰
　端出整个一生
　撒下枣树周围

　栽下了枣树

4

　什么时辰
　什么人来收枣
　善良的枣

红喜事

1. 起点

乡亲们一阵忙乱

土墙脸上贴满红纸条

公鸡被脱下羽衣

都不在意

屋角抽泣的母鸡

2. 途中

小伙子抬着猩红家具

大大咧咧

上道

酒精很兴奋地流出

成为男的的汗水

把夏天带来

因而在每一个必经的村口

孩子开始出现

没有恶意地扔土块

并得到暗示

拦住人群

并得到糖果

这些经历

足以使他们不久以后

抬起家具

这不用想象

3. 终点

"来了"

鞭炮们纷纷撕碎自己的胸膛

烟叶

年轻的时候
一定以为自己是蔬菜
和一些阳光生活在小块自留地上

成熟的季节
主妇没来
老祖父却持刀而来

接着是在几排粗草绳上示众的时日
一滴滴水珠打在脸上
便发黄
于是不喜欢晴天

堕落的机会终于来到了
通过旱烟杆和无聊者亲吻
谄媚时一袋一袋完了
最可气的事还在街那头
精瘦的小贩在叫卖

一包一块二

第四辑　远山风景

1. 一开始

一开始山神这独身的穷汉就一味种植寺庙和苦艾兄弟俩掩盖着什么。等老和尚敲钟时袈裟与清风却没有告诉我为何山中结满男人的孤独，为何夜晚在谷地只繁殖很少的灯粒，光明的卵在黑潮中浮着。

要说小询问也有大询问也有，沿途长成明年的酸杏。

一开始。

2. 路与小松

路在村口攒足气力

一头向悬崖撞去

撞出裂缝

并播进沿途的松籽

从容地长成小松

它们的血缘关系就这样结下

3. 速写

在一些主要的峰顶
我都往石缝里
夹一支铅笔
让山画画自己的速写

4. 火柴

在最荒凉的山沟我埋下一盒火柴
也许等的时间不长
它就要发火

5. 太阳帽

山谷能收藏很多很多事情
却容纳不下两顶太阳帽
追逐产生的情感

6. 小锤

你很诧异我带一把小锤
到处敲敲

我是要证实

隆起的地平线下都是实心

7. 小树林

坐那儿你在手帕上画了几株树

铺在这里

压上几个小石子

要过行军水壶

你往周围浇了点水

你相信

下山时我们

就可以在这片小林子里野炊

8. 红蜻蜓

散开的小牛是一朵朵小黄花

在草滩上盛开

十一岁的牧童给瞎妹妹戴玫瑰

我的纸上顿时飞过一只红蜻蜓

第五辑　告别的两端

小站

——毕业歌

我年纪很小

不用向谁告别

有点感伤

我让自己静静地坐了一会儿

然后我出发

背上黄挎包

装有一本本薄薄的诗集

书名是一个僻静的小站名

小站到了

一盏灯淡得亲切

大家在熟睡

这样，我是唯一的人

拥有这声车鸣

它在深山散开

唤醒一两位敏感的山民

并得到隐约的回声

不用问

我们已相识

对话中成为真挚的朋友

向你们诉愿

是自自然然的事

我要到草原去

去晒黑自己

晒黑日记蓝色的封皮

去吧，朋友

那片美丽的牧场属于你

朋友，去吧

小叙事

在这个
小小的人世上
我向许多陌生的人
打听过你
和许多动植物
和象形文字
讨论过你

夏夜
我加入天真的
萤虫小分队
凭那么一点点
微热的光亮
竟找到你的村头
伙伴们
被一把又一把蒲扇
扇落
孩子们可爱的愿望
和透明的小瓶

是她们平平常常的归宿

是时候了
我调动所有的阅历
辨认着门窗
果然
那个篱笆很有才气地
编在那里

我是要告诉你
一些心思
要不然
我怎会摇着后园的竹叶
和你商量
但你的窗口
灯总也没亮起来

无论如何
我要留一个形象给你
于是我头戴
各色野花
跑进你梦中

我的踌躇

铺成你清晨起来

不曾留意的那条小道

很自然地

你顺着它走下去

写些激动人心的故事

后记

　　这本小集子就这样呈现在你面前了。为此特向陈四海、李存棒、甘培忠、刘大生等同学和一切鼓励我、帮助我的同学致谢。

　　需要指出的是《小站》里长句子由于纸型的限制，破坏了原来的文字排列，视觉和诗意上有破碎之感，请原谅。

　　我期望着理解和交流。

　　"陌生人哟，假使你偶然走过我身边并愿意和我说话，你为什么不和我说话呢？／我又为什么不和你说话呢？"（惠特曼）

　　对宽容我的我回报以宽容。

　　对伸出手臂的我同样伸出手臂，因为对话是人性最美好的姿势。

　　对帮助我从幼稚走向成熟，我以更加成熟的产品奉献给他。

　　　　　　　　　　　　　　　　　　　　　　查海生
　　　　　　　　　　　　　　　　　　　　　　一九八三年六月
　　　　　　　　　　　　　　　　　　　　　　于北京大学

麦地之瓮

1986 年夏

《麦地之瓮》是海子与西川的自印合集，印于1986年夏。海子部分收入21首诗，因编辑《海子诗全编》时，已收入其中大部分作品，故整体面貌只在目录中体现，此处只保留当时未收入作品。——编者注。

鱼筐①

孤独是一只鱼筐
是鱼筐中的泉水
放在泉水中

孤独是泉水中睡着的鹿王
梦见的猎鹿人
就是那用鱼筐提水的人

以及其他的孤独
是柏舟中的两个儿子
和所有女儿，围着桑麻
在爱情中失败
他们像鱼筐中的火苗
沉到水底

拉到岸上还是一只鱼筐
孤独不可言说

---

① 本诗与《在昌平的孤独》一诗大体相同。——编者注。

宇宙猎冰人

宇宙猎冰人的使女过于悲哀，来到河畔
眼眶之内的寂寂蓝色
割破了我的二十五根琴弦

其实猎冰人并不认识自己的宇宙。
他让侍女们像肉体一样美丽。
猎冰人的侍女们确实美丽。

这时就应该我来解释

这时就应该我来解释
什么叫姐妹
她们是

两头大鱼抱着水，歌曲烫着她们
这时就应该让我来解释什么是歌
一万个夏天我都梦见土地
被我的两朵乳房打湿

光着头的哥哥噢哥哥

——给凡·高

一个
光着头
的人
把头
插入红色的
血样的豹子
活豹子。

太阳
在腹中翻滚、燃烧
光着头的哥哥噢哥哥
金光闪闪的树
是刀子插在你的肚子上。
不见流血
你的肚子上
挤满太阳的豹子
像一条滞缓充盈的河

太阳

你的头

头

就是头

插入这红色的血样的豹腹

青年医生梦中的处方：木桶

让诗人受伤　睡在四方
睡在家乡的木桶

让你的手臂打开树枝
合上嘴唇就是合上叶子

用你的文字、苍老的黑文字
做成木桶中的哑巴儿子

牵你的儿子走向河岸
用你们的沉默去钓鱼

其实你一直坐在木桶中
在自己的身上钓鱼

用你的手臂扯动鱼具
用你的嘴唇上钩

而你是一只家乡漏水的木桶

你在四方汇集的水流中受伤

其实是诗人受伤，睡如木桶
请来做梦的青年医生

街道

街道虽窄

仍然容得下

这么多售货员、护士长

和男秘书

他们出出进进

他们向左向右

没有人停住

听一听

其实也没有歌声

歌手已被小小的运粪的马车娶走

在乡下

在众鱼之间

生儿育女

琴

古木头
在操刀的手下
成琴

或者出自兽皮
兽皮本是蓝色雪水的一弦一脉

琴是我的病床
或者是新婚之床
但我没有新娘

风中少女，像装着水果的篮子
一年一度躺在琴上，生病
一年一度李子打头
一直平常的我
如今更平常

岁月

直木头上
雨水已淡

营地的马
摇动尾巴
横拿月亮拨开木叶你走来
我突然想起一具陈旧的
箩筐

如今雨水已淡
瓮中未满
千秋·我怎么记得住
已经过去的一千个秋天

诗经中的两个儿子及其他

桑中的
两个儿子
如山如河

不会在木上
不会在水中
两个儿子
心头动了
被水害了

我像一位村长
手持玉米
坐在原野中央
雪花纷飞的原野中央

长子和公主们
戴着玉米戒指的手
用来清点水罐
的十位数字。

爱过大海的女人

听见了海中

村长的声音。

半截泡在沙滩上

太阳或者钞票上彩色的狗

啃你的脚背

你不用算命

命早就在算你

散佚作品

夜①

夜黑漆漆，有水的村子

鸟叫不定，浅沙下荸荠

那果实在地下长大像哑子叫门

鱼群悄悄潜行如同在一个做梦少女怀中

那时刻有位母亲昙花一现

鸟叫不定，仿佛村子如一颗小鸟的嘴唇

鸟叫不定而小鸟没有嘴唇

你是夜晚的一部分，谁都是黑夜的母亲

那夜晚在门前长大像哑子叫门

鸟叫不定像小鸟奉献黑夜的嘴唇

在门外黑夜的嘴唇

写下了你的姓名

---

① 本诗曾作为《麦地与诗人》组诗中的第一首刊于《人民文学》杂志 1989 年
第 6 期。——编者注。

夜丁香①

丁香

你洁白芬芳

如风

盈盈的

揉进冬天的冷漠

如雪

六角的

开满沉默的夜

你叶上的泪滴

如星

海蓝海蓝的

眨眼　微笑

丁香

为什么

从没听过

你的叹息

　　——丁香

---

① 本诗刊于《东海》杂志 1988 年第 7 期。——编者注。

生日颂（或生日祝酒词）

——给理波并同代的朋友①

在生日里我们要歌唱母亲

她们把我们领到这个不幸的人世

在这个世界上　只有她们　无限地热爱着我们

因为我们是她的一部分

在这个夜晚　我们必须回到生日

回到我们的诞生之日

甚至回到母亲的腹中

回到母亲的怀孕　和她平静的爱情

我会想到你——我的母亲

在一个冬天　怎样羞涩而温情地

向父亲暗示　你怀了孕

一个生命在腹中愕动

秋风四起时　你生下了我

---

①　本诗为海子写给友人孙理波的生日颂诗。承安庆师院的金松林先生提供手稿影印资料，谨致谢意。——编者注。

秋天是一些美好的日子　黄金的日子

当白云徐徐伸展在天际　秋风阵阵　万木归一

秋天的灵魂吹动着人类的村庄和城镇

总有一些美好的婴儿诞生

那婴儿中就有我　先是牙牙学语

然后学习加减乘除　一次次艰难地造句

学习体育和艺术　终于卷入人生　卷入人生的痛苦

痛苦并非是人类的不幸

痛苦是全人类与生俱来的财富

痛苦产生了人类的老师　伟大的先知　产生了思想和艺术

朋友们，我的祝酒词是

愿你们一生　坎坷痛苦

不愿你们一帆风顺

朋友们　如果我们一帆风顺

我们不会在这里相聚

我们不会在这张堆满果实的酒桌上相遇

是痛苦携带着我们　来到这个夜晚　充满生日的气氛

在这张堆满果实的桌子上

我就是其中的一只果实　坐在其他果实中间

我就是其中的一只果实　在秋天　我说：我要变成酒精

我要变成使人沉醉的酒精

我要变成陪伴我们一生的痛苦的酒精

痛苦也是酒精

我们全都沉浸其中

只是分给每个人的酒杯不同

伟大的人　装满痛苦的酒杯更大　他们开怀畅饮

开怀畅饮　痛苦的酒　使人沉醉一生的酒

为了我们生病的柔弱的操劳一生的母亲

为了那些爱过我们或被我们爱着的女性

为了生日　为了生日之后我们开始置身人世

享受真实的人生和痛苦　朋友们　举起我们的杯子

在这个生日

在这个美好的日子

在我们痛苦减轻之时

我们还要歌颂那些给我们创伤和回忆的女人

我们在酒醉时敲着酒盅　高声嚷着

女人啊　你的名字像一根白色的绷带　曾经缠绕在我的额头

总有一阵秋风把绷带吹落

像吹下一片树叶　有没有伤疤　我都会将你宽恕

在我们的额头上或心上　有没有伤疤

我都会将你宽恕

1139

因为你是比我更为软弱的女人

是的　我爱过你　恨过你

一切都已过去　最终在一阵秋风里将你宽恕

然后像讲述梦境　我会向知心朋友细细讲述

也许有一天我已完全将你忘却

会再在一条陌生的道路上与你相逢

我会平静地迎上前去

如果你牵着你的孩子　我会再次爱上你

但这决不是因为以前的爱情

而是因为你成了母亲

母亲是一个伟大的名字

母亲是我诗歌中唯一的主人

在这个生日的气氛里

我还要以生日的名义

祝福另外一位朋友　祝福你

眼看就要成为幸福的父亲

年轻的父亲

你的担子更重

另一个小生命通过生日把他的双手交给你

无论是儿是女　做父亲总是人类最大的幸福

至于我　早就想成为父亲

虽然我没有妻子

要说有　五六年前就已经结婚

我的妻子就是中国的诗歌　汉语的诗歌

我要成为一首中国最伟大诗歌的父亲

像荷马是希腊的父亲　但丁是意大利之父　歌德是德意志的
　父亲

我早就想成为父亲　我一定能成为父亲

成为父亲总是人类最大的幸福

诗人总爱预言

那就让我在这个生日再讲一讲另一个生日

我们的祖国母亲土地母亲她生下了一位英雄。

那英雄之子是在日出时刻降生

在东方大地上拔地而起

他身上集中了我们所有优秀的品质　生命和灵魂

他的生日就是我们真正的生日　唯一的生日

在他降生之日　如果我们已经死去

我们就能和他一起再次出生

他的生日是我们的再生之日

他的生日是我们所有人生日中的生日

酒中之酒，痛苦中的痛苦

为了生日，干杯！

生日给了一切痛苦以最好的补偿

朋友们　从这个夜晚我们各自出发

我们升帆出发　随手携带火种、泉水与稻谷

从这张生日堆满果实的桌子上我们出发

任凭命运的风儿把我们吹向四面八方

不知何日再能相聚一堂

不知命运之船漂向何方

但母亲在生日赐予我的生命

我总要在我的诗歌中歌唱和珍惜

即使我们一生不幸

这生日也是我们最好的补偿

是对我们最好的报答　即使我们一生不幸

这生命本身的诞生永远值得我们歌唱

在我们自己的生日里我还要歌唱我们的土地

我愿所有的朋友都要把她珍惜

土地的不幸是我们全体的不幸

我们生在其中　长在其中　最终魂归其中

是土地　苦难而丰盛的土地

把每一个日子变成我们大家不同的生日

我们每一个土地的孩子

都领到一只生命的酒杯

朋友们　我已有预感　我还要再说一遍

土地的不幸是我们全体的不幸

土地她如今正骚动不安　我的祖国她恶心又呕吐

是不是她已经怀孕？

是不是我们的共同的母亲已经怀孕？

她需要多少时间才能生产？

生下的是男是女　是侏儒还是巨人

是一个什么样的人？

这是一个秋天的夜晚　灯火明亮

我们这些年轻的生命坐在一张酒桌旁

我们今日相聚一堂　明日分手四方

唯有痛苦留在这漫长的道路上

唯有痛苦　使我们相互尊敬和赞叹

使我们保持伟大的友谊

唯有痛苦是我们永恒的财富

87. 9. 17 急就

9. 20 录

村庄①

村庄，在五谷丰盛的村庄，我安顿下来
我顺手摸到的东西越少越好！
珍惜黄昏的村庄，珍惜雨水的村庄，万
里无云如同我永恒的悲伤。

取火

水退了。平静地退了。世界像灭了火种的陶碗，湿冷而
稳固。这时如果人们围成一团，他们将会缺少一个明显的中
心。人缺少了定义自己的东西，金雀花和豺狼则缺少制约。
人们在一串洞穴中爬行，只有你能使他们站立……这一次，
水是真的退了。他没有变着法子骗她。他的脸像一匹马一样
在暗中流汗，散着热气。她躺在那个世界上最高的山洞里，
望见他像一只大黑鸟在洞口滑来滑去。由于长久的拥抱，他
的手臂像两条长青藤从肩膀上挂下来。外面的水波不停地送
来果树和死蛇的气味，使人不得不想起那时候他们在果园里
光着脊梁的日子，肉体在地上显得湿润又自由。水涨的时候，

---

① 《取火》、《谷仓》、《歌手》和《初恋》（前面的《其他：神秘故事六篇》已
收）曾以"村庄"为题发表于1987年第6期的《十月》杂志。——编者注。

他们像两只蛋一样漂进这高处洞穴中。她努力恢复意识和果园的经验，只凭着自己两只悬挂在他颈项的胳膊和那粗糙的温暖的沙子一样的嘴唇，活了这些日子。外面的水仍是寒冷的，他正看见太阳如一摊鲜血在燃烧。他有了一个愿望。于是他回到她身边，举止富于醉意，像一棵松树在风中庄严地摇摆。她继续像湿冷的大地一样躺着。大地更多地从水下裸露出来。是啊，是往这寒冷的居住的容器中放些什么东西的时候了。那东西在以前似乎有过，但记不确切了。他想：一切都得重新开始，于是他就开始了这个牺牲自己的历程。多年以后，这个该死的家伙，敲碎了所有洞中的石制工具，也没能找出那种致命的东西来。负罪的情感使他在平原上追逐野兽产生狩猎，砸裂土地产生农耕；长久地凝望自己，产生爱情。这还不能解决问题，而他倒提着一只巨熊，咬着它的肉体，像醉汉喝酒一样喝干了它的血汁，身上涂满了四季的巫术、玉米的芳香和畜牲的粪便。他在她身边的青草上抹干净手上的血腥，他使劲折断每头野鹿的角，还是没有发现那种东西。他把蛇头紧握手中，一下一下捏出带颜色的水来，那毒汁中有一种温暖的早期故乡火种的消息。他把那毒汁种在手心、手臂，乃至大腿、胸脯和乳头上。女人像日日成长的宽厚而耐心的花朵，在暗处瞧着他。没有一个人像他那样粗暴地残害过自己。他用血糊住眼睛，当了三年的瞎子。那些日子里他一直渴望着那东西，又亮堂又耀眼。他奔跑跃进，是一捆湿又重的大木头放倒在地。人们像蛇一样互相咬伤、繁殖时代。那东西高贵地挂在天上如一摊血迹。但这只是给他一些暗中的经验。那个东西像灾难的日子一样钉在他的肉体上。他骚动暴躁。他不能随遇而安。在一阵漫长而婉转的歌子中，在空地上舞蹈时，他把她带到那柄刀跟前，用刀在自己的胳膊上割开一个口子，把血涂在她的胸前。一言不发。他上路了。

他的头像黑狮子的头一样在密林深处消失。她则用头碰撞地面石块。鲜血蒙满了五官，像一口开放鲜花的五月水井。她没有声音地倒在地上。黄昏照着她，也照着水下的鱼，仿佛在说：谁也跑不了。只有他远远地踏着远方的草浪翻滚。野兽退向两边，低头吃土或者血肉。他想象一件事情远远的不可名状的来临。它们恐怖地把头更深地埋在土里。人的音乐、绳索和道路就在这时，不停地延伸。在这个美好的日子里，那女人在山洞旁头颅碰撞石块的声音一路传播，感动了许多人，促成了许多爱情，缔结了许多婚约；一路传播，通过婚礼中忧伤的汉子的歌声，在舞蹈和月亮下，一直传到前行的他的耳畔。他于是坐下，坐在地上，静静地坐着，做了一个手势，似乎是要把月亮放在膝盖上。他知道她对自己的情意。那长发美发的头颅碰撞石块就像碰撞他的胸腔。胸腔里面心脏像石榴一样裂开。他拖着自己的肉体像拖着她的身子前行。沉重极了。

……那守候的巨鸟不肯转过头来。像割麦子一样，他割下自己的肉，扔向那边。巨鸟回过头来。巨鸟的眼睛正像思念中的眼睛。那鸟眼睛正像呆笨的温情的她哭红的眼睛。不过，它是被火光映红。终于他的刀尖触到了巨鸟守护的火焰……但没有东西盛放，他的刀尖转而向内一指，他的头颅落下来……火焰完整地盛在里面。他提着头颅就像提着灯。上路。这是第一盏灯：血迹未干的灯，滑头的灯，尚未报答爱情的灯。

平原上的人们那夜都没有睡着。看见了他，提着头颅，又像提灯前来。里面有一点火种。无头的人，提火，提灯，在条条大河之上，向他们走来。

我的珍贵的妻子俯伏于地，接受了火种与爱情。

谷仓

那谷仓像花瓣一样张开在原野上。像星星的嘴唇。像岩石和黎明的嘴唇一样张开。它没有光芒。因此必定是在地球上。这阴沉昏暗的行星，微微亮着，像是睁开了一只眼睛——看见了一件痛苦的事。又像是迟迟不肯熄灭的灯。人，散在灯的四周。

那是在草原上。那时还没有集体，没有麦地和马厩，森林离此地甚远。一种异兽在香气中荡漾。你就来了。你当然是主人公。我还没有想好你的名字。你就是我。

这样我就来到这里。日有白云，夜有星星，还有四季昭示的河流。就这样我来到这颗星辰上。有一位叫"有"的小妇人早就在等待着我，像一口美丽红色的小棺材在等待着我。不过，我用我的双腿行走在小镇上。我来到这个被人抚摸的词汇和实体：小镇。再加上美丽的羽雀飞舞黄雀飞舞的黄昏，对了，还有蜻蜓飞舞。那个神采很好的人牵着我的马：白云。

记住，这是在放牧牛羊和快如闪电的思想的草原。

砍柴人和负柴人来了。他们睁着双眼做梦。他们不分白天黑夜地做梦又干活。他们都有美丽的马：白云。那马的颜色白得叫人心碎。砍柴人和负柴人来了。

这时小镇上的妇女们开始歌唱：

"谷仓啊谷仓……"

当大地上只有最初几个人的时刻，人们为了生存，不得不发出哭泣声，用以吸收阳光、麦芒和鳞甲彩色的舒展。

熟悉的浆果落入嘴唇。

探头亲吻。

不分男女。

但那时生死未分。实在是这样。生死未分。歌唱队这样说：时间是这三位女儿的父亲，那三位女儿在草原上逃得不知去向，那三位女儿就是我的命运。

这里走出了砍柴人和负柴人。他们如同江河的父亲一样缄默。他们在地上行走，不舍昼夜。人们看不见他们。他们在树林里伐木为薪；一个砍，一个背负。这样他们管理着那块名为"人类"的树林。树林里，他们劳动的声音如同寂静。一种寂静的劳作、孤独和混沌笼罩着寂寞的树林。那柴，那被砍下又被他们背负离去的柴，就是我们个体的灵魂。我们从本原自然生出。我们顺应四季和星星河流的恩泽而生、长大、又被伐下、为薪、入火、炼。但是那负柴人趋向何方，我们哪里知道？只有这两个人：砍柴人，负柴人。只有寂寞的"人类"的树林。星星河流在头上翻滚倾斜，多少代了，灵魂之柴被负往何方，我哪里知道？死亡的时刻并没有苦痛。我们被囚禁在这根人类意识之柴上，我们知道什么？缄默吧，伙计们，柴们，我们的砍柴人、负柴人也都如此缄默。

请如寂静无声的木柴，灵魂。

我们的众神只有两个：砍柴人和负柴人。他们是那位名叫"有"的美丽小妇人所生。记得他们在旷野的混沌中长大。他们是这样通过形式和躯壳被我们知道的：砍柴人叫太阳，负柴人叫月亮。他们是兄妹又是夫妻。他们劳作不止。就这样。

在一个仲夏的晚上，森林中奔出一位裸如白水的妹妹。她叫有。她可能是我的命运之一。我爱上她。她又逃得不知去向。她生了两个孩子，是我的孩子。我给他们取了个天体的名字：太阳和月亮。又取了个劳作的名字：砍柴人和负柴人。

这样，我在小镇妇女的歌唱中来到这里。

"谷仓啊谷仓……"

谷仓不可到达。

我记起了我的名字。我叫无。我是一切的父亲。

黎明在小国贤哲中升起。他们采摘香草来临诸岛。他们是人类树林第一批被伐下送走的树枝——柴薪，无情的太阳在焚烧，在砍伐不止！

遥寄兄弟，我那神秘的黑色僧侣集团。他们来到黄昏岩穴，他们鼻子尖尖、脸孔瘦削。他们身披黑色，思考作为柴薪的自身。其他人无非是活得好与坏之分，而对他们来说，生死问题尚未解决。黑色僧侣围火而谈。他们的言语低微不能抵达我耳。他们不曾误入人世。他们作为思索的树枝，是人类树林中优秀的第二树枝。在传火伐木无情的仪式中被砍下。如是，可怜痛楚的人民这时永远成了追求瞬间幸福的市民。教堂远了。只剩下酒馆、公共厕所、澡堂子。诸神撤离了这座城池。

如是我被囚禁在谷仓。

我这样自我流放，自我隐居于谷仓，通宵达旦。

我要一语道破这谷仓的来历。

当"情欲老人——死亡老人"在草原上拦劫新鲜美丽的灵魂——少女的时候，他就寄居在这里。如今我和"情欲——死亡老人"在这谷仓里共同栖身。我们在夜晚彼此睁大双眼凝视对方脱下衣服。当然，我不肯在他的目光下退缩。我们也有相安无事的时候。我们彼此愤恨和撕咬。我们这两个大男人，被永远囚禁在这同一谷仓里：混沌中最后的居所。

于是我们囚禁在这人类意识的谷仓。

我逃不出谷仓，这可耻的谷仓，肉体谷仓——人类的躯壳，这悲剧的谷仓之门。我逃不出"情欲——死亡老人"的眼睛盯视。我思索神之路兽之路。我思索逃出谷仓之门的遥远路程。我思索人类树林、砍柴人和负柴人。我思念遥远的草原上如麋鹿狂奔的三位少女，她们为自己的美丽和变幻而狂奔。香气弥漫草原——安排我命运的美丽三姐妹的故乡啊！而我囚居人类命定的无辜的谷仓。

歌手

我曾在一本漆黑霉烂的歌本上悟出了他的名字。那时的人们盛传他住在一条山谷，靠近西南区的一条河流。我便独自一人前去。我全身伏在那块羊皮筏子上走了好久，步行了三百里红土路，又独自一人伐木做成一只独木舟，才来到这座山谷。不过，我内心不能确定这条山谷。记得当时像是傍晚，我下了独木舟。取下我的枪枝和火种。我在那山谷的林子里漫无边际地漂泊了很久，以至于后来的人们把我当成了那位歌手。是的，我曾是歌手。那能说明什么呢？只说明你有一段悲惨伤心的往事。就让我说自己吧。当时我写了几支歌。人们都非常喜欢听。尤其是那些纯洁的、饱经风霜的、成天劳动的。我就活在这些人当中。但他们并不知道我是一位盗墓的。说到这里，我都有些不好出口。事情是这样的简单。就是，每写一支歌，我就要去那些方石墓群那儿挖掘一次。当然，那些歌儿是在人群中反复传唱。我却因夜里不断地挖掘和被幻影折磨，先是进了医院，后来又进了法院，最后进了监狱。当然我是很希望人们忘却这些往事，让我重新写歌，唱歌……但是我再也不能掘墓了。就这样，我上了羊皮筏子……听说有一位歌手……怎样怎样，如何如何……事情就这样开始了。我就这样上路。这事一开始就非常奇怪，带着一种命定的色彩。我在河上漂流时反反复复想起那些树林子，那些在我掘墓时立在我周围的黑森森的树林子。这事情也不能怪我。在人群中歌唱，那可不是一种容易的事。我有时觉得自己像是这整个世界的新郎，爱得受不了万物；有时潮湿得就像一块水里捞上来的木头。

"给我月亮和身体，我保证造一个叫你十分满意的世界。"不过，说实在话，除却月亮和身体，我们也就什么都没有了。

在这条山谷里，偶尔我也能哼出一两句非常好听而凄凉的歌来。它迷人、赤裸、勾人魂魄、甚至置某些人于死地。我夸张了些。这不是我主要的事情。我的目的是要寻找我那位传说中已失踪多年的歌手，那漆黑霉烂歌本的吟唱人，那位在青春时代就已盛名天下的歌手。他离现在快七百年了。其实，和歌比起来，七个世纪算不了什么。可是，和七个世纪相比，歌手们又短暂又可怜，不值一提。那位歌手也许因为自己非常寂寞，才寄身于这条山谷，地狱之谷，或帝王的花谷。从表面上看来，这山谷地带并没有什么不同凡响的地方；可以说，它很不起眼。但是，它一定包含着不少罪恶与灵魂。因此它很有看头。这就是一切症结所在。我把舟筏停在这里纯系偶然。偶然决定不朽。加上岸上苍青色的树木使我瘦弱的身子显得有了主张。我想我可以看见了什么样的树林埋我了。我当时就这样想。放一把火，在山谷，流尽热泪，在黑色灰烬上。这样，就有了黑色的歌。我的目光还曾滑过那些花朵。正是花朵才使这条山谷地带显得有些与圣地相称，显得有些名符其实，而且与那册黑漆霉烂的歌十分适应。花朵一条河，在烈日下流动。你简直没法相信自己能靠近她。我于是就靠近她。靠近了她。弃舟登岸。一切都规规矩矩的。

好像到这时为止，都还没有什么曲折和错误发生。途中的一切连同掘墓的历史都飘然远去。在这野花之上，这便是歌。骨骼相挤，舌尖吐出，这便是歌。卧了许久，伏在大地上如饮酒般喝水，又发出歌声。对岸的人们说，这回，山谷地带，真的有了歌手。而我却在这样想：无论是谁，只要他弃舟登岸，中止自己漂泊，来到这里，生命发出的一切声音也会是歌。但谁会来呢？我沉沉睡去，醒来时发现那霉烂歌本早已不见。我这人却在丢失旧歌本的美丽清晨，学会了真正的歌唱。开始的时候只是某些音节，并没有词汇。后来文字就隐隐约约、零零星星出现，越来越密集。语言。有时出现在肩膀上、肚脐上。有时出现在头脑里。有时出现在大腿上。我通通把它们如果实之核一一放在舌尖上。体会着。吐出。它们，陌生的，像鸟一样，一只追一只。河面上响起了古老而真切、悠然的回声。河对岸的人们只当我就是那位歌手。我已弄不清楚，那位歌手是我还是他？那位歌手到底是有还是没有？我是进入山谷、地狱之谷、帝王之谷的第一人。那么，传说中的歌手又是谁呢？

死亡后记

海子去世以后，我写过一篇名为《怀念》的文章，那篇文章是这样开头的："诗人海子的死将成为我们这个时代的神话之一。"现在5年过去了，海子的确成了一个神话：他的诗被模仿；他的自杀被谈论；有人张罗着要把海子的剧本《弑》谱成歌剧；有人盘算着想把海子的短诗拍成电视片；学生们在广场或朗诵会上集体朗诵海子的诗；诗歌爱好者们跑到海子的家乡去祭奠；有人倡议设立中国诗人节，时间便定在海子自杀的3月26日；有人为了写海子传而东奔西跑；甚至有人从海子家中拿走了（如果不说是"掠走了"），海子的遗嘱、海子用过的书籍以及医生对海子自杀的诊断书（这些东西如今大部分都已被追回）。海子在孤独寂寞中度过了一生，死后为众人如此珍视、敬仰，甚至崇拜，这在中国现当代文学史上，恐怕是绝无仅有的事。我们由此也可以看出诗歌的力量所在。当然，很难说对海子的种种缅怀与谈说中没有臆想和误会，很难说这里面没有一点围观的味道。忽

1154

然有那么多人自称是海子的生前好友，这不能不让人怀疑到他们是想从海子自杀这件事上有所收益，他们是想参与到一个必将载入史册的"事件"当中来。

或许臆想和误会悉属正常。一个人选择死亡也便选择了别人对其死亡文本的误读。个人命运在一个人死后依然作用于他，这是一个值得我们深思的问题。在海子自杀这件事上，我们不可避免地面对两种反应：一种是赞佩，一种是愤怒。有时我们会听到这样一种高声断喝："海子是个法西斯！""海子是自我膨胀的典型！"有一种观点把海子变成了武侠小说中的人物，认为海子是那类练黑道武功的杀手，虽然武艺高强，但到底不是正宗，因此自身积郁了太多的毒素。海子最终是为自身的毒素所害。大体说来，海子自杀激怒了两类人：一类是那些怀有高尚然而脆弱的道德理想的读者；另一类便是自身尚在谋取功名的诗人。我在美国出版的《一行》诗刊上读到过这样一句莫名其妙的叹语："怎么让这小子玩了头一把？"似乎在自杀上也有一个优先权的问题，似乎海子从对诗歌语言的霸占最终走到了对死亡的霸占，似乎海子的死废掉了别人的死。这几年诗歌界内部对海子诗歌的评价较之1989年已经有很大的不同，比如有些人认为海子的诗歌写作其实尚处于依赖青春激情的业余写作阶段，并未真正进入专业写作；又比如认为海子只有他的梦想却没有他的方法论。这些观点或许都有道理，但是否也有人依然把海子视作一个挡道的人呢？

不过，尽管人们对海子的评价五花八门，但有一点是肯定的：海子的死带给了人们巨大和持久的震撼。在这样一个缺乏精神和价值尺度的时代，有一个诗人自杀了，他逼使大家重新审视、认识诗歌与生命。但是，理论界似乎对此准备不足，因此反应得有些措手不及，这一点从有人将海子与屈原、王国维、朱湘，甚至希尔维亚·普拉斯扯在一起就能看出。这种草率的归类表明，人们似乎找不到现成的、恰当的语言来谈论海子，人们似乎不知道该怎样给海子定位。于是便有了一些想当然的见解。四川诗人钟鸣在其文章《中间地带》里，把海子说成是一个奔走于小城昌平和首都北京之间的人，认为海子在两个地方都找不到自己的家，因此便只好让自己在精神上处于一种中间地带。上海评论家朱大可在其《宗教性诗人：海子与骆一禾》一文中，赋予海子的死以崇高的仪典意义，于是海子便成了一个英雄，成了20世纪末中国诗坛为精神而献身的象征。朱文认为海子选择在山海关自杀也有其特殊的用意，因为山海关是长城的起点，是"巨大的种族之门"，与历史上最大的皇权专制有关。我想，海子若真做此想，那么他定然脱不了演戏的干系，他的自杀也便成了自我献祭。而事实上，海子并没有选择山海关，而是选择了山海关至龙家营之间的一段火车慢行道。那是一个适于自杀的地点，在海子之前，曾有三个人在那里自杀。

本来在写了《怀念》那篇文章之后，我就不打算再拿海子做任何文章。我想我的责任是把海子的诗歌整理发表出来，使之不致湮没、佚散。至于如何评价海子的诗歌及他的自杀，应该由一些更加客观的人去探讨。特别是关于他的自杀，我一直不愿意说得太多。在我看来，一个活着的人是没有资格去谈论他人的死亡的（我们顶多只能谈谈我们对自己的死亡的猜测），而一个握有死亡这枚大印的人，甚至可以蔑视恺撒这样的强权。当然，我也知道约翰·顿说过这样的话："无论谁死了，/我都觉得是我自己的一部分在死亡。/因为我包含在人类这个概念里。因此我从不问丧钟为谁而鸣，/它为我，也为你。"我想约翰·顿虽然指出每一个人的死都与我们有关，但他绝无意使每一个人的死都成为一种话语。换言之，我们从那死去的人身上所看到的，不是那人的死而是我们自己的死。这种醒悟使我们向生命睁开眼睛，知道我们还活着，而且还不得不忍受太具体的生活内容。

海子去世以后，理论界大多是从形而上的角度来对海子加以判断。我不否认海子自杀有其形而上的原因，更不否认海子之死对于我们这个时代的精神意义，但若我们仅把海子框定在一种形而上的光环之内，则我们便也不能洞见海子其人其诗，长此以往，海子便也真会成为一个幻象。在诗人自杀这个问题上，还是加缪有着一种更加实在，也更加站得住脚的看法。他在《西西弗的神话》一书中指出："人们极少（但不能排除）因为反思而自杀。"的确，每一个人的自杀都有他的导火索，海子也不例外。5年来，我对导致海子自杀的一些具体原因不愿多谈，是怕使海子受到伤害。但当我看到人们在思考海子自杀这个问题上越走越远，而且在诗歌写作和诗人行为上带来某些不良影响时，我又颇感不安。为此我写下这篇文章，以期澄清某些基本事实。但愿它们不会为某些居心不良的人所利用。

以下是我所知和我所猜测的海子自杀的原因：

（1）**自杀情结** 海子是一个有自杀情结的人。我在《怀念》中已经引述过海子于 1986 年写下的一篇日记，那篇日记记于他一次未遂自杀之后。此外，我们从海子的大量诗作中（如发表于1989 年第一、二期《十月》上的《太阳·诗剧》和他至今未发表过的长诗《太阳·断头篇》等），也可以找到海子自杀的精神线索。他在诗中反复、具体地谈到死亡——死亡与农业、死亡与泥土、死亡与天堂，以及鲜血、头盖骨、尸体等等。海子对于死亡的谈论甚至不仅限于诗歌写作中。他死后，朋友们回忆起他生前说过的一些话，深悔从前没有太留意。有一位海子在昌平的友人告诉我，海子甚至同他谈到过自杀的方式。海子选择卧轨，或许是因为他不可能选择从飞机上往下跳；在诸种可能的自杀方式中，卧轨似乎是最便当、最干净、最尊严的一种方式。我想海子是在死亡意象、死亡幻象、死亡话题中沉浸太深了，这一切对海子形成了一种巨大的暗示。人说话应该避讳，而海子是一个不避讳的人。这使得他最终不可控制地朝自身的黑暗陷落。海子的另一个自我暗示是"天才短命"。在分析了以往作家、艺术家的工作方式与其寿限的神秘关系后，海子得出这一结论：他尊称那些"短命天才"为光洁的"王子"。或许海子与那些"王子"有着某种心理和写作风格上的认同，于是"短命"对他的生命和写作方式形成了巨大的压力。关于这一点，我们在后面探究海子的写作方式与其写作理想的矛盾时还会谈到。

海子对自己自杀的看法或许与那些批评家的看法有较大不同。谁知道呢？也许那些批评家是正确的，而海子自己反倒说不清自己为什么而死。但我想我们至少应该了解海子的形而上学，那就是："道家暴力"。我一直不太明白"道家暴力"到底是什么意思。道者，天道，太初有道之道，道可道非常道之道，可这与暴力有什么关系呢？海子把道形象化为一柄悬挂于头顶的利斧，可道为什么只能是利斧而不能是别的呢？1987 年以后，海子放弃了其诗歌中母性、水质的爱，而转向一种父性、烈火般的复仇。他特别赞赏鲁迅对待社会、世人"一个也不原谅"的态度。他的复仇之斧、道之斧挥舞起来，真像天上那严厉的"老爷子"。但海子毕竟是海子，他没有把这利斧挥向别人，而是挥向了自己，也就是说他首先向自己复仇。他蔑视那"自我原谅"的抒情诗。他死于道。

（2）**性格因素** 要探究海子自杀的原因，不能不谈到他的性格。他纯洁，简单，偏执，倔强，敏感，爱干净，喜欢嘉宝那样的女人，有时有点伤感，有时沉浸在痛苦之中不能自拔。在多数情况下，海子像一只绵羊一样对待他人。有一回海子的一个同事给他送信，因为信有好多封，那人便一边读着信封上海子的名字——"海子海子海子"—— 一边把信递给他。可是忽然，送信人不再读"海子海子海子"，而改口为"孙子孙子孙子"，海子觉得送信人是在说着玩，便只是笑，倒是站在一旁的骆一禾火了起来，把送信人大骂一顿。一般说来，海子是温和的，但他也有愤怒的时候，而且愤怒起来像一只豹子。有一回他在饭馆里一个人和几个人打起架来，结果打碎了眼镜，脸上也留下了血痕。事后他对我说，因为当时他真把命豁出去了，所以他一个人和那几个人打了个平手。

海子性格的形成，应该既有其先天因素，也有其后天因素。所谓后天因素，自然指的是其农业背景。海子是农民的儿子，他迷恋泥土，对于伴随着时代发展而消亡的某些东西，他自然伤感于心。1989 年初，海子回了趟安徽。这趟故乡之行给他带来了巨大的荒凉之感。"有些你熟悉的东西再也找不到了，"他说。"你在家乡完全变成了个陌生人！"至于先天因素，我指的是他的星座。海子生于 1964 年 4 月 2 日，属白羊星座。如果我们不仅仅是出于迷信的兴趣来看待他的星座的话，我们至少可以在这里发现某些有趣的东西。海子一生热爱凡·高，称凡·高为"瘦哥哥"，而凡·高恰恰也是白羊星座生人，这其中难道没有什么神秘的联系吗？是否生于这个星座的人都有一种铤而走险的倾向？早在 1984 年，海子就写过一首献给凡·高的诗，名为《阿尔的太阳》。诗中写道：

> 瘦哥哥凡·高，凡·高啊/从地下强劲喷出
> 的/火山一样不计后果的/是丝杉和麦田/
> 还是你自己/喷出多余的活命时间

这首诗写的是凡·高，难道我们不可以把它看做是海子的某种自况吗？"不计后果"这个词，用在海子身上多么贴切！

（3）**生活方式**　海子的生活相当封闭。我在《怀念》一文中对此已有所描述。我要补充的一点是，海子似乎拒绝改变他生活的封闭性。他宁可生活在威廉·布莱克所说的"天真"状态，而拒绝进入一种更完满、丰富，当然也是更危险的"经验"状态。1988 年底，一禾和我先后都结了婚，但海子坚持不结婚，而且劝我们也别结婚。他在昌平曾经有一位女友，就因为他拒绝与人家结婚，人家才离开他。我们可以想象海子在昌平的生活是

相当寂寞的；有时他大概是太寂寞了，希望与别人交流。有一次他走进昌平一家饭馆。他对饭馆老板说："我给大家朗诵我的诗，你们能不能给我酒喝？"饭馆老板可没有那种尼采式的浪漫，他说："我可以给你酒喝，但你别在这儿朗诵。"我想是简单、枯燥的生活害了海子；他的生活缺少交流，即使在家里也是如此。他与家人的关系很好，同大弟弟查曙明保持着通信联系。但他的家人不可能理解他的思想和写作。据说在家里，他的农民父亲甚至有点儿不敢跟他说话，因为他是一位大学老师。海子死前给家里买了一台黑白电视机。有一段时间，海子自己大概也觉得在昌平的生活难以忍受。他想在市里找一份工作，这样就可以住得离朋友们近一些。但是要想在北京找一份正式的、稳定的工作谈何容易。海子的死使我对人的生活方式颇多感想，或许任何一个人都需要被一张网罩住，这张网就是社会关系之网。一般说来，这张网会剥夺我们生活的纯洁性，使我们疲于奔跑，心绪难定，使我们觉得生命徒耗在聊天、办事上真如行尸走肉。但另一方面，这张网恐怕也是我们生存的保障，我们不能否认它也有可靠的一面。无论是血缘关系，是婚姻关系，还是社会关系，都会像一只只手紧紧抓住你的肩膀；你即使想离开也不太容易，因为这些手会把你牢牢按住。但海子自杀时显然没有按住他肩膀的有力的手。

（4）**荣誉问题** 弥尔顿说："追求荣誉是所有伟人的通病。"我想海子也不是一个对被社会承认毫无兴趣的人。但和所有中国当代诗人一样，海子也面临着两方面的阻力。一方面是社会对于诗人的不信任，以及同权力结合在一起的守旧文学对于先锋文学的抵抗。这不仅仅是一个文学问题。另一方面是受到压制的先锋文学界内部的互不信任、互不理解、互相排斥。海子生前（甚至死后）可谓深受其害。尽管我们几个朋友早就认识到了海子的才华和作品的价值，但事实上 1989 年以前大部分青年诗人对海子的诗歌持保留态度。诗人 AB 在给海子的信中曾批评海子的诗歌"水分太大"。1988 年左右，北京一个诗歌组织，名为"幸存者"。有一次"幸存者"的成员们在诗人 CD 家里聚会，会上有诗人 EFG 和 HI 对海子的长诗大加指责，认为他写长诗是犯了一个时代性的错误，并且把他的诗贬得一无是处（海子恰恰最看重自己的长诗，这是他欲建立其价值体系与精神王国的最大的努力。他认为写长诗是工作而短诗仅供抒情之用）。1987 年，海子到南方去旅行了一趟。回京后他对骆一禾说，诗人 JK 人不错，我们在北京应该帮帮他。可是时隔不久，海子在一份民间诗刊上读到了此人的一篇文章，文中大概说道：从北方来了一个痛苦的诗人，从挎包里掏出上万行诗稿。这篇文章的作者评论道："人类只有一个但丁就够了。""此人（指海子）现在是我的朋友，将来会是我的敌人。"海子读到这些文字很伤心，竟然孩子气地跑到一禾处哭了一通。这类超出正常批评的刺激文字出自我们自己的朋友实在有些说不过去，因为几乎在同时，北京作协在北京西山召开诗歌创作会议，会上居然有人给海子罗列了两项"罪名"："搞新浪漫主义"和"写长诗"。海子不是作协会员，当然不可能去参加会议，于是只有坐在家里生闷气，而对于那些浅见蠢说毫无还击之力。在所有这些令人不解和气愤的事情当中，有一件事最为恶劣。海子生前发表作品并不顺畅，与此同时，他又喜欢将写好的诗打印出来寄给各地的朋友们，于是便有当时颇为著名的诗人 LMN 整页整页地抄袭海子的诗，并且发表在杂志上，而海子自己都无法将自己的作品发表。后来，此人欲编一本诗集，一禾、海子和我便拒不参加。

(5) **气功问题**　有一件事人们或许已有所闻，但我却一直不愿谈论，因为我怕某些人会对此加以利用。现在为了客观起见，我想我应该在此谈一谈。这件事便是海子对气功的着迷。练气功的诗人和画家我认识几个，据说气功有助于写作，可以给人以超凡的感觉。海子似乎也从练气功中悟到了什么。他跟他的一位同事，也是朋友，学气功。有一回他高兴地告诉我，他已开了小周天。他可能是在开大周天的时候出了问题，他开始出现幻听，总觉得有人在他耳边说话，搞得他无法写作。而对海子来说，无法写作就意味着彻底失去了生活。也是在那时，海子对自己的身体也有了某种幻觉，他觉得自己的肺已经全部烂掉了。海子前后留有三封遗书。他留给父母的那封遗书写得最为混乱，其中说到有人要谋害他，要父母为他报仇。但他的第三封遗书（也就是他死时带在身上的那封遗书）却显得相当清醒。他说："我的死与任何人无关。"海子自杀后医生对海子的死亡诊断为"精神分裂症"。海子所在的学校基本上是据此处理海子自杀的事的。但我想，无论是医生还是中国政法大学校方都不可能真正、全面地了解海子其人。倘若有人要充当冷酷的旁观者来指责或嘲弄海子，那么实际上他也是在指责和嘲弄他自己。他至少忘记了他自己，忘记了我们每一个人的具体的生存。

(6) **自杀导火索**　每一个人的自杀都有他的导火索。作为海子自杀诸多可能的原因之一，海子的爱情生活或许是最重要的。在自杀前的那个星期五,海子见到了他初恋的女朋友。这个女孩子1987年毕业于中国政法大学,在做学生时喜欢海子的诗。在我的印象中,她是中等身材,有一张圆圆的脸庞。她大概和去年去世的内蒙古诗人薛景泽(雁北)有点亲戚关系。海子最初一些诗大多发表在内蒙的刊物上恐怕与这个女孩子有关。她是海子一生所深爱的人,海子为她写过许多爱情诗,发起疯来一封情书可以写到两万字以上。至于他们到底是因为什么分手的,我不得而知。但在海子最后一次见到她时,她已在深圳建立了自己的家庭。海子见到她,她对海子很冷淡。当天晚上,海子与同事喝了好多酒。他大概是喝得太多了,讲了许多当年他和这个女孩子的事。第二天早上酒醒过来,他问同事他昨天晚上说了些什么,是不是讲了些他不该说的话。同事说你什么也没说,但海子坚信自己讲了许多会伤害那个女孩子的话。他感到万分自责,不能自我原谅,觉得对不起自己所爱的人。海子大概是25日早上从政法大学在北京学院路的校址出发去山海关的。那天早上我母亲在上班的路上看到了从学院路朝西直门火车站方向低头疾走的海子。当时我母亲骑着自行车;由于急着上班,而且由于她和海子距离较远,不敢肯定那是不是海子,便没有叫他。现在推算起来,如果那真是海子,那么他中午便应到了山海关。我想任何人,心里难处再大,一经火车颠荡,一看到大自然,胸中郁闷也应化解了。看来海子是抱定了自杀的决心。他大概在山海关溜达了一下午,第二天又在那儿闲逛了一上午,中午开始沿着铁道朝龙家营方向走去。

(7)**写作方式与写作理想** 以上我谈的都是一些具体的事

情。但正如加缪所说："最清楚的原因并不是直接引起自杀的原因。"我想海子的自杀应该也有其更加内在的原因，那就是他的写作。记得有一次海子、白马和我在骆一禾家里聚谈，大家谈到写作就像一个黑洞，海子完全赞同这种看法。海子献身于写作，在写作与生活之间没有任何距离。所以确切地说海子是被这个黑洞吸了进去。

我们在前面已经谈到，海子迷信"短命天才"，这势必影响到海子的写作方式。他可以一晚上写出几百行诗，而坐下来的头两个小时所写的可以几乎是废品。这与叶芝那一天只写六行诗或菲利普·拉金那一两年才写一首诗的工作方式多么不同。海子的写作就是对于青春激情的燃烧，他让我们想到一个来自德国文学的词：狂飙突进。然而，海子梦想中最终要成就的却不是"狂飙突进"的诗歌，他所真正景仰的大诗人是歌德。于是这里便有了一个矛盾。歌德的《浮士德》从从容容地写了60年，并非一蹴而就，而海子却想以激情写作的方式来完成他的大诗《太阳》。他从浪漫主义的立场上向古典主义的歌德踊身而跃，结果是出人意料的，他落到了介乎浪漫主义与古典主义之间的荷尔德林身上。海子所写的最后一篇诗学文章就是《我所热爱的诗人——荷尔德林》。荷尔德林最终发了疯，而海子则以自杀结束了自己的生命；不知道这里面有没有一种命运的暗合？这不能不说是海子写作本身的一个悲剧：在他的写作方式和写作目标之间横亘着一道几乎不可跨越的鸿沟。当我们读到他那么多匆匆忙忙写下的未完成的长诗章节时，我们由衷地感到惋惜。以他的才分，而不是以他的工作方式，海子本可以写出更多、更好、更完整的作品来。

海子的一生，按照他自己的话说，"就是要成为太阳的一生"。他肯定受到了崇拜太阳的古埃及人、波斯人、阿兹特克人的鼓舞，并且也受到了"死于太阳并进入太阳"的美国诗人哈里·克罗斯比的震撼。海子终其一生而没有完成的大诗《太阳》，已经足以将其自身照亮。由此说来，海子的一生不是昏暗的而是灿烂的。然而，对我而言，海子无论如何不是一个神，而是一个活生生的人、有血有肉的朋友。他有优点，也有弱点，甚至有致命的弱点。我想我们应该对死者有一个切合实际的了解，就像我们对自己所做的那样，这是最起码的人道主义。我在这里说出的是一些导致海子自杀的具体原因，是他的切肤之痛，至于那导致海子自杀的形而上的原因，肯定有人比我有更多的话要说。

　　此外，我之所以具体地写下海子的死因，是由于自海子自杀以来，死亡一直笼罩着中国诗坛，至今已有不少于14位青年诗人或自杀，或病故，或被害，这实在是一个令人无法忍受的数字。或许病故和被害是我们力所不能止，但对于自杀，我们不应该再在其中掺入太多的臆想和误会。听说浙江有一位青年诗人在自杀前就曾到海子的家乡祭奠过海子，这让我难过。我不想把死亡渲染得多么辉煌，我宁肯说那是件凄凉的事，其中埋藏着真正的绝望。有鉴于此，我要说，所有活着的人都应该珍惜自己的生命，这样，我们才能和时代生活中的种种黑暗、无聊、愚蠢、邪恶真正较量一番。

1994 年 5 月 31 日

《海子诗全编》编后记

西川

海子在 1989 年春天去世以后，骆一禾和我从海子在北京昌平的家中运回了所有带文字的纸页。当时我们两人分工，由他负责编辑海子的长诗，由我负责编辑海子的短诗。不幸的是海子去世七十天后，一禾亦作别人世，匆匆上路，我不得不目瞪口呆地面对了这一场命运的狂风暴雨。

编辑《海子诗全编》的工作既痛苦且漫长。翻动海子的诗稿，并将它们逐一抄写、复印下来，是一个深入死亡与火焰的过程。当时就有朋友劝告我尽量少动海子的遗物，因为那上面遗存着太多逝者的信息。记得在抄写海子《叙事诗》的那个晚上，我不得不五次停笔，每一次都恐惧地从"一"数到"十"，我似乎被一种异样的感觉控制着。如果说痛苦、恐惧尚属个人心理，还不足以妨碍我的编辑工作，那么诗歌界一直存在的对于海子诗歌价值的怀疑则是对我判断力和道德勇气的考验。刚开始着手编辑这部厚达近千页的大书时我还缺乏对海子理性的认识，到

1992 年 5 月此书编竣，我已毫不怀疑海子作品的跨时代价值。

本书基本上反映了海子的创作历程。海子一生自行油印过八册诗集，它们是《小站》（1983）、《河流》（1984）、《传说》（1984）、《但是水、水》（1985）、《如一》（1985）、《麦地之瓮》（1986，与西川合印）、《太阳·断头篇》（1986）、《太阳·诗剧》（1988），其中《小站》、《如一》、《麦地之瓮》为短诗集。此外，海子在 1988 年还与《太阳·诗剧》同时油印过《诗学：一份提纲》。本书"短诗（1983～1986）"部分收入了《河流》、《传说》中的所有短诗和《如一》、《麦地之瓮》中的大部分诗篇；由于《小站》属少年之作，本书只收入了其中的《东方山脉》。

在为《土地》（即《太阳·土地篇》单行本，1990 年 11 月春风文艺出版社出版）所写的序言《我考虑真正的史诗》一文中，骆一禾开列了《太阳·七部书》的目录，它们是《诗剧》、《断头篇》、《但是水、水》、《土地篇》、《弥赛亚》、《弑》和《你是父亲的好女儿》；但是本书编者根据海子各篇作品的创作年代以及海子创作思想的转变过程（可参见海子《日记》），将《但是水、水》从一禾所称的《七部书》里抽出，另补入《大札撒》（残稿），依然沿用《太阳·七部书》的名目。实际上，海子原打算创作的《太阳》远不止七部，有案可稽的便有《太阳·语言》一部，其中三篇《献给韩波：诗歌的烈士》、《水抱屈原》和《但丁来到此时此地》曾以《戽水》为题发表于 1987 年第 6 期《巴山文艺》。因未见《语言》其他各篇，称"书"太短，故编者将其归入"短诗（1987～1989）"部分。

海子本人相当看重《太阳》的写作。他生前曾表示过他将给世界留下两部书，其中之一便是《太阳》。另一部则是他的自传。但他的自传我们永远也不会看到了。在他的遗稿中没有任何自传的章节。

海子作品中最为混乱的要算短诗。他虽有几个横格本抄录过一部分短诗，但多数作品仅存草稿。一页一页不曾编码的稿纸被他用塑料绳捆成许多纸卷，我打开一卷便不敢打开另一卷稿纸，因为我害怕将不同的纸卷混在一起。海子时常有一诗数稿的情况，且未标明创作年代。因此我根据自己的记忆、作品风格与题材，以及同一纸卷其他作品的创作时间，将某些短诗作了大致的归类。这样，本书两个短诗部分便没有严格按照各篇作品的创作时间编排。遇一诗数稿的情况，有些作品本书仅收入一稿，有些作品则数稿并用。或有当收未收的诗篇，流传于世而编者未见，实在编者搜集不周，希读者海涵。

还有几点必须说明：海子行文，"的"和"地"时常混用，我已尽量将它们区分开来。海子在标点符号的使用上相当随意，我尽量遵从海子的本意：有时诗行末尾有句号，有时没有；有时省略号点三点，有时点六点。由于海子晚期情绪波动较大，其行文难免存在混乱、不通之处。曾有人建议我完全保留这些混乱和不通，以真实地反映海子那时的心境，但我没有这样做。一来这有悖于出版原则，二来所谓"真实"并不在于文字表面的误笔。因此在不损害海子原作词意、语气、风格的前提下，我在几处做了极其有限的更动，例如删除冗句，重新安排诗节等；这些作品包括《叙事诗》、《黎明》（之三）、《四姐妹》、《日全食》。凡我更动之处我在原稿中都——注明，以俟将来学者研究之用。

我原打算按年代而不按体裁安排本书的目录次序，这样，读者也许会在短诗、长诗、短诗、日记、长诗、文论、小说、短诗、短文、诗剧、短诗面前有零乱和应接不暇之感。尽管海子是一位综合运用各类文学体裁的诗人，但为读者考虑，我接受了上海三联书店倪为国先生的意见，将短诗、长诗、文论等做了次序上的调整。惟有《太阳·七部书》部分依然保持海子综合动用各种文学体裁的风貌。

《海子诗全编》早在1992年5月即已编竣。当初编辑此书的基本目的之一是使海子的诗文不致佚散，所以把一份诗文稿变成多份，成了最紧要的问题。骆一禾和我都不知道此书有无出版的可能。一禾曾说在我们这里，无法指望五十年或一百年之后会有人重新发现一个过往的诗人。我记住一禾此言，所以勉力编成此书。然而此书的出版一直麻烦不断。从1992年起，先后有几家出版社表示过愿意出版此书，但都终因此书规模大、耗资过巨、分量过重而不了了之。由于出版的耽搁，致使有人对编者本人产生了疑心，以为我欲私有海子遗作，然而我心惟天可鉴。海子留下的精神财富不可能属于哪一个人，它们属于这个时代，属于这个民族。所幸生活·读书·新知上海三联书店在这样一个重利轻义的环境中决定出版此书，使编者感佩不已。

本书的编辑工作曾得到罗洪依乌小姐的大力协助，在此致谢。当时她正在北京中央民族学院读书，而现在我们已失去联系。倪为国先生、徐如麒先生为本书的编辑工作提供了许多有价值的意见，特此表示感谢。

愿本书带给读者一份精神的震撼。

愿海子对我的工作满意。

1996 年 9 月 22 日

图书在版编目（CIP）数据

海子诗全集/海子著；西川编．－北京：作家出版社，
2009.3（2023.12 重印）
ISBN 978－7－5063－4620－7

Ⅰ．海… Ⅱ．①海…②西… Ⅲ．文学－作品综合集－中国
－当代 Ⅳ．I217.2

中国版本图书馆 CIP 数据核字（2009）第 026240 号

海子诗全集

作者：海　子

编者：西　川

责任编辑：李宏伟

装帧设计：任凌云

出版发行：作家出版社

社址：北京农展馆南里 10 号　　　邮码：100125

电话传真：86－10－65930756（出版发行部）
　　　　　86－10－65004079（总编室）
　　　　　86－10－65015116（邮购部）

E－mail：zuojia@zuojia.net.cn

http://www.zuojia.net.cn

印刷：紫恒印装有限公司

成品尺寸：142×210

字数：800 千

印张：37.75　　　　　　　插页：12

印数：158891－163890

版次：2009 年 3 月第 1 版

印次：2023 年 12 月第 24 次印刷

ISBN　978－7－5063－4620－7

定价：148.00 元（精）